FOLIO SCIENCE-FICTION

Norman Spinrad

Le Printemps russe, 1

Traduit de l'américain
par Luc Carissimo

Denoël

Cet ouvrage a été précédemment publié dans la collection Présence du futur aux Éditions Denoël.

Titre original :
RUSSIAN SPRING

Né à New York en 1940, installé à Paris depuis 1988, Norman Spinrad s'est attaché à faire de la science-fiction une littérature engagée, critique face aux grands enjeux contemporains. Auteur de plusieurs dizaines de nouvelles et d'une quinzaine de romans dont certains ont fait date dans l'histoire du genre, journaliste, essayiste, il décline brillamment, tout au long de son œuvre, ses craintes et ses doutes face aux potentialités corruptrices du pouvoir, politique autant que médiatique.

Le Printemps russe, éblouissant tableau d'une éventuelle destinée soviétique, a été salué comme son chef-d'œuvre par la critique américaine.

Pour Mikhaïl Gorbatchev,
qui l'a rendu nécessaire,
et N. Lee Wood,
qui l'a rendu possible.

Préface

J'ai commencé à écrire *Le Printemps russe* au retour d'une rencontre internationale d'écrivains à Budapest, en août 1988, et au moment de la publication de la première édition en septembre 1991, la tentative de putsch venait d'échouer à Moscou. Entre le début de la rédaction du roman et son achèvement en 1991, j'ai remanié plusieurs fois l'intrigue afin de tenir compte des événements qui ont changé la face du monde au cours de ces trois dernières années. À l'heure où j'écris le présent texte, les conséquences finales de ces bouleversements sont toujours imprévisibles. Une seule chose est sûre : la situation évoluera encore avant que vous puissiez lire ces lignes.

Bien des changements que j'avais envisagés au début se sont réalisés avant la fin de mon dernier brouillon — élections démocratiques en Union soviétique, démantèlement du glacis soviétique d'Europe de l'Est, réunification de l'Allemagne, fin de la guerre froide, début du désengagement militaire américain en Europe — et la version définitive du roman reflète ces modifications.

D'autres changements sont survenus alors que le livre était en cours d'impression. Certains, même s'ils n'ont pas suivi la chronologie ou le détail du roman, en ont étonnamment respecté les grandes lignes et le sens profond — le malaise économique américain, la marche vers une confédération de l'Europe occidentale, la résurgence des nationalismes tribaux en Europe de l'Est comme de l'Ouest, avec les déplorables résultats que l'on peut constater.

D'autres prédictions peuvent sembler s'être révélées fausses. L'Union soviétique n'existe plus et le Parti communiste ne paraît plus devoir jouer un rôle dans l'avenir des territoires qui la composaient.

Et pourtant, qui sait ? Si les détails de l'Histoire future, tributaires de la bonne ou mauvaise fortune d'hommes politiques et des aléas de l'actualité — coups d'État, cataclysmes — sont impossibles à prévoir avec certitude, les grands impératifs économiques, technologiques et géopolitiques qui sous-tendent la destinée des peuples sont toujours là.

En 1968, dans *Jack Barron et l'éternité,* j'avais décrit ce que risquait de devenir la politique présidentielle américaine, entièrement soumise au pouvoir de la télévision et subvertie par lui. Vingt-quatre ans plus tard, si les choses ne se sont pas passées exactement comme dans le roman, les grandes lignes de celui-ci ne se sont avérées que trop réelles. En 1987, en plein *boom* reaganien, j'avais prévu dans *Rock machine*[1] le déclin économique de l'Amérique des années 90 — ce qui, malgré l'euphorie ambiante, n'était pas si difficile au vu des réalités sociales et économiques.

De même, si certains détails du *Printemps russe* peuvent paraître dépassés, les grandes forces qui façonnent l'avenir

1. Traduit par Isabelle Delord-Philippe, coll. « Ailleurs et demain », Robert Laffont, 1989.

du monde demeurent inchangées. La CEE s'achemine inexorablement vers une confédération qui ressemble fort à l'Europe communautaire du roman, sa prédominance économique est déjà un fait et l'adhésion des pays d'Europe de l'Est n'est plus qu'une question de temps. Les États-Unis sont effectivement devenus la principale puissance militaire de la planète, un Marché commun de l'hémisphère occidental est en voie de formation et les premiers éléments de l'Initiative de défense stratégique vont bientôt être déployés. Et le déclin de l'économie américaine, entraînée par le poids de sa dette, est déjà une triste réalité.

Mais qu'en est-il de la « Communauté des États indépendants » qui a remplacé l'Union soviétique ? Déchirées par les antagonismes ethniques, dans un état de complet délabrement économique, ces républiques peuvent-elles vraiment s'unir dans un cadre cohérent et redresser leurs économies au point de s'intégrer un jour à la CEE, ranimant la vision de Gorbatchev (et la mienne) d'une « Maison commune européenne », d'une union prospère et démocratique des peuples de l'Atlantique à l'Oural, et au-delà ?

Je crois que c'est encore possible. Parce que les réalités économiques et géopolitiques le leur imposent toujours.

L'Union soviétique était l'héritière de l'Empire russe, État plurinational dont l'édification a demandé plus d'un millénaire, et ce contexte économique et géopolitique n'a pas disparu avec l'effondrement du régime soviétique.

Plus d'une centaine de peuples différents vivent toujours en étroite interdépendance sur le territoire des 15 républiques de l'ex-Union soviétique. Des dizaines de millions de Russes vivent en dehors des frontières de la Fédération de Russie — l'Estonie est russe à 40 %, tout comme le Kazakhstan, et il y a des millions de Russes en Ukraine, en Lettonie, en Lithuanie, en Moldavie. Il y a des enclaves arméniennes en Azerbaïdjan, des enclaves azéries en Arménie, des

Ukrainiens en Russie, des enclaves dans les enclaves dans les enclaves. La Fédération de Russie elle-même n'est qu'une mosaïque d'ethnies.

Sans une quelconque structure confédérale, sans une citoyenneté commune et sans une garantie centrale des droits des minorités internes, il n'y a que deux issues possibles — une suite sans fin de guerres tribales assortie d'un chaos permanent, ou une ribambelle d'États qui n'auront d'indépendant que le nom et seront en fait manipulés depuis Moscou par la majorité russe démographiquement, économiquement et militairement prédominante.

Que leurs peuples ou leurs gouvernements le veuillent ou non, les siècles ont soudé les républiques de l'ex-Union soviétique en une entité économiquement interdépendante. Le blé ukrainien nourrit les ouvriers des champs de pétrole russes qui fournissent l'énergie qui fait tourner l'économie de l'ensemble. Le lait balte ne pourrait être mis en bouteilles sans les machines russes. Les usines d'Ukraine dépendent de pièces détachées fabriquées en Russie et vice versa. L'uranium extrait d'Asie centrale alimente les générateurs de Russie et d'Ukraine qui fournissent l'électricité à un réseau général de distribution. Oléoducs et gazoducs, routes, réseau ferroviaire, tout a depuis longtemps été conçu et construit sans considération de frontières intérieures.

Le résultat des tentatives des républiques pour fonctionner en autarcie n'est que trop apparent — magasins vides, pénuries énergétiques, dépréciation monétaire, chute accélérée de la production industrielle, effondrement économique.

Ce n'est pas une coïncidence si cet effondrement a suivi de près le décès de l'Union soviétique. Au contraire, c'est la destruction de la coordination fédérale qui en est la *cause*. Car si la planification centrale est à l'origine de la plupart des maux économiques dont souffre l'ex-Union soviétique, on peut constater *a posteriori* que, malgré tous ses défauts, elle était certainement préférable à l'absence de toute autorité coordinatrice.

Ainsi donc, si *Le Printemps russe* n'est sans doute plus une prédiction exacte des événements à court terme dans l'ex-Union soviétique, il demeure une vision, une vision pleine d'espoir, peut-être même la *seule* vision optimiste à laquelle doivent aspirer les peuples de ces pays s'ils veulent échapper à des générations de misère et de conflits sanglants.

En sera-t-il ainsi, en dépit de tout ce qui semble actuellement se passer ?

Nous quittons là le terrain de la prédiction objective pour entrer dans celui de l'engagement optimiste. Sauf nouvelles catastrophes, lorsque vous lirez ces lignes, *Le Printemps russe* aura été publié en Russie même. Où, j'ose l'espérer, il contribuera peut-être modestement à repousser l'emprise glaciale du désespoir et à faire éclore un nouveau printemps.

Norman Spinrad
Paris, janvier 1992

PREMIÈRE PARTIE

L'Automne américain

1.

M. Goddard, secrétaire d'État : « Tôt ou tard, Bill, nous devrons bien finir par nous rendre à l'évidence : l'Amérique latine est incapable de se défendre seule. »

Bill Blair : « Se défendre contre quoi, monsieur le ministre ? »

M. Goddard : « Se défendre dans la vie. Mettre sur pied une économie moderne avec une monnaie stable, nourrir sa population et sauvegarder les apparences d'un gouvernement démocratique. On ne peut pas dire que ce soit le cas pour le moment et les leçons de l'histoire n'incitent pas à l'optimisme. En restant passifs, nous abdiquons toute responsabilité. »

Bill Blair : « Vous voulez dire que nous devrions intervenir ouvertement dans les affaires des pays latino-américains dont la politique intérieure n'est pas à notre goût ? »

M. Goddard : « Je veux dire que nous devons faire ce qu'il faut pour mettre en place des gouvernements démocratiques stables qui puissent former avec nous un Marché commun de l'hémisphère occidental et empêcher ce continent de devenir une deuxième Afrique ! Et si vous voulez appeler ça une politique de la canonnière, je serai fier d'en porter les couleurs ! »

Newspeak, présenté par Bill Blair

COURSE AU DÉSASTRE OU SIMPLE TACTIQUE ÉCONOMIQUE ?

Les Américains paraissent s'acheminer vers un nouveau mini-Viêt-nam en Amérique latine et l'opinion européenne, aussi impuissante qu'indignée, semble une fois de plus se complaire dans l'idée que ce sera un désastre comparable aux précédents.

Et si nos « têtes pensantes » s'étaient trompées de bout en bout ? Personne ne niera que la dernière intervention en date s'est soldée par une catastrophe pour les malheureux Costaricains et que les États-Unis ont toutes les chances de s'enliser dans un nouveau bourbier militaire.

Et si les Américains avaient tiré une autre leçon du Viêt-nam ? Pour eux, après tout, cette époque a été une ère de prospérité. Et si le but recherché par les décideurs économiques américains était précisément de maintenir en permanence leurs forces armées engluées dans les bourbiers militaires d'Amérique latine ?

Libération

L'AMÉRIQUE AUX AMÉRICAINS

La condamnation par le Parlement européen, sous la houlette des écolosocialistes allemands drapés dans leur vertu, de nos efforts pour sauver le Costa Rica des fanatiques d'extrême gauche et du chaos total, assortie de la menace de sanctions économiques qu'elle sous-entend, devrait finir par convaincre le plus sceptique des europhiles qu'un demi-siècle de générosité américaine a été cyniquement trahi au profit de l'hégémonisme économique européen.

Lorsque l'Allemagne réunifiée s'est fondue dans la confédération européenne, de vifs applaudissements ont éclaté des deux côtés de l'Atlantique pour saluer le fait que la prétendue « question allemande » était enfin réglée. Les troupes soviétiques se sont repliées derrière leurs frontières en échange d'un nombre inavouable de milliards de deutsche Marks en subventions, prêts et investissements dans des coentreprises, tandis que les soldats américains rentraient enfin chez eux.

Nous voyons maintenant comment nous avons été récompensés

pour avoir, au prix de nos propres vies et de nos propres deniers, protégé les démocraties européennes durant plus d'un demi-siècle.

Nous nous retrouvons évincés du plus vaste marché économique que le monde ait jamais connu. Nous nous trouvons confrontés à une Communauté européenne, dominée par le colosse germanique, déterminée à saboter nos efforts pour créer un Marché commun de l'hémisphère occidental.

Notre dette extérieure envers les bénéficiaires mêmes de notre générosité est énorme, notre économie s'essouffle et une alliance contre nature, conduite par une Allemagne à l'hypocrisie croissante, vient s'immiscer dans notre propre hémisphère, encouragée depuis la ligne de touche par l'Union soviétique.

L'Amérique se retrouve seule. Et nous pouvons rétrospectivement constater avec tristesse qu'il en a toujours été ainsi. Quand elles avaient besoin de notre aide, les nations européennes se prétendaient nos amies. À présent qu'elles ont obtenu ce qu'elles désiraient de nous, elles ne veulent même pas nous laisser vaquer à nos propres affaires.

Nous avons été bernés. Nous n'avions pas le choix. Nous devons maintenant bâtir pour tous les Américains, du Nord au Sud, une Amérique économiquement intégrée et indépendante. Nous devons consentir à tous les sacrifices nécessaires pour que notre supériorité militaire absolue sur ce continent fasse contrepoids à l'écrasante puissance économique européenne.

Nous devons résister à l'hégémonisme européen, serrer les dents et déployer enfin l'Étoile d'Amérique, quel qu'en soit le prix.

Washington Post

On a vu s'envoler les cours de l'armement et notamment tout ce qui, dans ce secteur, touche de près ou de loin l'industrie aérospatiale, en sommeil depuis une dizaine d'années. Les premiers à réagir se sont bien sûr taillé la part du lion.

Mais les valeurs en hausse ne manquent pas sur le marché secondaire et, surtout, tertiaire. Même avec la forte inflation actuelle, il reste encore dans les consortiums aérospatiaux davantage de titres en hausse à moyen terme que ne le pensent les pessimistes. À contre-courant de l'opinion générale des milieux boursiers, nous affirmons qu'il n'est toujours pas trop tard pour l'opérateur avisé d'investir dans le filon de l'Étoile d'Amérique. Le meilleur est encore à venir. Ne négligez pas les entreprises indépendantes.

Les Échos de Wall Street

LA DÉMENCE AMÉRICAINE SERAIT-ELLE CONCERTÉE ?

La décision du Congrès américain de financer le développement d'un bouclier nucléaire baptisé Étoile d'Amérique est communément perçue comme un acte de folie collective. Mais, d'un point de vue purement pragmatique et américain, il n'en est peut-être rien.

Contre qui l'Étoile d'Amérique est-elle censée défendre les États-Unis ? Contre une Union soviétique qui a cessé d'être une menace militaire ? Contre une Europe communautaire pacifique et prospère ?

Il n'y a évidemment aucune réponse rationnelle à cette question. Mais la question est peut-être mal posée. Car si l'on se demande plutôt ce que l'Étoile d'Amérique peut apporter aux Américains, malgré leurs vertueuses protestations, la réponse n'est que trop évidente.

En déployant l'Étoile d'Amérique, les États-Unis soutiennent un secteur de l'armement en récession, sans lequel leur économie déjà chancelante s'enfoncerait définitivement dans la crise.

En déployant l'Étoile d'Amérique, les politiciens américains justifient les milliards investis au fil des décennies dans la recherche militaire.

En déployant l'Étoile d'Amérique, les États-Unis soulignent aux yeux des républiques latino-américaines que la puissance américaine règne en maître sur leur continent et qu'en dépit de tous les excès interventionnistes auxquels ils peuvent se livrer personne n'aura jamais ni la force ni la volonté de s'opposer à eux dans la sphère d'influence qu'ils se sont attribuée.

Il y a bien longtemps, Mikhaïl Gorbatchev a menacé les Américains d'un sort effroyable : « Nous vous priverons d'ennemi », a-t-il déclaré. Et il a tenu parole.

Nous voyons aujourd'hui la réponse américaine. Privé de l'ennemi dont l'existence a servi de béquille à son économie et de justification à sa politique extérieure durant un demi-siècle, le gouvernement américain s'en est trouvé un autre.

Si l'Allemagne et la Communauté européenne n'avaient pas existé, ils auraient sans doute été obligés de les inventer. D'ailleurs en un sens, c'est ce qu'ils ont fait.

Die Welt

Avec un choc sourd, un hurlement de protestation du caoutchouc sur le béton et un déconcertant gémissement de métal fatigué, le vieux 747 heurta la piste, faisant s'ouvrir dans la foulée une demi-douzaine de compartiments à bagages au-dessus des sièges tandis que rugissaient les inverseurs de poussée. La carlingue vibra de toutes parts et les lumières vacillèrent.

Les quatorze heures passées depuis Los Angeles dans cette bétaillère aérienne avaient été absolument épouvantables : le thermostat semblait incapable de maintenir une température constante, la nourriture tiédasse des deux plateaux-repas avait un goût de carton bouilli, le projecteur de cinéma était en panne, le fauteuil qu'il occupait refusait de s'incliner et le moteur intérieur gauche était le siège d'inquiétantes vibrations. Mais l'avion était parvenu à destination et Jerry Reed était à Paris, ou du moins sur le territoire français.

Pour un cadet de l'espace né et élevé en Californie dont la seule expérience de voyage à l'étranger s'était jusque-là limitée à aller lever des putes à Tijuana, c'était sacrément loin de Downey.

Huit semaines plus tôt, Jerry projetait de passer ses trois semaines de vacances sac au dos dans la Sierra. Il n'avait même pas de passeport.

Et voilà qu'il roulait vers le terminal de l'aéroport Charles-de-Gaulle. Il poussa un profond soupir de soulagement à l'idée d'être arrivé sans anicroche en Europe.

« Non, non, bien sûr que non, il n'y a absolument rien d'illégal là-dedans, lui avait assuré André Deutcher. Le pire qui puisse vous arriver serait qu'ils refusent de vous laisser monter à bord.

— Et confisquent mon passeport. »

André avait souri, de ce sourire mondain dont il avait le secret, et avait soufflé un mince panache de fumée d'un de ses Upmann à dix écus. « S'ils confisquent votre passeport parce que vous essayez de quitter le pays, cela prouvera que ce n'était qu'un document dénué de toute valeur, n'est-ce pas, Jerry ?

— Exact, avait reconnu Jerry d'un ton amer. Mais s'ils me sucrent mon accréditation, je ne travaillerai plus jamais pour le Programme, comme ce pauvre Rob.

— Rob est fini, Jerry ; c'est bien triste, mais c'est comme ça, avait dit beaucoup plus froidement André Deutcher. Et c'est parce que des gens comme Rob Post ne sont plus dans la course que votre programme spatial ne l'est plus non plus…

— Avec nos gros lanceurs, nos navettes et nos luges orbitales, notre logistique de base n'est pas si en retard…, avait protesté faiblement Jerry, sans réussir à se convaincre lui-même.

— Alors que les Soviétiques ont trois nouveaux cosmograds en construction, qu'ils visitent Mars et que nous venons de lancer la fabrication du prototype d'avion spatial.

— Quand la conjoncture politique aura changé, la technologie de l'Étoile d'Amérique nous donnera…

— Jerry, Jerry, vous êtes libre de refuser mon offre, avait dit André en le fixant du regard ambigu de ses yeux gris-vert. Jusque-là c'était le représentant de l'ESA qui parlait. Mais ne vous faites pas d'illusions. Voyez ce qui est arrivé à Rob : je ne voudrais pas qu'il vous arrive la même chose ; c'est en ami que je vous parle, en ami qui partage le même rêve et ne sait que trop bien ce qu'il ressentirait s'il avait eu l'infortune de naître américain et non français à cette heure de notre histoire. Le problème, c'est l'Étoile d'Amérique, et ce ne pourra jamais être la solution. Rob l'avait bien compris, même s'il a cru pouvoir combattre le projet de l'intérieur. Ne commettez pas la même erreur. »

Jerry ne connaissait alors André Deutcher que depuis trois semaines — en fait, il l'avait rencontré à la précédente soirée de Rob Post. Ce dernier le lui avait présenté comme un ingénieur de l'ESA en vacances aux États-Unis pour y rencontrer des gens partageant son intérêt pour l'espace.

Bien sûr, Jerry ne l'avait pas cru une seconde. Il s'était dit que le Français était un genre d'espion industriel et avait immédiatement entrepris de le mettre en boîte à ce sujet. André lui avait rétorqué que, vu la quasi-inexistence du programme spatial civil américain, il ne comportait aucun secret industriel digne d'être volé et qu'il travaillait en réalité pour les services de renseignement de l'armée française. L'échange d'amabilités s'était poursuivi et il avait fini par en jaillir une étincelle d'amitié.

Jerry avait accompagné André à Disneyland, lui avait montré Forest Lawn et s'était débrouillé pour lui faire visiter discrètement les parties accessibles de l'usine Rockwell à Downey ; de son côté, le Français avait régalé Jerry sur la note de frais de l'ESA dans des restaurants dont celui-ci ne soupçonnait même pas l'existence.

Et ce soir André avait commis l'impair, pour la Californie, d'allumer un gros cigare au milieu du salon bondé tout en insistant pour en offrir un à Jerry.

Une brume de mer inhabituelle pour la saison se levait et la nuit était fraîche, si bien que lorsque Alma, la femme de Rob, les eut expédiés dehors fumer leur poison de La Havane, comme l'avait bien escompté André, la terrasse de la villa des Post au sommet de Granada Hills était déserte.

Là, dans l'intimité glaciale de la nuit californienne, André laissa enfin tomber le masque, du moins en apparence, et avoua le but réel de son voyage en Amérique.

Il n'était pas agent des services de renseignement de l'armée française, ni même espion industriel, rien d'aussi sinistre. Il était simplement chasseur de têtes pour le compte de l'Agence spatiale européenne.

« Je pense que vous pourriez intéresser l'ESA, Jerry, lui avait-il dit. Ce n'est encore en rien une offre d'emploi, bien sûr. Mais vous m'avez dit avoir trois semaines de vacances à prendre et je suis autorisé à vous inviter à les passer à Paris, aux frais de l'ESA, pour y rencontrer des gens intéressants, en apprendre davantage sur notre programme et nous permettre de mieux vous connaître. »

Il haussa les épaules. Sourit. « Tout au moins passerez-vous gratis des vacances de rêve à Paris. Il y a pire dans la vie, non ? »

Il lui avait toujours semblé qu'André dissimulait quelque chose derrière sa série de fausses identités, mais là, à le regarder droit dans les yeux dans l'humidité glaciale, avec à leurs pieds les lointaines lumières de San Fernando Valley à peine visibles à travers les bancs de brouillard, Jerry eut l'impression qu'André Deutcher lui parlait enfin à cœur ouvert. Il essayait peut-être encore de lui vendre sa marchandise, mais Jerry ne pouvait le nier : tout ce qu'il avait dit était l'amère vérité.

S'il s'accrochait à ce qui restait du Programme, il finirait tôt ou tard par lui arriver ce qui était arrivé à Rob Post. Si ce n'était déjà fait.

À l'intérieur, les invités étaient nonchalamment assis autour du feu qui se mourait dans la cheminée ou appuyés aux murs, un gobelet de carton à moitié vide à la main : la fête tirait à sa fin.

Comme Rob Post, qui contemplait d'un œil vague les reliefs de la soirée de la porte de la cuisine, comme le

Programme lui-même, condamné à un interminable lendemain de fête.

Rob Post était déjà un ami de son père bien avant la naissance de Jerry, comme en témoignait son souvenir d'enfance le plus vivace : Papa vient le tirer du lit au milieu de la nuit et Rob lui tend une énorme coupe de glace au chocolat nageant dans un épais sirop, puis, assis entre eux sur un vieux canapé poussiéreux dans le salon obscur, il regarde la télévision avec sur les genoux la coupe pleine de crème glacée dont il se gave à l'aide d'une grande cuiller à soupe non sans en barbouiller copieusement son pyjama, petit garçon de quatre ans ensommeillé brusquement plongé dans un incroyable paradis des petits cochons.

« Sandy va me tuer quand elle apprendra ça, Jerry, et tu ne comprendras que lorsque tu seras grand, dit son père. As-tu une idée de la raison pour laquelle je te laisse manger toute la glace au chocolat et tout le sirop que tu peux avaler, ce soir ?

— Parce que tu m'aimes, papa ? » répond Jerry en plongeant allégrement sa cuiller.

Son père le prend dans ses bras et l'embrasse sur la joue. « C'est pour que tu te souviennes toute ta vie de ce moment, dit-il d'une drôle de voix solennelle. Tu es trop petit pour comprendre ce que tu vas voir cette nuit, mais tu ne l'es pas pour comprendre un demi-litre de Hägen-Dazs.

— C'est une expérience, Jerry, dit oncle Rob. Nous allons assister au plus grand moment de l'histoire de l'humanité, mais tu es trop jeune pour en comprendre la signification. Alors ton papa et moi, nous allons essayer d'implanter un engramme sensoriel dans ta mémoire à long terme pour que tu puisses y faire appel quand tu auras grandi et te retrouver ici avec ta conscience d'adulte. »

Gloussement d'oncle Rob… « Et si tu te gaves à en vomir, c'est d'autant mieux pour ton futur souvenir. »

Jerry n'avait pas vomi, mais le souvenir lui était resté. La froide douceur acidulée et le double impact de la crème de cacao sur la glace au chocolat n'avait jamais manqué de le faire remonter dans le temps jusqu'à ce canapé du salon où il assistait au débarquement sur la Lune avec Rob et son père.

Depuis, il était accro au chocolat, au détriment de son interminable combat contre la balance, mais il pouvait se retrouver dans la peau d'un garçonnet de quatre ans souriant aux anges et voir en direct avec sa conscience d'adulte Neil Armstrong poser le pied sur la Lune.

L'étrange paysage lunaire gris cathodique s'approche sous la caméra du module d'atterrissage, accompagné du cra chotement laconique des lointaines voix de Houston… Les parois de métal répercutent le sifflement décroissant des rétrofusées… « L'Aigle s'est posé. » Puis une silhouette pataude descend l'échelle au ralenti… Et la voix hésitante d'Armstrong ânonne son texte mûrement préparé alors que son pied se pose dans la poussière grise, changeant à jamais la destinée de l'espèce… « C'est, euh, un petit pas pour l'homme, euh, un pas de géant pour l'humanité. »

Oh oui, petit garçon, Jerry n'avait qu'à sentir le goût de la glace au chocolat pour être transporté en cet instant dont le souvenir devait modeler sa vie entière. Plus tard, il lui suffirait d'*imaginer* la légère amertume de la crème de cacao pour revivre le débarquement sur la Lune et remercier du fond du cœur Rob et son père pour le plus beau cadeau que puisse recevoir un petit garçon de cet âge ; avoir fait don à son moi adulte de ce souvenir clair et joyeux, de ce rêve consciemment et amoureusement implanté en lui.

Telle était l'importance que revêtait le programme spatial pour Rob et son père, et si ce dernier n'avait guère fait plus qu'adhérer à la L-5 Society, la Planetary Society et tous les organismes d'encouragement de l'exploration spatiale, Rob Post s'était entièrement consacré à la poursuite de son rêve.

Frais émoulu de Cal Tech, il était entré au service du Programme et avait décroché un emploi de dessinateur sur le projet Mariner. C'était au mieux un ingénieur médiocre, mais à mesure qu'il se hissait vers le sommet de l'échelle, il avait fait preuve d'un certain talent pour la direction de projet, sachant inciter des ingénieurs plus compétents qu'il ne le serait jamais à œuvrer ensemble à un objectif commun. Il croyait avec une conviction inébranlable que la destinée de l'humanité était de s'envoler vers les étoiles, il était capable de transformer cette passion en foi dans le projet en cours et, une fois lancé, de communiquer à son équipe le même enthousiasme.

Il avait travaillé sur Voyager et sur la navette, il avait cessé de fumer de l'herbe quand il avait fallu se plier aux analyses d'urine sur le lieu de travail, s'était mis à faire de longues randonnées à pied dans la Sierra et de la gymnastique tous les jours, car il approchait de la cinquantaine, commençait à s'empâter et, si Mars était hors de question, il avait encore une bonne chance d'aller rendre visite à une base lunaire au cas où il s'en construirait une avant qu'il ne dépasse la soixantaine, s'il se tenait à carreau et se maintenait en bonne forme physique. Du moins était-ce ce qu'il se disait avant l'explosion de Challenger.

Avec un père qui le laissait s'ébattre dans sa vaste collection de vieux magazines de science-fiction, d'ouvrages d'anticipation et de maquettes de vaisseaux spatiaux, et avec Rob Post pour « oncle » préféré, Jerry savait dès le plus jeune âge ce qu'il ferait quand il serait grand.

Il serait astronaute. Il flotterait, immatériel, dans l'éther. Il foulerait la pâle surface tavelée de la Lune et chercherait des traces de vie sur Mars. Il se rendrait sur les astéroïdes, sur Titan et, qui sait, vivrait peut-être assez longtemps pour être parmi les premiers à fouler le sol d'une planète gravitant autour d'un autre soleil.

« Mars, si je suis incroyablement chanceux, la Lune peut-être, mais c'est le maximum de ce qu'un vieux con comme moi peut espérer, petit, lui disait Rob à l'époque où Jerry étudiait au collège. Mais toi, tu as eu la chance de naître au bon moment, Jerry. Potasse ces bouquins et, le temps que tu sortes de l'université, nous aurons une base lunaire. Mars avant tes trente ans. Titan avant cinquante. Tu pourrais vivre assez vieux pour voir le lancement du premier vaisseau interstellaire. Tu pourrais même être à son bord. Tu vas vivre l'âge d'or de l'exploration spatiale, petit. Cela ne tient qu'à toi. Tu peux en être l'un des acteurs. »

Jerry avait donc travaillé dur au collège. Ses notes et une chaleureuse lettre de recommandation du vieux Rob Post, ancien de l'École, lui avaient ouvert les portes de Cal Tech où il avait choisi la technologie aérospatiale pour matière principale.

Durant ses trois premières années d'études, Jerry s'était littéralement défoncé le cul. La tâche était rude, mais il était maintenant un bûcheur acharné et s'était hissé sans difficulté dans le peloton de tête.

Mais il savait qu'il ne suffisait pas d'être dans les premiers s'il voulait suivre un entraînement d'astronaute. Il lui fallait être en parfaite condition physique et, pour un étudiant sédentaire au corps naturellement endomorphe et accro à la glace au chocolat, ce n'était pas chose facile.

Heureusement, Rob Post était là pour l'aider, car son père était du genre à passer sa vie planté devant la télé. Rob l'initia aux longues randonnées dans la Sierra. Il lui acheta une série d'haltères pour son anniversaire. Avant la fin de sa seconde année, Jerry avait perdu son lard, s'était construit des muscles et avait plus de succès avec les filles qu'il ne l'avait jamais rêvé, ayant appris à stimuler sa production d'endorphine grâce au sexe et à l'effort plutôt qu'à la crème glacée.

Puis, au cours de sa troisième année, la navette Challenger avait explosé, emportant avec elle le programme spatial civil ; ou, plus exactement, le long entracte entre le désastre de Challenger et le lancement de navette suivant avait servi de révélateur et mis un point final au processus déjà largement entamé.

Le brillant avenir dans l'espace, apparemment incontournable quand Jerry avait quatre ans, ne s'était jamais réalisé. Pas de station spatiale en 1975. Pas de base lunaire en 1980. Pas d'expédition sur Mars en 1985. Oh, bien sûr, les années 70 et le début des années 80 avaient été un âge d'or pour l'exploration spatiale automatique, avec les incroyables images de Mars, des lunes de Jupiter et des anneaux de Saturne, mais le *véritable* programme spatial, les vols spatiaux habités, son authentique raison d'être, était pour l'essentiel resté sur la touche durant la décennie qui avait séparé le dernier Apollo de l'avènement longtemps différé de la navette.

Ronald Reagan était alors président, le budget de la défense s'envolait, la « Guerre des étoiles » commençait à phagocyter les crédits de la recherche spatiale, l'armée de l'air avait mis le grappin sur la NASA, et près de 40 % des charges mises en orbite étaient déjà militaires avant l'explosion de Challenger.

Il avait fallu deux ans de tergiversations bureaucratiques pour que la NASA rassemble enfin le courage de lancer Discovery. L'esprit de l'Agence était alors brisé, sa structure administrative était totalement militarisée, le budget de la recherche spatiale civile avait subi des coupes sombres et tout espoir de voir un jour un programme de vol civil habité était définitivement écarté.

Quand la poussière était retombée, le financement d'une interminable étude-pilote de Guerre des étoiles avait si astucieusement été ancré dans le processus budgétaire qu'il possédait une vie propre. Même la disparition de l'Union soviétique dans le rôle du croquemitaine n'y avait rien changé. Lorsque Jerry avait obtenu son diplôme, l'idée de faire une carrière d'astronaute civil était devenue pathétiquement risible.

Encore une fois, Rob Post était là pour prodiguer aide et conseils à Jerry, mais ceux-ci étaient malheureusement d'un tout autre genre, à présent. Rob était alors cadre moyen-supérieur chez Rockwell, un bureau d'études en astronautique assez prospère en ces temps où les contrats pour les projets civils se faisaient pratiquement inexistants.

Alors que Jerry était en quatrième année à Cal Tech, Rob s'était bouché le nez, avait soupiré et accepté le poste de directeur du projet de Plate-Forme automatique. « C'est ça ou rejoindre la horde des chômeurs, avait tristement déclaré Rob. En plus, ce n'est pas comme si ce foutu machin n'avait pas d'applications civiles potentielles… »

La P.F.A. était typique de la myriade de petits projets qui avaient maintenu la Guerre des étoiles en survie, jusqu'à ce que les réactions indignées de l'Europe aux interventions en Amérique latine donnent enfin à l'industrie de la défense un bon prétexte pour convaincre le Congrès d'en accepter la reprise sous le nom d'Étoile d'Amérique. Fondamentalement, la P.F.A. était une refonte à plus grande échelle de l'ogive MX de quatrième génération, censée déployer des dizaines de petits intercepteurs orbitaux bon marché. C'était du moins l'argument avancé devant le Congrès.

Mais, derrière cet écran de fumée, l'armée de l'air voulait en fait se donner une plate-forme pouvant être satellisée en orbite basse avec une charge utile variable d'au moins vingt missiles nucléaires etbou intercepteurs en phase d'envol. Elle devait être capable de rester en place pendant un an sans être ravitaillée en carburant, de procéder au besoin à des changements d'orbite, d'esquiver les satellites tueurs et de délivrer sa charge avec une grande précision.

« Il suffit de supprimer les intercepteurs et les ogives, de lui donner un réservoir de grande capacité avec les propulseurs correspondants, d'y accoler une cabine pressurisée, et on obtient une jeep de l'espace pour passer d'orbite basse en orbite géostationnaire », rêvassait Rob.

Lorsque Jerry eut obtenu son diplôme, Rob put l'engager comme esclave salarié débutant sur le projet P.F.A. Mais même un naïf comme Jerry, une fois entré chez Rockwell, pouvait voir ce que faisait Rob. Tous ceux qui travaillaient sur le projet le savaient. Tout le monde contribuait à la supercherie, sachant, bien entendu, que ce serait Rob qui écoperait quand l'armée de l'air découvrirait le pot aux roses.

Le pot aux roses, c'était que Rob Post, à l'instar des militaires, poursuivait secrètement son programme personnel. Il se servait des fonds de l'armée pour mettre au point un véhicule de transfert capable d'emmener des équipages vers une hypothétique station orbitale.

Les propulseurs étaient bien trop gros pour un simple transporteur d'ogives et d'intercepteurs. Les prétendus « colliers de ravitaillement en carburant » étaient conçus pour recevoir un réservoir de grande capacité soigneusement aligné le long du grand axe afin de pouvoir supporter une poussée de 1 g. La plate-forme elle-même était étudiée pour accueillir quarante intercepteurs de façon qu'une cabine pressurisée puisse s'y loger.

Peut-être cela avait-il quelque chose à voir avec le fait que Rob s'était remis à fumer de l'herbe, ou inversement. Il avait cessé lors de l'institution des analyses d'urine mais il s'y était remis dans les premiers mois du projet P.F.A. ; il rentrait chez lui à Granada Hills, fumait un joint et s'asseyait devant son ordinateur pour dessiner, sur son temps libre, la cabine pressurisée et le réservoir supplémentaire qui transformerait la P.F.A. en jeep de l'espace pouvant emporter dix passagers d'orbite basse en orbite géostationnaire.

L'inévitable, bien entendu, finit par arriver.

L'armée de l'air étudia avec attention le projet avant de passer au stade du prototype et un petit futé pigea ce qui se tramait. Un lundi, par un petit matin blême, la patrouille de contrôle des urines débarqua en force et fit pisser tout le monde dans des éprouvettes.

De tels contrôles surprise n'étaient pas totalement inhabituels, mais quand ils prirent des échantillons sanguins pour corroborer le moindre soupçon d'infraction aux règlements antidrogues, tout le monde comprit que le pot aux roses était découvert.

L'analyse d'urine de Rob se révéla négative, mais on trouva dans son sang des traces infinitésimales de tétrahydrocannabinol, ce qui n'aurait peut-être pas suffi à l'écarter à vie du programme s'il avait choisi de contester son licenciement devant les tribunaux. De sorte que, plutôt que d'essayer de le coincer directement, les autorités militaires employèrent des moyens détournés.

Elles abandonnèrent le projet P.F.A. avant le stade du prototype, ce qui coûta un paquet à Rockwell, puis elles laissèrent clairement entendre que les chances qu'avait Rockwell de décrocher le programme de remplacement étaient quasiment nulles tant que Rob Post émargeait chez eux. Qui plus est, il ne devait pas lui être permis de démissionner, il fallait qu'il soit proprement viré pour mauvaise gestion des fonds de l'armée.

Ce que firent sans grande réticence les dirigeants de Rockwell quand ils eurent calculé ce que leur avait coûté l'abandon de la P.F.A. Rob Post fut lourdé en fanfare et Rockwell obtint le contrat de la luge orbitale.

Rob, comme en avaient décidé les militaires, ne travailla plus jamais pour le Programme, du moins directement. Il gagnait précairement, sinon pauvrement, sa vie comme consultant technique pour divers projets extérieurs au Programme, grâce à ses nombreuses relations dans la communauté scientifique californienne. En même temps, il organisait ces soirées à peu près tous les mois, pour entretenir, triste et désespéré, ses relations avec ceux qui, comme Jerry, travaillaient toujours pour le Programme.

Ou pour ce qu'il en restait.

Jerry se détourna du tableau de fin de soirée qui s'offrait par la baie vitrée et du regard pénétrant d'André Deutcher pour lever les yeux vers le ciel nocturne du Sud californien. Mais les étoiles étaient invisibles à travers les bancs de brume marine.

Jerry finit par se tourner de nouveau vers André, qui le regardait, accoudé à la balustrade, en soufflant un long panache de fumée qui se fondait dans le brouillard.

« C'est une triste époque pour les gens comme vous et Rob dans ce pays, oui, une triste époque », dit André en hochant la tête vers Rob qui traversait le salon pour les rejoindre. « N'allez pas penser que je ne comprends pas, Jerry, dit-il avec un air de commisération mondaine. Vous êtes américain, mais votre pays a perdu foi en vos rêves…

— Ouais, enfin, au moins je suis toujours dans l'industrie spatiale », laissa tomber Jerry d'une voix à la Groucho Marx en agitant son cigare et en exhalant à son tour la contre-valeur de cinq dollars de havane de contrebande, futile tentative de singer l'élégance décontractée d'André.

En réalité, il n'aimait pas vraiment le goût du tabac ; il voyait cela comme un petit geste de défi à l'encontre des règles de salubrité publique auxquelles la plupart des invités à cette soirée, lui compris, devaient se plier s'ils voulaient conserver leur boulot. Le tabac n'était pas encore sur la liste des substances à dépister dans l'urine, mais le tabac *cubain* suscitait malgré tout le petit frisson de danger bénin qu'avait dû produire l'herbe au temps où une trace de tétrahydrocannabinol dans votre urine ne signifiait pas que vous étiez écarté à vie du Programme, comme ce pauvre Rob.

Oh oui, il était toujours dans l'industrie spatiale. Il avait toujours un boulot chez Rockwell, précisément, et non sans ironie, au sein de l'équipe qui mettait au point les systèmes de guidage et de propulsion de la luge orbitale, remplaçante directe de la défunte P.F.A. Et, pour retourner un peu plus le fer dans la plaie de ce pauvre Rob, c'étaient les modifications apportées sans autorisation par celui-ci à la P.F.A. qui avaient donné aux militaires l'idée de la luge orbitale, même si, bien sûr, personne n'avait jamais voulu le reconnaître.

Pourquoi ne pas construire directement un engin capable d'emporter des charges d'orbite basse en orbite synchrone et de faire en plus le boulot de la P.F.A. ? Le projet de Rob s'était révélé parfaitement réalisable. Il suffisait d'ajouter de gros réacteurs d'appoint, un système de guidage, une plate-forme assez rigide pour maintenir l'ensemble et un système d'arrimage pour les modules de transport.

On obtenait la luge orbitale, capable non seulement de placer ogives militaires et intercepteurs en orbite basse, mais aussi de manœuvrer des satellites-tueurs à haute vélocité et de transférer des satellites-espions en orbite géostationnaire, le tout pour un coût n'excédant guère celui de la P.F.A., uniquement conçue pour la première de ces tâches.

Et maintenant que le Congrès avait largement desserré les cordons de la bourse, on parlait déjà d'une luge de seconde génération, capable de s'amarrer à une navette pour l'emmener en orbite synchrone ou, davantage dans l'esprit de l'Étoile d'Amérique, d'y transférer d'énormes miroirs, des lasers monstrueux, des intercepteurs à haute vélocité et des accélérateurs de rayon à particules qui y seraient invulnérables à toute attaque, donnant à l'Amérique la suprématie militaire absolue dans l'espace géosynchrone.

Ce pauvre Rob avait nourri, des étoiles plein les yeux, le rêve de transformer l'épée de la P.F.A. en soc de charrue spatial, mais le Pentagone s'était révélé plus fort à ce petit jeu.

Rob les rejoignit sur la terrasse, l'air sérieusement défoncé.

« C'est du tabac, dans ces barreaux de chaise, ou bien vous êtes chargés ? » les interpella-t-il.

Depuis que Rockwell l'avait saqué, Rob fumait son herbe de plus en plus ostensiblement malgré le risque réel de se faire jeter en prison, portait les cheveux encore plus longs qu'à la fin des années 60, s'habillait en blue-jeans et grosse chemise à carreaux et dissimulait son amertume derrière une fausse façade de vieux hippie fatigué. « Pourquoi pas ? disait-il quand Jerry lui en faisait le reproche. Qu'est-ce qu'il me reste à perdre ? »

« Un havane ? » proposa André en sortant prestement son étui en bois de cèdre pour en extraire un cigare.

Rob regarda autour de lui d'un air faussement paranoïaque. « Alma va me tuer », dit-il, mais il s'en empara malgré tout et l'alluma au luxueux Dunhill en argent d'André. Tous trois restèrent accoudés à la balustrade en séquoia dans la brume fraîche et odorante à inhaler de coûteux carcinogènes dans un silence épais.

C'était Rob qui avait présenté Jerry à André et c'était lui que l'ESA aurait dû essayer de recruter s'il y avait eu une justice en ce monde. Mais, comme l'avait dit André, Rob était fini, du moins aux yeux de l'ESA.

Jerry aurait voulu demander à Rob son avis sur la proposition d'André. Mettrait-il sa carrière en danger du simple fait d'accepter une invitation à Paris ?

Mais deux choses l'en empêchaient : primo, il ne savait pas comment André prendrait qu'il fiche en l'air sa couverture ; secundo, il craignait que Rob n'ait le cœur brisé d'apprendre que c'était à Jerry que l'on offrait une chance de travailler pour l'ESA.

De façon assez inattendue, ce fut Rob Post qui vint à son secours. « Alors, petit, dit-il en brandissant son Upmann, tu crois que tu pourras m'en rapporter au moins une boîte de Paris ? Je sais que de l'afghan de première bourre, je ferais mieux de ne pas y penser.

— *Tu es au courant ?* bafouilla Jerry. C'est vous qui lui avez dit, André ?

— Mais bien sûr. Ou plutôt c'est Rob qui vous a recommandé comme un choix possible.

— Mais dans ce cas, pourquoi…

— Ne pas y aller moi-même ? dit Rob. Ils ne sont pas intéressés par un ex-directeur de projet qui n'a pas travaillé pour le Programme depuis des années. Ils veulent du sang neuf, c'est tout naturel… »

Il soupira, se tourna pour regarder en direction du ravin

qui plongeait vers le fond de la vallée de San Fernando où un million de petites lumières luisaient faiblement à travers la brume scintillante, tira une brève bouffée de son cigare et rejeta lentement la fumée dans un soupir.

« En plus, dit-il, j'approche de la soixantaine : je suis déjà trop vieux pour espérer aller là-haut un jour, ce rêve est fini pour moi, petit, j'en suis bien conscient. En outre, j'ai fini par tomber amoureux de ce pays, pas des États-Unis ou des microcéphales du gouvernement de Washington, mais de la Californie, des sierras, des séquoias, des collines… Depuis le temps que je vis ici, je suis devenu une partie du paysage, comme il est devenu une partie de moi, et même si on me donnait le choix… »

Il haussa les épaules, se retourna vers Jerry, émit un petit rire. « Malheureusement, on ne me donne pas le choix.

— Tu cherches à me dire que je devrais partir ? » demanda Jerry.

Rob Post fixa sur lui ses yeux injectés de sang, profondément cernés. Ses longs cheveux gris se dégarnissaient. Il avait des rides profondes autour de la bouche et au coin des yeux, de plus petites sur tout son visage hâlé où commençaient à apparaître quelques taches jaunâtres. Autant de détails que Jerry remarquait pour la première fois.

Et pour la première fois il prit conscience que le héros, le protecteur de son enfance et de sa jeunesse se faisait vieux.

Rob Post allait vieillir, ses forces allaient décliner, et il finirait pour mourir sans jamais être parvenu à poser le pied sur Mars ou sur la Lune, ni même à flotter là-haut, affranchi de la pesanteur, dans les ténèbres étoilées, ne serait-ce que pour un lumineux instant au crépuscule de sa vie.

Jerry serra les poings, il sentit les larmes lui monter aux yeux et il dut, pour les camoufler, tirer une longue bouffée de cigare qui le fit tousser.

« Hé là, petit, je n'essaie pas de te dire quoi que ce soit.

Qu'est-ce que je pourrais en savoir, bon sang, je n'ai jamais mis les pieds en Europe. Je ne sais même pas ce qu'ils pourront te proposer, si jamais ils te proposent quelque chose. Mais si tu veux mon avis…

— Je désire *toujours* connaître ton avis, Rob. Tu le sais bien. »

Rob sourit, et dans ce sourire le fantôme d'un visage plus jeune vint recouvrir le masque vieillissant de la défaite. « Eh bien, si tu veux mon avis, Jerry, c'est… et merde !

— *Et merde ?* Et merde *quoi ?*

— Et merde, ce n'est rien d'autre que trois semaines de vacances gratuites en Europe », dit Rob, marchant de long en large devant Jerry en une petite orbite elliptique.

« Tu veux dire que je devrais y aller ? »

Rob rit. « Et merde, pourquoi pas, bon Dieu ? Quel jeune Américain normalement constitué refuserait un séjour gratuit à Paris ? Quel cadet de l'espace refuserait de jeter un coup d'œil au programme de l'ESA ?

— Quelqu'un qui ne veut pas perdre son accréditation de travail pour le *nôtre*.

— Ça, c'est juste », dit Rob, beaucoup plus sombre.

André Deutcher, qui était resté pendant tout ce temps accoudé tranquillement à la rambarde, prit la parole : « La question peut être résolue d'une façon qui élimine tous les risques. Vous demandez un passeport. On vous le donne ou on vous le refuse, n'est-ce pas ? Si on vous le refuse, vous laissez tranquillement tomber sans discussion. Une simple demande de passeport ne risque pas de mettre en cause son accréditation, n'est-ce pas, Rob ?

— Je ne vois pas en quoi…

— Ensuite, il demande un visa touristique de trente jours pour la Communauté européenne par l'intermédiaire d'une agence de voyages et embarque tranquillement avec moi en première classe sur le vol Air France pour Paris…

— Mouais, fit Rob. Ils sont idiots, mais pas à ce point-là.

Il ferait mieux de voyager seul sur une compagnie américaine, et pas en première classe, sinon ils le soupçonneraient de voyager aux frais de quelqu'un et pourraient bien ne pas le laisser monter à bord. »

André haussa les épaules. « Je crains qu'il n'ait raison, dit-il à Jerry. Vous feriez mieux de voyager avec les manants. » Il sourit, cligna de l'œil. « Mais ne vous en faites pas, Jerry, nous nous chargerons de vous faire oublier ce regrettable mais nécessaire désagrément dès l'instant où vous serez en sécurité à Paris, je vous le promets, et le voyage de retour se fera sur Air France en première classe. »

Il s'interrompit, rejeta un autre panache de fumée. « S'il y a un voyage de retour.

— Eh bien, je suis content que vous ayez tout décidé pour moi, tous les deux », lança Jerry. Mais il y mit peu de véhémence. Après tout, Rob avait raison.

Ils n'allaient pas lui supprimer son accréditation pour une demande de passeport. Il pouvait toujours jouer les innocents si on ne le laissait pas monter dans cet avion, non ? Officiellement, il ne ferait que prendre des vacances à Paris.

Comme pour lui envoyer un signe, un lointain rugissement se fit soudain entendre et on entr'aperçut un point de lumière vive qui filait verticalement dans la brume à une vitesse surnaturelle, accélérant dans son essor comme un ange glorieux en pleine ascension.

« *Ça alors,* s'exclama André Deutcher. *Qu'est-ce que c'est ?* »

Les yeux de Jerry croisèrent ceux de Rob Post. Ils rirent tous deux sous cape et, en un sens, ce fut à cet instant que sa décision fut prise.

« Pas vraiment de quoi s'exciter, André, dit Rob.

— Oui, c'est simplement la base de Vandenburg qui procède à un nouvel essai d'intercepteur balistique. »

Un rugissement étrangement semblable, mais plus fort et plus proche, tira brutalement Jerry de sa rêverie et il se retrouva le nez collé au hublot de l'avion pour essayer en vain de voir d'où cela venait.

« Mon Dieu, qu'est-ce que c'était ? s'écria la vieille dame qui occupait le siège voisin.

— Un Antonov 300 qui décollait », murmura Jerry, car il savait qu'aucun autre appareil civil ne faisait un tel vacarme.

Jusqu'à ce que l'allumage du propulseur d'envol de l'Antonov le fasse sursauter, Jerry somnolait dans un espace où l'intérieur d'un avion ressemblait à l'intérieur de tous les autres, où un grand aéroport amiboïde semblait relier les espaces intermédiaires et où toute idée de se trouver dans un autre pays que les États-Unis était parfaitement irréelle.

Mais à présent le vieux 747 de la Pan World roulait vers le terminal de Charles-de-Gaulle. Jerry aperçut deux autres Antonov à l'arrêt sur la piste — le premier aux couleurs de la British Air, l'autre frappé de la faucille et du marteau ailés de l'Aeroflot — reliés au bâtiment par des passerelles et entourés de trains de chariots à bagages comme s'il s'agissait de Boeing ordinaires sur le terrain de Los Angeles. Il sut alors qu'il ne se trouvait plus dans la cambrousse technologique.

Grâce à l'Antonov 300, les Russes avaient fini par conquérir une part appréciable du marché mondial : ils avaient pris leur vieux porteur de navettes, monstre lui-même dérivé d'un vieil appareil de transport militaire auquel avaient été ajoutés deux réacteurs, et en avaient fait le plus gros avion de passagers du monde.

Avec ses gigantesques réservoirs, il pouvait transporter à 800 km/h 1 000 passagers et leurs bagages sur 10 000 kilomètres dans un confort tout relatif, plus une bonne centaine en première classe dans le vaste et luxueux pont supérieur qui remplaçait le berceau de la navette, ce qui en faisait l'avion le plus rentable du monde.

C'était aussi un mastodonte d'un poids énorme à qui il fallait, pour atteindre laborieusement sa vitesse de décollage, une piste plus longue que n'en possédaient la plupart des aéroports civils.

Les Russes avaient résolu le problème à leur manière habituelle, brutale et directe, en montant derrière le train principal un chariot détachable équipé d'une batterie de réacteurs à carburant solide adaptés à partir de vieux missiles à courte portée.

L'Antonov était un sujet de plaisanteries chez Rockwell, où l'on construisait des bombardiers hypersoniques qui pouvaient vous jouer en plein vol *La Chevauchée des Walkyries* en multiphonie sur leurs platines laser perfectionnées.

Mais, de près, il y avait quelque chose d'attachant dans cette antiquité technologique. C'était un engin que Jules Verne et Rude Goldberg auraient sûrement admiré.

Le vieux 747, lui-même jadis le plus gros avion de ligne du monde, s'approchait maintenant de la porte, juste à côté de l'Antonov de l'Aeroflot qui l'écrasait de sa taille comme le Boeing avait écrasé de la sienne, quatorze heures et un univers plus tôt, les moyens courriers courtauds du terrain de L.A.

C'est comme une caricature de la technologie russe, se dit Jerry tandis que la passerelle s'arrimait au 747 de la Pan World. Énorme, brutal, puissant et bricolé à partir de matériel réformé avec du chewing-gum et du fil de fer.

Oui, c'est bon marché, et ça marche, se rappela-t-il. On peut rire de la façon dont les Russes l'ont conçu, mais ce sont eux qui se marrent en passant à la caisse.

Si l'Amérique pouvait construire des bombardiers hypersoniques, pourquoi Rockwell ou quelqu'un d'autre ne pouvait-il pas construire un avion géant et récupérer vite fait, bien fait, le marché des long-courriers ?

Pourquoi travaillait-il sur la luge orbitale et pas sur des systèmes de propulsion de vol habité ? Pourquoi les Russes montaient-ils une expédition sur Mars alors que les États-

Unis étaient encore en train d'étudier une base lunaire ? Pourquoi était-ce l'ESA qui construisait le prototype d'avion spatial et non Rockwell ou Boeing ?

Bien sûr, poser ces questions revenait à y répondre par les deux mots qui empoisonnaient l'existence de Jerry.

L'Étoile d'Amérique.

C'était là qu'allait, sous un prétexte ou un autre, la part du lion du budget de la recherche américaine depuis une bonne vingtaine d'années. Une histoire que lui avait racontée Rob Post bien des années plus tôt, quand il était en deuxième année de lycée et que le programme s'appelait toujours « Initiative de défense stratégique », le résumait bien.

« L'autre jour, j'étais à une soirée, à moitié bourré, avec une bande d'ingénieurs et ils étaient en train de bavasser à propos des contrats que leurs sociétés allaient décrocher grâce à l'I.D.S. Lasers à rayons X alimentés par pile à fusion, miroirs orbitaux, boucliers spatiaux, tout le tremblement. Dites donc, j'ai dit pour plaisanter, pourquoi pas un canon à rayon tachyonique ? On le met là-haut en orbite, il attend que les Russkofs lancent leurs missiles et il envoie des rayons tachyoniques remonter le temps pour zigouiller leurs joujoux sur le pas de tir vingt minutes plus tôt. Certains des types ont ri, mais deux ou trois d'entre eux — des types de chez Lockheed — ont eu un drôle d'air. Ouais, a dit l'un d'eux, je crois qu'on pourrait obtenir une vingtaine de millions pour l'étude préliminaire. Environ un an plus tard je me suis aperçu qu'ils l'avaient vraiment fait. Le Pentagone y a englouti près de cent millions avant de se rendre compte qu'il s'était fait avoir. »

L'Amérique devenait le pays du tiers-monde le mieux défendu de la Terre et ses plus brillants citoyens se prêtaient au jeu en pissant dans des bouteilles, tandis que les Russes vendaient leurs Antonov, allaient sur Mars et que la Communauté européenne rêvait d'hôtels de luxe en orbite géostationnaire.

Mais qu'on ne se méprenne pas, se dit amèrement Jerry tandis que s'éteignait le panneau « Attachez votre ceinture », j'aime toujours mon boulot.

Jerry attrapa son sac sous le siège et se mit debout dans l'allée avec le reste des sardines qui attendaient l'ouverture de la porte de sortie.

Enfin, après l'habituelle éternité passée à transpirer dans une atmosphère suffocante, la porte s'ouvrit et Jerry s'avança lentement vers la sortie au milieu du flot humain, déboucha, toujours piétinant, dans la passerelle et s'engagea sur un long tapis roulant entre des hologrammes publicitaires qui l'agressaient en un français incompréhensible au milieu d'une ahurissante profusion de filles aux seins nus, pour se retrouver enfin dans le chaos surpeuplé d'une aire d'arrivée où d'autres tapis roulants crachaient d'autres passagers par d'autres portes donnant sur le moyeu du terminal circulaire.

À l'autre bout de la salle, à peine visibles au milieu de la foule, s'alignaient des cabines occupées chacune par un douanier en uniforme chamarré. Au-dessus des cabines, des panneaux en français et en anglais indiquaient : « Passeports européens » et « Autres ». Tandis que les premières étaient au nombre de quatre et que les gens passaient devant sans s'arrêter en exhibant leur passeport, de longues files d'attente s'étiraient déjà devant les deux dernières où les douaniers avaient l'air de vérifier le visa de chaque passager à l'aide de terminaux d'ordinateur.

Devant cet accueil d'un antiaméricanisme révoltant et à la pensée qu'il se passerait bien une heure avant qu'il puisse franchir le contrôle des passeports, pour affronter encore le carrousel des bagages et poireauter ensuite avec ses valises dans une queue encore plus longue pour passer la douane, la fatigue engendrée par le décalage horaire, le manque de sommeil et le brouhaha de langues incompréhensibles s'abattit d'un coup sur Jerry. Il avait les jambes en coton, un goût de cuivre dans la bouche, des élancements dans la tête et, pour couronner le tout, à sa grande stupéfaction, voilà que la moitié des passagers de l'aire d'arrivée se mettaient à allumer de méphitiques cigarettes qui rendaient l'atmosphère irrespirable.

« Bienvenue en Europe », murmura-t-il d'un air lamentable entre ses dents et, jouant mécaniquement des coudes, il se fraya un passage dans la foule en direction d'une des longues files d'attente.

« *Monsieur Jerry Reed, monsieur Jerry Reed, présentez-vous au comptoir à gauche de la salle…* », dit une voix féminine dans les haut-parleurs, à peine audible dans le vacarme, et en français, avec ça. Bon sang, qu'est-ce que je suis censé faire maintenant ?..

« Monsieur Jerry Reed, monsieur Jerry Reed, présentez-vous au comptoir à gauche de la salle… »

Jerry fut pris d'une sueur froide. Grand Dieu, le long bras du Pentagone s'étendait-il *jusque-là*, juste quand il pensait en être débarrassé ?

Maladroitement, craintivement, Jerry se fraya un chemin dans la foule vers le côté gauche de la salle, s'attirant des protestations courroucées, des coups de coude dans les côtes, et même une brûlure de cigarette à l'avant-bras.

« Jerry ! Jerry ! Par ici ! »

C'était la voix d'André Deutcher. Jerry se coula vers lui dans la foule ; près de lui s'élevait une autre cabine de douane que Jerry n'avait pas remarquée jusque-là. À l'intérieur se trouvait un homme en civil et il n'y avait pas de file d'attente. Debout près d'André se tenait un homme qui, lui, était en uniforme, bien que celui-ci fût entièrement noir et dépourvu d'insignes.

« Bienvenue en France, cher ami », dit André. Il parcourut du regard l'aire d'arrivée avec une moue de dégoût aristocratique. « Voulez-vous me donner votre bulletin de bagages et votre passeport, de façon que nous puissions nous arracher à cette cohue ? »

Jerry les lui tendit d'un geste gauche. André passa le bulletin de bagages à l'homme en uniforme qui disparut avec par la cabine de douane. « Marcel va s'occuper de vos bagages », dit André. Il tendit le passeport de Jerry au douanier qui le tamponna immédiatement, le rendit à Jerry, dit : « Bienvenue à Paris, monsieur Reed », et lui fit même un petit salut.

André l'entraîna rapidement le long d'un couloir pour prendre un petit ascenseur qui les déposa dans un hall débouchant directement, par une issue réservée, sur un trottoir à l'extérieur du terminal. Une limousine Citroën noire de forme vaguement elliptique, étincelante dans l'éclat aveuglant du soleil matinal, les attendait. Toute en courbes tendues et vitres fumées, elle ressemblait à l'illustration par Frank R. Paul de la soucoupe volante d'un parrain de la mafia martienne.

« *Super bagnole,* hein ? » dit André tandis qu'un chauffeur vêtu du même uniforme que Marcel émergeait du siège du conducteur pour leur ouvrir promptement la porte arrière. « C'est la version alimentée par pile à combustible ; aujourd'hui nous sommes à 90 % nucléaires en France et nous avons de l'électricité à revendre. »

Le siège arrière était un moelleux canapé recouvert de velours bleu marine, assorti à la moquette comme les petits poufs rembourrés qui servaient de repose-pieds. Au-dessus de leurs têtes, des petits spots orientables à halogène baignaient chaque passager d'un doux halo lumineux. Les parois de l'habitacle étaient tapissées de cuir bleu pastel rehaussé de chrome ou d'argent. Sous la vitre de séparation, un petit écran et son clavier, incongrus par leur aspect bon marché, étaient encastrés dans le dossier du siège avant.

Dans l'accoudoir de chaque passager étaient incorporés deux systèmes de commandes. André tourna un bouton et une vague symphonie électronique pseudo-orientale se mit à jouer en sourdine. Il appuya sur un autre bouton et rit en voyant Jerry sursauter quand un compartiment s'ouvrit soudain dans le dossier du siège avant, révélant l'intérieur d'un petit réfrigérateur où attendaient deux verres et une bouteille de champagne frappé, avant de se refermer.

« Cette chose est à *vous*, André ? » s'exclama Jerry.

André Deutcher rit. « J'aimerais bien ! En fait, c'est une limousine diplomatique prêtée par le ministère des Affaires étrangères. Étant donné la façon dont vous avez été obligé de voyager, nous avons réussi à les convaincre que l'honneur de la France l'exigeait. »

À la grande surprise de Jerry, moins de dix minutes plus tard, alors qu'André lui montrait comment le vidéotel encastré dans le dossier servait à la fois de vidéophone et de terminal d'ordinateur — reliant la voiture au réseau téléphonique, au réseau télétel et même, par l'intermédiaire d'un code d'accès, au système informatique de l'ESA —, Marcel réapparut avec les bagages de Jerry sur un petit chariot ; qu'il ait pu les récupérer si vite était un tour de magie qui impressionna Jerry encore davantage, en un sens, que son passage express au contrôle des passeports ou ce palais automobile ultramoderne. « En route », cria André dans la fraîcheur matinale tandis que Marcel s'installait à côté du chauffeur ; la voiture s'éloigna du trottoir presque sans un bruit ni une secousse.

Ils ne tardèrent pas à quitter la zone de l'aéroport et se retrouvèrent sur une autoroute qui coupait à travers un verdoyant paysage campagnard ponctué du jaune de champs moissonnés ; ce fut alors que le sentiment de se trouver en pays étranger frappa réellement Jerry, et pas simplement parce que les voitures et camions qu'ils croisaient avaient tous l'air subtilement étrangers et filaient à une vitesse incroyable ou que les panneaux indicateurs étaient en français.

Il n'y avait en effet absolument aucun détritus parasite au bord de la route, pas de Burger Kings, pas de Macdonalds, pas de marchands de voitures d'occasion, pas de centres commerciaux ni de parcs de stationnement, pas de lotissements bon marché à perte de vue, rien de l'informe paysage suburbain qui borde le trajet de l'aéroport à n'importe quelle grande ville américaine.

Quand apparut finalement la banlieue de Paris, ce fut d'un seul coup, comme s'ils avaient soudain franchi une frontière ; affreuse, elle l'était assurément, mais affreuse d'une façon fort différente de tout ce que Jerry aurait pu imaginer. D'énormes blocs d'immeubles avec balcons où séchait du linge, certains en sinistre béton gris, mais d'autres peints de pimpantes couleurs pastel, parfois de deux ou trois nuances hideusement contrastées de vert et de rose ou de violet. Puis défilèrent des bâtiments industriels, des gazomètres et des dépôts de chemin de fer qui auraient pu se trouver n'importe où, n'eussent été les inscriptions en français sur les murs et les panneaux d'affichage qui commençaient à apparaître, étalant fesses et seins nus pour vanter des produits indéterminés de marques inconnues.

La voiture s'engagea sur une longue courbe en viaduc et, à peine visible dans le lointain par-dessus le chaos suburbain, surgit la célèbre pointe de la tour Eiffel.

« *Et voilà !* » s'exclama André qui rouvrit le réfrigérateur, en retirant cette fois la bouteille de champagne dont il commença à détacher le muselet.

« C'est un peu tôt pour moi, André, murmura Jerry, à demi hébété.

— *Mais non !* s'écria gaiement André. Pour vous, il est encore tard dans la nuit à Los Angeles ! »

Mais il attendit que la voiture ait quitté l'autoroute et se soit engagée dans un énorme rond-point encombré de voitures qui se croisaient dans tous les sens pour faire sauter le bouchon. Le champagne jaillit de la bouteille et la mousse dégoulina sur la moquette. André haussa les épaules sans se soucier des dégâts. « C'est bon pour le tapis, comme vous dites en Amérique, non ? » déclara-t-il.

Assis à l'arrière de la limousine qui se frayait un chemin le long de rues embouteillées palpitant d'une vie et d'une énergie qu'il n'avait jamais rencontrées, Jerry regardait défiler les terrasses de café, les immeubles du XIXe siècle à la décoration surchargée et les trottoirs grouillants de monde, épuisé, désorienté par le décalage horaire, à moitié endormi, mais prenant néanmoins un pied monstrueux à se saouler royalement au champagne à onze heures du matin.

Lorsque la voiture s'arrêta finalement devant son hôtel, il tenait à peine debout.

« Le *Ritz* », lui dit André tandis qu'ils descendaient de voiture au milieu d'un essaim tourbillonnant de portiers et de chasseurs. « Hemingway et tout le tremblement… un peu théâtral, *peut-être*, mais nous avons pensé que vous pourriez trouver cela amusant. »

C'était le plus bel euphémisme qu'eût jamais entendu Jerry. Il fut introduit dans un hall de réceptions qui ressemblait à un décor de palais pour un vieux film de Cecil B. De Mille, puis on l'entraîna dans un ascenseur du même acabit et on le fit entrer dans une chambre… une chambre…

« Bon Dieu de merde… », souffla Jerry tandis qu'André refermait la porte derrière eux après avoir donné un pourboire au chasseur.

La pièce était immense. Il y avait un lit de cuivre séparé par des rideaux de brocart d'un salon luxueusement meublé. Il y avait une table qui disparaissait sous les fleurs, les paniers de fruits, les plateaux de petits-fours et, sur un plateau d'argent, une coupe de caviar avec tout le nécessaire. Il y avait un bar bien approvisionné avec un réfrigérateur et un évier. Le plafond était décoré de fresques aux fleurs multicolores et de moulures dorées et, aux murs tapissés de velours rouge, bleu et or, étaient accrochés des tableaux aux lourds cadres de bois sculpté.

« Mon Dieu, j'ai l'impression de m'être introduit dans une chambre à coucher royale… », murmura Jerry.

André Deutcher rit. « Je vois ce que vous voulez dire. Trop c'est trop. À la vie comme à l'écran. »

Il alla à la porte-fenêtre, tira les rideaux, ouvrit les battants et, avec une courbette, invita Jerry à passer sur une petite terrasse. « En tout cas, dit-il, *ça*, c'est Paris. »

Jerry sortit d'un pas chancelant dans la chaleur du soleil matinal. La vue s'étendait au loin, par-dessus les toits et le faîte des arbres d'un jardin, jusqu'aux eaux étincelantes de la Seine. La circulation allait et venait sur des ponts de pierre. Un brillant soleil voilé de temps en temps par des nuages blancs floconneux illuminait la célèbre rive gauche à la façon d'une carte postale et, sur la droite, la tour Eiffel claironnait l'identité du paysage urbain.

C'était une image que tout un chacun sur Terre avait probablement vue un millier de fois, un poncif mille et mille fois ressassé. Mais une musique subliminale dans l'atmosphère et un entêtant parfum subtilement étranger dérivant jusqu'à ses narines disaient à son inconscient que non, ce n'était pas une toile de fond, ce n'était pas une image de carte postale, ce n'était pas un film.

C'était une vision totalement inattendue, d'une beauté et d'une réalité confondantes. Il pouvait sentir la ville, la goûter, l'entendre l'appeler de son chant.

« On dit que tout homme a deux patries, dit André Deutcher. L'endroit où il est né et Paris. »

D'une façon qu'André pouvait sans doute difficilement comprendre, Jerry Reed, Américain, cadet de l'espace, s'imprégna de la stupéfiante merveille étrangère et sut, sans pouvoir se l'expliquer, qu'elle était réelle, dangereusement et miraculeusement réelle.

Il sentit également que ce ne seraient pas de simples vacances gratuites de trois semaines. Perçut qu'il y avait ici des tentations pouvant changer sa vie à jamais.

Comprit que celle-ci avait déjà subtilement changé.

2.

Passons maintenant aux nouvelles économiques : aujourd'hui, à Munich, l'Étoile-Rouge a annoncé avoir racheté 35 % des parts de la brasserie Lowenbraü. « Non seulement cela assurera l'approvisionnement du consommateur soviétique en bonne bière allemande, réduisant par là notre dépendance nikulturni envers la mauvaise vodka, mais cela fournira aussi un débouché à nos surplus céréaliers et permettra d'implanter en Ukraine une industrie du houblon ultramoderne, a déclaré le directeur de l'Étoile-Rouge, Valéry Jaurès.

« Qui plus est, nous n'avons pas eu à payer en valiouta. L'accord est financé par la fourniture à Lowenbraü de céréales à 50 % du cours mondial pour les dix prochaines années. »

Encore une nouvelle médaille de héros de l'esprit socialiste d'entreprise pour la Grande Machine rouge !

Vremia

LONDRES SUBMERGÉ PAR LE PÉRIL ROUGE !

Ils sont jeunes, l'argent leur brûle les doigts et ils semblent bien déterminés à bousculer Londres cul par-dessus tête ! Comme nos grands-parents le disaient des Yankees, tout chez eux est excessif, l'argent qu'ils gagnent, leur appétit sexuel et leur présence dans nos murs ! Je veux parler, bien sûr, du Péril rouge, comme se désignent eux-mêmes les joyeux noceurs eurorusses qui ont fait de notre vie nocturne une étape de leur circuit du week-end.

Ils sont la providence du barman et le fléau du videur, ils ont tous leur certificat de vaccination contre le sida et propagent l'immunité à un rythme qui a réduit à la mendicité la moitié des putains de Soho. Je donne selon mes capacités, recevez selon vos besoins, telle est de nos jours la ligne du Parti, et les camarades sont devenus de dévoués stakhanovistes de la fête !

Allez donc vérifier au *Samovar électrique* ou chez *Ivan le Terrible,* vous y verrez la glasnost chauffée au rouge !

Time Out

Grâce soit rendue à Dieu, Marx, Gorbatchev ou tout autre saint patron des enfants du Printemps russe pour ces vacances, se disait Sonia Gagarine dans le T.G.V. qui l'emportait à 300 km/h à travers la campagne française pour deux semaines de liberté à Paris, loin de Bruxelles, de l'Étoile-Rouge, de son travail assommant et de Pankov la Pieuvre humaine.

Il y avait des moments — comme cette dernière semaine au bureau passée à transpirer comme une esclave pour mettre en un français et un anglais humainement compréhensibles les traductions par ordinateur de prospectus et de tableaux statistiques particulièrement ennuyeux, tout en repoussant les avances moites et pathétiques de Pankov — où il semblait à Sonia qu'elle avait passé toute son existence à trimer dans l'attente de ces loisirs.

D'un autre côté, il y avait aussi des moments, comme tous les vendredis à 17 h 30 quand fermait le bureau et commençait le week-end, comme maintenant où, assise dans un train filant vers Paris en s'ôtant de la bouche le goût du travail quotidien avec un honnête côtes-du-rhône, elle savait parfaitement quelle chance elle avait ou, plus exactement, à quel point le scénario qu'elle avait mis au point pour sa vie s'était déroulé jusque-là à la perfection.

Bruxelles n'était peut-être que la *Belgique*, l'Étoile-Rouge n'était peut-être pas les Affaires étrangères et son travail n'était sans doute guère plus qu'un boulot de secrétaire, mais elle était jeune, elle était russe, elle vivait en *Europe* — et combien de gens pouvaient prétendre à vingt-quatre ans avoir réalisé leur rêve d'enfance ?

Mais cela ne lui avait pas été accordé par droit de naissance ! Elle l'avait durement gagné par ses efforts diligents !

Sonia Ivanovna Gagarine n'avait aucun lien de parenté avec le célèbre cosmonaute — même si comme Pionnière, puis jeune membre des Komsomols, elle n'avait rien fait pour détromper ses camarades, professeurs ou dirigeants de la jeunesse qui pouvaient se l'imaginer.

Glasnost ou non, perestroïka ou non, les relations et le prestige familial comptaient encore autant dans la Russie du Renouveau socialiste que dans l'Ouest décadent — ou partout ailleurs sur terre, à vrai dire — et la fille d'un conducteur d'autobus et d'une caissière du Goum élevée dans un deux-pièces au dixième étage d'un sinistre bloc d'habitation de Lenino, dans la banlieue de Moscou, pouvait difficilement se permettre de jeter aux orties, par amour fanatique de la vérité, sa seule aura de célébrité.

Bien sûr, quand on lui demandait entre quatre yeux si elle était apparentée au célèbre Youri, elle avouait que non, pas plus qu'elle ne prétendait jamais clairement l'être, car cela aurait été un mensonge caractérisé, rapidement éventé si jamais quelqu'un rapportait la chose à ses professeurs ou aux responsables d'organisations de jeunesse, et inscrit en conséquence dans sa *kharakteristika* avec des répercussions catastrophiques. Mais si les autorités ou ses camarades de classe choisissaient de nourrir de telles idées sans son concours actif, pourquoi Sonia Ivanovna Gagarine serait-elle allée détruire, par excès de candeur, leurs douces illusions ?

Si elle voulait être une des privilégiées vivant à l'Ouest, il lui fallait mettre tous les atouts de son côté et — à part sa jolie frimousse brune, sa poitrine précoce et sa détermination à travailler dur — son nom était le seul qu'elle possédât.

Sonia Ivanovna avait grandi avec le rêve ardent de vivre à l'Ouest. Quand cela avait-il commencé ? Quand, toute petite fille, elle avait regardé le reportage de *Vremia* sur l'ouverture d'Eurodisney où des petites filles comme elle cabriolaient avec Donald et Mickey ? Quand son père avait rapporté à la maison une cassette de *Roger Rabbit* pour son sixième anniversaire ?

C'était aussi ancien et profond, et aussi innocemment apolitique, que ça. Tout avait commencé avec Mickey Mouse, Donald Duck, Roger Rabbit et les catalogues de voyages, puis avait progressé, à travers les cartes postales, vers un intérêt pour la géographie et la philatélie, les programmes d'échanges épistolaires et un don pour les langues, grâce aux émissions de l'Eurovision ainsi qu'aux magazines et vidéocassettes de musique étrangère, pour aboutir à un plan de carrière élaboré longtemps avant qu'elle ne sache ce qu'étaient un « plan » et une « carrière ».

C'était encore l'époque de la Reprise en main, juste après les Désordres, la nouvelle perestroïka n'avait pas vraiment commencé à délivrer ses bienfaits pour l'approvisionnement des magasins en délices terrestres, mais la glasnost était en pleine floraison, c'était une période où le peuple soviétique se voyait offrir en compensation la liberté intellectuelle et l'approbation officielle des excentricités étrangères d'importation.

Sonia ne s'était donc jamais entendu dire que son enthousiasme pour le merveilleux disneyland qu'était le vaste monde en dehors de l'Union soviétique fût en quelque façon antipatriotique ou réactionnaire. Loin de là ! Son père l'encourageait dans sa collection de timbres et son intérêt pour la géographie et sa mère l'aidait pour sa correspondance avec ses amis de France et d'Angleterre. Tout cela avec la bénédiction d'un responsable avisé des Pionniers qui avait vu que, habilement canalisée, la passion de cette fillette pour ce qui touchait à l'Ouest pourrait la stimuler dans ses études.

Il ne se trompait pas. Sonia s'était montrée une élève appliquée et s'était lancée avec enthousiasme dans toutes les activités des Pionniers présentant le moindre rapport avec le monde extérieur. Avant même que parents, professeurs et dirigeants des Komsomols ne soulèvent la question des études supérieures et du choix de sa carrière, Sonia avait déjà formulé une réponse ferme et était prête à s'assurer résolument leur assistance pour parvenir à son but.

Sonia Ivanovna serait fonctionnaire au ministère des Affaires étrangères. Quel meilleur moyen y avait-il de s'assurer de nombreux voyages à l'Ouest ? En fait, vu qu'elle n'avait aucune relation familiale, n'était pas plus douée pour le sport que pour les sciences ou les arts, quel autre moyen une jeune citoyenne soviétique aurait-elle eu de passer une vie de voyages fantastiques dans le vaste monde ?

Oui, même sa décision, à quinze ans, d'entrer au ministère des Affaires étrangères était joyeusement apolitique, encore qu'elle en sût assez pour se forger un personnage de jeune idéaliste du Komsomol aspirant sérieusement à devenir plus tard membre du Parti et cherchant à canaliser patriotiquement ses capacités naturelles pour la plus grande gloire de la mère patrie.

De chaleureuses recommandations du Komsomol, combinées à d'excellentes notes dans tout ce qui n'était pas sciences ou mathématiques, lui permirent d'entrer à l'université Lomonossov où elle choisit pour matières principales l'anglais, le français, l'histoire mondiale et l'économie politique, et rencontra pour la première fois une pléthore de jeunes gens lui ressemblant beaucoup.

Tous ceux dont la famille n'avait pas de relations étaient arrivés à l'université Lomonossov par un processus similaire au sien. Par conséquent, la composition du corps étudiant représentait le triomphe effectif de l'égalitarisme soviétique. Les rejetons de la nomenklatura avaient une longueur d'avance par la simple vertu de leur naissance, mais du moins les authentiques filles et fils de paysans et ouvriers pouvaient-ils rejoindre leur compagnie du moment qu'ils réussissaient à leurs examens et prenaient bien garde de présenter une image convenable aux professeurs et dirigeants des organisations de jeunesse.

Les membres du Cercle d'or restaient généralement entre eux, et les « Ouvriers et Paysans », ainsi que se surnommait sardoniquement la bande de Sonia, n'avaient guère affaire avec ceux qu'ils appelaient « les Enfants des Damnés de la Terre ».

« Méritocratie » était un des mots clés de cette période où la perestroïka commençait réellement à tailler des croupières aux fesses molles des bureaucrates barricadés dans leurs retranchements, ce qui signifiait que les enfants du Cercle d'or étaient beaucoup moins susceptibles d'hériter quoi que ce fût de leurs apparatchiks de parents, sinon une odieuse réputation, et que les Ouvriers et Paysans — les Méritocrates — avaient bien plus de chances d'être les bénéficiaires de la nouvelle ère en véritables Enfants de Gorbatchev.

On pouvait considérer cela comme le premier éveil de Sonia à une conscience politique, fût-elle de type carriériste, éveil fortement stimulé, durant ses deux dernières années à l'université Lomonossov, par sa liaison avec Youli Vladimirovitch Markovski, son premier petit ami vraiment sérieux dans tous les sens du terme.

À la différence de Sonia qui, en tant que Moscovite, était obligée de vivre chez ses parents, Youli, étudiant de province, avait droit à un lit dans un foyer universitaire. Mais il n'y mettait jamais les pieds, préférant louer une chambre minuscule à Nikoulino, ce qu'il pouvait à peine se permettre et le mettait à trois stations de métro de l'université. Il prétendait que c'était par conviction idéologique, alors qu'il s'agissait plutôt d'une invitation tacite aux hordes de jeunes Moscovites qu'émoustillait la perspective de découcher. Même dans sa vie amoureuse, Youli était une sorte de carriériste romanesque.

Tout comme Sonia, Youli visait une carrière aux Affaires étrangères. Mais, à la différence de Sonia, Youli n'était pas uniquement intéressé par les voyages. Il voyait son entrée dans l'administration comme un premier pas dans sa longue marche vers le poste de ministre des Affaires étrangères, grâce auquel il pourrait servir au mieux les intérêts de l'Union soviétique tout autant que les siens propres, menant l'existence dorée d'un haut fonctionnaire, avec tous les voyages de par le monde que cela impliquait, tout en réalisant la vision eurorusse qui se dessinait.

Ce qui charmait Sonia chez lui, c'était qu'il ne s'agissait pas là d'un simple sophisme. Il y croyait vraiment.

« Le XXIe siècle sera le siècle de l'Europe, d'une façon ou d'une autre », déclarait-il souvent d'un ton grandiloquent en guise de discussion sur l'oreiller, après avoir fait l'amour. « Et si nous n'obtenons pas d'entrer dans la Communauté européenne, les Allemands domineront tout et l'Union soviétique deviendra un pays du tiers-monde. En revanche, une Europe *incluant* l'Union soviétique deviendrait inévitablement la force dominante d'un nouvel ordre mondial dans lequel nous serions les premiers d'entre les égaux. Ces moujiks du Pamiat se parent du nom de nationalistes russes mais, en idiots qu'ils sont, ils ne comprennent pas que le destin de la Russie sera plus glorieusement servi si elle entre dans la Communauté européenne pour en être le chef de file que si elle reste devant la confiserie à regarder la vitrine. »

Puis, quand Sonia était bien convaincue qu'il était *vraiment* un âne pompeux, il se mettait à rire, avalait une goulée de rêche cognac bulgare — le meilleur alcool qu'il pût se payer — et devenait l'autre Youli, le fils d'ouvrier sidérurgiste de Smolensk qui avait dû lutter pour parvenir au Centre et était déterminé à ne jamais se laisser rejeter vers la périphérie.

« Je donne selon mon énorme capacité à accomplir notre destinée nationale, déclarait ce Youli. Je compte recevoir selon mon besoin tout aussi énorme d'une datcha au bord de la mer Noire, d'un étage entier sur l'avenue Gorki, d'un hélicoptère et d'une Mercedes avec chauffeur !

— Quel parfait hypocrite !

— Personne n'est parfait, rétorquait Youli en roulant sur elle, mais j'avoue faire de mon mieux. »

Et il le faisait, au lit comme en classe, au Komsomol ou dans les soirées organisées par l'école où professeurs de tendance eurorusse et intellectuels se mêlaient à des étudiants triés sur le volet. Et il emmenait Sonia avec lui. Durant leur dernière année, ils étaient considérés comme de « jeunes pionniers » qui deviendraient « komsomolya » quand ils seraient fiancés après leur diplôme et prononceraient finalement les vœux nuptiaux de « membres du Parti de plein droit ».

Même si Sonia ne se sentait pas encore tout à fait prête à lier son destin à un homme avant d'avoir goûté aux mondes inconnus de l'Europe, elle s'accommodait de cette illusion car, malgré le féminisme socialiste éclairé qui courait à l'époque dans les cercles intellectuels, on était toujours en Russie, où l'autorité patriarcale était profondément enracinée et où l'attention paternelle pour le fils préféré s'étendait facilement jusqu'au choix de sa future épouse.

Sonia avait les notes requises pour entrer à l'académie des Affaires étrangères, même si elles n'étaient pas tout à fait aussi bonnes que celles de Youli, et sa kharakteristika était exemplaire sinon exceptionnelle, mais en dernier ressort, et surtout pour une femme, il était payant d'être l'enfant chérie.

même par mariage putatif, des intellectuels eurorusses qui s'efforçaient de nettoyer de fond en comble la bureaucratie des Affaires étrangères en y installant une nouvelle génération acquise à leur point de vue. Et effectivement, tous deux furent officiellement admis quelques semaines avant la remise des diplômes.

Sonia était satisfaite mais, assez bizarrement, pas totalement extatique. Elle était à trois pas de réaliser la grande ambition de la petite fille qui avait tant souhaité aller visiter Eurodisney. Encore deux années d'études avant de pouvoir entrer aux Affaires étrangères, un an ou deux dans un bureau à Moscou, un premier poste dans une zone sinistrée nikulturni genre Bangladesh ou Mali, et avec un peu de chance elle aurait l'occasion de servir en Europe communautaire avant son trentième anniversaire.

C'était le plan qu'elle suivait depuis le début, mais elle n'avait pas prévu la place qu'occuperait Youli Markovski. Ce n'était pas tant qu'elle répugnât à entrer à l'académie des Affaires étrangères grâce à ses relations, mais se retrouver liée à un homme comme elle s'était retrouvée chez les Pionniers et au Komsomol, poussée, en quelque sorte, par le désir collectif de tiers, sans qu'il lui soit laissé le choix… non merci.

Et cela commença soudain à la déranger un peu.

Non qu'elle n'aimât pas Youli ; en fait, les circonstances lui avaient dérobé la capacité de pouvoir dire si elle l'aimait ou non. D'un côté, il était difficile de vraiment l'aimer parce que c'était manifestement trop commode, et d'un autre côté, c'était peut-être la seule chose qui l'empêchait effectivement de l'aimer, auquel cas elle était une parfaite idiote de ne pas l'aimer…

Et ainsi de suite, jusqu'à ce qu'il lui vienne enfin à l'idée qu'une fois tous deux à l'académie des Affaires étrangères, les choses pourraient se décanter naturellement, même s'ils étaient fiancés.

Après tout, elle aurait deux ans pour décider si elle voulait vraiment être la femme de Youli Markovski et son choix serait alors uniquement celui du cœur.

Les faits devaient montrer qu'elle se trompait complètement.

Deux semaines avant la remise des diplômes, on vint la chercher au milieu d'un cours pour lui dire qu'elle était convoquée dans le bureau du principal. Craignant le pire sans parvenir à imaginer quelle faute elle pouvait bien avoir commise, elle se traîna, le cœur chaviré, le long des couloirs du vaste bâtiment central de l'université.

Mais, au lieu de se faire passer un savon, elle se vit tendre un téléphone dans lequel une secrétaire lui annonça que Vitaly Kouriakine, directeur du personnel du siège central de l'Étoile-Rouge S.A., désirait la voir. Si elle était disponible, une voiture de la société viendrait la chercher devant l'entrée principale.

Sonia marmonna son accord sans trop comprendre et alla attendre l'arrivée de la voiture sur le perron de l'écrasante bâtisse stalino-gothique, dans le doux soleil printanier, en essayant de mettre de l'ordre dans ses idées.

Elle avait tout appris sur l'Étoile-Rouge au cours d'économie appliquée, car il n'y avait pas d'entreprise soviétique plus dynamique que ce que certains Européens de la Communauté appelaient « la Grande Machine rouge ».

L'Étoile-Rouge était le rejeton commercial du Printemps russe et de la nouvelle vision de « l'Europe de l'Atlantique à l'Oural » chère à la machine de propagande soviétique.

Elle était enregistrée dans la Communauté européenne, mais pas en tant qu'entreprise russe, même si 60 % des actions étaient détenues directement par le gouvernement soviétique. Le reste s'échangeait sur le marché boursier de façon à étayer la fiction juridique qu'il s'agissait d'une authentique multinationale européenne.

L'Étoile-Rouge était une maison de commerce. Elle vendait du blé, du pétrole, des minerais, des fourrures, du mobilier, des machines-outils, du caviar, du matériel médical, des services de lancement de satellites, de la technologie aérospatiale civile et même, prétendaient certains, du haschich d'Asie centrale soviétique. Elle expédiait la moitié des bénéfices en Union soviétique sous forme de biens de consommation et réinvestissait le reste en Europe, raflant des paquets d'actions de sociétés européennes à la façon des Japonais en Amérique. L'adhésion de l'Union soviétique à la Communauté européenne était peut-être un des rêves de Youli pour l'avenir, mais les soviétiques contrôlaient déjà l'un des conglomérats les plus importants et les plus prospères d'Europe.

À l'Ouest, on l'avait surnommée *la Grande Machine rouge* et ici, à Moscou, *U.R.S.S., S.A.*, et cela pour pratiquement les mêmes raisons : c'était une société multinationale de type capitaliste, mais elle avait derrière elle les ressources financières d'une nation entière, exemple diaboliquement efficace de l'esprit d'entreprise socialiste qui avait, disaient certains, sauvé la perestroïka après la Reprise en main en commençant à remplir les rayons vides des magasins, et rendu possible un rouble semi-convertible.

Que diable pouvait bien vouloir l'Étoile-Rouge d'une fille comme elle ?

Il ne fallut pas longtemps à Sonia pour le découvrir. En moins de vingt minutes, une étincelante limousine Zil Export, modèle habituellement vendu aux élites gouvernementales des pays du tiers-monde les plus prospères — mais dans ce cas précis, celle-ci était peinte d'un rouge agressif —, s'arrêta à sa hauteur.

Cet invraisemblable véhicule enfila l'avenue qui descendait des collines Lénine à la façon d'un carrosse de tsar, s'ouvrit un passage dans la circulation moscovite et la déposa peu après sur l'avenue Karl-Marx, devant la tour tout aussi invraisemblable de l'Étoile-Rouge surplombant le Kremlin et, plus loin, le fleuve.

C'était un immeuble de bureaux de trente étages dans le style du Bauhaus, russifié par l'adjonction de murs-miroirs teintés de rose, d'une façade néostalinienne de marbre noir agrémentée de versions abstraites de statues allégoriques, et d'un bulbe rayé de rouge et d'or surmonté d'une énorme étoile rouge éclairée la nuit au néon. On aurait dit un mélange d'immeuble japonais échappé du centre de Tokyo et de caricature de *Krokodil*, et pourtant cela avait quelque chose d'engageant, un petit air punk qui semblait faire un pied de nez espiègle aux vieux palais gouvernementaux lourds et massifs au milieu desquels il se dressait.

Le bureau de Vitaly Kouriakine, au douzième étage, participait du même esprit : un moderne décor de chrome, de teck, de cuir noir et de terminaux d'ordinateur, prenant ostensiblement ses distances avec le symbolisme du centre de la Mère Russie pour proclamer sa parenté avec n'importe quel autre bureau du monde développé, s'ouvrait par une grande baie vitrée sur la place Rouge et le Kremlin — ces vieux emblèmes de la puissance russe qui prenaient du même coup l'air archaïque.

Kouriakine lui-même semblait parfaitement à l'aise dans cet environnement de multinationale. Il devait avoir entre quarante et cinquante-cinq ans, et ses cheveux châtain clair striés d'argent étaient taillés par un grand coiffeur en une coupe à la fois conservatrice et décontractée. Il portait un costume cintré bleu acier sur une blouse paysanne stylisée, en soie blanche, avec un foulard brodé d'or en guise de col et de cravate. Il arborait une antique Rolex au poignet et des lunettes enveloppantes sans monture subtilement teintées d'or.

Il était, à sa façon, magnifique et terrible. C'était la fabuleuse créature dont Sonia avait entendu parler et qu'elle avait elle-même rêvé devenir — un véritable Eurorusse, un individu cosmopolite et raffiné de nationalité soviétique.

Kouriakine, démocratiquement, remplit lui-même les verres de thé au vieux samovar d'argent qui constituait le seul élément traditionnel de tout le bureau et alla droit au but.

« L'Étoile-Rouge est en expansion rapide et nous avons un besoin urgent de sang neuf. Notre service du personnel a établi le profil de la recrue idéale et lorsque nous avons passé en revue les dossiers scolaires et les kharakteristika des jeunes diplômés de l'université, ton nom est sorti dans le quart de tête. Félicitations, Sonia Ivanovna ! Tu as le privilège de te voir offrir une situation d'avenir à l'Étoile-Rouge.

— Mais… mais… mais j'ai déjà été admise à l'académie des Affaires étrangères et…

— Les Affaires étrangères ! s'écria dédaigneusement Kouriakine. Il leur faudra encore une dizaine d'années avant de se débarrasser de tous leurs vieux dinosaures et cela te prendra au moins autant de temps pour arriver où que ce soit dans ce foutoir bureaucratique. La place d'une brillante jeune femme est à l'Étoile-Rouge, pas aux Affaires étrangères, tu peux me croire !

— Mais… mais… je suis presque fiancée…

— Ta vie personnelle ne regarde que toi si tu travailles pour l'Étoile-Rouge, dit Kouriakine d'un ton léger. Pas de clause tacite au contrat en ce qui nous concerne ; fais bien ton boulot et tu pourras t'envoyer en l'air tous les week-ends avec les chœurs de l'Armée rouge ou bien épouser un orang-outan si ça te chante !

— Mais Youli… ma carrière…

— Allons, allons, ne fais pas l'idiote ! déclara Kouriakine. Il te faudra encore deux ans d'études avant que les Affaires étrangères consentent à t'engager à un salaire inférieur du tiers à celui que nous te proposons dès aujourd'hui, et en *saliouta*, Sonia Ivanovna, pas en roubles !

— En *valiouta* ? » dit vivement Sonia, reprenant brusquement ses esprits au son de ce mot.

Les valiouta étaient les devises convertibles fortes — dollar, écu, yen, franc suisse — que n'importe qui pouvait dépenser librement en Occident, à la différence du rouble, qui n'était convertible en écus qu'au niveau des comptes internationaux officiels. Quiconque envisageait de voyager à l'Ouest rêvait de le faire avec une pleine sacoche de valiouta, la seule solution de remplacement étant le taux de change misérable des pingres d'Extourist.

« Parfaitement, une de nos principales tâches est de transformer les roubles et les produits soviétiques en valiouta, de sorte que nous nageons tout naturellement dans les devises fortes. En outre, nous devons soigner notre image. Nous pouvons difficilement laisser nos employés se trimbaler en Europe comme le pire stéréotype du pauvre Russe aux yeux des Occidentaux, n'est-ce pas ? Avec un salaire de 5 000 écus par mois, tu peux certainement éviter de nous faire honte en Belgique ?

— *En Belgique ? 5 000 écus par mois ?* »

Kouriakine la regarda d'un air étrange. « N'as-tu pas écouté un mot de ce que je t'ai dit ? demanda-t-il d'un ton irrité. J'ai beaucoup de travail, Sonia Ivanovna, j'ai déjà reçu au moins quinze personnes aujourd'hui et je n'ai pas de temps à perdre. Veux-tu cette place, oui ou non ?

— Mais tu ne m'as même pas dit en quoi consistait le travail, camarade Kouriakine, fit remarquer Sonia.

— Vraiment ? » dit Kouriakine. Il poussa un grognement, roula des yeux vers le plafond, leva les mains au ciel et lui adressa un sourire d'excuse. « Tu as raison, je ne te l'ai pas dit. » Il haussa les épaules. « J'ai recruté tant de monde en si peu de temps, aujourd'hui, que je commence à tous vous confondre et à aller trop vite ! »

Il se leva et alla remplir un verre de thé au samovar sans prendre la peine d'en offrir à Sonia ni même remarquer la grossièreté de son comportement, but une longue gorgée qui dut lui brûler la langue, se rassit et parut se glisser à nouveau dans la peau de son élégant personnage.

« Nous te proposons le poste de traductrice de français et

d'anglais dans notre bureau de Bruxelles. 5 000 écus par mois pour commencer, plus un mois de prime à la signature pour frais de déplacement, 5 500 écus dès la seconde année et ensuite augmentation au mérite. Une couverture sociale complète, bien entendu, les jours fériés européens plus le 1er mai, l'anniversaire de Lénine et celui de la Révolution. »

Il débita cela rapidement et sans conviction, comme un politicien américain qui lit son texte sur le téléprompteur devant une caméra de télévision.

« Deux semaines de congés payés la première année, passant à trois au bout de deux ans, quatre au bout de cinq, ensuite un jour de plus par année d'ancienneté. La liberté de voyager à ta guise dans la Communauté européenne grâce à un visa permanent du ministère des Affaires étrangères. Déjeuners gratuits à la cafétéria, vin ou bière en sus… »

Il s'interrompit, but un peu de thé, sembla passer à la vitesse inférieure. « Eh bien, je pense que je n'ai rien oublié. Tu acceptes la proposition, oui ou non ?

— Oui, bien sûr ! » s'écria Sonia sans réfléchir.

C'était comme un rêve fabuleux, comme ce qui pouvait arriver à l'héroïne d'un feuilleton américain, comme se retrouver brusquement transportée à Disneyland. Bruxelles !

« Mais… mais… », balbutia-t-elle l'instant suivant quand la réalité eut commencé à s'insinuer en elle. Youli… les Affaires étrangères… ses fiançailles… le mariage… tout le scénario qu'elle avait soigneusement élaboré…

« Mais quoi ? répliqua impatiemment Kouriakine. Je croyais que tout était réglé.

— Mais je n'ai jamais envisagé d'être traductrice, dit Sonia, essayant de gagner du temps pour rassembler ses esprits. Je sais lire et écrire couramment l'anglais et le français, bien sûr, mais je n'ai aucune formation…

— Aucun problème, dit libéralement Kouriakine en balayant l'objection d'un geste de la main. De nos jours, la traduction est assistée par ordinateur, trois semaines dans notre centre de formation en Crimée, au bord de la mer Noire, et tu en connaîtras assez pour commencer ; nous avons un poste à pourvoir immédiatement et nous n'avons pas le temps d'attendre un diplômé de l'Institut des langues étrangères ! »

Il jeta un coup d'œil à sa Rolex. « Alors, quelle est ta réponse ? demanda-t-il. J'ai un autre rendez-vous dans cinq minutes et, avec tout le thé que j'ai bu aujourd'hui, j'aimerais *vraiment* avoir le temps d'aller aux toilettes avant.

— Pourrais-je avoir quelques jours pour réfléchir ?

— Non », laissa tomber Kouriakine. Il s'enfonça dans son fauteuil, sirota son thé, fit tourner le verre devant son visage et la regarda d'un air plus affable. « Écoute, je sais que c'est une grosse décision à prendre comme ça, à brûle-pourpoint. Mais j'ai vingt-huit postes à pourvoir en quatre jours et au moins dix candidats possibles pour chacun, je ne peux donc pas me permettre d'attendre que chacun se décide. »

Il sourit, haussa les épaules. « Ou bien prends ça comme un test, poursuivit-il. À l'Étoile-Rouge, nous sommes des hommes d'affaires socialistes qui traitent avec des capitalistes sous tension toujours entre deux avions et il nous faut être capables de traiter les affaires juste un peu plus vite qu'eux. Nous jonglons avec les marchés à terme, les fluctuations des taux de change, l'économie informatisée, et si on s'arrête trop longtemps pour réfléchir, on est déjà hors circuit. Nous ne voulons pas du Russe ancienne manière à l'esprit lent, pondéré, paranoïaque, comme si le K.G.B. le surveillait à tout instant. Nous voulons le *nouveau* Russe, Sonia Ivanovna, l'Eurorusse — pragmatique, sagace, décisif, instinctif et même un peu impulsif. »

Il se leva et baissa les yeux sur elle, le dos tourné à la vaste fenêtre surplombant le Kremlin et, plus loin, les quartiers sud de Moscou, petits et irréels dans les brillants rayons de soleil qui filtraient à travers les nuages épars, telle une ville miniature illuminée par des projecteurs dans un palais pour enfants.

« Oui ou non, dit Kouriakine. Bruxelles ou l'académie des Affaires étrangères ? La nouvelle Europe ou la vieille Russie ? Les roubles ou les valiouta ? » Il rit. « Si tu trouves que c'est une décision difficile à prendre, tu n'es certainement pas faite pour nous ! »

Présenté comme ça, que pouvait dire Sonia ? Elle n'était pas amoureuse de Youli au point de vouloir vraiment se lier irrévocablement à lui et renoncer à la réalisation immédiate du rêve de sa vie. Elle aurait été stupide de refuser une aussi belle occasion.

« Touché, camarade Kouriakine. Tu viens d'engager une traductrice pour Bruxelles et il te reste le temps d'aller aux toilettes. »

Finalement, ce n'était pas plus difficile que ça.

Mais l'expliquer à Youli avait été une autre histoire.

Sonia sentit son estomac se serrer au souvenir inopiné de cette soirée ; elle but rapidement une gorgée de côtes-du-rhône et essaya de se concentrer sur le paysage.

Mais le T.G.V. fonçait à présent entre d'affreuses cités de banlieue, énormes tours monolithiques de logements ouvriers ne lui rappelant que trop le quartier où elle avait grandi à Lenino. Même le goût du vin dans sa bouche semblait conspirer contre elle car, se souvint-elle soudain, elle avait apporté dans la chambre de Youli deux bouteilles de bordeaux et insisté pour vider la première avant de lui dire la raison de cette extravagance sans précédent.

Quand elle eut finalement assez bu pour tout lui déballer, Youli avait soigneusement posé son verre par terre et était simplement resté assis là, à la regarder de l'autre côté du lit dans un silence glacé.

« Alors, tu ne dis rien ? avait demandé Sonia.

— Qu'est-ce que tu voudrais que je dise ? avait répondu Youli, le visage fermé.

— Que tu me détestes ? Que je suis une sale pute carriériste égocentrique et sans cœur ? »

Youli émit un petit rire. « Je t'ai toujours dit que je ne suis pas un *parfait* hypocrite, déclara-t-il, lui brisant le cœur par sa galanterie. Ce que je serais si je prétendais que *moi* j'aurais renoncé à mes ambitions de carrière pour *toi*.

— Exact », dit Sonia, l'aimant curieusement davantage en cet instant d'aveu cynique.

« Et, bien sûr, cela a toujours été ta véritable ambition, n'est-ce pas, Sonia ? dit-il d'un ton plus dur. Vivre en Occident avec une bonne provision de valiouta, cela t'a toujours semblé suffisant. Tout le reste, tes études, les Affaires étrangères, n'a toujours été qu'un moyen de parvenir à tes fins…

— Pas toi, Youli », gémit lamentablement Sonia.

Et l'expression de Youli se radoucit tout aussi soudainement. « Bien sûr que non, Sonia, dit-il en lui caressant la joue. Sur certains plans, nous sommes de vraies âmes sœurs. Si j'avais à choisir entre mon rêve et l'amour, je choisirais moi aussi ma destinée, ce qui ne veut pas dire que je ne t'aime pas sincèrement. À ce niveau, nous nous comprenons réellement et tu n'es pas à blâmer, Sonia.

— Youli…

— Mais sur d'autres plans nous sommes très différents, dit-il en s'emparant de la deuxième bouteille de bordeaux. Pour toi, le rêve est uniquement personnel, alors que moi je suis au service d'une vision. Moi aussi je suis carriériste et individualiste, mais je suis aussi un communiste idéaliste, ou du moins je le serai une fois que j'aurai été admis au Parti. »

Il ouvrit la bouteille, remplit leurs verres, lampa la moitié du sien comme s'il s'était agi de vodka bon marché plutôt que d'un grand cru d'importation. « Tu ne recherches que ta satisfaction personnelle, alors que la mienne s'identifie au bien de notre Mère Russie.

— Ce qui est bon pour Youli Markovski est bon pour l'Union soviétique ! rétorqua Sonia, engloutissant elle aussi une impressionnante goulée de vin.

— Ce qui est bon pour Youli Markovski, c'est la satisfaction de guider le navire de l'État soviétique vers le havre sûr de la Communauté européenne », déclara-t-il d'un ton grandiloquent, et Sonia, à travers les vapeurs de sa propre ivresse, se rendit compte qu'il était complètement saoul.

« Et de mener par la même occasion la vie luxueuse d'un diplomate globe-trotter !

— Mais bien sûr ! Le Nouvel Homme soviétique n'est pas un moine du socialisme !

— Je lui lève mon verre ! déclara Sonia, joignant le geste à la parole.

— Moi aussi, dit Youli en se resservant.

— Tu ne me détestes pas d'avoir fait ça, Youli ? » murmura Sonia qui, prise d'un léger tournis, se sentait elle-même devenir larmoyante.

Avec un effort apparemment considérable, Youli se remit debout, la regarda en face sans ciller de ses yeux injectés de sang et, à travers les brumes de l'alcool, ou peut-être grâce à elles, un instant d'une clarté de cristal sembla passer entre eux.

« Je ne t'en veux pas, Sonia, je te plains, dit Youli. Il y a une dimension de la vie à laquelle tu es aveugle, une couleur ardente que tes yeux ne voient pas, la joie de l'attachement véritable à une vision qui nous dépasse, sans laquelle, sans laquelle…

— Ah oui, Youli Markovski, le dévoué serviteur du peuple, et ensuite tu vas me sortir une citation de Lénine à propos de l'idéal socialiste, sans doute ! » répliqua Sonia. Mais il y avait quelque chose dans ses yeux, quelque chose derrière ses paroles, qui lui donna envie de se saouler encore plus, même si la pièce commençait déjà à tourner, et elle avala une nouvelle goulée de vin sans parvenir pour autant à détourner son regard.

« Rien de tel, dit Youli. Simplement il est bon d'être jeune et russe à notre époque, de participer à une grande aventure. Cela va être notre heure d'avancer au milieu de la scène, de pousser le monde au cul et de le sentir bouger, de chevaucher l'étalon sauvage de l'Histoire, de prendre les rênes dans nos mains et de plier la destinée à notre volonté pour le plus grand bien…

— Il est bon d'être jeune et russe et de vivre en Europe, c'est ça la grande aventure, Youli », rétorqua Sonia, s'accrochant pour échapper à quelque chose qui l'attirait dans ces yeux injectés de Raspoutine sauvage, quelque chose qu'elle avait peur de sonder, quelque chose qui la faisait se sentir petite, idiote et perdue.

« Tu n'as rien compris à ce que je t'ai dit, hein ? » Et Youli rompit enfin ce contact visuel intense, engloutissant un autre verre. « Tu n'as aucun sens de la destinée, que ce soit la tienne ou celle des autres !

— Ne me traite pas avec cette condescendance !

— Oh, je n'en avais aucune intention. » Youli s'avança vers elle et enjamba le lit en titubant.

Sonia réussit à le rattraper dans ses bras malgré la chambre qui commençait vraiment à virevolter. « Tu es complètement saoul ! constata-t-elle.

— Toi aussi !

— Comment pourrais-je dire le contraire ?

— Dans ce cas », dit-il en la faisant rouler sous lui tout en tâtonnant à la fois à la recherche de ses seins et de son pantalon, « ne passons pas notre dernière nuit ensemble à jacasser comme des bons à rien d'intellectuels. Baisons bestialement comme d'honnêtes paysans bourrés ! »

La proposition paraissait judicieuse. Ils s'activèrent sans parvenir à jouir et finirent par perdre conscience dans les bras l'un de l'autre. Quand Sonia se réveilla au matin avec un affreux mal de tête et un sale goût dans la bouche, elle sut que c'était fini.

Trois semaines plus tard, elle se retrouvait en Crimée, à nager dans la mer Noire avant le petit déjeuner, étudier la « technologie de l'information » jusqu'à cinq heures, prendre un autre bain avant le dîner et, le plus souvent possible, à faire l'amour sur la plage sans arrière-pensée avec quelqu'un qu'elle ne reverrait plus jamais.

C'était une transition parfaite. Le temps était doux, la nourriture bonne, l'amour se faisait toniquement en plein air sans implications sentimentales, et les études n'étaient pas accaparantes après ce qu'elle avait connu à l'université : il s'agissait pour l'essentiel de se familiariser avec les logiciels informatiques et de s'initier à la programmation élémentaire.

Trois semaines plus tard, elle menait sa nouvelle existence à Bruxelles, avec un studio bien à elle, peut-être pas très grand selon les critères locaux, mais qui semblait immense par rapport à sa chambre du foyer universitaire ou à l'appartement de ses parents à Lenino.

À dire vrai, son travail de « traductrice », assise à longueur de journée devant un écran dans une grande salle en compagnie de dix autres « traducteurs », s'était surtout révélé une corvée fastidieuse que ne venait qu'occasionnellement égayer l'humour involontaire des logiciels de traduction.

Il était également vrai qu'elle devait sans cesse esquiver les avances dégoulinantes de son superviseur, Grigori Pankov, un vieux bouc timide qui n'insistait pas quand on l'envoyait balader, même s'il s'obstinait à se soumettre régulièrement à l'humiliation de ses rebuffades.

Mais il n'y avait pas de devoirs à la maison, pas de réunions obligatoires des Komsomols, pas de soucis à se faire à propos de mauvais points dans sa kharakteristika, pas de parents. Pour la première fois de sa vie, ses heures de loisir lui appartenaient entièrement.

Bruxelles n'était pas exactement Londres ou Paris, ni même Amsterdam, mais par avion, ou même par train à grande vitesse, plus économique, ce n'était qu'à un saut de n'importe où pour le week-end, ce qui voulait dire qu'elle était effectivement en *Europe* ; celle-ci lui était offerte sur un plateau, et c'était tout ce dont elle avait rêvé.

Elle avait appris à skier à Zermatt et à faire du ski nautique à Nice. Elle avait joué à Monte-Carlo et participé à une authentique orgie à Berlin. Elle avait fait la fête à Paris et été au théâtre à Londres, avait bu jusqu'à l'écœurement à la Fête de la bière de Munich, avait assisté aux 24 heures du Mans et à une corrida à Madrid, avait fumé du haschich sur une péniche d'Amsterdam et bu du retsina dans le quartier de la Plaka, à Athènes, elle avait même visité Eurodisney, tout cela en grande partie invitée par l'un ou l'autre.

Car elle était jeune, jolie et toute disposée à s'offrir à qui lui était sympathique, comme ses compagnons du Péril rouge, la marée de jeunes Eurorusses libérés qui déferlait sur l'Europe, innocente variété de horde sauvage qui n'avait pas eu l'occasion de s'amuser ainsi depuis un siècle et était bien décidée, dans son enthousiasme naïf et charmant, à se rattraper d'un seul coup. Sa plus grande ambition dans la vie, obsession partagée par ses semblables des deux sexes, était de collectionner les amants de tous les pays de la Communauté comme elle avait jadis collectionné les timbres. Il y avait même des filles au bureau qui plantaient des épingles sur une carte.

Bien sûr, lorsque de rares moments d'inactivité forcée comme celui-ci, seule dans un train ou un avion, lui laissaient trop de temps pour penser, la ressemblance inopinée d'un visage de l'autre côté de l'allée, une bribe de discussion politique en russe surprise au passage ou le goût du vin dans sa bouche ravivait un vieux souvenir de Youli Markovski, de la route qu'elle n'avait pas prise, de la façon dont ils s'étaient séparés, et elle se prenait à songer nostalgiquement au passé.

Mais ces ombres passaient aussi vite que les nuages devant le soleil d'Espagne, aussi vite que les trottoirs de Saint-Germain-des-Prés se repeuplaient après une averse d'été, aussi vite que le T.G.V. filait à travers banlieues et faubourgs, lui offrant une vision fugitive du centre de Paris dans un lointain brumeux, par-delà les immeubles lépreux, avant de plonger dans le tunnel à l'approche de la gare du Nord.

À cette distance, Paris était une vue de carte postale, évoquant à sa façon le panorama du centre de Moscou jadis aperçu par la fenêtre du bureau de Vitaly Kouriakine.

À l'époque, elle avait baissé les yeux sur les remparts de brique rouge, les cathédrales et les jardins, sur le Kremlin et les dômes gaiement colorés de Saint-Basile, sur les larges avenues convergeant vers la place Rouge et la courbe bleue de la Moskova qui serpentait à travers la ville un peu comme la Seine, bien consciente que Moscou était beaucoup plus beau vu sous cet angle que d'en bas, dans les rues quotidiennes où la vie était bien trop prosaïque et n'avait rien d'une vision romanesque, même dans les neiges fondantes du Printemps russe.

À présent l'image du ciel parisien — dôme blanc du Sacré-Cœur, dentelle séculaire de la tour Eiffel, monolithique tour Montparnasse brillant au loin sous le soleil comme un château de contes de fées — continuait à flotter au-dessus d'elle comme un mirage miroitant tandis que le train s'enfonçait dans les ténèbres du tunnel, promesse de carnavals et de magie dans les rues féeriques.

Oh oui, de toutes les villes où Sonia Ivanovna s'était baladée au cours de sa première année en Europe, Paris était la plus agréable, et pas uniquement parce qu'elle en parlait la langue, car ni Londres, ni Genève, ni Bruxelles, ni même Nice ne la mettaient dans un tel état d'euphorie que la Ville Lumière.

C'était le plus grand cliché de tous les guides touristiques, mais c'était vrai. Cela ne tenait pas seulement aux terrasses de café, aux jardins et aux merveilleuses promenades le long de la Seine, aux restaurants, aux bars et aux musées, et certainement pas au climat (bien plus maussade que celui de Rome, Madrid ou Athènes), ni même aux alléchantes odeurs de nourriture flottant un peu partout.

Cela venait de la toile d'araignée du métro permettant de se rendre n'importe où en un instant, des océans de vin et de l'échelle intime des choses, des marchés de quartier et des bistrots, des magasins autour de la moindre place et de la façon dont les rues étaient animées à toute heure de la nuit, de la foule des bateleurs autour de Beaubourg et de l'éclat clinquant du Boul'Mich, de la densité d'une ville construite à l'échelle humaine, une ville apparemment conçue uniquement pour le plaisir et frémissant pourtant de l'énergie électrique d'une métropole économique de la Communauté européenne.

À côté de Paris, Moscou faisait penser à la Sibérie, Vienne à une pièce de musée, Londres paraissait gris et maussade, Genève était un hospice de vieillards et Bruxelles ressemblait, eh bien, comme disaient les Français, à la *Belgique*.

Le temps que le train émerge des ténèbres souterraines pour pénétrer dans l'immensité caverneuse de la gare du Nord — bruit et bousculade, passagers ahanant sous le poids des bagages et bavardages polyglottes, arômes mêlés d'ozone, de merguez, de tabac brun, d'essence et de sueur -, sa crise atavique de nostalgie slave s'était envolée, repartie vers les froides steppes orientales du souvenir.

C'était l'été, l'heure était à la fête, elle avait deux semaines de liberté. Elle était jeune, le soleil brillait sur Paris, et jamais la petite fille assise devant la télé d'un triste deux-pièces de Lenino, rêvant de gambader en compagnie de Donald et Mickey dans les allées du nouveau Disneyland français, n'aurait pu croire que cet instant arriverait réellement un jour, pas plus qu'elle n'aurait osé en souhaiter davantage.

3.

M. Sigmunsen, député : « Nous ne pouvons pas rester tranquillement assis à regarder les marxistes transformer le Pérou en Liban américain. Si nous n'intervenons pas pour rétablir l'ordre, ces enragés étendront leur subversion à la Colombie, à la Bolivie, au Brésil… qui sait, nous pourrions même un jour les retrouver sur les rives du rio Grande. D'après le courrier que je reçois, mes administrés sont dans leur écrasante majorité en faveur d'un règlement sans délai de la situation. »

Bill Blair : « Vous suggérez que nous envoyions des forces terrestres au Pérou ? »

M. Sigmunsen : « Uniquement afin d'établir des bases d'hélicoptères de combat et de chasseurs tactiques. Un engagement aérien massif devrait suffire pour permettre aux combattants de la liberté péruviens de reprendre l'avantage sur le terrain. »

Bill Blair : « Et si cela ne suffit pas ? »

M. Sigmunsen : « Alors, Bill, comme César devant le Rubicon, nous n'aurons plus qu'à sauter le pas. »

Newspeak, présenté par Bill Blair

L'AFRIQUE TOUJOURS PRIVÉE DE VACCIN CONTRE LE SIDA

« Alors que le monde occidental connaît sa Seconde Révolution sexuelle, des millions de personnes meurent toujours en Afrique et le nombre de nouveaux cas commence à peine à décliner », a déclaré Ahmed Jambadi, secrétaire général de l'Organisation mondiale de la santé, au retour de sa tournée d'information de dix jours sur le continent africain.

« L'O.M.S. ne dispose tout simplement pas de fonds suffisants pour s'attaquer au problème, qu'il s'agisse d'engager le personnel nécessaire ou de se procurer la quantité voulue de vaccin au prix courant. Les laboratoires occidentaux doivent faire don des doses nécessaires, compte tenu des bénéfices énormes qu'ils engrangent. Le prix de revient d'une dose équivaut au dixième du prix qu'ils en réclament. Maintenant que le sida n'est plus un problème majeur dans le monde développé, il n'y a plus aucune excuse pour ne pas régler la situation en Afrique de la seule manière possible : au niveau international. »

Le Monde

Il fallut vingt-quatre heures à Jerry Reed pour surmonter le décalage horaire, chaperonné par André Deutcher.

Celui-ci lui laissa quatre heures pour se reposer, puis reparut dans sa chambre vers une heure de l'après-midi avec le garçon d'étage et un pot de café bien noir. Il ouvrit les rideaux, inondant la pièce de soleil, tendit à Jerry une tasse de café et une poignée de comprimés que celui-ci contempla d'un œil perplexe.

« Deux cents unités de vitamine B, un gramme de vitamine C, 500 mg d'extrait de cola, 300 mg de phénylalanine, le tout parfaitement légal, lui assura André. Mais si vous désirez quelque chose de plus énergique, ça peut s'arranger. L'ESA considère qu'il serait indigne d'elle d'obliger les gens à pisser dans des bouteilles, et encore plus d'aller fourrer son nez dans le résultat. »

Après avoir avalé les comprimés, bu deux tasses de café et pris une longue douche brûlante dans une salle de bains de la taille d'une chambre d'hôtel ordinaire, Jerry se sentait presque humain.

« Très bien, dit André en le voyant ressortir dans l'épais peignoir bleu fourni par le *Ritz*, pendant que vous vous habillez, parlons un peu. Où allons-nous déjeuner ? Préférez-vous la *cuisine légère*, la *cuisine bourgeoise*, les *fruits de mer*, peut-être un *menu provençal ?*

— Euh… connaîtriez-vous un endroit où l'on sert des *œufs bénédicte ?* » marmonna Jerry pour essayer d'avoir l'air raffiné.

André prit l'air faussement scandalisé. « Allons, allons, Jerry, soyons sérieux ! s'exclama-t-il. Un premier repas à Paris doit être un événement mémorable, le contraire serait une insulte à l'honneur de la France, sans parler de l'ESA.

— Alors je vous laisse choisir, André. Pour vous dire la vérité, je n'ai pas la moindre idée de ce qu'est la *cuisine bourgeoise* ou tous les autres trucs dont vous avez pu parler ».

Devant l'hôtel, au lieu de la limousine Citroën, un petit cabriolet sportif Alfa-Peugeot rouge attendait, décapoté, le long du trottoir, petit bolide bruyant et tape-cul roulant encore à l'essence : la voiture personnelle d'André. « Écologiquement rétrograde, peut-être, reconnut André qui démarra en trombe, mais je préfère une bagnole qui en a dans le ventre. »

Comme pour prouver la chose, il entraîna Jerry dans une folle randonnée au cours de laquelle il semblait éviter la catastrophe d'un cheveu à chaque instant… Il enfila d'abord une petite rue embouteillée, tourna dans une large avenue bordée d'un côté par un jardin et de l'autre par des arcades sous lesquelles s'ouvraient des boutiques pleines de clients, puis déboucha sur une vaste place où des centaines de voitures se coupaient la route en tous sens comme dans une monstrueuse course de stock-cars où personne n'aurait réussi à marquer un point, franchit ensuite un pont sur la Seine, enfila un boulevard, s'engagea dans un dédale invraisemblable de petites rues, en ressortit sur un autre boulevard pour replonger dans d'autres petites rues avant de revenir par une avenue le long du fleuve et se garer sur une place de stationnement qui semblait carrément en travers d'un passage pour piétons.

Jerry était maintenant pleinement réveillé — comment ne l'aurait-il pas été ? — et lorsque André l'eut entraîné par un vieil escalier raide et branlant vers une curieuse espèce de restaurant en terrasse où flottaient des arômes entêtants, il s'aperçut qu'il était affamé.

André lui dit que l'endroit s'appelait *Le Tzigane* ; pas de quoi s'affoler, on n'y servait pas de la cuisine de romanichels…

Des tables classiquement recouvertes de nappes blanches étaient disposées en plein air sous un dais pour le moment à demi roulé afin que la plupart des tables soient au soleil. Des serveurs en smoking entraient et sortaient d'une mystérieuse tente à l'autre bout de la terrasse et un maître d'hôtel qui semblait connaître André les conduisit à une table bien située, avec une vue magnifique sur les flèches dentelées et les arcs-boutants de Notre-Dame, de l'autre côté du fleuve.

« C'est un restaurant nomade », expliqua André tandis qu'on leur tendait des menus rédigés à la main d'une écriture tarabiscotée que Jerry trouva à peu près aussi compréhensible que des graffiti arabes. « Pas d'adresse fixe, il se déplace dans Paris selon les mois et les saisons, un temps ici, un temps là… au jardin du Luxembourg, sur une péniche, à Montmartre. On ne sait jamais où il va réapparaître quand il plie sa tente à moins d'être sur la liste des clients prévenus par courrier ; ils refusent même de mentionner son nouvel emplacement sur minitel. On croit savoir que des grands chefs d'autres restaurants se relaient dans sa cuisine ambulante, mais là aussi ils laissent planer le mystère. »

André passa la commande pour deux et tout ce qu'on leur servit était absolument délicieux. Petites huîtres crues dans leur nid de pâtes sautées au sésame et sarrasin nappées de champignons émincés, d'oignons blancs et de poivrons revenus au vinaigre d'alcool de riz, accompagnées d'un vin blanc fruité. Fines tranches de sanglier aux framboises fraîches avec haricots verts sautés au cumin, poivre de Cayenne et curcuma, oignons glacés au stilton, petites pommes de terre au four au beurre de carvi garnies de caviar, le tout arrosé d'un bordeaux corsé. Fromages. Petits soufflés aux trois parfums — chocolat, orange et noisette — accompagnés chacun de sa sauce. Noix de pécan grillées. Café. Cognac. Un des havanes d'André.

Quand ils se retrouvèrent dans la rue, Jerry avait les joues en feu, bien que le repas n'ait rien eu de lourd. Il accepta néanmoins assez volontiers quand André proposa « une petite balade digestive au bord de la Seine et à Saint-Germain », car il était à présent impatient d'explorer la ville à pied.

La « petite balade » se transforma en longue promenade de près de trois heures, entrecoupée de trois pauses à des terrasses de bistrot à regarder passer les gens, deux pour boire un café et une autre pour déguster un verre de vin parfumé au cassis appelé « kir ».

Pour un natif du sud de la Californie dont la seule expérience de la vie piétonnière se résumait à une dizaine de pâtés de maisons de Venice et de Westwood, du quartier chaud de Tijuana et de San Francisco, la rive gauche était comme la capitale de quelque planète exotique, tout en évoquant un lieu familier resurgi de rêves à demi oubliés.

Ou plus exactement resurgi d'innombrables films et

feuilletons télévisés : tant d'endroits de ce quartier de Paris avaient depuis si longtemps servi de décor à tant de tournages qu'il lui était familier au même titre qu'Hollywood Boulevard, Mulholland Drive ou Ventura Freeway l'étaient dans le monde entier pour des gens qui ne s'étaient jamais approchés à moins de 10 000 kilomètres de Los Angeles.

Malgré tout, voir un film situé à Paris était une chose, s'y trouver plongé en était une autre. Paris avait un arôme caractéristique, trop subtil pour être qualifié d'odeur, mais qui s'insinuait dans l'inconscient pour dire à Jerry, mieux que ce qui lui était donné à voir, qu'il était *vraiment* en terre étrangère.

Et le spectacle des filles était encore autre chose !

Non que les femmes, dans ces rues parisiennes, fussent plus renversantes physiquement que les starlettes, les surfeuses ou les tapineuses de Los Angeles, où la beauté féminine constituait une importante denrée commerciale.

Mais ces aguichantes créatures étaient là, *dans la rue*, s'étalant aux terrasses des cafés, se promenant quand André et Jerry s'asseyaient pour prendre un verre, par dizaines, par centaines à chaque coin de rue ; cette densité peu commune donnait le vertige — et l'impression que faire leur connaissance ne devait pas être très difficile, d'un point de vue strictement statistique.

D'un autre côté, *tout le monde* parlait français.

Jerry s'y était attendu, bien sûr, mais il avait toujours associé les sonorités des langues étrangères aux exclus : immigrants, étrangers et marginaux.

Mais là, c'était lui l'exclu. Tous ces Français faisaient la conversation à ces filles magnifiques, penchés d'une table de café à l'autre, flânant dans les rues, donnant l'illusion que tout était facile, comme c'était probablement le cas pour eux, comme ce pourrait l'être aussi pour lui, si seulement tout ne se passait pas *en français*.

Avant que Jerry n'ait eu le temps de trop réfléchir à sa frustration linguistico-sentimentale, André l'avait entraîné au bord de la Seine, où ils descendirent sur les quais et embarquèrent sur une vedette touristique beaucoup plus petite que la plupart des monstres aux verrières anguleuses qui croisaient sur le fleuve, mais tout aussi bondée.

« Furieusement touristique, d'accord, dit André avec un haussement d'épaules tandis que le bateau larguait les amarres, mais autant en passer par là tout de suite, histoire d'être débarrassé, non ? »

Ils firent le tour de l'île Saint-Louis, regagnèrent le chenal principal en passant sous le pont Saint-Louis, derrière Notre-Dame, descendirent le cours de la Seine en longeant le Louvre, les Tuileries, le musée d'Orsay et le Trocadéro jusqu'au pied de la tour Eiffel où le bateau fit demi-tour pour revenir s'amarrer au Pont-Neuf.

Après cela, André l'entraîna dans une autre folle équipée automobile. Celle-ci les mena cette fois à la tour Eiffel, du haut de laquelle ils regardèrent se coucher le soleil et s'allumer les lumières de la ville en sirotant encore un kir qui rendit les genoux de Jerry légèrement caoutchouteux.

« Je commence à être crevé, André, dit Jerry, de retour à la voiture. Je devrais peut-être rentrer à l'hôtel pour me reposer. Après tout je n'ai eu que quatre heures de sommeil…

— Non, non, protesta André, il n'est même pas huit heures, vous devez rester éveillé jusqu'à minuit, sinon il vous faudra des jours pour vous habituer au décalage horaire, croyez-moi ! C'est un peu tôt, mais nous pouvons passer au dîner.

— Je n'ai vraiment pas faim…

— Quelque chose de léger, peut-être… Ah, bien sûr, une bouillabaisse au *Dôme*, c'est toujours la meilleure de Paris, et à cette heure nous devrions pouvoir trouver une table sans réservation ! »

Nouvelle course à travers les artères de la rive gauche, cinq minutes à tourner dans les petites rues pour trouver une place de stationnement, puis quatre pâtés de maisons de marche sur des jambes cotonneuses vers le boulevard Montparnasse et le *Dôme*, brillamment éclairé mais à l'atmosphère chaleureuse, bondé et pourtant agréable, tout en cuivre et vieilles boiseries, mais moderne et aéré, avec des tables en terrasse.

Le lieu était bruyant — ce qui n'était pas déplaisant car il profitait de l'énergie de la rue sans en être envahi. Une fois assis, l'odeur entêtante de la soupe de poissons épicée ravigota un peu Jerry. Malgré tout, quand il eut fini sa bouillabaisse et une demi-bouteille de vin blanc, plus la mousse à la framboise nappée de sauce au chocolat et le verre de cognac qu'André avait tenu à lui offrir, il repiqua un peu du nez.

« Je peux rentrer à l'hôtel, *maintenant ?* demanda-t-il plaintivement, de retour à la voiture.

André consulta sa montre, secoua la tête. « Encore deux heures, cher ami, et vous dormirez comme une souche pour vous réveiller naturellement à l'heure de Paris, demain matin, prêt à en profiter pour de bon.

— Je ne pense pas pouvoir rester éveillé aussi longtemps..., gémit Jerry.

— Nous allons à *La Bande dessinée*, cela devrait vous tenir éveillé », dit André, et ils repartirent. Jerry commençait à dodeliner, même dans la voiture de sport découverte, si bien que le trajet se passa dans un brouillard intemporel, comme s'il avait été téléporté il ne savait où. Tenant à peine sur ses jambes, après une courte marche à travers un quartier légèrement interlope, plein de photos de nu éclairées au néon, de sex-shops et de bars tapageurs, un portier les fit entrer dans... dans...

Seigneur, un bouge de Tijuana !

Au milieu de la salle, éclairée par un projecteur rose, se dressait une estrade circulaire où une rousse incendiaire et un Noir athlétique étaient en train de baiser sur un canapé de velours rouge au son d'un vieil air de caf' conc' revu par l'électronique, elle dessus et lançant des baisers aux clients.

Le long de trois des murs vaguement incurvés de la pièce courait un bar de bois poli orné de cuivres avec des tabourets et des barmen en chemises à rayures colorées et moustaches en guidon de vélo. Entre la scène et le bar, de petites tables de bistrot autour desquelles s'activaient des serveuses aux seins nus déguisées en soubrettes de vaudeville. Un épais brouillard rose, indubitablement constitué de fumée de cigarettes diffractant la lumière du projecteur, estompait tous les contours.

« Doux Jésus, André, vous vous moquez de moi, dit Jerry tandis qu'ils s'installaient à une des rares tables libres, à peu près à mi-chemin de la scène. J'ai fait tout ce voyage et vous m'entraînez dans un sex-show digne de Tijuana ? »

André rit. « Les apparences sont parfois trompeuses, dit-il.

— Hein ?

— Observez les clients. »

Jerry s'exécuta tandis qu'André commandait. L'endroit était bondé, mais pas par les traîne-savates libidineux et les prostituées de second ordre auxquels on se serait attendu. Il y avait autant de femmes que d'hommes, et il semblait s'agir en majorité de couples réguliers. La plupart étaient élégamment vêtus ; les plus jeunes de façon assez tapageuse, certes, mais fort classiquement pour bon nombre de couples plus âgés. Il y avait effectivement là-dedans quelque chose de curieux.

« Des gens dans le vent venus s'encanailler », finit par dire Jerry alors que la serveuse revenait avec deux verres qui avaient l'air de contenir de la vodka pure.

André rit de nouveau. « Buvez, dit-il en levant son verre. Regardez », ajouta-t-il en montrant la scène.

Jerry but. Le liquide transparent était chambré, il avait la puissance de la vodka, sans aucune douceur, mais avec un goût de poire. Oulà ! On devait pouvoir s'habituer à ce truc.

Sur scène, le Noir s'était retiré pendant que Jerry ne regardait pas et la rousse était étendue sur le canapé dans la colonne de lumière rose qui lui caressait lubriquement les seins, attendant un nouveau partenaire…

…qui sembla soudain surgir de nulle part aux premières mesures de la bande sonore de *Superman* et, oh non, c'était effectivement un grand escogriffe musclé avec tout l'attirail du super-héros qui se planta les mains sur les hanches au-dessus d'elle, puis, qu'est-ce…

Un pénis jaillit de son pantalon, argenté et palpitant, et se mit à grossir, grossir, tandis que les clients criaient des encouragements, jusqu'à atteindre la taille d'une batte de base-ball. Pendant que le thème de *Superman* retentissait de plus en plus fort, l'Homme d'Acier réussit à faire pénétrer son sexe de tout son long dans la fille et commença à donner des coups de boutoir.

Jerry avala une grande gorgée sans trop savoir ce qu'il faisait, et certainement sans comprendre la chose impossible à laquelle il assistait !

Superman s'activait, la rousse tressautait sous ses coups de reins… puis tous deux jouirent : des étincelles, des étoiles et des spermatozoïdes au large sourire jaillirent des oreilles de la fille et Superman fut projeté en arrière, dans le noir, par les flammes cramoisies d'un braquemart métamorphosé en fusée à la Flash Gordon.

Sur le canapé, la fille devint d'un noir luisant, les pointes de ses seins s'illuminèrent de néon rouge, ses oreilles grandirent, s'arrondirent, ses yeux devinrent de larges cercles blancs avec des points noirs au milieu et, oui, c'était elle, une voluptueuse Minnie Mouse, roulant des yeux, souriant de son large sourire de bande dessinée et prête à l'action.

Et Pluto, le canidé abruti, fit son entrée, gambadant dans la lueur du projecteur en tirant une langue écarlate de cinquante centimètres avec laquelle il entreprit de lécher consciencieusement l'entrecuisse de Minnie…

« Bon Dieu de merde ! finit par s'écrier Jerry. Ce n'est qu'un hologramme !

— Mieux que tout ce qu'on peut voir à Disneyland, n'est-ce pas ? répondit André. Un triomphe de la technologie française ! »

Mickey Mouse vint déloger Pluto, se fit lui-même sodomiser par Donald Duck. Woody Woodpecker copula avec Jessica Rabbit, le bonhomme Michelin fit preuve d'une impressionnante souplesse ; Daffy Duck, Cochonnet, Mr. Natural, Batman et Wonder Woman se joignirent à l'orgie générale.

Ce fut encore plus impressionnant quand Humphrey Bogart, Marilyn Monroe, le président des États-Unis, Adolf Hitler, James Dean et le pape vinrent se joindre à l'action, avec une kyrielle d'autres qui devaient, à en juger par les rires et les hurlements qu'ils déclenchaient dans la foule, être des célébrités françaises de la politique ou du spectacle… tout cela devait avoir été monté à partir d'extraits de films en deux dimensions, ou même de clichés en noir et blanc, en faisant appel à des programmes d'une complexité démoniaque et à des giga-octets de mémoire.

Puis la scène se métamorphosa à nouveau, arrachant Jerry à ses réflexions pour le plonger dans une merveilleuse réalité érotique.

L'orgie démentielle se fondit en frise érotique de temple hindou. Les figurines de pierre se mouvaient, souples et sinueuses, au rythme hypnotique et lancinant du sitar et des tablas, seins, cuisses, jambes, lingams et yonis allant et venant de plus en plus vite en une vivante arabesque de sensualité…

Pour se transformer en personnages de l'Antiquité grecque — chairs de marbre blanc, musculatures finement ciselées, poitrines rondes, cuisses puissantes, bras athlétiques, nobles visages aux chevelures bouclées, corps au réalisme idéalisé se frottant les uns contre les autres comme des dieux et des déesses au son des flûtes et des lyres…

Qui se changèrent à leur tour en tableau Renaissance —

riches coloris en clairs-obscurs au modelé dansant, accents de violes et de hautbois, faunes et nymphes bien en chair aux joues roses et aux fesses frémissantes… en version de l'école flamande sur une savante fugue de Bach… version romantique, tout en corps tourbillonnants et pathos beethovénien… pour se résoudre calmement dans le perpétuel coucher de soleil et l'érotisme chatoyant des demoiselles Arts déco et des pâtres évanescents de Maxfield Parrish sur des accords de guitares espagnoles… en scène d'orgie dans un aérien style japonais… impressionnisme éthéré… solides Polynésiens à peau sombre de Gauguin…

Suivis d'une version République de Weimar parfaitement glauque, tout en bas résilles, dessous coquins, cuir et talons hauts sur un air de jazz sombre et rocailleux, se transformant elle-même en love-in de Haight Ashbury au son des guitares et synthétiseurs de l'acid-rock, filles aux longues boucles souples parsemées de fleurs, garçons aux cheveux longs en chemises indiennes et gilets de velours, couleurs, chairs et longues chevelures ondulantes se mêlant en motifs abstraits dans un tourbillon de pur érotisme… lumière, sons et mouvements entrelacés se fragmentant en éclats cristallins sur la modulation en *mi* majeur du *Boléro* de Ravel…

Pour laisser un podium central circulaire éclairé par un projecteur rose où une rousse incendiaire et un Noir athlétique baisaient au son d'un vieil air de caf' conc' sur un canapé de velours rouge, elle dessus et envoyant des baisers aux clients, personnes raffinées qui semblaient reprendre leur conversation où elles l'avaient laissée, comme si de rien n'était.

« *Vive la France…*, fit Jerry Reed dans un souffle.

— Bienvenue en Europe », répondit André Deutcher.

Sur le chemin du retour, Jerry Reed somnola, à demi perdu dans un kaléidoscope de rêves parisiens. Le temps d'arriver, minuit était largement passé et il eut tout juste la force de gagner sa chambre, d'ôter ses vêtements et de se glisser dans le lit avant de sombrer dans un sommeil de plomb durant neuf heures bien sonnées.

Le lendemain matin, il se réveilla frais et dispos. Il réussit sans trop de peine à se faire monter un petit déjeuner — la standardiste parlait un anglais correct, bien qu'elle n'eût pas l'air de comprendre ce qu'étaient des œufs aux saucisses, de sorte qu'il dut se rabattre sur une omelette jambon-fromage — et, le temps de prendre une douche, se raser et enfiler l'épais peignoir en tissu éponge, celui-ci était arrivé. Il terminait tout juste un croissant à la confiture de framboises avec sa seconde tasse de café quand le téléphone sonna.

C'était André Deutcher qui appelait du hall. Il devait reprendre son travail à l'ESA, aussi avait-il amené « le guide de Jerry pour les prochains jours », afin de faire les présentations ; ils montaient de suite.

Jerry hésita. Devait-il essayer de s'habiller avant leur arrivée ? Il n'en avait probablement pas le temps. Il ne s'était pas trompé, mais il regretta de n'avoir pas essayé malgré tout, car on frappa à la porte moins de trois minutes plus tard et, quand il ouvrit, il découvrit à côté d'André une femme qui fit mettre instantanément son sexe au garde-à-vous, situation plutôt embarrassante lorsque l'on n'est vêtu que d'une sortie de bain.

« Bonjour, Jerry », dit André tandis que celui-ci refermait la porte derrière eux en se contorsionnant pour dissimuler au mieux son érection. « Voici Nicole Lafarge. Elle sera votre mentor pour les deux ou trois jours à venir. »

Nicole Lafarge était certainement une des femmes les plus époustouflantes que Jerry eût jamais rencontrées.

Elle avait à peu près sa taille et un port d'athlète, de longues jambes fuselées moulées dans des bottes en peau de léopard qui lui laissaient les cuisses nues, une jupe noire suggestive, plus longue du côté droit que du gauche, évasée vers le bas mais comme peinte sur ses fesses fermes et ondulantes, une sorte de T-shirt en soie diaphane qui laissait entrevoir de petits seins aguicheurs et palpitants aux pointes franchement visibles sous une courte veste en léopard déboutonnée. De longs cheveux noirs ondulés lui tombaient sur les épaules en un négligé artistique. De fins sourcils et de longs cils encadraient de pétillants yeux verts, elle avait une petite bouche aux lèvres pleines, à la moue subtile, et il émanait d'elle un parfum de sensualité qui s'adressait directement au subconscient de Jerry.

« Mon... euh... mentor ? » bafouilla-t-il en se laissant tomber sur la chaise la plus proche pour cacher ce qui menaçait carrément de transpercer son peignoir.

« Je vais vous organiser une visite de nos installations, dit André, mais cela prendra deux ou trois jours. En outre, il est préférable que vous ayez un peu de temps pour profiter de Paris avant de passer aux choses sérieuses et, bien sûr, ce sera plus agréable avec Nicole qu'avec moi, n'est-ce pas ? »

Jerry restait assis à cligner des yeux. Nicole Lafarge lui adressa un petit sourire qui laissa entrevoir un bout de langue rose. « Ravie de vous connaître, Jerry », dit-elle d'une voix un peu rauque dans un anglais impeccable un rien syncopé. Elle se posa délicatement au bord de la chaise qui lui faisait face et se pencha juste assez pour que sa veste s'ouvre sur ses seins.

« Bien. J'ai beaucoup de travail avant le déjeuner, alors je vous laisse entre les mains expertes de Nicole », dit André avec un petit sourire espiègle, puis il partit, laissant Jerry, nu dans sa sortie de bain, seul avec cette incroyable créature.

« Euh... vous travaillez pour l'ESA, mademoiselle Lafarge... ?

— Occasionnellement...

— *Occasionnellement ?* Quel genre de poste pouvez-vous occuper *occasionnellement* à l'ESA ? Êtes-vous consultante ? Travailleur indépendant ? »

Nicole Lafarge le dévisagea d'un air incrédule. « C'est de l'humour américain ? Ou vous êtes sérieux ?

— De l'humour ? J'ai dit quelque chose de drôle ? »

Apparemment oui, car elle éclata de rire. « Je ne travaille pas dans l'industrie aérospatiale, parvint-elle à dire. Je suis une prostituée, évidemment. »

La mâchoire de Jerry s'affaissa.

« Vous ne me croyez pas ? » dit Nicole Lafarge.

Ce disant, elle tomba à quatre pattes, franchit les quelques pas qui les séparaient, écarta les pans de son peignoir et, sans autre forme de procès, lui fit la pipe la plus fantastique de toute son existence.

Après, il se laissa aller au fond de son fauteuil, hébété, tandis que Nicole, assise à ses pieds, promenait son regard sur la luxueuse chambre d'hôtel, le lit de cuivre à baldaquin, les tableaux aux murs, les meubles d'époque, pour finir par revenir sur lui avec le plus innocent des sourires.

« J'ai été engagée pour votre plaisir, Jerry. Néanmoins je vous demanderai une faveur…

— Tout ce que vous voulez… », répondit rêveusement Jerry.

Nicole gloussa. « C'est la première fois que je mets les pieds au *Ritz*, alors vous devez me poser une question. Vous devez demander : "Qu'est-ce qu'une gentille fille comme vous fait dans un endroit pareil ? "

— Allons donc !

— S'il vous plaît, vous devez me le demander ! suppliat-elle comme une petite fille mendiant un bonbon.

— Bon, d'accord. "Qu'est-ce qu'une gentille fille comme vous fait dans un endroit pareil ? " »

Nicole parcourut à nouveau la chambre du regard, puis revint poser les yeux sur Jerry avec une expression de totale avidité. « Qu'est-ce que vous croyez ? dit-elle avec un haussement d'épaules typiquement français. *C'est pour le fric !* »

Et ils éclatèrent tous deux de rire.

« Faire l'amour pour de l'argent n'est pas un si mauvais boulot, Jerry, dit Nicole qui venait justement de le faire pour la deuxième fois cette nuit-là. Je suis jeune, je suis belle, bien élevée, je parle bien anglais, je me débrouille en allemand, je baragouine un peu de russe et je connais bien Paris, ce qui me place parmi les meilleures de la profession. Je n'accepte de travailler que pour des entreprises ayant pignon sur rue, je suis très bien payée, je peux choisir mes clients et tous mes frais sont pris en charge. »

Elle se pelotonna de façon amicale contre lui et se versa une autre coupe de champagne, en but une gorgée, lui adressa un petit sourire coquin. « Tu as apprécié ta journée, non ? »

Jerry soupira d'un air satisfait. « C'était merveilleux… »

Il n'exagérait pas. Nicole lui avait fait visiter tout Paris, en taxi, en bus, à pied et même en métro, passant de l'un à l'autre selon sa fantaisie et selon la commodité.

Ils avaient passé une petite heure au Louvre, s'étaient baladés au jardin des Tuileries avant de traverser la Seine pour aller au musée d'Orsay où ils avaient flâné encore une heure, étaient descendus dans le métro, avaient changé une fois pour ressortir dans une station située sous une gigantesque galerie marchande près du centre Pompidou, dont les couleurs criardes évoquaient le croisement d'une raffinerie de pétrole et d'une centrale nucléaire.

Ils n'avaient même pas pris la peine d'entrer. Ils s'étaient contentés de faire le tour de cette étonnante monstruosité par les petites rues grouillantes de monde bordées de bistrots plutôt minables, de restaurants et de boutiques de souvenirs, ne s'arrêtant que pour assister au numéro d'un cracheur de feu sur le parvis.

« Le Louvre, le musée d'Orsay, le centre Pompidou, maintenant tu as visité les plus célèbres musées de Paris, dit Nicole. Plus tard, si tu veux, tu me diras quelles sont les œuvres d'art qui t'intéressent, je t'emmènerai les voir, je connais bien les Flamands, les impressionnistes, les cubistes et les surréalistes, ainsi que l'art japonais et la peinture pop, mais je n'aime pas trop la Renaissance et la période romantique, je trouve ça un peu trop kitsch, pas toi ?

— Je ne saurais mieux dire… », avait répondu Jerry qui n'avait pratiquement aucune idée de ce dont elle parlait et encore moins d'intérêt pour la peinture.

« Voyons, tu es monté sur la tour Eiffel, tu as fait un tour en bateau-mouche, tu as vu Notre-Dame… très bien, nous irons déjeuner à Montmartre, c'est très touristique mais la vue est superbe, après quoi nous en aurons terminé avec le circuit classique, alors je te montrerai le vrai Paris… »

Un long trajet en taxi jusqu'au pied de la butte Montmartre, une zone touristique horriblement congestionnée aux ruelles étroites, noires de gens qui se pressaient entre les gargotes et les boutiques de souvenirs. Un funiculaire le long d'un jardin abrupt avec des escaliers qui n'en finissaient pas et l'arrivée au sommet devant le Sacré-Cœur, grosse église blanchâtre surmontée d'un dôme ressemblant plus à une mosquée qu'à un temple catholique, même à l'œil profane de Jerry. Et, comme promis, une vue magnifique de la terrasse qui surplombait la ville entière.

Ils flânèrent dans le dédale de vieilles rues et, à l'heure du déjeuner, prirent place au fond d'un petit restaurant marocain. Assis sur des coussins devant une table basse en cuivre, ils dégustèrent avec les doigts et des morceaux de pain plat un couscous proprement incroyable, Nicole ne cessant de caresser le sexe de Jerry de sa main libre. Il finit par être si excité qu'il craignit de ne pouvoir se retenir.

Mais c'était une vraie professionnelle et il n'en fut rien, même si au moment de payer l'addition, que Nicole régla avec un énorme matelas de billets fourni par l'ESA, la tête lui tournait de l'exquise torture.

« Pauvre garçon », dit Nicole avec un petit rire quand ils furent ressortis dans la rue, en passant lentement un ongle le long du renflement de son pantalon. « Il va falloir nous occuper de ça sans tarder… »

Elle le prit par la main pour l'entraîner dans une impasse humide entre deux vieux murs patinés à la légère odeur de moisi et de matières en décomposition. Elle se colla contre lui, descendit sa fermeture éclair, releva sa jupe, baissa sa culotte et le guida en elle.

Puis elle lui prit les fesses à pleines mains, le plaqua contre le mur d'un vigoureux coup de reins et le baisa avec une brusquerie contenue tout en lui agaçant l'oreille du bout de la langue. Cette inversion des rôles aussi délicieuse qu'inattendue le rendit complètement fou et l'amena rapidement à un violent orgasme qui le laissa pantelant, voluptueusement adossé à la pierre fraîche.

« À présent, reprenons notre visite guidée des curiosités du vieux Paris », dit-elle calmement.

Ils redescendirent par les petites rues abruptes de Montmartre pour se retrouver, sans crier gare, au milieu des néons de la place Pigalle. Il reconnut l'endroit où André l'avait emmené voir le spectacle holovisé moins de vingt-quatre heures (qui lui semblaient à présent la moitié d'une vie) plus tôt.

Ils prirent un taxi qui les ramena au bord de la Seine et passèrent le reste de l'après-midi à se promener au soleil le long des quais de pierre en regardant passer les péniches et en se demandant à quoi pouvait ressembler la vie à bord de l'une d'elle.

Ils burent quelques kirs à une terrasse de bistrot et prirent le métro jusqu'au Trocadéro, immense demi-cercle de béton face à la tour Eiffel, sur la rive droite, qui offrait une vue superbe sur la ville, puis retournèrent place de la Concorde et remontèrent les Champs-Élysées jusqu'à l'Arc de triomphe, avec une pause en chemin pour prendre un autre kir à la terrasse d'un café.

Ils regardèrent se coucher le soleil du haut de l'Arc de triomphe, puis ils allèrent dîner d'un canard au sang à *La Tour d'argent,* établissement plutôt touristique et guindé au bord de la Seine qui mit Jerry un peu mal à l'aise, mais que Nicole lui dit être, non sans une certaine délectation, le restaurant le plus cher de la ville.

Après dîner, Nicole l'emmena faire le tour des cafés les plus célèbres. Le temps de revenir au *Ritz*, il était une heure du matin largement passée et Jerry était lessivé, prêt à s'écrouler.

Du moins le pensait-il.

Mais une fois dans la chambre, Nicole sortit un petit flacon de poudre blanche qu'elle lui assura être de la cocaïne pure de la meilleure qualité. Jerry, qui avait été en butte à la brigade antidopage toute sa vie professionnelle, n'avait jamais seulement songé à tâter de la cocaïne et elle dut l'en persuader. Après tout, c'était Paris, il était en vacances, lui dit-elle tout en se livrant à un lent strip-tease. Après tout, les dernières traces seraient éliminées de son système bien avant son retour à Los Angeles, se dit-il, en s'apercevant à quel point son esprit était prêt et sa chair épuisée.

Effectivement, après une ligne, il fut capable de refaire l'amour. Et, après une autre, de le faire encore une fois.

Avait-il apprécié sa journée ?

« Ça a été le plus beau jour de ma vie, Nicole », lui dit-il en toute sincérité, et il lui passa un bras autour de la taille. « Et toi, tu l'as appréciée ?

— Bien sûr que je l'ai appréciée. C'est bien là l'intérêt d'être une prostituée, du moins à mon niveau professionnel où on peut choisir ses clients : on passe ses journées à prendre du bon temps en agréable compagnie tout en se faisant un tas de fric… »

Elle rit. « *Alors,* Jerry, si tu pouvais te faire 5 000 écus par jour en baisant des femmes raisonnablement séduisantes tout en prenant du bon temps sans regarder à la dépense, est-ce que tu ne préférerais pas être une pute ? »

On pourrait dire que j'en suis déjà une, se dit sombrement Jerry, une pute du Pentagone, seulement je n'arrive pas à y prendre plaisir.

« Tu es triste, Jerry ? demanda Nicole en lui passant une main sur la joue. J'ai dit quelque chose qui t'a fait de la peine ?

— Non, non, ce n'est rien, c'est le plus beau jour de ma vie. » Et, pour lui montrer que c'était vrai, il se pencha pour l'embrasser.

Nicole l'en empêcha en lui posant un doigt réprobateur sur les lèvres. « Non, non, *mon cher*, dit-elle avec douceur. On ne doit pas embrasser une prostituée. Je suis belle, d'accord, et je suis experte en amour, et aussi experte pour te distraire, alors tu ne dois pas m'embrasser, sinon tu oublies que je suis une professionnelle et tu te mets à tomber amoureux de moi. Et ce serait un désastre pour toi, car j'aime mon mode de vie, Jerry… »

Elle rit et empoigna amicalement son sexe ramolli pour dissiper le malaise. « Un désastre pour moi aussi. On me foutrait à la porte du syndicat des prostituées !

— À aucun prix je ne voudrais voir arriver une telle chose », dit Jerry, et il éprouva un plaisir particulier d'être capable d'en rire en toute sincérité.

« C'est mieux comme ça. » Nicole se pelotonna de nouveau contre lui. « Je ne suis pas une fille dont on tombe amoureux. Je suis faite pour donner du plaisir, en œuvre d'art que je suis. Mais un art de *représentation*, mon cher, que l'on apprécie comme une pièce, un ballet ou une symphonie, pas que l'on possède et collectionne comme un tableau ou une sculpture. Comprends-tu ?

— Je pense que oui, dit Jerry, sans mentir.

— Et ça ne te rend pas triste ? »

Jerry réfléchit à la chose. « Non. Pourquoi, cela devrait ?

— *Et voilà*. Tu vois, tu commences à connaître la vie. *Bienvenue à Paris !* »

Oh oui, mon vieux, se dit-il en sombrant dans le sommeil, je suis bien loin de Downey !

Le lendemain matin, ils dormirent tard, firent l'amour,

petit déjeunèrent au champagne, puis marchèrent jusqu'à la Seine par le jardin des Tuileries et passèrent sur le quai d'Orsay où ils prirent place à bord d'un bizarre catamaran à pont plat avec une drôle de petite cabine en bois.

Ils s'installèrent au soleil à l'avant du bateau qui remonta la Seine, entra dans le bassin de la Bastille puis s'engagea dans un long tunnel à la voûte de pierre ponctuée à intervalles réguliers de larges ouvertures circulaires à travers lesquelles les rayons du soleil filtraient comme de puissants projecteurs, conférant à l'endroit une atmosphère mystérieuse.

Une fois ressorti du tunnel, il franchit une série de vieilles écluses et lorsqu'il accosta au parc de la Villette, Jerry avait fini par assimiler l'idée qu'il aurait été absurde de se laisser aller à tomber amoureux d'une fille comme Nicole. En revanche, ses sentiments ayant pris un tour plus général, il ne voyait aucune raison de ne pas tomber un peu amoureux de Paris, d'une ville à la fois intemporelle et énergiquement moderne, une ville joyeusement enracinée dans son passé tout en étant résolument tournée vers l'avenir.

Ce que symbolisait parfaitement le parc de la Villette, vaste rassemblement de musées — sciences, industrie, musique, cinéma —, d'attractions et de restaurants de luxe, entouré d'un quartier futuriste d'hôtels, de restaurants et d'élégants immeubles d'habitation tout droit sortis de Mars… une espèce de Disneyland du futur qui aurait eu l'accent français.

Ils déjeunèrent dans un restaurant chinois puis passèrent le reste de l'après-midi à visiter les expositions. C'était le domaine de Jerry et il s'y serait senti dans son élément si seulement tout n'avait pas été en français, ou si Nicole avait eu un bagage scientifique suffisant pour lui traduire les notes explicatives autrement que mot à mot. Il essayait pour sa part de lui rendre compréhensibles ces merveilles technologiques, ravi d'être enfin le guide, même s'il la soupçonnait de s'être arrangée, en bonne professionnelle, pour qu'il en soit ainsi.

D'un accord tacite, ils gardèrent pour la fin l'exposition de l'Agence spatiale européenne. Jerry sentait confusément que cela rapprocherait l'heure de la séparation pour le replonger dans des problèmes auxquels il n'avait pas accordé une pensée durant les deux derniers jours.

Mais finalement, encouragés par le cognac pris au bar du musée, ils entrèrent.

Il y avait un court historique des voyages dans l'espace illustré par des maquettes et des hologrammes. Il y avait un propulseur d'Ariane grandeur nature et une réplique de la navette Hermès que l'on pouvait visiter. Il y avait des satellites, des sondes spatiales, des combinaisons d'astronautes et un système de manœuvre pour sorties dans l'espace avec lequel on pouvait jouer. Bref, la salade habituelle.

Mais ensuite ils entrèrent dans la Géode, avec sa salle de projection à 360°, où passait un film promotionnel de l'ESA en vidéo Dynamax haute définition, et ça, ça n'avait rien à voir avec la salade habituelle. Jerry en eut le souffle coupé et, à la fin, il avait presque envie de pleurer.

Dès le début du film, le Dynamax HD l'immergea dans la réalité mieux qu'aucun hologramme en couleurs car, si l'image n'était pas tridimensionnelle, on ne la regardait pas, on se retrouvait pris dedans. On avait beau se tordre le cou comme à un match de tennis, elle emplissait tout le champ de vision et, de toutes les places, le son multiphonique créait une illusion parfaite.

Il se trouvait dans une aire d'embarquement d'un aéroport au trafic intense que Nicole lui dit être Roissy. Sur la piste passait lentement, décoré aux couleurs d'Air France, le Dédale, l'avion spatial européen dont le prototype devait bientôt entrer en fabrication.

Sa silhouette effilée évoquait le vieux Concorde ou le bombardier américain B-1, mais il avait deux fois leur taille. Comme le B-1, ses ailes, déployées pour le moment en vue du décollage, étaient à voilure variable. Il avait une énorme prise d'air sous le nez, en avant du cockpit, pour le moteur principal, deux plus petites pour les turboréacteurs auxiliaires à l'endroit où les ailes rejoignaient le fuselage et une tuyère étrangement évasée à l'arrière.

Tandis que jacassait une voix donnant des détails techniques que Nicole était bien en peine de traduire, le Dédale dépassa le terminal, s'engagea sur la piste d'envol, alluma ses turbofans et décolla avec une certaine lourdeur.

La scène changea brusquement. Jerry se trouvait maintenant à bord de quelque impossible hélicoptère, bien au-dessus d'un banc de nuages floconneux, tandis que le Dédale s'élevait vers lui, ses ailes se repliant à demi dans le fuselage alors que le moteur principal prenait le relais dans un rugissement assourdissant, crachant un long panache de flammes bleu clair, brûlant de l'hydrogène liquide et de l'oxygène atmosphérique comprimé par la vitesse de son passage dans la prise d'air principale, comme un statoréacteur conventionnel.

Le Dédale montait toujours plus haut, bien plus vite que n'importe quel boulet de canon, toujours suivi par l'hélicoptère magique, tandis que le ciel devenait violet, puis noir, et que plus bas la Terre commençait à s'incurver, que les ailes se repliaient entièrement dans le fuselage et qu'il brûlait son carburant avec l'appoint de l'oxygène liquide de ses réservoirs, comme une fusée.

Puis le réacteur fut coupé et l'avion spatial synchronisa son orbite avec celle d'une station spatiale d'aspect vaguement russe, disgracieux modules cosmograd globulaires grossièrement arrimés les uns aux autres et peints d'un vert pisseux. Quatre silhouettes en combinaison spatiale amenèrent une espèce de luge orbitale surdimensionnée en position sous le Dédale où elles la fixèrent avec d'assez ridicules brides magnétiques — inélégant assemblage hérissé de tuyères sorti tout droit d'un vieux film de science-fiction de série B qui aurait mis en pièces le Dédale s'il avait effectivement été mis à feu dans cette position.

Mais, dans le film, ce truc idiot fonctionnait, bien sûr, et l'avion spatial fonçait en orbite géostationnaire sur un irréaliste panache de flammes orangées.

La scène changea de nouveau. Jerry se trouvait parmi une foule de gens dans l'aire d'arrivée d'un autre aéroport étrangement prosaïque avec des passerelles, des kiosques à journaux, des magasins de souvenirs et, derrière lui, la porte des toilettes pour hommes.

Étrangement prosaïque parce que les gens nageaient au milieu des airs et que les passerelles, kiosques et boutiques étaient tous disposés à des angles impossibles contre les parois d'une salle d'attente circulaire sans haut ni bas, la salle d'attente ordinaire d'un *spatioport* en apesanteur.

S'il n'avait senti ses fesses plaquées contre son siège par la gravité, l'illusion aurait été totale tandis qu'il nageait vers un petit hublot circulaire pour regarder le Dédale monter vers lui depuis la Terre sur une queue de pâles flammes orangées.

La perspective changea de nouveau et Jerry se retrouva dans l'espace — il entendait même le sifflement de ses propulseurs autonomes — en train de contempler une très curieuse station orbitale composée de dômes, conduits et modules cosmograd branlants raccordés dans tous les sens à la façon d'une maquette de molécule organique complexe assemblée à partir d'un tas de déchets. Un grand appontement métallique faisait saillie sous une espèce de marquise évoquant la grande entrée de l'hôtel *Century Plaza* au-dessus de laquelle brillaient en lettres de néon bleu les mots « Méridien de l'Espace. »

Le spectacle se terminait là et, quelques secondes plus tard, Jerry se retrouva dans la lumière dorée de la fin d'après-midi, clignant des yeux pour reprendre contact avec la réalité parisienne.

« Ça va bien, Jerry ? demanda Nicole en le regardant avec une certaine inquiétude. On dirait que tu es toujours là-haut dans l'espace…

— Oui, ça va, j'ai juste besoin de me réhabituer à la lumière du soleil. »

Mais, en vérité, il y avait quelque chose de changé. Tout au long du trajet en taxi vers le centre de Paris, Jerry demeura effectivement perdu dans l'espace, essayant de se rappeler tout ce qu'il avait lu à propos du projet Dédale. Le moteur Rolls Royce était à l'étude depuis des dizaines d'années et le bruit courait qu'il en avait même été construit un avant que le gouvernement Thatcher n'annule le projet. L'ESA était en train de construire un prototype du Dédale mais, en principe, il s'agissait de la combinaison du remplaçant de la navette Hermès et d'un avion suborbital hypersonique. Des vols commerciaux vers un hôtel en orbite géostationnaire ? On aurait cru un des rêves hallucinés de Rob Post.

D'un autre côté, si l'on possédait l'avion spatial, il était possible de le transférer en orbite synchrone à l'aide d'un genre de luge orbitale, mais certainement pas le truc idiot qu'il avait vu dans la salle de projection. Il aurait fallu que la poussée s'exerce le long de l'axe de l'appareil et que les gaz d'échappement jaillissent à bonne distance du fuselage, peut-être en disposant les propulseurs loin derrière grâce à un système d'entretoises, ou bien…

Le dîner se passa pratiquement dans le même état d'esprit, un merveilleux repas au restaurant *Jules Verne*, au deuxième étage de la tour Eiffel. Avec une partie de son cerveau, Jerry mangeait, buvait, admirait la vue, s'arrangeait pour faire la conversation à Nicole et réussissait même à bander pendant qu'elle le tripotait sous la table, mais son esprit était ailleurs.

L'idée était totalement dingue, irréalisable avant des dizaines d'années — des appareils commerciaux allant se mettre en orbite, des remorqueurs spatiaux pour les emmener en orbite synchrone, là-haut un hôtel, c'était là une cascade d'invraisemblances qui lui rappelaient les mauvais films de science-fiction des années 50 — mais si le concept était fou, c'était hélas le genre de folie divine qui avait entièrement déserté le Programme américain.

Et, au moins techniquement parlant, c'était parfaitement *faisable*. Le Dédale *était* en construction, il était *possible* de bidouiller une espèce d'hôtel à partir de modules cosmograd soviétiques et il était également *possible* de transporter le tout en orbite géostationnaire à l'aide de versions modifiées des luges orbitales militaires sur lesquelles il travaillait à Downey.

Avec un système logistique capable de faire vivre un hôtel en orbite géostationnaire, une vraie colonie lunaire était à portée de la main et même Mars pouvait devenir une promenade touristique de son vivant…

De retour au *Ritz*, un message d'André Deutcher l'attendait à la réception. Il passerait prendre Jerry le lendemain matin à onze heures pour l'emmener à un rendez-vous au siège parisien de l'ESA. Jerry montra le mot à Nicole dans l'ascenseur.

« Ce sera donc notre dernière nuit ensemble, Jerry.

— Pourquoi dis-tu ça, Nicole ? »

Elle évita son regard. L'ascenseur s'arrêta à l'étage. Ils sortirent et suivirent le couloir jusqu'à sa chambre.

« C'était prévu comme ça depuis le début ? » demanda Jerry en ouvrant la porte.

Elle hocha la tête. « Ton ami André Deutcher est un homme sage, dit-elle. Il vaut mieux que ce genre de choses prenne fin avant que la séparation ne devienne trop difficile. Il ne faut jamais tomber amoureux d'une prostituée, Jerry.

— Oui, je sais. Souviens-toi, je connais la vie. »

Elle rit et lui adressa un sourire chaleureux qui lui brisa pratiquement le cœur. « Je n'en suis pas si sûre, dit-elle d'un ton joyeux. Parfois je pense que tu viens d'ailleurs. Mars, peut-être, ou plutôt Vénus, la planète de l'amour… »

Jerry dut résister à la tentation de la prendre dans ses bras pour l'embrasser.

Mais il se contenta de commander une bouteille du meilleur champagne et une double portion de caviar. Quand la collation fut arrivée, ils restèrent assis un long moment à déguster du caviar en buvant du champagne, presque sans parler. Qu'y aurait-il eu à dire ?

À la fin, tout à la fin, après qu'ils eurent vidé la bouteille, Nicole se leva.

« Il vaudrait peut-être mieux que je m'en aille maintenant, non ? » dit-elle.

Jerry, assis sur sa chaise, la regarda sans savoir que dire. Finalement, il lui prit les mains, se leva, plongea son regard dans ses yeux verts et comprit qu'elle avait raison, qu'il ne restait vraiment plus rien à dire ou à faire, qu'en un sens tout s'était terminé là-bas, au parc de la Villette, dans la Géode, terminé, il en avait maintenant la certitude, de la façon dont Nicole, avec sa sagesse professionnelle, l'avait voulu, de la façon qui lui ferait le moins de mal.

« Un homme qui connaît la vie ne doit pas embrasser une prostituée, dit Nicole d'un ton hésitant.

— Mais une femme qui connaît la vie peut sûrement embrasser un ami pour lui faire ses adieux. »

Elle rit, se laissa prendre dans ses bras et l'embrassa gentiment. Puis, sans ajouter un mot, elle partit.

Jerry demeura sur place un long moment après son départ, essayant de comprendre ce qu'il éprouvait. Quelque chose lui disait que Nicole était sorti à jamais de sa vie, qu'un long moment lumineux était parvenu à son terme et, oui, il éprouvait une brûlante nostalgie des moments passés avec elle, mais il était également troublé de constater qu'il était heureux.

C'était peut-être cela, connaître la vie…

Était-ce là le cadeau d'adieu de Nicole Lafarge ?

Jerry ouvrit la fenêtre pour passer sur le balcon et contempla Paris comme lors de cette première matinée radieuse, à peine trois jours plus tôt.

C'était la nuit, à présent, et la ville palpitait de lumières et des serpentins rouges et ambrés de la circulation. La tour Eiffel brillait au loin comme un phare et, le long de la Seine ténébreuse, les projecteurs éblouissants d'un bateau-mouche jouaient sur la façade des immeubles.

La différence ne tenait pas uniquement à l'heure, car les yeux qui regardaient cette ville avaient eux aussi changé. Jerry savait maintenant ce qui se trouvait derrière cette vue de carte postale. Il avait vécu dans ces rues, senti leur rythme, et il avait maintenant un peu le sentiment de leur appartenir, il les sentait lui parler, bien qu'il ne comprît pas encore complètement ce qu'elles disaient.

Il leva les yeux vers le ciel dégagé, entièrement délavé par l'éclat de la ville. Seuls un mince croissant de lune, quelques étoiles de première et deuxième magnitude, Mars et Jupiter étaient visibles dans les cieux de la Ville Lumière.

Mais ensuite, son regard s'accoutumant, quelques points de lumière plus faibles apparurent, dont certains se déplaçaient lentement et implacablement dans l'obscurité. Cosmograds soviétiques. La station spatiale américaine. Et au-delà, invisibles en orbite géostationnaire, satellites espions ou de communication et le Pentagone savait quoi… Et, encore plus loin, le laboratoire lunaire soviétique, une base permanente sur une autre planète.

Il y avait là-haut un ballet de lumières qui lui parlait aussi : de rêves du passé et de rêves perdus… ou de rêves qui pouvaient revivre.

Il se rappela également ce que Rob Post lui avait souvent répété : « Tu as eu la chance de naître au bon moment, Jerry. Tu vas vivre l'âge d'or de l'exploration spatiale, fiston. Il ne tient qu'à toi d'être de ceux qui en feront une réalité. »

Depuis maintenant longtemps, tout avait semblé perdu, détruit par l'explosion de Challenger, l'IDS et l'Étoile d'Amérique. Mais les paroles de Rob prenaient à présent une signification nouvelle et, oui, un peu terrifiante, car d'un seul coup elles redevenaient vraies d'une façon que Rob n'avait probablement jamais imaginée.

Il y avait bien là-haut, tout compte fait, un âge d'or de l'exploration spatiale en train de naître, et Jerry était bien sûr que, demain, il lui serait donné la chance, sa dernière chance, d'être de ceux qui en feraient une réalité.

Il se rappela aussi autre chose que lui avait dit Rob, un jour où il se sentait découragé, les paroles d'un grand pilote automobile, Stirling Moss :

« Je crois que je pourrais apprendre à marcher sur l'eau, avait-il dit à un journaliste. Il me faudrait renoncer à tout le reste pour cela, mais je pourrais marcher sur l'eau. »

4.

POUR UNE VÉRITABLE MAISON COMMUNE

Les ouvertures des Français et des Britanniques, si vagues et sujettes à rétractation soient-elles, méritent bien la sérieuse discussion actuellement en cours au Soviet suprême.

L'avantage économique que retirerait l'Union soviétique d'une adhésion à la Communauté européenne est évident et le rouble semble maintenant assez solide pour entrer dans le panier commun de l'écu sans entraîner une inflation ruineuse.

Il est vrai que l'ajustement des systèmes juridiques et des modes d'organisation économique, ainsi que certaines questions de défense, soulèvent de sérieux problèmes. Vrai aussi que l'on peut difficilement attendre de l'Union soviétique, la plus grande nation indépendante au monde abritant la plus forte population du continent européen, pour ne rien dire de sa puissance militaire, qu'elle sollicite son admission dans la structure actuelle comme une puissance de second ordre.

Mais, malgré la nature indécise de ces ballons d'essai, il est clair que la France et la Grande-Bretagne, pour ne pas parler des nombreux autres États membres qu'elles semblent représenter, ont un intérêt personnel aussi fort que nous-mêmes à ce que l'Union soviétique devienne membre de l'Europe et qu'elles pourraient très bien être disposées à négocier les modifications de statuts juridiques et constitutionnels de la Communauté européenne nécessaires pour permettre notre adhésion.

Car, dans l'état actuel des choses, ni la Grande-Bretagne ni la France, ni même les deux ensemble, ne peuvent jouer le rôle de contrepoids politique à la puissance économique allemande. Seule l'entrée de l'Union soviétique, avec sa population triple de celle de l'Allemagne, son P.N.B. presque aussi élevé, sa maîtrise de l'espace et le prestige de son Armée rouge, peut empêcher l'Europe d'évoluer inévitablement vers une sphère de prospérité dominée *de facto* par la Grande Allemagne.

Seule une Communauté européenne incluant l'Union soviétique peut demeurer longtemps une véritable maison commune assurant l'égalité de tous.

La Pravda

GAINES SE TOURNE VERS LE MARCHÉ INTÉRIEUR

Après l'accueil extrêmement favorable réservé à son produit par les consommateurs lors de l'étude-pilote menée en Haïti, la société Gaines vient d'annoncer qu'elle allait entreprendre la commercialisation de la Pitance universelle Gaines sur le territoire national. La distribution de cet aliment de base diététiquement équilibré, composé de farine de soja, d'huile de lin et d'un cocktail secret de vitamines, sels minéraux et saveurs artificielles, se fera, tout au moins au début, au niveau institutionnel. Des contrats ont déjà été signés avec les administrations pénitentiaires d'Arkansas et de Rhode Island.

La Pitance universelle fournira une nourriture équilibrée pour une fraction minime du coût d'approvisionnement conventionnel des prisons et Gaines espère prendre rapidement pied sur ce marché.

La vente directe au consommateur se limitera, au moins dans un premier temps, à certains pays latino-américains où l'on peut compter sur la situation de famine endémique pour surmonter les problèmes de goût et de texture qui n'affectent en rien la valeur nutritive.

En attendant, Gaines expérimente de nouvelles saveurs, enrobage de sucre ou sauce au piment artificiel, entre autres, et de nouveaux emballages pour préparer son entrée sur le marché intérieur.

U.S. News and World Report

Pierre Glautier avait un appartement rue Saint-Jacques, une fortune de famille de provenance indéterminée, en rapport avec l'emballage de la viande, dont il préférait ne pas parler. Il était assez séduisant, avec ses longs cheveux noirs et ses traits aristocratiques, et c'était un bon amant ; en tant que journaliste, il avait ses entrées dans bon nombre de grandes soirées, et il avait passé un accord avec Sonia Ivanovna Gagarine.

Ils s'étaient rencontrés au cours d'une fête à Monaco, s'étaient retrouvés au lit environ deux heures plus tard, avaient partagé une chambre à Tignes pour un week-end de ski, s'étaient hébergés réciproquement à Bruxelles et à Paris, tout cela sans jamais tomber amoureux ou avoir de relation suivie, et maintenant ils étaient amis et compagnons de lit occasionnels.

Habiter chez Pierre, c'était un peu partager un appartement avec à la fois un amant et une bonne copine car, à sa façon, Pierre était les deux pour Sonia. Ils se rendaient ensemble à des soirées, repartaient avec quelqu'un d'autre s'ils en avaient envie et comparaient après coup leurs impressions érotiques.

Plusieurs de ses amies du Péril rouge avaient des arrangements similaires et mutuellement avantageux avec des gays compréhensifs de Paris, Londres ou Munich, mais Sonia trouvait le sien bien meilleur. Tout d'abord, Pierre était bon amant, toujours partant s'il ne se présentait personne d'autre d'intéressant, et d'autre part elle ne se faisait pas traîner dans des tas de clubs ou de soirées où les hommes ne s'intéressaient que les uns aux autres.

Sonia se rendit à l'appartement en taxi, se fit ouvrir par la concierge à qui Pierre avait laissé un jeu de clés et ne le vit pas avant son retour, l'œil quelque peu vitreux mais non sans une bouteille de champagne frappé, vers onze heures le lendemain matin.

« Tu t'es bien amusé, la nuit dernière ? » demanda Sonia après un rapide baiser dans l'entrée.

Pierre haussa les épaules, fit un signe de la main plutôt négatif et passa dans la cuisine. « Une petite Hongroise assez mignonne », dit-il d'un ton désinvolte tout en ouvrant le muselet de la bouteille. Il sourit à Sonia en faisant sauter le bouchon et versa le champagne dans des flûtes. « Ça, en tout cas, c'est du brut, ma petite. »

Ils trinquèrent, firent le tour du bar et passèrent dans un salon bizarrement aménagé. Il n'y avait pas de vrais meubles ni de plancher au sens conventionnel du terme : une dénivellation garnie de coussins, une estrade surélevée pleine de matériel électronique, des tables en forme de champignon, des tapis sur le sol, de petites bibliothèques, des coffres, des lampes, tout avait l'air de procéder l'un de l'autre en courbes organiques et moelleuses moquettes. Une grande baie vitrée donnait sur une cour intérieure et deux des murs étaient recouverts de miroirs, conférant à l'endroit une étrange sensation d'infini. C'était le lieu idéal pour des soirées, des orgies, même, et il avait vu pas mal des deux, du moins si l'on en croyait Pierre.

« Alors, quels sont tes projets pour les vacances ? demanda Pierre en se laissant tomber dans la fosse capitonnée.

— Je suis là, non ? répondit Sonia en s'asseyant à côté de lui, mais pas trop près.

— Tu as l'intention de passer deux semaines à Paris avec moi ? » demanda Pierre d'un air sceptique, ou peut-être nerveux, car en vérité ils n'avaient jamais passé ensemble plus de quatre jours d'affilée.

« Tu n'es pas flatté ? fit Sonia en ouvrant de grands yeux innocents.

— Euh, oui, bien sûr, je suis *flatté*, bafouilla Pierre, mal à l'aise. Mais ce n'est pas exactement ce que j'avais prévu, chérie, c'est-à-dire que, comme tu n'as pas eu deux semaines complètes de liberté depuis un an et que tu n'en auras pas avant une autre année, j'avais supposé que tu aimerais voyager, avoir des aventures, voir de nouvelles têtes ; ce n'est pas que ça ne me fasse pas plaisir, tu comprends, mais je m'étais dit… enfin, je ne suis pas le genre de type, vois-tu…

— Oh ! Pierre, tu es si transparent ! dit Sonia en éclatant de rire. Qui est-ce ? Quand arrive-t-elle ?

— Dans cinq jours, lâcha Pierre avec un sourire de soulagement.

— Et qu'a-t-elle de plus que moi ? » demanda jovialement Sonia.

Pierre but une gorgée de champagne. « Tu ne vas pas me croire.

— Venant de toi, je croirais n'importe quoi. »

Pierre se pencha en avant, se passa la langue sur les lèvres et sourit d'un air rêveur. « C'est une porno-star londonienne !

— Une *porno-star* ?

— Enfin, peut-être pas encore tout à fait une *star*, je l'ai rencontrée le mois dernier quand je suis allé préparer cet article sur l'industrie du vidéodisque de cul underground en Angleterre. Certaines de ses scènes étaient proprement incroyables, ce qu'elle peut faire avec sa bouche et quelques accessoires rudimentaires, oh ! la la, et…

— Et tu l'as persuadée qu'avec tes relations tu pourrais la lancer à Paris dans de vrais films. »

Pierre rit. « Tu as raison, ma petite, pour *toi*, je *suis* transparent, mais pour *elle*, eh bien…

— Il est manifestement nécessaire qu'elle vienne à Paris faire une démonstration privée de ses talents de façon que tu écrives éventuellement un papier sur elle dans *Actuel*…

— En fait, je lui ai parlé de *Paris-Match* ou peut-être du *Spiegel*. » Il haussa les épaules. « Ce n'est pas comme si je ne leur avais jamais rien vendu…

— Tu es vraiment une ordure, Pierre Glautier ! s'esclaffa Sonia en trinquant avec lui.

— Alors, tu n'es pas fâchée ?

— Ne sois pas idiot. Je ne faisais que me moquer de toi. Tu avais raison, bien sûr, je n'ai pas envie de passer mes deux semaines avec toi à Paris. Quelques jours, quelques soirées…

— J'en ai trois au cours des quatre prochains jours…

— … et je file Dieu sait où avec qui j'aurai rencontré.

— Je retrouve ma Sonia ! dit joyeusement Pierre, manifestement soulagé. Je te promets de faire de mon mieux pour t'aider à trouver quelqu'un d'intéressant, un Anglais, peut-être…

— Trop fétichistes !

— Un Italien ?

— Des phallocrates impénitents !

— Un riche Allemand ?

— *S'il te plaît !*

— Ah oui, je vous connais, les Russes, vous collectionnez les nationalités ! Tu en préférerais un d'un pays que tu n'as jamais eu… Un Roumain, peut-être ?

— J'en ai eu un à Vienne, on aurait cru un croisement entre un Autrichien et un Italien.

— Un Israélien ?

— À Nice.

— Un Hollandais ?

— Je suis allée trois fois à Amsterdam.

— Irlandais ?

— Madrid.

— Un Espagnol ?

— Sur place à Bruxelles.

— Japonais ?

— Une fois à Rome, merci bien, je ne recommencerai plus jamais !

— Tu ne me facilites pas la tâche, se plaignit Pierre. De quelles nationalités as-tu besoin pour compléter ta collection ?

— Albanais, Cubain, Afrikaner, Chinois..., dit Sonia avec un large sourire en comptant sur ses doigts.

— Sois raisonnable !

— Maltais, Néo-Zélandais, Andorran...

— *Andorran !*

— Selon mes dernières informations, il y a cent quatre-vingts États membres des Nations-Unies, et cela ne comprend pas les républiques et régions autonomes d'Union soviétique ni les États constitutifs de la Fédération indienne. Je n'ai encore essayé que vingt et une nationalités, ce qui m'en laisse cent cinquante-neuf au minimum, alors les chances sont certainement de mon côté dans une ville aussi cosmopolite que Paris, avec en plus Pierre Glautier pour guide spirituel, n'est-ce pas ? »

Pierre rit. « Je ferai de mon mieux, dit-il en se glissant près d'elle. En attendant, que dirais-tu d'un Français pour te dépanner ?

— Un Français ? s'écria Sonia en s'étranglant de rire. Mais ils pensent tous être un don du ciel pour les femmes !

— Mais bien sûr que nous le sommes, rétorqua Pierre en se jetant sur elle. D'un autre côté, je serais le dernier à nier que l'inverse est également vrai ! »

Pour un cadet de l'espace américain qui avait visité le siège de la NASA à Houston, le siège parisien de l'Agence spatiale européenne était plutôt atterrant. Coincé dans une petite rue adjacente à l'avenue de Suffren, près de l'École militaire et de la courbe grandiose du siège de l'Unesco, c'était un bâtiment moderne blanc sale de quelques étages, strictement administratif, entouré d'immeubles d'habitation plus grands, plus anciens et d'aspect plus cossu. N'eussent été les drapeaux des différents pays décorant la façade au-dessus de l'entrée, il aurait aisément pu passer pour un collège de taille moyenne de la vallée de San Fernando.

Bien sûr, un collège de la vallée aurait eu son propre parking ; ici, au contraire, André Deutcher fut obligé de se garer dans la rue.

Une fois à l'intérieur, ils prirent un ascenseur jusqu'au troisième étage. Là, André le fit entrer dans une salle de conférences sans fenêtres où trois hommes étaient assis autour d'une table noire en acier. Un grand écran vidéo occupait tout un mur, les autres étant décorés d'agrandissements de photos en couleurs de la navette Hermès, de la Terre vue d'orbite et d'un lanceur Super-Ariane en train de quitter son pas de tir à Kourou.

Les trois hommes se levèrent à leur entrée et serrèrent tour à tour la main de Jerry tandis qu'André faisait les présentations. Nicola Brandusi était un grand Italien brun vêtu d'un élégant costume marron clair. Ian Bannister était un Anglais aux cheveux en bataille, légèrement ventripotent. Dominique Fabre était français, comme André, mais son teint plus sombre dénotait sans doute une ascendance arabe.

Fabre lui fut présenté comme le responsable d'un certain « projet Icare », Bannister était son adjoint et Brandusi appartenait au service du personnel. Tous parlaient un assez bon anglais ; c'était d'ailleurs, apprit Jerry, la langue de travail de l'ESA.

« Comment trouvez-vous Paris, monsieur Reed ? demanda Fabre quand ils furent assis. André m'a dit que c'était votre première visite. J'espère qu'il vous a fait prendre du bon temps. »

Jerry lui sourit : « *Pas de problème* », répondit-il, essayant une des quelques phrases de français que lui avait apprises

Nicole Lafarge. Fabre lui rendit son sourire. André rit discrètement.

« Nous nous mettons au travail, messieurs ? demanda Bannister.

— Certainement, Ian, dit Fabre. Le Dédale vous est plus au moins familier, monsieur Reed ? »

Jerry acquiesça. « J'ai lu ce qui a été publié à son sujet et j'ai vu le film au parc de la Villette », dit-il, se demandant de qui venait *vraiment* l'idée de l'emmener là-bas la veille.

« C'est le prochain pas de géant dans l'espace, Jerry, si vous me permettez de vous appeler Jerry, dit Bannister. Pas aussi prestigieux que l'expédition soviétique sur Mars, peut-être, mais bien plus important à long terme. Actuellement, la seule façon d'arracher les gens à l'attraction terrestre consiste toujours à les placer au sommet d'énormes et primitives fusées, ce qui, avec ou sans véhicule de rentrée réutilisable, nécessite toujours d'immenses et coûteuses bases de lancement qui n'existent qu'en nombre pathétiquement réduit. Avec le Dédale, nous pourrons passer directement en orbite à partir de n'importe quel grand aéroport du monde…

— Les vols spatiaux commerciaux deviendront enfin une réalité, du moins pour ceux qui pourront se le permettre, enchaîna Fabre. Le problème, bien entendu, c'est qu'il n'y a nulle part où aller d'un point de vue purement économique…

— Nous avons le dessin de ce fichu moteur depuis des dizaines d'années et la structure portante n'est qu'une question pratique, ajouta Bannister d'un ton assez exaspéré. Nous pourrions sortir un prototype en moins de deux ans.

— Mais nous n'arrivons pas à obtenir le financement nécessaire à sa production, Jerry, dit André Deutcher. Le Parlement européen a autorisé la mise en chantier de trois Dédale pour une question de prestige, mais dans une configuration de lanceurs de satellites, ce qui est un gaspillage complet ; et avec un tel chiffre de production, cela reviendra ridiculement cher.

— C'est absurde, reprit Bannister. Alors que nous pourrions les produire pour 30 % du coût unitaire sur une chaîne de montage comme les avions de ligne.

— Et pourquoi pas ? demanda Jerry. Il y a sûrement un marché pour un tel appareil !

— Vous le pensez aussi, n'est-ce pas ? Mais tout ce que voient les investisseurs, c'est le coût par kilomètre/passager. Ils nous rient au nez : voyez quel désastre a été le Concorde, disent-ils. Trois fois plus rapide qu'un 747, mais un échec commercial complet.

— Ils exigent que l'appareil puisse transporter 250 passagers, perdant ainsi sa capacité orbitale, dit André. Nous avons bien un compromis, une version long-courrier suborbital capable de transporter 175 passagers et d'emporter 75 personnes ou une bonne cargaison en orbite basse grâce à des réservoirs supplémentaires…

— Mais pour obtenir le financement d'une quantité minimale de la version de compromis, intervint Fabre, il nous faut fournir à la capacité orbitale une justification économique.

— Qui n'existe pas pour le moment, enchaîna Bannister. Nous sommes entre le marteau et l'enclume. Nous pouvons construire sur le budget de l'ESA trois petits Dédale à capacité orbitale, ou nous pouvons obtenir le financement d'une flotte de gros porteurs hypersoniques sans capacité orbitale…

— Ou bien trouver quelque chose pour justifier la version de compromis, conclut André.

— La station orbitale géostationnaire ! s'exclama Jerry, comprenant où ils voulaient en venir.

— Exactement, Jerry, répondit André. La direction des hôtels Méridien a déjà accepté de la financer à concurrence de 20 % en y implantant un de ses établissements, pourvu que nous lui assurions préalablement un système de transport pour y amener les clients. Plusieurs sociétés se sont déclarées prêtes à investir dans le projet afin de construire des maisons de retraite pour milliardaires, des hôpitaux en apesanteur et des maisons de repos. Ce serait une base idéale pour le lancement et l'entretien de satellites de communication.

— Et ce serait la base logistique indispensable pour une colonie lunaire viable, ajouta Bannister.

— Après quoi il est possible de l'agrandir en utilisant des matières premières de la Lune à la moitié du coût de leur mise en orbite à partir de la Terre…

— Ce qui rendrait possible l'assemblage de gros vaisseaux capables de ravitailler une colonie permanente sur Mars…

— Et de rapporter des astéroïdes de fer de la Ceinture.

— Ou même de la glace des satellites de Jupiter…

— Vous parlez de construire une vraie cité de l'espace ! s'exclama Jerry. Vous parlez d'ouvrir la porte de tout le système solaire ! »

Le regard que Ian Bannister riva sur lui était chargé d'une intensité que Jerry n'avait pas vue depuis des années, d'une passion qu'il croyait depuis longtemps disparue de la face de la Terre ; pendant un instant, il eut l'impression que les yeux de Rob Post le fixaient par-dessus une grande coupe de glace au chocolat nageant dans la crème de cacao et il fut parcouru d'un frisson tandis que Bannister répondait d'une voix froide et déterminée.

« Et comment, mon garçon !

— Bien sûr, tout cela nous prendra des dizaines d'années, intervint Fabre.

— Mais nous savons comment faire, Dominique, poursuivit Bannister. Aucune grande découverte n'est nécessaire. Il suffit de relever nos manches et de nous mettre au travail !

— Et de faire le montage financier, Ian, souligna André Deutcher. Ce qui nous amène au projet Icare, Jerry.

— La pièce manquante du puzzle, dit Fabre. Ian… ?

— Il nous faut un moyen de faire passer le Dédale d'orbite basse en orbite géostationnaire. Quelque chose comme votre foutue luge orbitale, mais en plus grand. Le Dédale décolle d'une piste d'aéroport, se met en orbite basse puis s'arrime à un module de propulsion qui l'emmène en orbite synchrone, vous en avez vu la présentation au parc de la Villette…

— *C'est ça,* le projet Icare ? »

Bannister hocha la tête. « Alors ? »

Pendant un long moment, tout le monde garda le silence. Jerry sentait tous les regards braqués sur lui. « Alors quoi ? demanda-t-il finalement.

— Alors, qu'est-ce que vous en pensez, mon garçon ? »

Jerry regarda tour à tour Bannister, André et Fabre, avant de revenir à Bannister, ne sachant que dire.

La vision qu'ils venaient de lui ouvrir était immensément vaste et exaltante, c'était la renaissance du rêve depuis longtemps enfui qui avait enflammé son esprit d'enfant. Il sentait une énergie dans la pièce, une passion et un espoir partagés qui lui donnaient l'impression d'être un petit garçon le nez collé à la vitrine de la confiserie ; il brûlait d'apporter à cet enthousiasme une réponse positive qui le ferait admettre dans ce cercle enchanté.

Mais la vérité était tout autre et, avec un petit soupir nerveux, Jerry Reed finit par opter pour elle.

« C'est de la daube pure et simple », dit-il.

Un silence de mort s'abattit. Les regards le fixaient sans ciller. Jerry plongea droit dans les yeux de l'Anglais. Bannister ne lui donna pas le moindre signe. Il semblait qu'il n'y avait rien d'autre à faire que de continuer.

« Des brides magnétiques assez puissantes pour supporter l'accélération foutraient une merde royale dans vos systèmes électroniques. De la façon dont vous avez arrimé la luge, les gaz de combustion grilleraient le véhicule. Si la poussée ne s'exerce pas directement le long du grand axe du Dédale, vos chances de le contrôler sont nulles. »

Il haussa les épaules. « Navré, Ian, mais c'est la vérité. Personne n'a jamais essayé de construire une luge orbitale pour déplacer une aussi grosse charge, mais c'est bien de ça qu'il s'agit. Je travaille là-dessus depuis des années et je sais de quoi je parle. Comment dire ? L'idée de départ est mal foutue. »

Jerry se prépara à l'explosion inévitable.

Mais elle ne vint pas.

« Nous le savons, mon garçon, dit doucement Bannister. Et nous savons aussi, comme vous venez de le prouver, que l'équipe de la luge orbitale, chez Rockwell, a des années d'avance sur nous. Nous savons que vous avez ce qu'il nous faut pour transformer cette foutue épée en un merveilleux soc de charrue. »

Les vacances tous frais payés, le *Ritz*, Nicole, l'argent dépensé sans compter par l'ESA, tout s'éclairait soudain pour Jerry. Ils n'étaient pas simplement en train de recruter un jeune et brillant ingénieur ; la malchance qui l'avait fait échouer dans ce fichu projet de luge orbitale avait, par un retournement de situation, fait de lui quelqu'un de spécial ayant accès à la clef technologique qui permettait de faire fonctionner ce plan magnifique. Quelle délicieuse ironie que le travail qu'il détestait fût la chose même qui avait fait tomber dans son giron cette douce friandise !

L'Italien, Nicola Brandusi, n'avait pas dit un mot durant toute cette discussion technique, assis sur sa chaise comme s'ils parlaient tous grec ou pire ; c'est alors qu'il se pencha en avant, sourit à Jerry et devint d'un seul coup le centre d'attention.

« Nous sommes prêts à vous faire une offre, monsieur Reed. 10 000 écus par mois révisables annuellement et tous les avantages sociaux. 50 000 écus de prime de déménagement pourvu que vous signiez un contrat de trois ans et, bien sûr, toutes les ressources de l'ESA pour vous aider à trouver un logement convenable à Paris.

— Afin de travailler dans mon équipe, Jerry, dit Bannister. Qu'en dites-vous, mon garçon ?

— C'est tentant, bien sûr », bafouilla Jerry, car ce l'était effectivement. Si ce n'était pas tout à fait inattendu (André Deutcher lui avait clairement laissé entendre depuis le début que les largesses de l'ESA n'avaient pas d'autre but), les conditions financières étaient beaucoup plus intéressantes qu'il ne l'avait imaginé. Il fallait dire que la technologie de la luge orbitale représentant *sa* partie du contrat rendait le marché deux fois plus rentable pour eux.

Pourtant, maintenant que la proposition était sur la table, il se trouvait comme en état de choc.

« Prenez votre temps, monsieur Reed, dit Brandusi. Nous comprenons que ce n'est pas une décision que l'on peut prendre à la légère.

— C'est ça, prenez votre temps et profitez de votre séjour, ajouta Bannister, jovial. Il sera toujours temps pour moi de vous secouer les puces plus tard !

— Nous pourrons en discuter pendant le déjeuner, Jerry, suggéra André Deutcher. Il y a un bon petit restaurant marocain non loin d'…

— Si cela ne vous ennuie pas, je crois que je préférerais rentrer à l'hôtel, murmura Jerry. Je n'ai pas très faim et j'ai besoin de réfléchir… »

En fait, il était déjà perdu dans ses propres pensées alors que la réunion prenait fin au milieu des sourires et des poignées de main.

Ce que les Européens avaient en tête était effectivement grandiose, et s'ils réussissaient, ce serait dans une bonne mesure grâce au remorqueur qu'ils lui demandaient de les aider à concevoir ; ses pensées couraient déjà au-devant de la prochaine étape, une chose à laquelle ils n'avaient apparemment pas encore songé : si l'on rapprochait la technologie du remorqueur et les réservoirs de la navette américaine actuellement perdus à chaque lancement, pourquoi ne pas assembler des croiseurs spatiaux capables d'emmener des touristes jusque sur la Lune, ou peut-être même sur Mars, et s'il était pour quelque chose dans leur construction, il pourrait certainement se faire attribuer une couchette à bord et…

Toute sa vie il avait attendu une telle occasion, attendu une chance d'être, comme disait Rob Post, un de ceux qui inaugureraient l'âge d'or de l'exploration spatiale, un de ceux qui poseraient le pied sur la Lune, sur Mars, plus loin, même, et toute sa vie il avait su que lorsque se présenterait cette occasion, il la saisirait sans une seconde d'hésitation.

Mais qu'il faille tout quitter pour cela…

Qu'il songe seulement à faire une telle chose…

Qu'il songe seulement à ne *pas* sauter sur l'occasion…

Il pouvait marcher sur l'eau.

Il devrait renoncer à tout pour cela.

Mais il *pouvait* marcher sur l'eau.

Sonia Gagarine commençait à se demander combien de temps elle allait devoir attendre que la chance tourne. C'était la deuxième soirée où l'avait emmenée Pierre Glautier et, à première vue, ce serait la deuxième dont elle repartirait avec lui. Non que cela la contrariât, mais sa porno-star devait arriver de Londres dans deux jours, et si Sonia ne s'était pas branchée d'ici là avec quelqu'un d'intéressant, il lui faudrait faire des projets pour le reste de ses vacances toute seule.

Pierre l'emmenait sur tous les reportages qu'il arrivait à décrocher — des concerts de rock et des sujets scabreux comme l'industrie anglaise de la vidéo porno sur commande, jusqu'aux comptes rendus pour la presse populaire de sujets aussi sérieux que l'élection d'un nouveau pape ou le programme spatial européen. L'un des charmes des sorties avec Pierre était bien que l'on ne pouvait jamais prédire dans quelle sorte de milieu on allait se retrouver.

Mais cela pouvait aussi être assez exaspérant. La veille, ils étaient allés à la soirée de lancement d'un magazine intitulé *La Cuisine humaine* consacré à la gastronomie internationale ; il y avait là un buffet incroyable, composé des plats les plus divers et délicieux dont se soit jamais empiffrée Sonia.

Malheureusement, la plupart des hommes présents avaient la quarantaine bien sonnée, étaient majoritairement en puissance d'épouse, et non seulement semblaient obsédés par la nourriture et les boissons gratuites dont ils se gavaient voracement, mais exhibaient en outre les conséquences de leur passion fondamentale autour de la taille et des fesses.

Pierre lui avait promis que la réception de ce soir serait bien plus intéressante, mais il ne lui avait pas bien expliqué qu'il la traînait à une soirée donnée par une agence de mannequins dans le but d'exhiber ses créatures de rêve aux participants à un congrès international de publicitaires.

Pierre était censé couvrir l'événement pour *Paris la nuit,* du moins était-ce ce qu'il prétendait à tous les mannequins qu'il avait essayé d'« interviewer » durant les trois dernières heures, tandis que Sonia tentait d'échapper aux avances de publicitaires ivres qui présumaient que toutes les femmes présentes étaient prêtes à coucher avec n'importe quel affreux dans leur genre dans l'espoir ridicule de décrocher un contrat lucratif. Une seule chose l'empêchait d'être complètement furieuse contre Pierre, celle-là même qui sauvait la soirée d'un ennui mortel : son amusement à regarder les mannequins lui infliger le châtiment qu'il méritait tant.

Pierre se glissait auprès d'une fille superbe, engageait la conversation. Elle lui décochait un sourire éblouissant au charme tout professionnel, pensant qu'il s'agissait d'un publicitaire ou d'un directeur artistique susceptible de l'engager, puis elle l'éteignait comme une torche électrique et rabrouait le pauvre Pierre quand elle se rendait compte que ce n'était qu'un simple journaliste essayant de la draguer.

« Pauvre Pierre », roucoula Sonia d'un ton sarcastique en arrivant dans son dos après que la dernière l'eut envoyé balader. « On peut regarder, mais pas toucher… »

Pierre lui fit face, l'air excédé, mais il retrouva presque immédiatement son savoir-vivre et adressa à Sonia son plus beau sourire insouciant.

« Allons, chérie, tu te rends bien compte que je n'essayais pas vraiment. Dès notre arrivée, j'ai compris que tu ne trouverais aucun homme intéressant, alors je n'allais pas avoir la goujaterie d'attirer une de ces créatures dans mon antre, même si je n'avais que l'embarras du choix…

— Comme c'est prévenant de ta part », dit Sonia d'un ton sec, mais elle ne put s'empêcher de rire.

« Bien sûr. » Pierre arbora un sourire idiot. « Je suis heureux de te voir apprécier mes efforts surhumains.

— Oh, certainement, répondit Sonia en lui prenant la main et en lui donnant un rapide baiser sur les lèvres. Et je serai heureuse de t'en apporter la preuve une fois rentrés, si tu es prêt à partir.

— C'est la proposition la plus agréable qu'on m'ait faite de la soirée.

— C'est la *seule* proposition qu'on t'ait faite de la soirée. » Ils éclatèrent tous deux de rire.

« Eh bien, pas de problème, demain sera un autre jour. Et demain soir une autre fête.

— J'espère qu'elle sera plus folichonne que les deux précédentes. Je n'ai pas oublié que miss Langue-de-velours arrive après-demain.

— Miss Langue… ? » Pierre se frappa le front du plat de la main. « *Merde !* Tu ne vas pas me croire, mais j'avais oublié !

— Tu as raison, je ne te crois pas, murmura Sonia.

— Ne t'en fais pas, chérie, ne t'en fais pas, la rassura Pierre. La soirée de demain sera vraiment internationale. Anglais, Italiens, Hollandais, Allemands, Belges, qui sait, peut-être un Albanais, un Maltais, un Néo-Zélandais ou même le légendaire Andorran pour ajouter à ta collection ! »

Jerry Reed était perdu, pas complètement perdu, peut-être, mais suffisamment perdu, aussi perdu qu'il en avait eu l'intention.

Tant qu'il pouvait retrouver le nord, ce qui était assez facile d'après l'heure et la position du soleil, il pouvait retrouver la Seine, d'où il n'aurait pas de mal à repérer le Louvre et le jardin des Tuileries derrière lesquels se trouvaient la place Vendôme et le *Ritz*. En fait, il n'avait qu'à héler un taxi et dire au chauffeur « *Hôtel Ritz* » pour se faire déposer sans effort devant l'hôtel.

Mais cela aurait été de la triche. Ç'aurait été violer le but même de cette excursion dans le dédale de petites rues entre le fleuve et le boulevard Saint-Germain.

André Deutcher l'avait ramené à son hôtel après la réunion de l'avant-veille et l'avait laissé seul jusqu'à l'heure du dîner pour réfléchir à la proposition de l'ESA.

Vers huit heures, André était arrivé avec Ian Bannister et ils étaient tous trois allés manger dans ce que Bannister avait déclaré être un authentique ersatz de restaurant anglais ; soupe de poireaux et pommes de terre, rôti de bœuf et Yorkshire pudding, stilton, tarte aux pommes, porto servi avec des noix grillées et d'énormes havanes, cuivres et boiseries sombres, vieux serveurs fantasques en smoking mal coupé, le tout rappelant un restaurant de La Cienga, à Los Angeles.

Tout au long du dîner, Bannister avait assuré à Jerry que vivre à Paris n'était pas vraiment un problème pour un anglophone ; lui-même ne parlait guère le français. L'anglais était la principale langue de travail de l'ESA, la plupart des « mangeurs de grenouilles comme notre ami André » avaient eu le bon sens d'apprendre à le parler, et si l'on avait la nostalgie d'entendre parler correctement sa langue maternelle dans la rue, eh bien, Victoria Station n'était qu'à trois heures de la gare du Nord par l'Eurotunnel !

Le lendemain, André l'avait emmené déjeuner près des Champs-Élysées avec Nicola Brandusi, dans un restaurant japonais fort acceptable, même s'il ne soutenait pas la comparaison avec ceux de L.A., puis Brandusi lui avait fait visiter une série d'appartements qu'il avait déjà repérés pour lui.

Le soir, André l'avait à nouveau emmené dîner, cette fois dans un restaurant chinois de Belleville. Il avait laissé entendre à Jerry qu'il n'avait qu'à dire un mot s'il désirait les services d'une autre call-girl, mais, assez étrangement, cela lui aurait semblé trahir une certaine complicité avec Nicole, aussi bien qu'une subtile insulte à sa virilité, de sorte qu'il avait bu quelques verres après le dîner dans un café de la place de la Bastille avant de rentrer se coucher.

Et aujourd'hui, quand André l'avait appelé après le petit déjeuner pour discuter de l'endroit où ils iraient déjeuner et chanter les louanges d'une certaine Marie-Christine qui dînerait avec lui avant de l'accompagner à une réception de l'ESA, Jerry lui avait coupé la parole et repris son indépendance pour la première fois depuis que le 747 l'avait déposé à Roissy.

« Merci beaucoup, André, mais sans façons. Je veux sortir voir si je peux me débrouiller tout seul pour le déjeuner, aujourd'hui. Vous pouvez passer me prendre à l'hôtel pour le dîner, mais plus de putes, d'accord ? Si nous devons sortir ce soir, je veux voir comment je m'en sors tout seul, pour changer, si vous voyez ce que je veux dire…

— Bien sûr, avait répondu suavement André au téléphone. Pas de problème, je vous comprends… » Puis, d'un ton plus sincère : « Oui, c'est une très bonne idée, Jerry. »

Jerry s'était donc habillé et avait traversé la place Vendôme et les Tuileries pour aller à Saint-Germain.

Il avait déjà visité le quartier avec André et Nicole, c'était bourré de touristes, il semblait y avoir des centaines de petits restaurants dont beaucoup affichaient des menus en russe, japonais, anglais et allemand en plus du français, si bien que Jerry s'était dit que ce serait l'endroit idéal pour sa première excursion en solitaire dans les mystères de Paris.

Il avait flâné sur les quais jusqu'à Notre-Dame, avait passé le nez quelques minutes à l'intérieur, juste pour la forme, avait fait le tour de l'édifice pour regarder les gargouilles, puis était passé sur la rive gauche. Arrivé sur le boulevard Saint-Michel, il s'était suffisamment ouvert l'appétit pour envisager l'aventure de commander son premier repas dans un vrai restaurant français.

Le boulevard Saint-Michel — une large artère bordée de magasins de vêtements, de fast-foods, de librairies, de marchands de disques et de boutiques de matériel scolaire à l'intention des hordes d'étudiants qui se pressaient dans la rue — le fit penser à une combinaison de Venice, Hollywood Boulevard et Westwood par un samedi après-midi ensoleillé.

Il y avait aussi un vaste établissement avec des petites tables directement sur le trottoir, au coin des boulevards Saint-Michel et Saint-Germain, qui lui sembla une brasserie typiquement française ; il prit donc son courage à deux mains et s'assit à une des rares tables libres, près de deux jeunes filles d'aspect soigné en jeans et bains de soleil qui sirotaient des apéritifs en bavardant dans une langue qui ne devait pas être du français.

Après une assez longue attente, un serveur finit par arriver et lança un menu en plastique sur la table. Il était écrit en français mais avec, en plus petits caractères, des traductions en russe, japonais, allemand et mauvais anglais. Il y avait aussi des photos en couleurs des plats proposés qui lui rappelèrent la carte de n'importe quel restaurant Denny's.

Hélas, ce qu'elles représentaient — burgers, pizzas, saucisses, sandwiches, coupes glacées — lui évoqua la même chose ; mais il y était aussi attaché un petit carton écrit à la main, en français : manifestement les plats du jour.

Jerry ne savait pas ce que cela pouvait bien vouloir dire, mais qu'il soit damné s'il commandait une des saloperies de fast-food avec sous-titres anglais, si bien que lorsque le serveur revint, il posa le doigt sur la première ligne et s'essaya à prononcer : « Euh, *the cassoulet, si voo play...* »

Voyant le serveur hocher la tête et prendre note sur son carnet, il se sentit encouragé. « *And... euh wine... euh vin, vin rouge...* »

Le garçon haussa un sourcil interrogateur. « *Euh... côtes-du-rhône...* » C'était le seul nom de vin français qui lui vînt à l'esprit.

« *Un pichet ? Un demi ?*

— Hein ? »

Le garçon sourit, peut-être avec une légère condescendance. « *Grand ?* » Il écarta les mains. « *Ou petit ?* » Il les rapprocha.

« *Euh... petit...*

— *Bon* », dit le serveur en prenant note, puis il partit, laissant Jerry suffisamment fier de lui pour sourire aux filles de la table voisine qui jetaient des coups d'œil de son côté en gloussant.

Tout en attendant l'arrivée de sa commande, Jerry observait la rue. Il n'avait jamais rien vu de tel, ces milliers de personnes qui se bousculaient, cette multiplication de rencontres de hasard potentielles, impensables dans Los Angeles livré aux voitures. Jerry comprit que cela aussi s'ouvrirait à lui s'il acceptait ce travail à l'ESA, ce sentiment des infinies possibilités d'aventures humaines et sexuelles courant les rues, ce mode de vie entièrement différent...

Si seulement les Français avaient eu le bon sens d'adopter l'anglais comme langue nationale, sa décision serait déjà prise !

Son plat, quand il arriva, était... eh bien, un peu étrange, quoique pas entièrement immangeable si on le faisait passer avec le vin rouge d'un pichet de céramique marron — un poêlon de haricots blancs en sauce avec deux ou trois sortes de saucisses, un genre de volaille grasse et sombre et un morceau dégoûtant qui devait être le lard le plus gras du monde.

Tout en triant soigneusement les morceaux comestibles de ce ragoût, Jerry continuait à lancer des coups d'œil en direction des filles de la table voisine et en était de temps en temps récompensé par un coup d'œil en retour. Finalement, quand il se fut renfoncé dans sa chaise pour finir son vin, l'une d'elles s'aventura à lui dire quelque chose dans un charabia guttural incompréhensible.

Jerry ne put que sourire, hausser les épaules et lever les mains au ciel.

Nouvelle tirade incompréhensible.

« *Euh... no parlay voo français...* »

Pour une raison mystérieuse, elles eurent l'air de trouver cela fort drôle.

« *Euh... do you speak English ?* »

Ce fut à leur tour de le contempler avec des yeux ronds.

« *Sprichst du Deutsch...* ? » tenta l'une d'elles.

Jerry secoua la tête d'un air impuissant.

L'une des deux, la plus jolie, en plus, lui lança un regard plein d'espoir. « *Russki ?*

— Merde non ! lâcha Jerry, indigné.

— *Amerikanski ?* » dit l'autre avec un étrange petit froncement de nez.

Le hochement de tête de Jerry mit fin à la conversation car, pour une raison inconnue, toutes deux froncèrent les sourcils, lui tournèrent ostensiblement le dos et reprirent leur bavardage.

« Eh bien, allez vous faire foutre, vous et le cheval sur lequel vous êtes venues ! » leur lança Jerry dans un accès de futile indignation. Il arrêta le garçon au passage, lui tendit un billet de 500 écus, compta sa monnaie, calcula le montant de l'addition, laissa 15 % de pourboire, empocha le reste et partit.

La rebuffade des deux filles avait quelque peu assombri

son humeur, mais il faisait doux, le soleil brillait, il avait le ventre plein, le vin lui tournait légèrement la tête et il n'allait pas laisser deux petites morveuses gâcher son petit jeu de la journée, qui était de se commander tout seul un vrai repas français dans un vrai restaurant français, puis de se balader sans trop faire attention où il allait avant d'être agréablement perdu pour voir s'il pouvait retrouver son chemin sans avoir à prendre un taxi pour rentrer au *Ritz*.

Jerry n'aurait su dire exactement pourquoi, mais il savait que ce petit jeu était une partie essentielle du processus qui l'aiderait à prendre sa décision.

S'il avait une opinion politique, ce n'était rien de plus que son mépris pour les projets liés à l'Étoile d'Amérique sur lesquels il était condamné à s'échiner le reste de son existence s'il voulait continuer à travailler pour le Programme... l'Étoile d'Amérique qui avait détruit à la fois la carrière de Rob Post et l'espoir d'un quelconque programme spatial visionnaire américain.

Sa véritable allégeance allait au rêve spatial lui-même, le rêve que l'ESA, et non plus la NASA, poursuivait maintenant avec passion.

Il pouvait donc certainement accepter la proposition de l'ESA la conscience tranquille ; ses buts personnels et son idéal coïncidaient exactement, et tous lui disaient qu'il serait un parfait imbécile de ne pas dire adieu à Rockwell pour le projet Icare.

Regardons les choses en face, s'était-il dit en quittant le boulevard Saint-Germain pour les petites rues inconnues de Paris, la seule chose qui te retienne d'accepter sur-le-champ, c'est la peur de te retrouver tout seul dans cette ville.

Après tout, il n'avait pas de vrais amis à Paris, ne connaissait pratiquement personne en Europe et ne parlait pas un mot de français.

Paris l'attirait et l'intimidait à la fois. Il avait envie de s'y intégrer, de pouvoir l'explorer comme un autochtone, d'en goûter les infinies complexités.

Mais on aurait dit qu'il n'y avait pas deux rues qui se croisaient à angle droit, elles portaient toutes des noms français impossibles à se rappeler et maintenant il était là, dans cet enchevêtrement de petites rues pleines de femmes superbes auxquelles il était incapable d'adresser la parole, de restaurants dans lesquels il ne pouvait commander un repas, de bars où il aurait eu du mal à se faire servir ne serait-ce qu'une bière, bien perdu, et de plus d'une façon.

Ce qui avait été, se souvint-il, son intention de départ. S'il ne pouvait pas retrouver son chemin tout seul, ce n'était même pas la peine de songer à devenir parisien !

Bel et bien perdu, Jerry n'avait plus qu'à essayer de revenir jusqu'à la Seine, après quoi il lui suffirait de suivre le fleuve vers la tour Eiffel, en tournant le dos à Notre-Dame, pour arriver en vue du Louvre et des Tuileries, sur l'autre rive. Ensuite il serait assez simple de traverser le jardin pour regagner la place Vendôme.

Bien, donc la Seine est au nord ? Et de quel côté se trouve le nord ?...

À mesure qu'il tournait, Jerry se sentait de plus en plus désorienté et une certaine panique commença à s'emparer de lui. Les rues se ressemblaient toutes. Il aurait juré être passé trois ou quatre fois dans la même. Les passants avaient l'air d'habitants d'une autre dimension, le français qu'ils jacassaient et les plaques de rues incompréhensibles commençaient à prendre un caractère plutôt sinistre.

Il se força à rester sur place pour réfléchir. Tôt ou tard, un taxi finirait bien par passer et il n'aurait qu'à prononcer les paroles magiques : « *Hôtel Ritz* », pour être sauvé.

Sa panique reflua. Après tout, ce n'était qu'un jeu qu'il jouait avec lui-même.

Autant essayer de le gagner.

Comment sort-on d'un labyrinthe ?

On suit un mur et on tourne toujours à droite jusqu'à en être sorti.

Jerry se remit en marche dans l'étroite ruelle. Il tourna à droite au premier carrefour, puis au second, et au troisième. Ce stupide petit labyrinthe était bordé sur deux côtés par le boulevard Saint-Germain et le boulevard Saint-Michel, et sur le troisième par la Seine. Il devrait bien tomber tôt ou tard sur l'un des trois et le problème serait élucidé.

Effectivement, il finit par se retrouver sur le boulevard Saint-Michel, en vue des flèches de Notre-Dame côté nord, et de la brasserie où il avait déjeuné côté sud.

Il ne lui restait plus qu'à descendre jusqu'à la Seine, tourner à gauche sur le quai, suivre celui-ci jusqu'au Louvre, traverser le pont et le jardin des Tuileries, continuer jusqu'à la place Vendôme, et il serait arrivé.

Alors, pourquoi donc n'avait-il pas une sensation de victoire ?

Pourquoi avait-il l'impression d'avoir triché ?

Ou d'avoir été roulé.

Gagner à ce jeu était censé renforcer sa confiance en lui, mais la façon dont il avait gagné lui laissait la sensation d'être encore plus un étranger en terre étrangère.

Au diable tout ça ! se dit-il.

Une file de taxis attendait à une station, juste en bas de la rue. Il se faisait tard, il avait une réception ce soir et rien à gagner à s'obstiner à faire tout le chemin à pied pour se prouver une chose qu'il s'était déjà prouvée à sa propre insatisfaction.

« Hôtel Ritz », dit-il en montant dans le taxi de tête, et il se laissa porter comme sur un tapis magique de l'autre côté de la Seine.

Mais plus de putes, se jura-t-il. Du moins tant que je n'aurai pas vraiment essayé de me lever une fille tout seul.

Ça, au moins, c'était un jeu auquel un type savait toujours s'il avait gagné ou perdu !

5.

C'EST À L'ALLEMAGNE D'OUVRIR LA VOIE

Au milieu des hurlements d'indignation qui s'élèvent actuellement à la simple idée d'admettre l'Union soviétique dans la Communauté européenne afin de contrebalancer le prétendu « hégémonisme économique allemand », il peut sembler irresponsable, et même antipatriotique, pour un Allemand de soutenir une telle proposition.

Il est indéniable que tout Allemand, du plus intransigeant des verts au dernier des demeurés qui brode secrètement des svatiskas sur ses caleçons, ne peut que se sentir offensé par ce que cela implique quant à la place que nous occupons dans le cœur de nos compatriotes européens.

Il est également indéniable que nous sommes parvenus à notre actuelle prédominance économique grâce à un dur labeur, au talent et à des valeurs culturelles positives, plutôt qu'à la suite de quelque sombre complot. Indéniable aussi que nous n'avons ni la prépondérance des suffrages à Strasbourg ni la puissance militaire pour la traduire en quoi que ce soit de plus sinistre que notre propre prospérité.

Mais, hélas, il est également vrai que nous avons donné à nos frères européens d'abondantes raisons historiques de nous craindre. Et si cette crainte n'a plus de base rationnelle, il faut compter avec sa réalité émotionnelle.

Et nous pourrions bientôt avoir l'occasion d'exorciser enfin une fois pour toutes le fantôme du Troisième Reich.

L'Allemagne ne doit pas barrer la route à l'adhésion des Soviétiques. Nous devons même la soutenir. Nous ne ferons ainsi qu'aller dans le sens d'une évolution historique inéluctable et, ce faisant, nous proclamerons aux peuples d'Europe que nous nous sommes non seulement détournés de la puissance militaire, mais que nous sommes aussi prêts à renoncer à notre suprématie économique incontestée dans le but de donner le jour à une union plus équilibrée.

Dans son indignation outragée, l'Allemagne est peut-être loin d'être prête à envisager un tel acte d'abnégation, mais nous devons nous demander ce que nous avons réellement à perdre avec l'adhésion de l'Union soviétique.

Nous sommes déjà son premier partenaire commercial, d'importants capitaux allemands sont déjà investis dans des coentreprises avec les Soviétiques, nous ne dominons en aucune façon l'Europe politiquement ou militairement, et donc, d'un point de vue purement pragmatique, faisant abstraction de tout orgueil national, nous y avons tout à gagner.

Telle est l'Europe future que l'Allemagne doit chercher à édifier. Une Europe où l'Allemagne et l'Union soviétique pourront marcher côte à côte, sans éveiller la crainte de quiconque, et seront sincèrement acceptées par tous, en toute fraternité, comme des égales.

Die Stern

« Ce devrait être une soirée vraiment fastueuse, avait promis Pierre Glautier à Sonia à bord du taxi. L'Agence spatiale européenne donne une réception pour des clients potentiels, il devrait y avoir des gens de toute l'Europe, du Proche-

Orient et peut-être aussi d'Afrique. Savants, pontes des médias et Dieu sait qui. Ils essaient de convaincre le plus de monde possible de réserver des places à bord de leur avion spatial Dédale qui, apparemment, n'existe même pas encore, tu peux donc être sûre que tout sera de première, en quantité comme en qualité ! »

Effectivement, Pierre ne s'était pas trompé pour ce qui était du faste ! La soirée avait lieu avenue Foch, dans le salon de l'ancien hôtel particulier d'un authentique ploutocrate de la vieille école, désormais loué pour des réceptions de ce genre.

C'était une immense salle d'apparat du XVIIIe siècle, avec deux salles plus petites aménagées en boudoirs de chaque côté. Les murs étaient tapissés de brocart rouge et or, les hauts plafonds ornés de moulures dorées et de lustres de cristal, des fauteuils d'époque étaient disposés çà et là. Les paysages romantiques, scènes de bataille et portraits d'ancêtres patinés dans de lourds cadres dorés que l'on se serait attendu à trouver dans un tel décor avaient été remplacés par d'impressionnantes photographies astronomiques — les anneaux de Saturne, Jupiter, des galaxies spirales et, bien entendu, l'inévitable Terre vue d'orbite.

Le long d'un des murs courait un long bar derrière lequel une équipe de garçons en smoking servaient un champagne tout à fait buvable et préparaient des cocktails. Le long de l'autre mur était dressé un buffet où s'alignaient oies et canards rôtis, charcuteries, grands plateaux d'huîtres, de crabe et de homard, saumon fumé, énormes saladiers de caviar, canapés, crudités et pains de toutes sortes.

La pièce centrale de cet immense buffet était une impressionnante sculpture en glace d'environ trois mètres de long représentant un avion fuselé en train de prendre son envol sur un panache de flammes.

Il était également exact qu'il se pressait à cette soirée un public extrêmement international : Allemands, Espagnols, Anglais, Hollandais, Portugais, Belges, Arabes, quelques

Turcs et Japonais, même, et Dieu sait qui d'autre, généreusement éparpillés au milieu des Français. En outre, les hommes présents étaient de tous âges, tailles et corpulences, et ils étaient au moins quatre fois plus nombreux que les femmes.

Mais ce que Pierre n'avait pas jugé utile de dire à Sonia, c'était que tous ces gens semblaient se trouver là pour affaires ou pour discuter d'abstruses questions techniques dépassant son entendement sans pour autant éveiller son intérêt.

Pierre, comme à l'ordinaire, l'avait laissée se débrouiller seule tandis qu'il papillonnait à droite et à gauche à l'affût d'un sujet d'article pour la presse populaire. Sonia se retrouva en train d'errer sans but, buvant du champagne, allant se servir au buffet et attendant que quelqu'un d'intéressant vienne essayer de lui faire la conversation.

Elle portait une jupe moulante de cuir blanc taillée en biais qui dévoilait largement sa cuisse gauche tandis que la droite était couverte bien en dessous du genou. Un chemisier de soie noire coupé asymétriquement dans l'autre sens faisait contraste, exposant son épaule droite et le haut de son sein. Le tout complété par une écharpe rouge nouée autour de la taille et des paillettes argentées dans ses longs cheveux noirs.

Même Pierre avait remarqué qu'elle était éblouissante et, en toute honnêteté, elle ne croyait pas faire preuve de vanité en pensant qu'il n'y avait pas une femme moitié aussi séduisante dans la salle. Les hommes auraient dû se presser autour d'elle.

Mais il n'en était rien. La plupart semblaient plus avides de discuter entre eux et la seule autre femme entourée d'une cour d'admirateurs était une vieille qui devait avoir au moins soixante ans et dissertait sur les « ponts d'Einstein-Rosen », ce qui avait apparemment, d'après les bribes entendues au passage par Sonia, plus à voir avec l'espace intersidéral qu'avec les Ponts et Chaussées.

Quelques hommes avaient bien essayé de bavarder avec elle, la plupart en français, certains en anglais et même un dans un allemand presque incompréhensible, mais ils étaient sans intérêt, physiquement acceptables dans l'ensemble, mais sexuellement dénués d'attrait, peut-être parce qu'ils étaient simplement ennuyeux avec leurs commentaires stupides et primitifs sur la cuisine et leur jargon technique pour toute conversation.

Sonia commençait à en avoir assez et se sentait un peu nerveuse. La porno-star anglaise de Pierre arrivait le lendemain, ce qui signifiait qu'elle devrait prendre d'autres dispositions, et elle se trouvait au milieu d'une réception où étaient rassemblés près de deux cents hommes originaires du monde entier, ou tout au moins de l'Europe entière, sans qu'il se passe rien.

Il devait sûrement y avoir ici au moins *un* homme avec qui il était possible ne serait-ce que de *flirter* !

C'est alors qu'elle le vit.

Il avait à peu près son âge, était correctement bâti, pas vraiment beau malgré une certaine prestance. Mais ce que Sonia trouva instantanément séduisant était son attitude.

Seul, adossé au bar un verre de champagne à la main, il observait la foule du plus charmant des airs d'infinie lassitude. Voilà au moins un homme qui trouvait manifestement cette soirée aussi mortellement ennuyeuse qu'elle ! À défaut d'autre chose, c'était indéniablement signe de bon goût. Cela valait certainement la peine d'aller au moins bavarder avec lui…

Ce n'avait peut-être pas été une si bonne idée de refuser l'offre d'André Deutcher de lui fournir une compagne tarifée pour la soirée, se disait tristement Jerry Reed, debout près du bar où il faisait tapisserie. Au moins, cette fameuse Marie-Christine aurait probablement parlé suffisamment bien anglais pour rester près de lui et traduire, quoique, à bien y réfléchir, il n'aurait peut-être pas été si facile de trouver une prostituée connaissant le vocabulaire technique nécessaire dans les deux langues.

Quoi qu'il en soit, si Ian Bannister avait raison de dire que l'anglais était la langue de travail de l'ESA en ce qui concernait les équipes de recherche, à cette soirée tout le monde parlait français. Bannister, pour Dieu sait quelle raison, n'était pas là et André avait disparu dans une autre pièce pour essayer de vendre une place sur un lanceur à des Algériens ou des Sénégalais, si bien que Jerry était livré à lui-même depuis au moins une heure. Il mangeait, buvait du champagne et aurait souhaité se débrouiller suffisamment en français pour suivre les choses passionnantes, il en était sûr, qui se disaient autour de lui.

« *C'est une soirée un peu terne, hein, un bon buffet, mais les gens…*

— Hein ? »

Seigneur, ce qui devait sûrement être la plus belle fille de la soirée, une brune superbe avec des étoiles dans les cheveux, un ensemble asymétrique noir et blanc ravageur qui en promettait autant qu'il en révélait, des lèvres pleines et de grands yeux verts, s'était dirigée droit sur lui avec un large sourire et s'était mise à jacasser en français ! Quelle torture exquise !

« *Euh, no parlay voo français…*

— On dit : *Je ne parle pas français.* Vous êtes anglais ? »

Jerry hésita. Il avait entendu dire que les Américains étaient plutôt mal vus en Europe, ces temps-ci, quelque chose à voir avec ce qui se passait en Amérique latine, la balance commerciale et la dette nationale ou un truc comme ça, mais cela ne l'avait pas trop préoccupé avant de se faire rabrouer par les filles de la brasserie. Il se demanda si ce n'aurait pas été une bonne idée de se faire passer pour Britannique, Canadien ou Australien. Mais cette fille avait l'air de très bien parler anglais et il n'avait jamais été très fort pour les accents.

« Non, américain, avoua-t-il avec un pincement de cœur en attendant de voir s'effacer son sourire.

— Un Américain ! » s'écria-t-elle, et Jerry fut aussi surpris que ravi de voir son sourire s'épanouir et ses grands yeux verts s'éclairer comme des lasers émeraude.

Un Américain en chair et en os ! Quelle veine incroyable ! En Europe, ces temps-ci, les amants américains étaient aussi exotiques que… que les Andorrans, et ce d'autant plus si vous étiez russe. Quelle aubaine !

Les États-Unis limitaient les investissements américains en Europe et encore plus les investissements européens en Amérique, avaient laissé le dollar chuter comme une pierre face à l'écu pour tenter de résorber leur énorme dette extérieure, réinvestissaient leurs capitaux et leur capacité militaire excédentaire en Amérique latine et dans l'Étoile d'Amérique ; des voix commençaient à s'élever au Congrès et ailleurs pour réclamer la dénonciation de la dette extérieure et même la confiscation des avoirs européens aux U.S.A. Rien de tout cela n'assurait aux Américains un accueil chaleureux dans les métropoles européennes.

En outre, avec un dollar si faible et le contrôle des changes auxquels ils étaient soumis, les touristes américains ne pouvaient plus se permettre d'envahir le continent européen, de sorte que les seuls Américains que l'on pouvait y voir étaient soit de riches capitalistes ayant des revenus en écus, soit des hommes d'affaires jouant sur leurs notes de frais. Ni les uns ni les autres ne présentaient un grand intérêt pour les Russes qui étaient en train de les supplanter comme partenaires privilégiés de la Communauté européenne.

« Je m'appelle Jerry Reed. Et vous ?

— Son… » Poussée par une soudaine inspiration, Sonia ravala ses mots. « Samantha Garry, mon chou, de Londres, dit-elle avec ce qu'elle espérait être une bonne imitation d'accent cockney. Et je n'ai pas la plus fichue idée de ce que je fous à cette putain de soirée de bouffeurs de grenouilles ! »

Eh bien, pourquoi pas ? Elle n'avait probablement aucune chance de l'entraîner au lit si elle avouait être russe — les Américains *détestaient* les Russes, tout le monde savait ça — et en plus il serait intéressant de voir si sa maîtrise de l'anglais était assez bonne pour réussir à faire croire jusqu'au petit déjeuner à un Américain qu'elle était anglaise.

« Vous êtes dans l'industrie spatiale ?

— L'industrie spatiale ? rétorqua Sonia d'un ton gouailleur. Le seul espace, dans mon boulot, c'est celui que j'ai entre les cuisses, chéri !

— Hein ? »

Eh bien, quand il faut y aller, faut y aller, comme aurait pu dire Samantha Garry, starlette londonienne du porno, car il fallait bien qu'elle soit *quelqu'un*, alors pourquoi pas la petite sauteuse de Pierre ? Ça lui ferait les pieds.

« Le fri-fri, tu sais, ma bonbonnière, quoique pour le moment je ferais plutôt dans le récital de clarinette à moustache, si tu vois de quoi je veux causer, mon loup.

— De quoi diable parlez-vous ?

— De mon métier, tiens donc !

— Et c'est ?

— Ce bon vieux coup de la bête à deux dos, si tu vois ce que je veux dire. »

Pour une raison ou une autre, ça ne passait pas très bien.

« Oh non, gémit Jerry Reed, pas encore une pute !

— Hé, mon amour, tu m'as pas bien comprise ! Je suis pas une fichue pute ! Je suis dans le *spectacle !*

— Le spectacle ? Quel genre de spectacle ?

— Le spectacle où c'est moi le spectacle. Sur disque, tu vois, vidéo-porno sur commande, chéri, ma spécialité c'est tailler des plumes.

— Vous êtes *porno-star ?* s'écria-t-il.

— Eh bien, pas encore vraiment une star, mon chou. C'est pour ça que je suis dans ce foutu patelin. Ce con de journaliste français m'a servi sa salade comme quoi il allait me dégoter des vrais rôles à Paris, mais le seul qu'il m'a filé jusqu'ici c'était dans son plumard, et maintenant il m'a traînée à cette sauterie et puis il s'est tiré avec ses copains se repoudrer le nez, si on peut dire. »

D'une main, Sonia attrapa Jerry Reed par le bras et lui tapota les fesses de l'autre. « Alors, qu'est-ce que tu dirais si on se tirait aussi, tous les deux, hein, chéri ? suggéra-t-elle. Tu pourras tout me raconter sur l'espace intersidéral et moi je verrai ce que je peux faire pour ta fusée à tête chercheuse, ça vaut mieux que d'attraper la scarlatine, non ?.. »

Elle le regarda prendre une suée tandis qu'il tentait vaillamment d'empêcher sa langue de traîner jusqu'à terre. Oh oui, quel qu'en soit le résultat, cette soirée promettait d'être la plus distrayante depuis son arrivée à Paris !

Pour une Anglaise sans éducation, à en juger par son accent, Samantha Garry avait l'air de bien parler français, quoique, d'un autre côté, le français qu'elle babillait si libéralement avec les serveurs, barmen et chauffeurs de taxi pouvait bien être aussi bizarre que son anglais. Il y avait quelque chose de vraiment humiliant là-dedans ; si une petite actrice porno comme Samantha arrivait à se débrouiller dans cette langue, pourquoi pas *lui ?*

Elle connaissait bien la ville aussi, du moins le genre de coins sordides qui n'avaient pas été au programme des visites guidées d'André Deutcher ou Nicole Lafarge.

Elle l'emmena dans un bar assez spécial, dans une petite rue non loin des Champs-Élysées, où la moitié de la clientèle, hommes et femmes, avait le crâne rasé et décoré de tatouages et se tortillait sur de complexes percussions néo-africaines synthétisées, stimulée par les poppers gracieusement offerts avec les consommations.

« Des Zombis du Zoo, chéri, lui dit-elle. J'en ai été une, à Londres, ça n'a jamais vraiment pris, mais j'ai une jolie gueule de lézard sur le crâne, sous mes cheveux, et aussi Elvis sous ma touffe.

— Vous me faites marcher ?

— Tu crois ? » Elle plongea la main sous la table et lui tira le sexe d'un coup sec. « C'est pas ta jambe, ça, non ? »

Samantha se laissa longuement embrasser dans le taxi sur le chemin de leur prochaine étape, une boîte de nuit de style arabe quelque part à l'est, où ils burent, assis sur des coussins, un truc incroyablement fort d'un blanc laiteux qui avait goût de réglisse et où, tandis qu'une danseuse du ventre à l'air à peine pubère agitait son mont de Vénus à quelques centimètres du nez de Jerry, elle lui prit la main pour la poser à l'intérieur de sa cuisse nue.

Après, ils se rendirent dans une discothèque aménagée non loin de là dans une cave et appelée, avec assez d'à-propos, le *London*. Le décor était tout en bois et cuir, la musique du vieux hard-rock des années 70, les serveurs quadragénaires aux cheveux teints en rose ou vert coiffés à la mohican portaient tous des vestes de cuir noir et de fausses épingles de nourrice plantées dans les joues, on n'y servait à boire que de la bière et du gin-tonic et l'atmosphère était si chargée d'une sorte de brouillard gras artificiel que Samantha ne put sans doute même pas se rendre compte quel danseur lamentable il faisait quand elle l'entraîna sur la piste.

De retour au bar, elle se colla contre lui et passa un bras nu autour de son épaule. « Dis, mon loup, murmura-t-elle d'une voix rauque à son oreille, t'es partant pour quelque chose de *vraiment* cochon ?

— À quoi pensez-vous… ? répondit avidement Jerry.

— Pas ce que tu penses, chéri, pas tout de suite, en tout cas, mais t'en fais pas, ça viendra, je voudrais pas que tu me prennes pour un coup facile. »

Et elle l'emmena dans un bouge vraiment sordide de Pigalle, « le sex-show le plus dégueulasse du gai Paris, lui promit-elle dans le taxi, mais faut avoir vu ça au moins une fois dans sa vie, comme disait le curé en regardant son trou du cul dans la glace ».

Elle n'avait pas exagéré. Dans un bar que rien ne distinguait des autres, une cage était disposée sur une estrade rudimentaire.

Dedans, au moment où ils entraient, un petit chien baisait une grosse chatte.

« Seigneur Dieu ! s'exclama Jerry. Je n'en crois pas mes yeux !

— C'est mignon, tu trouves pas ?

— Comment faites-vous pour *trouver* des endroits pareils, Samantha ?

— Oh, je suis venue à Paris pour la première fois à seize ans, en stop de Douvres, mon cul en échange d'une balade chez les bouffeurs de grenouilles, c'est juste la porte à côté, pas vrai ? »

Jerry n'avait jamais songé à ça, mais c'était vrai, Londres était plus près de Paris que L.A. de San Francisco, même si les deux villes se trouvaient dans des pays différents et si les gens n'y parlaient même pas la même langue !

« C'est comme ça que vous avez appris à parler français ?

— On rigole plus si on parle le jargon du patelin, non ? Je me débrouille aussi un peu en allemand…

— Vous êtes aussi allée en Allemagne ? »

Samantha rit. « Ho, le Ricain, on est en Europe, tu sais ? Avec son pouce, une minijupe et l'air pas trop bégueule, une fille peut aller où elle veut en vacances, c'est mieux que rester se faire chier à Brighton, tu crois pas ?

— Oui, je pense », répondit Jerry en se demandant, un peu jaloux, comment cela aurait été d'être élevé comme elle, adolescente lâchée en liberté dans toute l'Europe.

Une tournée au prix exorbitant plus tard, le chien et la chatte furent remplacés par une poule et un canard.

« Comment est-ce qu'ils arrivent à faire ça ? »

Samantha haussa les épaules. « C'est toi, le grand savant, non, Jerry ? C'est à toi de me le dire ! »

Jerry réfléchit. « Eh bien, si on sature chaque espèce des

phéromones de l'autre et qu'on leur injecte le bon cocktail biochimique, ça devrait marcher, du moment qu'il y a compatibilité physiologique, je suppose… D'un autre côté, ce pourrait n'être que des hologrammes…

— Des hologrammes… ? »

Le canard et la poule furent remplacés par un petit cochon et une guenon scrofuleuse.

« Vous trouvez ça spécial ? demanda Jerry avec un clin d'œil las. Eh bien, je peux vous montrer quelque chose de *vraiment* spécial, si j'arrive à retrouver l'endroit. Je pense que c'est quelque part par ici… »

Ils sortirent du bar et firent le tour de Pigalle à la recherche de l'endroit où l'avait emmené André Deutcher pour sa toute première soirée à Paris. Jerry se souvint alors que la boîte s'appelait *La Bande dessinée* et demanda à Samantha de se renseigner. »

Ils s'installèrent juste au moment où le clown en costume de Superman se laissait tomber sur la scène où l'attendait la rousse, nue sur son canapé.

« Dis donc, mon loup, dit Samantha avec un petit sourire en coin. Je peux t'arrêter si j'ai déjà vu ça quelque part ? »

Jerry ne répondit rien. Il resta tranquillement assis, guettant sa réaction quand l'Homme de Fer sortit son énorme phallus argenté. Il ne fut pas déçu quand sa mâchoire s'affaissa et qu'elle le regarda du même œil rond dont il devait avoir regardé André Deutcher.

Elle poussa un petit cri quand Superman fut projeté en arrière comme une fusée par son éjaculation, elle éclata de rire quand la femme se changea en Minnie Mouse, continua de rire durant toute l'orgie de personnages de dessins animés et lança à Jerry le plus étrange des regards perplexes quand Humphrey Bogart, Marilyn Monroe, Hitler et le reste vinrent participer à l'action.

« Des hologrammes, chuchota-t-il. Tout ça, c'est des hologrammes.

— Ben, mon cochon…

— Ça, c'était la boîte d'avant », lui rappela Jerry, et ils éclatèrent de rire.

Mais quand l'orgie des personnages célèbres céda la place à la frise de temple hindou, elle se tut ; quand les dieux grecs commencèrent à faire l'amour, sa main vint se nicher dans la sienne ; le temps d'en arriver à l'avant-dernière scène de love-in psychédélique, sa cuisse était venue se coller contre la sienne ; et quand tout fut fini, la porno-star au langage ordurier levait sur lui le regard tendre et innocent de la petite fille qu'elle devait avoir autrefois été.

« C'est magnifique, Jerry, dit-elle simplement en se pelotonnant contre lui. Nous pourrions aller dans un endroit calme, maintenant, peut-être ? Un endroit simple et romantique où on pourrait s'asseoir et bavarder ?

— C'est drôle que tu me demandes ça. Je connais exactement l'endroit qu'il faut. »

Sonia avait entendu parler du *Ritz*, mais elle n'y était jamais entrée et elle n'eut pas besoin de recourir à des talents de comédienne exceptionnels pour faire ouvrir de grands yeux étonnés à « Samantha Garry », car ce monument du XIXe siècle rococo au luxe outrancier reléguait le Palais d'hiver des tsars et le château de Versailles au rang de modestes pavillons, et ce d'autant plus que ce n'était pas un musée, mais un endroit où les gens déboursaient des sommes pharamineuses pour une chambre. C'était des endroits comme ça qui lui faisaient comprendre la Révolution française et la rendaient fière d'être citoyenne d'un pays socialiste.

Pour le moment, il n'y avait pas grand-chose d'autre dont elle pût être fière car, si Jerry Reed continuait à la prendre avec enthousiasme pour une actrice de porno londonienne, cette histoire de Samantha Garry commençait à la tracasser.

À la soirée de l'ESA, qui semblait maintenant bien loin, Jerry Reed n'avait été qu'une abstraction, une échappatoire à son ennui, une occasion d'entraîner au lit son premier Américain, tout en testant les limites de sa maîtrise de l'anglais. Elle avait créé « Samantha » de bric et de broc en essayant de s'imaginer à quoi devait ressembler la pouffiasse anglaise de Pierre, puis elle avait traîné Jerry dans les lieux sordides issus d'un article de Pierre intitulé « Les bas-fonds du vice parisien » rien que pour voir à quel point une Londonienne luxurieuse pouvait choquer le naïf Américain archétypique.

Mais elle avait oublié que le naïf Américain archétypique était aussi censé être ce qu'on appelait « un chic type », ce qu'était assurément Jerry. Elle ne s'était absolument pas attendue qu'il traite avec une telle gentillesse une créature comme Samantha ni à être elle-même si charmée par la façon dont il s'était galamment retenu de rabrouer grossièrement une pareille dévergondée.

Pas plus qu'elle ne s'était attendue à ressentir ce qu'elle avait ressenti quand il l'avait emmenée à *La Bande dessinée* pour conclure leur tournée des bouges par un moment de beauté érotique parfaitement émouvant. Si cela avait été fait dans l'intention de la séduire, c'était admirablement réussi, et si ce l'avait été en toute innocence, ce n'en était que plus charmant. D'une façon comme de l'autre, Sonia désirait maintenant très fort faire l'amour avec lui.

Mais le problème était qu'elle voulait lui faire l'amour en tant que Sonia Ivanovna Gagarine et qu'elle ne voyait aucun moyen de lui annoncer sa véritable identité sans le perdre, sans qu'il se sente stupide et furieux d'avoir été tourné en dérision par une traîtresse russe.

Le bar Hemingway se trouvait à l'autre bout de l'hôtel et, vu la démesure du décor qu'il fallait traverser pour s'y rendre, l'endroit était étonnamment intime : quelques tabourets devant un petit bar où officiait un seul barman, une poignée de tables minuscules, un buste d'Ernest Hemingway et, aux murs, de vieilles photos en noir et blanc de l'écrivain. Les seuls autres clients étaient deux couples âgés assis ensemble au fond.

C'était un endroit parfaitement inattendu et d'un calme idéal pour bavarder. Une fois de plus, Jerry Reed avait réussi à la surprendre agréablement.

« Alors, chéri, dit-elle quand ils se furent commandé des cognacs, qu'est-ce que tu dirais de me parler un peu de toi avant qu'on passe à autre chose ? Je t'ai raconté toutes mes turpitudes... »

C'était le plus gros des mensonges, bien sûr, mais il ne semblait pas y avoir d'autre solution que de rester dans la peau du personnage de Samantha et de l'encourager à faire la conversation car elle désirait vraiment en savoir plus sur lui, et pas seulement parce qu'elle n'avait jamais rencontré d'Américain. Il y avait chez Jerry Reed quelque chose qui ne collait pas. Il avait l'air d'un naïf touriste américain, mais les problèmes de devises avaient banni cette espèce d'Europe. Il n'avait pas l'air riche et il ne ressemblait pas à un homme d'affaires, et pourtant il était là, à Paris.

« Je ne suis pas sûr de ce que tu veux... », commença Jerry.

Sonia émit un ricanement à la Samantha. « Eh bien, mon loup, pour commencer, qu'est-ce qu'un gentil garçon comme toi peut bien faire à Paris ? »

Jerry se mit à rire. « Je me suis fait racoler », lui dit-il.

Samantha lui posa la main sur la cuisse, sous la table. « Je ne voulais pas parler de ce soir, chéri, ronronna-t-elle. Qu'est-ce qui t'a amené à Paris ?

— Je te l'ai dit, je me suis fait racoler. Par des chasseurs de têtes. »

Elle le regarda d'un œil rond. « Tu as une gonzesse de Nouvelle-Guinée avec un os dans le nez planquée quelque part et tu ne m'as rien dit ? »

Jerry éclata à nouveau de rire. « Pas par des cannibales, par des chasseurs de tête de l'ESA, de l'Agence spatiale européenne.

— Raconte-moi…

— Tu veux vraiment savoir ? demanda Jerry d'un air dubitatif. C'est que je ne peux pas t'expliquer sans entrer dans des détails techniques, et je ne voudrais pas t'ennuyer… »

Samantha plongea plus profondément la main vers son bas-ventre, le regarda droit dans les yeux, lui fit le plus gentil des sourires et prit soudain, de façon tout à fait inattendue, l'air sérieux. « Te casse pas tes adorables petites couilles pour ça, mon loup », dit-elle doucement.

Jerry la regarda un long moment en silence et quelque chose commença à s'ouvrir en lui. En regardant dans ces grands yeux verts, il comprit brusquement à quel point il était seul à Paris, la gravité de la décision qu'il serait bientôt obligé de prendre, combien il avait besoin de quelqu'un, n'importe qui, à qui parler.

« Vas-y, Jerry, dis-moi les secrets de ton cœur. »

Il soupira, haussa les épaules et s'exécuta.

Il lui parla de son travail chez Rockwell. Il lui parla du projet Dédale et lui raconta comment il avait rencontré André Deutcher à Los Angeles. Il lui parla du boulot qu'on lui avait proposé, à quel salaire, et des appartements qu'on lui avait fait visiter.

Tandis qu'il lui parlait en buvant son cognac et qu'elle l'écoutait sans un mot d'un air captivé, il lui arriva une chose étrange et merveilleuse. Tout se mit à sortir, pas de façon linéaire et chronologique, mais à la manière d'un hologramme, depuis les futilités périphériques jusqu'aux tréfonds de son être, et il se surprit à parler de choses qu'il n'avait jamais racontées à une femme, de choses qu'il n'avait jamais imaginé pouvoir raconter à une femme qui les écouterait tranquillement assise.

Il se surprit à parler à une petite actrice de porno anglaise de Rob Post et de la mort du programme spatial civil américain, de la collection de science-fiction de son père et du petit garçon de quatre ans qui assistait au débarquement sur la Lune avec une énorme coupe de glace au chocolat sur les genoux. Il lui parla de son rêve brisé d'aller sur la Lune et de fouler le sol de Mars. Il lui parla de sa frustration d'être né à la mauvaise époque, de savoir qu'il allait mourir bien avant que les vaisseaux spatiaux de l'humanité ne s'envolent dans la vaste galaxie pour rejoindre les civilisations inimaginablement avancées qu'il devait y avoir là-haut, sur des planètes tournant autour de lointains soleils.

Il parla longtemps, très longtemps, à ce qu'il lui parut, oubliant où il se trouvait et à qui il parlait, oubliant même le contact de sa main sur son sexe et son envie de coucher avec elle, tandis qu'il revivait le voyage de sa vie depuis le moment où l'Aigle avait atterri jusqu'à la décision qui l'avait amené où il en était.

Pendant tout ce temps, Samantha Garry l'écoutait les yeux grands ouverts, de plus en plus penchée vers lui, de sorte que lorsqu'il eut fini son visage était à quelques centimètres du sien au-dessus de la petite table ; il pouvait sentir la légère brise de son souffle, et même, par quelque magie, le lent battement régulier de son cœur.

Et quand il eut le sentiment d'en avoir complètement terminé, elle se pencha encore davantage pour franchir les derniers centimètres, posa la paume sur sa joue et l'embrassa longuement et doucement sur les lèvres.

« C'était une très belle histoire, et tu es un garçon adorable, Jerry Reed. »

Jerry rassembla son courage, s'empara de la main qui le caressait sous la table et serra fort. « On y va ? demanda-t-il.

— Pour sûr qu'on y va, chéri. Je ne voudrais manquer ça pour rien au monde. »

La chambre était proprement incroyable ; dans des circonstances ordinaires, Sonia se serait émerveillée de son luxe et aurait probablement ri de sa démesure baroque, mais ce n'étaient pas des circonstances ordinaires, car ce n'était en rien un homme ordinaire. Elle n'accorda donc guère d'attention au décor de ce moment enchanteur.

Sonia avait connu bien des hommes, avait apprécié la compagnie de nombre d'entre eux, certains de ses amants, comme Pierre Glautier, étaient même devenus des amis. Mais il n'y en avait vraiment eu qu'un dans sa vie qui l'eût jamais amenée à se poser la question de savoir s'il était possible qu'elle fût amoureuse : cet homme était Youli Markovski, et si elle avait un moment envisagé de l'épouser, elle y avait renoncé pour vivre à l'Ouest quand l'occasion s'était présentée et, à vrai dire, elle y avait depuis rarement songé avec regret.

Mais, en écoutant parler Jerry Reed, elle se surprit à se souvenir de Youli, de sa passion, de ce qu'il lui avait dit cette dernière nuit de beuverie à Moscou.

« Il y a une dimension de la vie à laquelle tu es aveugle, une couleur ardente que tes yeux ne voient pas, s'était emporté Youli. La joie de se consacrer à une vision qui nous dépasse… »

Ce que Youli lui avait alors dit dans sa colère, elle ne l'avait pas compris, ou n'avait pas voulu le comprendre, mais maintenant, après avoir écouté Jerry exposer si innocemment et si gentiment ses rêves passionnés, elle le comprenait.

Il y avait beaucoup de Youli chez Jerry, mais Jerry avait quelque chose en plus, et quelque chose en moins, qui en faisait un compagnon plus agréable.

Comme Youli, Jerry connaissait la joie de se consacrer avec passion à une chose qui le dépassait mais, à la différence de Youli, Jerry n'avait aucune soif de gloire, de fortune et de pouvoir personnel. Jerry s'était *vraiment* voué à une chose plus grande que lui ; s'il désirait lui aussi faire bouger le monde, ce n'était pas pour tenir en main les rênes de l'étalon sauvage de l'Histoire et plier la destinée à sa volonté, mais simplement pour l'innocente joie de vivre dans le monde de ses rêves. Et si sa vision d'un âge d'or n'était pas de celles que pouvait partager Sonia, Jerry, à la différence de Youli, tirait de celle-ci une douceur qu'elle pouvait percevoir, que son cœur pouvait partager, de laquelle elle pouvait tomber amoureuse.

Si l'amour était bien ce sentiment inconnu, de tendresse mêlée de douleur, qu'elle éprouvait en le prenant dans ses bras pour l'entraîner vers le grand lit à baldaquin.

Jerry Reed n'avait pas vraiment imaginé quel effet cela lui ferait de baiser une actrice de porno ; il s'attendait à une expérience sexuelle absolue, mais aucun de ses fantasmes ne l'avait préparé à ça.

Elle avait prit la direction des opérations et l'avait jeté sur le lit, ça il s'y attendait, puis elle l'avait déshabillé d'une main experte, et ça il s'y attendait aussi. Mais quand elle s'était relevée pour se déshabiller à son tour, elle y avait mis une étrange tendresse qui n'avait rien d'un strip-tease de vidéo-porno au rabais : c'était la lente éclosion d'un bouton de rose, une douce révélation, rien que pour lui, comme si elle n'avait jamais dévoilé ces petits seins aux pointes dures, ce triangle intime, aux yeux d'une foule d'inconnus anonymes.

Il n'avait pas non plus imaginé qu'ils se regarderaient tous les deux en silence sans se toucher pendant un si long moment. Ni que cela commencerait finalement par un simple baiser.

Ils s'embrassèrent et elle ouvrit la bouche, sa langue vint à la rencontre de la sienne comme il l'avait imaginé, mais alors elle se retira modestement et sembla s'ouvrir à lui.

Avant de savoir ce qui lui arrivait, toutes ses idées de pipes fantastiques et de perversions inconnues étaient définitivement oubliées et il ne se sentait pas du tout volé, il ne regrettait absolument rien ; elle s'étendit simplement sous lui, prit son sexe dans la main, le guida en elle et enroula les jambes autour de sa taille.

Il se sentait parfaitement bien, douillettement niché en elle dans la position la plus élémentaire qui soit, il se sentait bien, et propre, comme chez lui, pour ainsi dire.

Et s'il était, au départ, un peu intimidé de baiser une femme d'une telle expérience, s'il faillit jouir tout de suite tant il était excité et s'il eut peur de la décevoir, cela passa bien vite, car elle s'arrêta et ralentit le mouvement ; il retrouva le contrôle de lui-même, cherchant à lui plaire, et adopta un rythme calme et régulier qui amena sans peine Samantha à son premier orgasme.

Après cela, il continua simplement d'un mouvement mesuré, baisant… non, faisant l'amour, avec une confiance et une grâce qu'il n'avait jamais connues, toutes craintes oubliées, se perdant dans les cris de plaisir de Samantha, se découvrant des talents qu'il n'avait jamais vraiment maîtrisés, jusqu'à ce que finalement elle lui sourie et, lui caressant doucement les testicules, chuchote : « Vas-y, chéri, laisse-toi aller dans moi, maintenant. »

Et presque aussitôt, la regardant droit dans les yeux, il obéit paisiblement, plein de gratitude, et s'effondra, rêveur, sur sa douce poitrine, dans ses bras qui l'attendaient.

Sonia Gagarine demeura un long moment éveillée, Jerry Reed endormi dans ses bras, avant de sombrer enfin dans le sommeil. Elle avait fait l'amour avec bien des hommes, avec des hommes de vingt-deux nationalités, au dernier recensement, et si dans le tendre abandon d'après l'amour un élan romantique essayait de la convaincre qu'il était le meilleur, elle n'était pas vraiment capable de s'abuser elle-même à un tel point.

Elle avait connu des Italiens bien plus conventionnellement romanesques, des Allemands possédant deux fois son endurance physique, des Français qui avaient plus de savoir-faire, un Suédois qui avait mieux su deviner ses désirs, et Pierre Glautier lui-même qui connaissait des techniques dont ce pauvre cher Jerry n'avait probablement jamais rêvé.

Mais si Jerry Reed n'était pas le meilleur amant qu'elle

eût jamais connu, si cela n'avait pas été sa meilleure expérience sexuelle, faire l'amour ne lui avait malgré tout jamais *semblé* si bon. Jerry avait été si sincère, si soucieux de son plaisir à elle qu'il avait l'air d'attendre sa permission pour prendre le sien. Au fond de son cœur, c'était un si petit garçon. Et peut-être plus.

Il y avait en lui une douceur qui n'était pas tout à fait de l'innocence, car, après tout, ce n'était pas un petit garçon naïf mais un homme porteur d'une vision, un homme qui cherchait très sincèrement et ouvertement à changer le monde, qui rêvait en fait de construire des nouveaux mondes entiers dans l'espace, de visiter des terres inconnues tournant autour de soleils étrangers.

Curieusement, cela faisait de lui le frère spirituel de la petite fille de Lenino qui rêvait de visiter les merveilleux terrains d'aventure de l'Occident mystérieux. Et dans les bras de Jerry, cette petite fille revivait.

Était-ce cela, et non la puissance militaire ou le pouvoir économique, ou bien la maîtrise technologique, qui avait jadis fait des Américains les chéris enviés du monde ? Était-ce cela qui les avait amenés jusqu'à la Lune ? Était-ce cela qui avait poussé les Russes à rechercher un moyen de les accepter tout au fond de leur cœur, même lorsqu'ils craignaient et haïssaient les Impérialistes yankees ?

Était-ce cela dont elle était en train de tomber amoureuse ?

Sonia Ivanovna Gagarine caressa doucement les cheveux de son amant américain. Il bougea dans son sommeil, mais ne se réveilla pas et elle lui en fut reconnaissante tandis qu'elle se sentait parcourue d'un frisson.

Oui, Sonia, tu es en train de tomber amoureuse, reconnut-elle. Mais cet homme ne sait même pas que tu existes.

Comment vas-tu lui dire la vérité une fois le matin venu ?

6.

Le Front de libération des animaux a revendiqué l'explosion survenue hier au Nebraska dans les laboratoires Agromax. « Les poulets sans bec qui parviennent à maturité en trois semaines et les truites géantes qui ne pourraient jamais survivre dans la nature sont déjà assez obscènes », proclame leur manifeste transmis par téléfax, « mais les vaches qu'Agromax a transformées en usines à viande insensibles sont tout comme nous des mammifères. Combien de temps faudra-t-il encore avant que les docteurs Frankenstein du génie génétique tournent leurs petits yeux vicieux vers le génome humain ? »

CNN

« Tu es vraiment *russe ?* Mais… mais Samantha Garry… cet accent…

— Tu penses vraiment que les Russes ne peuvent pas contrefaire un accent ? En plus, mon loup, comme t'as jamais foutu les pieds en Angleterre, comment tu peux savoir si c'est pas un accent bidon piqué dans les films, hein ? »

Jerry éclata de rire. Il avait été réveillé par un baiser et une confession.

Le baiser lui avait été donné par sa petite actrice porno de la nuit précédente. La confession était venue d'une autre femme qui, après le baiser, s'était assise dans le lit avec un étrange air d'inquiétude sur son beau visage et lui avait tout déballé nerveusement avec un accent qui n'avait rien d'anglais — presque américain, ou canadien, avec une très légère trace de saveur étrangère dans son rythme.

« Je ne sais vraiment pas comment te dire ça, Jerry. Je suis réveillée depuis une heure et j'essaie de trouver quelque chose d'intelligent, mais il n'y a rien d'intelligent à dire, j'ai déjà beaucoup trop finassé, alors tout ce que je peux faire, c'est te dire la vérité et en finir d'une façon ou d'une autre ; la vérité, c'est que je ne m'appelle pas Samantha Garry, mais Sonia Ivanovna Gagarine, que je ne suis pas porno-star, mais traductrice à l'Étoile-Rouge, que je n'habite pas Londres, mais Bruxelles, que je ne suis pas anglaise, mais russe, et que je m'ennuyais à cette soirée, que tu étais le seul homme intéressant sur place et que tout a commencé comme une plaisanterie, mais maintenant je ne pense plus que c'est une plaisanterie, bien que je ne sois pas en train de te dire que je suis amoureuse de toi. Voilà, tu sais tout, je suis désolée, ce qui ne veut pas dire que ce n'était pas bien… »

Puis, ayant tout craché d'un seul jet, elle avait croisé les bras sur ses seins nus et poussé un grand soupir de soulagement. « Voilà, maintenant c'est fini », avait-elle ajouté avec le même accent, mais d'un ton beaucoup plus assuré, le ton assuré de l'imaginaire Samantha Garry. « Alors, que dis-tu ? Tu vas me jeter hors du lit, ou bien nous refaisons l'amour ? »

Jerry ne savait que penser. En fait, elle lui avait tout déballé avant qu'il soit suffisamment réveillé pour penser —

avant même qu'il soit suffisamment réveillé pour *envisager* d'être furieux.

Et maintenant qu'elle l'avait fait rire en redevenant un instant la Samantha Garry de la veille, il était plutôt difficile de se mettre en colère contre elle, surtout quand elle le caressait sous les draps et le regardait avec ces grands yeux verts.

« Je dois reconnaître que tu fais une très bonne pornostar. »

Elle se passa la langue sur les lèvres et se blottit contre lui. « Toi-même, tu n'as pas été si mauvais, pour un instrument du Pentagone.

— Un instrument du Pentagone ?

— Tu ne te souviens pas ? Tu as tout raconté à Samantha la nuit dernière. Sur ton travail en Californie pour construire les luges orbitales de l'Étoile d'Amérique, et le fait que l'ESA veut t'embaucher pour travailler sur…

— Oh mon Dieu ! » gémit Jerry. Tout lui revenait, à présent. Il avait raconté sa vie à cette fille, pensant que c'était une actrice porno anglaise, et maintenant il s'avérait que c'était une *Russe !*

Sonia Gagarine pouffa. « Tu veux que je te dise à quoi tu penses ? Tu te dis : Et si cette femme était une espionne ? »

Jerry s'empourpra. « Ça fait un peu idiot, présenté comme ça…, dut-il reconnaître.

— Pourquoi donc ? Absolument pas, Jerry, répondit Sonia avec un sourire hypocrite. Après tout, je t'ai bien embobiné, la nuit dernière, alors je pourrais aussi être en train de faire la même chose maintenant, non ? Pour ce que tu en sais, je pourrais très bien être un agent du K.G.B... » Elle lui fit un petit clin d'œil. « Ou, pire encore, de la C.I.A. ! Auquel cas…

— Auquel cas… ?

— Auquel cas il est trop tard pour que tu y fasses quoi que ce soit, hein, mon loup ? dit-elle en lui taquinant le sexe. Alors, comme on dit certainement dans l'industrie du porno, tu ferais aussi bien de te remettre au lit et de prendre ton pied. »

« Tu n'es pas vraiment une espionne russe, n'est-ce pas ? » demanda Jerry devant le déjeuner ridiculement dispendieux — bisque de homard, huîtres, caviar sévruga et champagne — qu'ils s'étaient fait monter après leur longue matinée d'amour.

« Bien sûr que non, Jerry, répondit-elle avec le plus grand sérieux. Je suis ce que je t'ai dit, une fille venue de Moscou pour travailler à Bruxelles, à mi-chemin de ses deux semaines de vacances et sortie s'amuser…

— Il doit y avoir autre chose chez toi.

— Vraiment ? avait demandé Sonia d'un air un peu triste.

— Vraiment.

— Pourquoi ?

— Parce qu'il y a autre chose chez tout le monde. »

Ils avaient fait l'amour toute la matinée et, quand le garçon d'étage était arrivé, Sonia était passée dans la salle de bains pendant que Jerry enfilait sa robe de chambre pour le faire entrer. À présent ils étaient assis de part et d'autre de la petite table, Jerry en peignoir et Sonia nue, se sentant tout à coup très vulnérable.

« Pas chez moi…, dit-elle, soudain un peu déprimée sans trop savoir pourquoi. Pas vraiment. Je ne suis pas comme toi, je n'ai pas de vision de la façon dont devraient être les choses, je ne veux pas changer le monde…

— Pas de rêves de petite fille ?

— Si, bien sûr ! Mais rien de grandiose, rien à quoi je ne sois déjà parvenue…

— Raconte-moi…

— Il n'y a vraiment pas grand-chose à dire… »

Jerry lui cligna de l'œil. Il se leva, ôta sa robe de chambre, la laissa tomber à terre. « Allez, Sonia. Je me suis mis à nu devant toi. À ton tour, maintenant. »

Sonia rit. Jerry se rassit, se carra dans sa chaise, prit sa coupe de champagne, la fit tourner, regarda Sonia droit dans les yeux. « Allons, mon chou, comme dirait ta copine Samantha, dit-il avec un accent britannique si mal imité qu'elle en fut touchée, raconte-moi tous tes petits secrets. »

Elle s'exécuta, pour autant qu'elle eût des secrets.

Elle essaya de lui expliquer ce que c'était de grandir à Lenino et ce qu'avait représenté à ses yeux de petite fille le vaste disneyland occidental, comment ce petit rêve égoïste avait façonné sa vie entière, lui avait fait choisir une carrière aux Affaires étrangères...

Puis elle s'interrompit, se resservit une coupe de champagne, la vida pour se donner du courage, et elle se retrouva en train de parler à cet homme nu, cet Américain encore inconnu la veille, de Youli Markovski. Elle lui expliqua comment elle avait renoncé à lui, à son amour et à sa carrière, à tout ce qui avait compté pour elle, quand l'Étoile-Rouge lui avait proposé d'aller vivre à l'Ouest *tout de suite.*

« Et sais-tu ce qu'il y a de pire, Jerry ? Le pire, c'est que je ne regrette rien ! J'ai obtenu ce que je désirais et cela s'est avéré être exactement comme je le pensais ! Je suis *heureuse* de ma décision ! Je recommencerais sans hésiter ! »

Elle soupira, piqua distraitement une huître du bout de sa fourchette et détourna les yeux. « Voilà la créature superficielle que je suis... », dit-elle beaucoup plus doucement.

Jerry Reed se leva, s'approcha d'elle, posa une main sur son épaule, lui leva de l'autre le menton pour qu'elle le regarde droit dans les yeux et puisse voir son tendre sourire.

« Ma petite fille, tu as peut-être réussi à ramasser le seul type à Paris qui comprenne vraiment à quel point tu n'es *pas* superficielle. »

Sonia pencha la tête en une expression de totale incompréhension.

« J'ai grandi en rêvant d'aller sur la Lune et Mars, toi tu as grandi en rêvant de voyager à l'Ouest, expliqua Jerry Reed.

J'ai passé toute ma vie à chercher un moyen de me rendre dans les mondes de mes rêves et maintenant, si j'en ai le courage, j'ai peut-être l'occasion de réaliser ces rêves... »

Les yeux de Jerry brillaient d'un tel éclat qu'elle sentit sa tristesse se dissiper comme une fraîche brume de printemps aux rayons du soleil levant, même si elle ne comprenait pas vraiment pourquoi. « Je crois que je ne te suis pas...

— Je t'ai parlé de mon “oncle Rob”, la nuit dernière, n'est-ce pas ? »

Sonia acquiesça.

« Rob m'a dit une fois un truc qu'il avait lu quelque part et qui l'avait frappé : il est possible d'apprendre à marcher sur l'eau. Il faut pour cela renoncer à tout le reste, mais il est possible de marcher sur l'eau.

— Et alors ?

— Alors, c'est ce qu'il faut que je trouve le courage de faire maintenant », répondit-il, et la façon dont il la regardait était absolument radieuse. « Mais toi, Sonia, *tu l'as fait.* Tu as renoncé à tout, mais la petite fille de Moscou a marché sur l'eau. »

Les yeux de Sonia s'emplirent de larmes.

« Jerry Reed, tu es merveilleux, personne ne te l'a jamais dit ?

— Non, répondit-il avec le plus grand sérieux. Personne. »

Puis ils tombèrent dans les bras l'un de l'autre.

Et c'est ainsi que tout commença.

Que tout commença vraiment.

Ils passèrent l'après-midi à se promener en bavardant. Ils parlèrent de leur enfance à Moscou et à Los Angeles. Ils parlèrent des films qu'ils avaient aimés. Ils parlèrent de Paris. Ils parlèrent gastronomie. Ils imaginèrent ce que pouvait être la vie à bord des péniches amarrées le long de la Seine.

Jerry était en train de tomber amoureux, ce qui ne lui était jamais vraiment arrivé jusque-là, mais il ne désirait pas trop en parler, parce qu'il ne savait comment l'exprimer et n'en voyait de toute façon pas la nécessité.

Il préférait parler de l'espace. Il discourait interminablement et Sonia Gagarine l'écoutait parler en souriant sans jamais dire, comme d'autres femmes avant elle, que son « baratin sur l'espace » l'ennuyait à en pleurer. Elle lui posait même de temps en temps une question technique, naïve mais intelligente, comme pour prouver qu'elle était sincère, lui prenait la main et lui disait avec ses yeux que cela la passionnait *vraiment*, qu'elle avait beau ne pas y comprendre grand-chose, elle avait envie d'apprendre, car elle comprenait tout à fait ce que cela signifiait pour lui.

Et ça, c'était ce qu'il y avait de plus magique.

Tard dans l'après-midi, ils rentrèrent au *Ritz*, ouvrirent les fenêtres en grand, sortirent une table et deux chaises sur le balcon et Jerry commanda du champagne qu'ils burent en regardant le soleil se coucher sur Paris.

« On se croirait dans un vieux film d'Hollywood, dit Sonia d'un ton rêveur. Déguster du champagne sur notre terrasse au-dessus de la Seine… Et cette chambre, Seigneur, qu'est-ce qu'elle doit coûter… »

Jerry trinqua avec elle et leva son verre pour porter un toast. « À l'Agence spatiale européenne ! À ceux qui paient tout ça !

— Ils doivent vraiment avoir envie de t'engager », dit Sonia, et une pensée lui traversa l'esprit comme une ombre : il y avait quelque chose de bizarre à ce que l'ESA dépense tant d'argent pour recruter un garçon comme Jerry qui, de son propre aveu, n'était pas un ingénieur ou un savant de haut niveau et n'était pas beaucoup plus vieux qu'elle.

Jerry haussa les épaules. « Ils doivent déduire ça de leurs impôts, de toute façon. Ce n'est pas comme s'ils dépensaient leur *propre* argent ! »

Sans doute. Sonia avait déjà rencontré cet étrange

comportement capitaliste, mais jamais sur une telle échelle. Elle se demanda jusqu'où on pouvait les pousser…

« J'ai une idée, dit-elle. Il me reste huit jours de vacances et tu n'as vu de l'Europe que Paris, alors pourquoi ne pas partir en voyage tous les deux, une grande virée, Londres, Baden-Baden, peut-être Budapest, les îles grecques, bien sûr, Rome… » Elle haussa les épaules en riant. « Ne préparons même pas d'itinéraire, sautons simplement dans le train ou dans l'avion selon notre envie du moment… »

Le regard de Jerry s'éclaira : « Génial ! » s'écria-t-il. Il fronça les sourcils. « Mais aussi monstrueusement cher, as-tu assez d'argent pour ça, moi certainement p… »

Il s'arrêta au milieu de sa phrase, regarda Sonia. Elle trinqua avec lui, sourit largement, hocha la tête. « À l'Agence spatiale européenne !

— Tu penses vraiment que… »

Sonia haussa les épaules. « Le pis qu'ils puissent faire, c'est dire non, fit-elle observer. Même en Union soviétique, cela fait longtemps qu'on n'a plus fusillé personne pour avoir simplement tenté sa chance… »

« Bien sûr, Jerry, pas de problème », répondit André Deutcher au vidéotel lorsque Jerry eut réussi à rassembler assez de courage pour lui expliquer la situation et exposer leur projet extravagant. « J'appelle tout de suite Nicola Brandusi… »

Vingt minutes plus tard, le vidéotel sonnait. C'était Brandusi. « Quelle idée merveilleusement romantique, monsieur Reed, dit-il, positivement rayonnant. J'aurais presque envie de venir avec vous, mais bien sûr c'est la dernière chose dont vous ayez envie, hein ? Le mieux, c'est une Eurocard Gold, on l'accepte partout et vous pourrez tirer de l'argent aux guichets automatiques, il sera débité sur le compte de l'ESA. Bien entendu, cela prendra un peu de temps pour arranger ça…

— Euh, nous n'avons que huit jours, monsieur Brandusi…

— Nicola, Jerry, Nicola, je vous en prie ! dit avec effusion Brandusi. Ne vous tracassez pas, nous enverrons un coursier dès demain à votre hôtel. Prenez votre petit déjeuner, faites l'amour, déjeunez tranquillement et elle sera là vers quinze heures, à temps pour que vous puissiez dîner à Londres ou à Madrid. Et ne vous en faites pas pour la chambre, vous la retrouverez à votre retour. *Arrivederci*, Jerry, bon voyage, embrassez la demoiselle partout pour moi, hein ? »

Effectivement, quand ils revinrent de déjeuner le lendemain, le morceau de plastique magique les attendait à la réception, dans un élégant étui en cuir souple.

« Alors, où irons-nous dîner ce soir, Sonia ? demanda joyeusement Jerry en lui agitant la carte sous le nez.

— C'est ton Eurocard, Jerry, à toi de choisir…

— Dans ce cas, allons à Londres, c'est le seul endroit où je connaisse quelqu'un…

— Je croyais que tu n'y avais jamais mis les pieds.

— Non, répondit Jerry en riant. Mais j'ai rencontré cette petite porno-star anglaise… »

Sonia avait entendu dire que le *Savoy* était l'équivalent britannique du *Ritz*, ils y prirent donc une chambre presque aussi vaste et encore plus chère que celle qu'ils avaient laissée à Paris, et le lendemain matin, après un copieux petit déjeuner anglais qui leur cala l'estomac, elle entraîna Jerry dans la tournée obligatoire des principaux monuments — l'abbaye de Westminster, le Parlement, le palais de Buckingham, Hyde Park Corner — situés pour la plupart à proximité de leur hôtel.

Ils dînèrent dans un incroyable restaurant indien dont avait entendu parler Sonia et qui proposait des currys et des tandooris de chevreuil, caille, perdrix, ours, serpent à sonnette et même d'éléphants, d'hippopotame ou de lion, puis ils firent la tournée des pubs de Chelsea et Bayswater avant de regagner le *Savoy* d'un pas titubant.

Le lendemain, Jerry la surprit énormément en jouant les guides à son tour. Il la traîna dans les célèbres boutiques de jouets scientifiques de Tottenham Court Road, lui offrit à déjeuner dans un pub choisi au hasard, lui acheta un coûteux sac en cuir d'autruche chez Harrods et l'emmena canoter à Hyde Park, chose qu'il avait vu faire dans un film, puis au zoo de Londres, dont il avait entendu dire qu'il était aussi intéressant que celui de San Diego.

Eurocard ou pas, Jerry insista pour dîner de « fish and chips » car, lui dit-il, il voulait goûter à la vraie cuisine anglaise. Sonia crut qu'elle allait rentrer sous terre quand il demanda à la réception qu'on lui indique le meilleur « fish and chips » en ville.

Mais l'employé sourit et leur recommanda un établissement de West Kensington appelé *Poissons et pommes frites* qui était certainement, selon lui, le meilleur « fish and chips » du monde.

Il n'avait pas exagéré. Dans une salle aménagée en élégant club privé, des serveurs en tenue de soirée leur proposèrent de succulents beignets de toutes sortes de poissons et crustacés, délicatement assaisonnés de safran, de basilic ou de coriandre, frits à l'huile de sésame, d'olive ou de noix, servis avec des frites d'une merveilleuse légèreté, du jambon et un plateau complet de vinaigres aromatisés, le tout accompagné d'une excellente bière tchèque.

C'était certainement la journée la plus étrange qu'eût jamais passée Sonia à Londres et, à sa façon, la plus charmante, car à travers ses yeux innocents son candide Américain avait réussi à lui faire voir la ville sous un jour nouveau.

Cette nuit-là, elle lui prouva combien elle avait apprécié, et au matin ils embarquèrent à bord de l'hydroglisseur pour la Normandie, où ils déjeunèrent de moules et de cidre, prirent un T.G.V. pour Bordeaux et une correspondance pour Bayonne. Là, ils assistèrent à une corrida, puis sautèrent dans l'avion pour Madrid, regardèrent se coucher le soleil devant des tapas et une bouteille de rioja à une terrasse de café, prirent une chambre à l'hôtel, firent l'amour, mangèrent une paella et se couchèrent vers minuit. Le lendemain, ils se levèrent à dix heures, prirent un autre T.G.V. pour Barcelone où Sonia loua un taxi pour montrer à Jerry les fantastiques bâtiments aux formes organiques édifiés par Gaudi — qui rappelèrent à Jerry les demeures de certaines vedettes de cinéma un peu dérangées, à Bel Air — puis ils déjeunèrent dans l'avion pour Nice.

Ils passèrent l'après-midi à paresser sur la plage devant leur hôtel en sirotant des américanos, nagèrent dans la Méditerranée sous le ciel d'azur, firent l'amour sous une couverture au milieu de la foule, puis ils louèrent une vieille Rolls décapotable. Le soir, Sonia les conduisit par la corniche basse, le long des villas pour milliardaires, du Cap-Ferrat à Monaco où Jerry réussit contre toute attente à gagner au black jack presque assez pour payer le homard thermidor et le pouilly-fuissé qu'ils se firent servir dans un restaurant du port, après quoi Jerry déclara d'un ton sans réplique qu'un véritable *Angelino*[1] apprenait dès le plus jeune âge à conduire dans n'importe quel état et, contre toute attente, réussit à en administrer la preuve en ramenant la Rolls à leur hôtel.

Ils s'écroulèrent dans les bras l'un de l'autre et dormirent presque jusqu'à midi. Ils déjeunèrent en ville, puis prirent l'avion pour Rome où ils passèrent la journée à visiter les monuments, se gavèrent de tournedos Rossini et de pasta, attrapèrent un vol pour Brindisi, un endroit vraiment infect, et dormirent cette nuit-là à bord du ferry pour Corfou.

1. Habitant de Los Angeles.

Kerkira, la principale ville de Corfou, était un cauchemar pour touristes qui rappelait énormément Tijuana, mais il y avait un aéroport, aussi prirent-ils l'avion pour Athènes à temps pour déjeuner de moussaka et de retsina dans une taverne de la Plaka, après quoi, un peu éméchés, ils montèrent sur l'Acropole se promener parmi les ruines.

Athènes elle-même, au pied des monuments de son prestigieux passé, était un bruyant et malodorant cauchemar, aussi Sonia décida-t-elle que la meilleure chose à faire était d'attraper un vol pour Munich, dîner tôt, sauter dans un train pour Baden-Baden, louer un chalet dans la Forêt-Noire et faire l'amour devant la cheminée, dans l'odeur des pins et le doux murmure de la brise nocturne dans les arbres.

Plus tard, Sonia soupira en sombrant lentement dans le sommeil sous la couette, Jerry doux et chaud près d'elle, avec les braises rougeoyantes pour seul éclairage dans la petite chambre enfumée. Si seulement cela pouvait durer toujours, se disait-elle. Si seulement je n'avais pas à rentrer travailler à Bruxelles dans trois jours…

Quelque part au loin, une chouette ulula sinistrement ; on aurait dit un train de plaisir qui s'éloignait pour s'enfoncer dans les profondeurs nostalgiques du passé.

Tu exprimes bien ce que je ressens, dit-elle dans sa tête au lugubre oiseau de nuit. Puis elle rit d'elle-même en silence.

Pauvre Sonia ! Comme le monde est injuste ! Tu as trouvé l'amour de ta vie, tu viens de passer des vacances de princesse tous frais payés, et maintenant tu es indignée à la pensée de devoir bientôt reprendre le travail !

Elle se blottit contre Jerry. Oui, ce moment enchanteur doit bientôt prendre fin, mais pas les heures passées ensemble, mon amour. Nous allons peut-être perdre dans quelques jours notre morceau de plastique magique, mais il n'y a aucune raison de nous perdre l'un l'autre, Bruxelles n'est pas si loin de Paris, nous pouvons nous retrouver presque tous les week-ends et tu peux sûrement t'arranger pour que l'ESA t'accorde les mêmes périodes de congé que moi…

La chouette ulula de nouveau, mais cette fois elle ne semblait pas pleurer la fuite de leur court présent doré dans la nuit du passé. Ce train-là entrait en gare avec pour destination le brillant avenir et il n'y avait aucune raison qu'ils ne puissent pas monter à bord.

Comme il était étrange et merveilleux de rouler en taxi vers le *Ritz* dans les rues embouteillées de Paris par une belle fin d'après-midi ensoleillée avec son amante russe à son côté et la bizarre sensation de rentrer chez soi.

Et, par un amusant paradoxe temporel digne d'une histoire de science-fiction, c'était bien le cas, car Jerry Reed était désormais fermement décidé à signer avec l'ESA, de son propre sang si besoin était.

Il était surprenant de constater qu'ils n'avaient voyagé qu'une petite semaine, que tout ce qu'ils avaient vu et fait s'était déroulé dans les limites géographiques d'une région qui aurait pu tenir entre la côte californienne et le Mississipi. Pays après pays, chacun avec une langue incompréhensible, des paysages, des odeurs et des sonorités exotiques, des cuisines totalement différentes, enraciné dans ses propres et antiques traditions, tout comme ces mondes extraterrestres des vieilles histoires de science-fiction de son père.

On pouvait passer le reste de sa vie à visiter ces mondes sans jamais en épuiser la nouveauté. Oh oui, à présent il comprenait *vraiment* en quel sens le rêve que nourrissait la petite Sonia de voyager en Europe occidentale était, au fond, *exactement* comparable à celui de son enfance, lorsqu'il se voyait fouler le sol de lointaines planètes orbitant autour de soleils étrangers !

Et si ce rêve de petit garçon était condamné à demeurer à jamais une utopie, si l'homme qu'il était devenu savait qu'il ne vivrait jamais pour voir l'aube de ce merveilleux âge de l'espace, l'occasion lui avait été offerte de devenir, à son modeste niveau, l'un de ceux dont le travail aurait contribué à l'avènement de cet âge.

En attendant, il avait trouvé presque aussi bien : les univers exotiques de l'Europe à explorer avec une femme qui comprenait vraiment le fond de son cœur.

Ce voyage l'en avait convaincu, c'était bien le cas de Sonia Ivanovna Gagarine. En fait, il y avait des moments où elle avait l'air de le connaître mieux qu'il ne se connaissait lui-même. Car, après leur course échevelée de Londres à Munich, elle avait opportunément ralenti la cadence, l'emmenant passer la nuit dans un tranquille chalet montagnard, puis ils avaient passé la demi-journée suivante à se promener simplement en bavardant dans les bois avant de prendre le train pour Vienne pour un romantique dîner aux chandelles après lequel ils étaient rentrés à l'hôtel, avaient fait l'amour, discuté tard dans la nuit et déjeuné dans l'avion du retour vers Paris.

« Oui, oui, Jerry, je sais, je sais, nous ne sommes pas allés à Budapest, Amsterdam, Bruxelles ou Genève, ni sur le lac de Côme ou dans les Alpes », lui disait-elle ces deux derniers jours chaque fois qu'il commençait à se plaindre qu'ils perdaient leur temps. « Mais ils ne vont pas s'en aller et si tu essaies d'en voir trop trop vite, tu rateras tout, comme les montagnes que ce train traverse en ce moment, regarde par la fenêtre, n'est-ce pas magnifique ? »

Elle avait raison, bien sûr. L'Europe n'allait pas s'en aller, Sonia n'allait pas plus loin que Bruxelles et il n'avait pas non plus à partir. Lorsque leur avion se posa à Roissy, ils avaient tout mis au point et planifié leur avenir commun.

Jerry accepterait la proposition de l'ESA, bien entendu, et il lui faudrait faire lui-même les recherches préliminaires pour l'appartement, car elle devait être de retour à Bruxelles le lundi suivant, mais elle reviendrait à Paris le prochain week-end pour voir ce qui lui avait été proposé et l'aider à se décider, car elle serait très souvent chez lui, et le week-end d'après elle pourrait revenir pour l'emmener acheter des meubles faubourg Saint-Antoine où, lui assura-t-elle, on pouvait trouver à peu près tout à un prix raisonnable.

Après, eh bien, ils étaient jeunes, ils avaient leurs week-ends et leurs vacances ; bien sûr Jerry devrait s'arranger pour faire coïncider leurs périodes de congés, et si c'était un sérieux inconvénient de devoir habiter dans deux villes différentes pour leur travail, il n'y avait pas grand-chose à y faire, n'est-ce pas, ce n'était pas comme s'ils projetaient de se marier ou un truc comme ça ; après tout, ils avaient des *années* devant eux pour voyager et prendre du bon temps : ils se connaissaient depuis à peine plus d'une semaine !

Jerry sourit et serra Sonia contre lui tandis que le taxi s'arrêtait devant le *Ritz*. « Bienvenue à la maison, dit-il alors que l'essaim de portiers et de chasseurs s'abattait sur eux. J'aurais presque envie de te faire franchir le seuil dans mes bras.

— Si tu essaies, tu risques de déclencher une grève du syndicat des portiers, répondit Sonia du tac au tac. En plus, nous ferions mieux de ne pas trop nous habituer à cet endroit. Bientôt, je serai de retour dans mon studio de Bruxelles, tu auras ton propre appartement à Paris, et aucun de nous deux ne pourra se faire apporter du champagne et du caviar par le service d'étage. Mais en attendant…

— En attendant, dit Jerry, que dirais-tu d'un peu de Dom Pérignon avec le sévruga, histoire de célébrer le futur souvenir du bon vieux temps ? »

Sonia rit. « Tu fais des progrès, Jerry ! »

En arrivant dans la chambre, Sonia fut ravie de voir que le champagne et le caviar les attendaient déjà, avec une carte qui disait « Avec les compliments de vos amis de l'ESA », même si ce n'étaient que du Moët et Chandon et du béluga.

Attendait aussi un message téléphonique dans une enveloppe glissée sous la porte. Et quand Jerry le lut après l'avoir ramassé, les rires cessèrent soudain.

« Qu'est-ce qui se passe ? demanda Sonia. Qu'est-ce que c'est ? »

Jerry essaya d'écarter la chose d'un haussement d'épaules insouciant. « Pas grand-chose », dit-il, mais son expression démentait ses paroles. « Juste un message pour me demander de rappeler l'ambassade des États-Unis. »

Plus précisément, le message disait :

Mr. Jerry Reed,
L'ambassade des États-Unis a appelé. Vous êtes prié de rappeler dès votre retour. Demandez Doris Steiner.

Cela semblait assez innocent, mais Jerry trouva le ton assez troublant. C'était peut-être cette histoire de « rappeler dès votre retour ». Ça lui donnait une drôle de sensation au creux de l'estomac, un peu comme quand un messager se présente avec un télégramme que l'on n'attendait pas.

« Qu'est-ce qui ne va pas ? demanda Sonia en venant à son côté.

— Rien, j'espère. Ou plutôt j'espère que non… Mon père… ma mère, Seigneur… j'espère que rien… »

Sonia lui étreignit la main. « Quoi que ce soit, le mieux est d'appeler et de cesser de te torturer… »

Jerry hocha la tête. Il appela le standard de l'hôtel. Une minute plus tard il était en ligne avec l'ambassade, liaison audio uniquement, derrière le Grand Sceau des États-Unis.

« Doris Steiner, s'il vous plaît.

— De la part de… ?

— Jerry Reed. Elle m'a demandé de rappeler.

— Ne quittez pas. »

Il eut alors droit à ce qui lui parut une demi-heure de bouillie musicale en boucle mais n'était en réalité guère plus de trois ou quatre minutes d'angoisse, avant que le Grand Sceau ne soit remplacé par le visage las d'une femme d'âge mûr aux cheveux gris acier coupés court.

« Doris Steiner, dit-elle avec l'accent du Midwest.

— Jerry Reed. »

Doris Steiner le fixa d'un œil inexpressif. « Et… ? finit-elle par dire.

— Et vous m'avez demandé de rappeler…, répondit nerveusement Jerry.

— Vraiment ? Attendez que je vérifie… »

Environ une minute et demie d'un silence angoissant.

« Ah oui, c'est ça, vous avez rendez-vous avec Lester Coldwater demain matin à onze heures.

— Vraiment ?

— C'est ce qui est écrit là.

— Qui diable est Lester Coldwater ?

— L'attaché commercial adjoint…

— Je ne connais pas de Lester Coldwater, je n'ai jamais pris rendez-vous avec quiconque à l'ambassade et…

— Je n'ai rien dit de tel, rétorqua Doris Steiner de son horrible voix mate. C'est Coldwater qui vous veut dans son bureau à onze heures précises, c'est écrit ici.

— Et si je n'ai pas envie de le voir ?

— Hé là, ne me parlez pas sur ce ton, répliqua Doris Steiner en lui lançant un regard noir. Je ne fais que mon boulot…

— *Vous*, ne *me* parlez pas sur ce ton, madame Steiner, rétorqua Jerry qui commençait à en avoir assez. Je suis un honnête contribuable dont les impôts paient en partie votre salaire ; je vous ai posé une question claire. Que se passera-t-il si je ne me rends pas à cette convocation ? »

Le visage de Doris Steiner se fit glacial et sa voix tranchante. « Nous sommes en France, Mr. Reed, aussi ne pouvons-nous pas envoyer deux Marines vous arrêter. Mais la note dans votre dossier stipule en toutes lettres…

— Quelle note ? Qu'est-ce que c'est que cette histoire de *dossier ?*

— … que si vous ne vous présentez pas à l'ambassade dans la demi-heure suivant l'heure de votre convocation, votre passeport sera immédiatement suspendu.

— Qu'est-ce que ça veut dire ? hurla Jerry dans le récepteur.

— Comment le saurais-je ? Ce n'est pas mon travail, Mr. Reed, je ne suis que réceptionniste échelon C-3, et vous feriez mieux de baisser le ton…

— Baisser le ton ! Écoutez-moi un peu, vous…

— Au revoir, Mr. Reed, dit Doris Steiner avec un sourire venimeux. Bonne journée. » Et elle raccrocha.

7.

LA COUR SUPRÊME ENTÉRINE L'AMENDEMENT À LA LOI SUR LA SÉCURITÉ NATIONALE

Par six voix contre trois, la Cour suprême des États-Unis a entériné quatre articles controversés de l'amendement à la Loi sur la sécurité nationale. Dans ses attendus, la Cour a déclaré que la renonciation aux droits constitutionnels implicite lors de l'acceptation d'un emploi requérant une accréditation officielle des services de sécurité, étant une question de droit civil entre les parties contractantes, est de ce fait volontaire et ne constitue donc pas de la part du gouvernement fédéral un acte contraire à la Constitution.

En désaccord avec ses collègues majoritaires, le juge Carl Waverly a déclaré : « C'est un jour bien noir pour la liberté et pour cette honorable institution. En permettant à une telle logique sophiste de prévaloir au nom de l'intérêt national, la Cour a violé l'esprit, sinon la lettre, de la Constitution, ouvrant la porte à des abus encore plus graves pour l'avenir. »

New York Times

LES FRANÇAIS BLOQUENT L'EUROTUNNEL

Une grève surprise des ouvriers d'entretien du côté français a interrompu aujourd'hui le trafic du tunnel sous la Manche pendant six heures, entraînant d'énormes embouteillages ferroviaires jusqu'à Londres et Paris.

« Une bombe ? Qui a parlé de bombe ? » a malicieusement déclaré François Daladier, porte-parole officieux des grévistes. « Nous avons simplement dit que nous ne pouvions pas garantir la sécurité des trains transitant par le tunnel pendant six heures aujourd'hui. Avec une augmentation de salaire de 5 écus de l'heure, nous pourrions nous sentir suffisamment motivés pour faire l'effort de nous assurer qu'une telle situation ne se renouvelle pas. »

Des voyageurs en colère ont failli à plusieurs occasions en venir aux mains avec les ouvriers français. « Si les copains étaient avec moi », a déclaré un supporter de Manchester United qui a demandé à garder l'anonymat, interrogé alors qu'il tentait de rentrer chez lui après un week-end sur le Continent, « on se gênerait sûrement pas pour faire à ces maudits bouffeurs de grenouilles ce que nos gars ont fait jeudi dernier aux Irlandais ! »

News of the World

Sonia n'arrivait tout simplement pas à comprendre l'humeur insouciante de Jerry. Après son coup de téléphone de la veille à l'ambassade des États-Unis, il avait eu l'air troublé, mais même alors il était plus furieux qu'inquiet, et maintenant il plaisantait à ce sujet en franchissant la porte pour se rendre à la convocation.

« Ils pensent sans doute que tu es une espionne, dit-il en lui donnant un chaste petit baiser. Ils pensent probablement que tous les Russes sont des espions.

— Ça n'a rien de drôle, Jerry !

— Allons, Sonia !

— Je n'aime pas ça, Jerry, tu ne devrais peut-être pas aller à l'ambassade, j'ai entendu des histoires…

— Parfaitement, dans des feuilletons d'espionnage à la télévision russe, je parie. Ne fais pas l'idiote, Sonia, ces types ne sont pas du K.G.B., ce sont des *Américains.* » Il rit. « Qu'est-ce qu'ils peuvent faire, m'enlever et m'envoyer en Sibérie pour être tombé amoureux d'une Russe ? Ne t'en fais pas, je serai de retour pour déjeuner. »

Il rit encore, lui donna un autre petit baiser et s'en alla.

Sonia regagna la table du petit déjeuner et se versa une autre tasse de café. Ne pas s'en faire ?

Jerry avait l'air si naïf pour certaines choses. Ces luges orbitales sur lesquelles il avait travaillé paraissaient être le genre de technologie que l'Union soviétique aurait probablement trouvée très précieuse, et ce qui était précieux pour l'Union soviétique devait aussi l'être pour les Américains. Si Jerry avait été un citoyen *soviétique* en possession de tels renseignements, il ne lui aurait jamais été permis de quitter le territoire national.

L'idée que la C.I.A. puisse rapatrier Jerry de force était terrifiante, et la sensation de vide qu'elle éprouvait à la pensée de ne plus jamais le revoir la convainquit plus que toute autre chose qu'elle était bel et bien amoureuse. Et savoir qu'elle devait être de retour à Bruxelles dans quarante-huit heures n'arrangeait rien.

Mais il s'avéra qu'elle n'avait pas besoin de s'en faire. Jerry n'était pas parti depuis plus de cinq minutes qu'un coup assez hésitant fut frappé à la porte.

Quand elle ouvrit, elle resta bouche bée, son cœur cessa de battre et elle fut parcourue d'un frisson.

Car dans l'encadrement de la porte se tenait son *chef*, Grigori Pankov, Pankov la Pieuvre humaine, le dos voûté, se tordant nerveusement les mains, une sueur malsaine perlant sur son front dégarni, comme s'il avait attendu dans le hall que Jerry s'en aille. Et, à son air, c'était probablement le cas.

Jerry Reed ne rencontra pas Lester Coldwater avant 11 h 40, bien qu'il se fût présenté à l'heure dite à l'ambassade. Il avait d'abord dû faire la queue pour se faire palper par un Marine et passer au détecteur de métal. Puis l'employé de la réception l'avait laissé poireauter tandis qu'il jacassait au téléphone. Quand on l'avait enfin dirigé vers un bureau au troisième étage, une secrétaire qui ne lui avait même pas offert de café lui avait fait faire antichambre pendant encore vingt minutes sans rien à lire que de vieux numéros du *Wall Street Journal* et de *Barron's* avant que Coldwater ne daigne le recevoir.

Le bureau de Coldwater était peint d'un vert hôpital nauséeux et moquetté de marron administratif. Sa table de travail s'accordait au décor : le grand modèle en acier humanisé par un revêtement autocollant imitation bois, avec l'inévitable terminal d'ordinateur posé dessus. Un des murs disparaissait derrière des étagères du même style. Devant le bureau étaient disposés deux fauteuils capitonnés recouverts de skaï marron. Les seuls éléments de décoration étaient un drapeau américain à côté du bureau et, derrière, une photo du Président.

Lester Coldwater lui-même paraissait la cinquantaine, avec une tendance à l'embonpoint. Il était vêtu d'un costume rayé bleu, avait des cheveux grisonnants indisciplinés et des yeux bleus larmoyants derrière des lunettes enveloppantes.

« Asseyez-vous », dit-il en guise de salutations.

Peut-être cela venait-il du décor, qui lui rappelait énormément le bureau de son conseiller d'éducation au collège, peut-être était-ce d'avoir dû attendre après s'être hâté pour ne pas être en retard, peut-être était-ce l'aura de Coldwater, toujours est-il que Jerry en avait maintenant plus que ras-le-bol.

Il se laissa tomber dans un fauteuil et croisa les bras sur sa poitrine. « Alors ? » dit-il.

Coldwater tapa quelque chose sur le clavier de son ordinateur. « Alors, Mr. Reed, il est de mon devoir de vous informer que vous pourriez être sur le point de commettre une violation de l'amendement à la Loi sur la sécurité nationale dont le décret d'application vient d'être signé par le Président.

— Comment ça ? » demanda Jerry qui commençait à se sentir un peu nerveux, mais il était bien décidé à n'en laisser rien voir à ce type.

« Vous avez pris connaissance des termes de l'amendement à la Loi sur la sécurité nationale, Mr. Reed ?

— Non. Je ne suis pas juriste et je ne m'intéresse pas à la politique. »

Coldwater tapa autre chose sur son ordinateur. « Selon nos renseignements, vous avez reçu une proposition officielle d'emploi de la part de l'Agence spatiale européenne…

— Comment avez-vous trouvé ça ? laissa échapper Jerry qui le regretta aussitôt.

— Ce n'est pas du ressort de mon service, Mr. Reed, déclara Coldwater d'un ton hésitant. Niez-vous la chose ? »

Jerry réfléchit un instant. Manifestement, ils étaient au courant de tout, jusqu'au montant du salaire et aux avantages en nature. Il ne servait à rien de chercher à jouer au plus fin, pas plus, d'ailleurs, que de leur faciliter le travail.

« Non, dit-il. Est-ce un délit ?

— Pas tant que vous n'avez pas accepté. Étant donné que vous avez eu connaissance d'un projet militaire de moyenne sécurité, il vous est interdit par la Loi sur la sécurité nationale d'accepter un emploi en dehors des États-Unis ou dans une entreprise étrangère opérant sur le territoire national. Si vous agissiez ainsi, vous pourriez être accusé d'espionnage et poursuivi en conséquence. L'ESA vous ayant fait une telle proposition, vous êtes requis de signer une déclaration sous serment comme quoi vous n'allez pas accepter si vous voulez conserver un passeport américain valide. »

Il chercha dans un tiroir, en sortit un document qu'il fit glisser vers Jerry, puis prit un stylo-bille dans sa poche intérieure et le posa à côté du papier.

« Et si je refuse de signer ?

— Je me verrai alors dans l'obligation d'exiger que vous me remettiez votre passeport.

— Et si je ne le fais pas ? »

Coldwater poussa un soupir. Il haussa les épaules. « Cela n'est pas du ressort de mon service, Mr. Reed. Disons simplement qu'il ne vous sera pas permis de quitter l'ambassade avec ce document en votre possession. »

Jerry contempla le formulaire de déclaration sous serment. Il commençait à avoir peur, mais qu'il soit damné s'il signait quoi que ce soit sans savoir où il mettait les pieds. « Je ne suis pas tenu de signer un quelconque document sans l'assistance d'un avocat, dit-il à Coldwater. C'est mon droit en tant que citoyen américain, non ?

— Pas aux termes de l'amendement à la Loi sur la sécurité nationale. En acceptant une accréditation de moyenne sécurité lorsque vous avez commencé à travailler sur la luge orbitale, chez Rockwell, vous avez renoncé à votre droit d'être assisté dans ce type d'affaires.

— Quoi ! Mais cela fait des années de ça, cet amendement à la Loi sur la sécurité nationale n'existait même pas encore, si je ne me trompe ?

— Effectivement. C'est pourquoi le Congrès, dans sa grande sagesse, a rendu l'article 12 rétroactif.

— C'est forcément anticonstitutionnel ! » s'écria Jerry. La tête lui tournait. « Je ne signerai pas un truc que je ne comprends pas sans assistance juridique !

— Comme vous voudrez », dit sèchement Coldwater. Il appuya sur son intercom. « Voulez-vous demander à Al Barker de venir discuter avec Mr. Reed de sa situation ? »

Coldwater se leva, consulta ostensiblement sa montre. « Il va être l'heure du déjeuner, dit-il en se dirigeant vers la porte. Je crois que je vais vous laisser la disposition de mon bureau, à Barker et à vous…

— Et à quel *service* appartient cet Al Barker ? » demanda Jerry.

Coldwater ouvrit la porte et se retourna pour regarder Jerry d'un air condescendant. « Ne soyons pas grossier, Mr. Reed », dit-il en franchissant le seuil, puis il referma derrière lui, laissant Jerry seul avec l'impression d'être un collégien en faute qui attend l'arrivée du principal dans le bureau du conseiller d'éducation.

Pankov mit une éternité à en venir à ce qui l'amenait. Il s'essuya le front du dos de la main, demanda une tasse de café, se plaignit de son voyage en avion depuis Bruxelles. Il jeta un coup d'œil furtif au lit défait, puis à Sonia, et s'assit d'un air pincé sur une chaise sans même une remarque grivoise, et ça, c'était le plus inquiétant de tout.

« Que diable viens-tu faire ici, Grigori Mikhaïlovitch ? » finit par demander Sonia quand elle ne put plus y tenir.

Pankov lui sourit nerveusement. « Je voudrais bien pouvoir dire que je suis venu ici poussé par une ardeur romanesque, Sonia Ivanovna, hélas le fait est que je ne me retrouve enfin dans ton boudoir qu'en service commandé…

— Je ne comprends pas… »

Pankov semblait regarder un point derrière elle tandis qu'il débitait d'une voix balbutiante un petit discours qu'il devait avoir appris par cœur à bord de l'avion.

« Nous sommes sur le point de conclure avec la Communauté européenne un accord de plusieurs dizaines de milliards de roubles. L'ESA, comme tu le sais sans doute grâce à ta… euh, comment dire… liaison avec Jerry Reed, s'apprête à mettre en chantier le prototype de son avion spatial, le Dédale…

— Pourquoi me racontes-tu ça ? Quel rapport avec…

— Patience, patience, Sonia Ivanovna ! À vrai dire, je suis moi-même un peu dépassé, alors ne m'interromps pas, je t'en prie, sinon je vais tout mélanger ! »

Il s'était remis à transpirer. Il s'essuya le front avec une serviette du petit déjeuner et but une gorgée de café tiède avant de poursuivre : « Où en étais-je… ? Ah oui, l'ESA et un consortium européen désirent acheter des modules cosmograd pour assembler une sorte d'hôtel en orbite géostationnaire de façon à rendre le Dédale économiquement viable, bien que je ne voie pas trop comment cela pourrait bien…

— Oui, oui, ils veulent construire une station orbitale pour fournir une destination au Dédale, afin de pouvoir en justifier le coût auprès des banquiers, Jerry m'a expliqué tout ça…

— Vraiment ? dit Pankov en la regardant d'un air perplexe. Eh bien, alors, peut-être sais-tu déjà qu'ils veulent aussi acheter des fusées Energia qu'ils utiliseront pour placer de gros réservoirs de carburant en orbite afin de ravitailler les remorqueurs qui emmèneront le Dédale jusqu'à leur station spatiale… »

Pankov poussa un gémissement. « Des modules ! Des hôtels de l'espace ! Des remorqueurs ! s'écria-t-il. Y comprends-tu quelque chose ? demanda-t-il d'un ton plaintif.

— Tout sauf la raison qui t'a fait venir de Bruxelles pour me raconter ça ! explosa Sonia, à présent tout à fait exaspérée. Veux-tu bien, *s'il te plaît,* en venir au but de ta visite, Grigori Mikhaïlovitch !

— Le but de ma visite ? Ah oui ! Le but de ma visite, c'est que l'Étoile-Rouge a refusé de leur vendre les fusées Energia, insistant au contraire pour leur fournir le carburant en orbite, vu que cela serait bien plus profitable, ce à quoi les Européens ont objecté que cela rendrait leur station orbitale dépendante du prix du carburant soviétique livré en orbite…

— Au fait, Grigori Mikhaïlovitch, au fait ! Vas-tu en venir à nos affaires ?

— Nos affaires ? Ah, oui, ça je comprends. Après des négociations extrêmement âpres, à ce que je me suis laissé dire, l'Étoile-Rouge est parvenue à un compromis avec les Européens. Nous leur vendons les modules cosmograd et les fusées Energia, et, avec les bénéfices, nous prenons 49 % des parts du consortium transnational qui construira les avions spatiaux Dédale. Une bonne affaire pour l'Étoile-Rouge, non ?

— Magnifique ! Ingénieux ! Merveilleux ! Mais quel rapport cela peut-il avoir avec moi ? Que fais-tu *ici ?*

— Oui, oui, j'y arrive », dit Pankov, et sa voix se fit plus calme et assurée, ce qui ne rassura pas Sonia le moins du monde.

« Vois-tu, l'élément clé, c'est le remorqueur, sans lequel il est impossible au Dédale de rejoindre l'hôtel orbital, ainsi que de construire ce dernier, d'ailleurs. Mais l'ESA ne possède pas la technologie permettant de construire un tel remorqueur, pas plus que l'Union soviétique, bien que je me sois laissé dire que nos militaires aimeraient beaucoup l'avoir, et sans lui toute l'affaire est à l'eau, des centaines de milliards de roubles, à ce qu'on m'a dit…

— Seuls les Américains possèdent cette technologie avec leur luge orbitale…, dit lentement Sonia. Et c'est pourquoi l'ESA dépense tout cet argent pour persuader Jerry de travailler pour eux ! »

Pankov poussa un énorme soupir de soulagement et lui adressa un large sourire qu'on aurait pu dire « conquérant » s'il n'avait été plaqué sur le visage d'une aussi répugnante créature. « Oui, oui, exactement, Sonia Ivanovna, Dieu merci, tu as compris ! s'exclama-t-il.

— Compris *quoi ?* » demanda Sonia, mais malheureusement, cette fois, sa perplexité était feinte car, malgré elle, elle craignait fort de commencer à saisir.

« Pourquoi nous prolongeons tes vacances à plein salaire pour la durée nécessaire, dit Pankov.

— Pour la durée nécessaire à *quoi ?* » demanda Sonia, ne sachant que trop bien où cela allait mener, mais décidée à faire transpirer Pankov le plus possible, à titre de vengeance futile.

« Je dois vraiment ? » dit-il d'un air malheureux en se tordant les mains.

Sonia se contenta de le fixer en silence avec un air de totale incompréhension.

« Je n'y suis pour rien, comprends-tu, Sonia Ivanovna, geignit Pankov. L'ordre de te transmettre cette requête m'a été donné par Sergeï Dakolov, qui a été informé par son supérieur, lui-même informé par le siège de l'Étoile-Rouge à Moscou que les hautes sphères du Parti… euh, trouveraient souhaitable que tu… euh… poursuives ta liaison avec ce Jerry Reed jusqu'à ce qu'il fasse défection et que tu fasses tout ce qui est en ton… euh, pouvoir, pour le persuader d'agir ainsi…

— Faire défection ! s'écria Sonia. Qui a dit que Jerry doive *faire défection ?* Et au bénéfice de qui ? Il est simplement question d'accepter une offre d'emploi, non ? »

Grigori Mikhaïlovitch Pankov, s'étant enfin déchargé du malsain message de ses supérieurs, eut l'air de se reprendre suffisamment pour se remettre dans la peau de son personnage habituel de petit bureaucrate.

« Non, pas du tout, dit-il de sa voix pompeuse et autoritaire de chef de service. Quant à savoir au bénéfice de qui, l'ESA lui procurera sans doute un passeport européen. Qui a dit que c'était une défection ? Les Américains, bien sûr. Après tout, on lui demande d'aider l'ESA à mettre au point sa propre version d'un élément clé de l'Étoile d'Amérique. Ils feront tout ce qu'ils pourront, sauf violer la souveraineté française, pour l'en empêcher ; ce qui signifie qu'ils ne lui permettront certainement pas de rester en Europe en conservant son passeport américain quand il aura signé un contrat d'embauche avec l'ESA.

— S'il signe avec l'ESA… »

Pankov lança à Sonia un regard qu'elle ne connaissait que trop bien. « Il est de ton devoir d'employée loyale de l'Étoile-Rouge et de citoyenne soviétique, à qui, dois-je ajouter, il a été accordé un visa permanent pour la Communauté européenne, de veiller à ce que Jerry Reed entre au service de l'ESA, dit-il de son ton le plus officiel.

— Et si je refuse d'avoir quoi que ce soit à voir avec cette histoire sordide ? »

Grigori Mikhaïlovitch Pankov haussa les épaules. « Si tu refuses d'accéder aux désirs des hautes sphères du Parti, il n'y a peut-être plus de goulag, mais il y a toujours un poste de dactylo vacant à Vladivostok. »

Cette fois, on ne laissa pas Jerry mariner très longtemps dans son jus. Coldwater n'était pas parti depuis plus de cinq minutes que Al Barker fit irruption dans le bureau et, s'il ne claqua pas la porte derrière lui, il la referma néanmoins avec une autorité tranchante.

Barker était un Noir de taille moyenne au physique nerveux, vêtu d'un costume gris foncé bien coupé qui réussissait sur lui à avoir l'air d'un uniforme. Il avait les pommettes hautes, des cheveux poivre et sel coupés court et le regard dur d'un homme habitué à commander. Il traversa rapidement le bureau sans se présenter, s'assit, très droit, sur le fauteuil pivotant de Coldwater, fixa Jerry d'un regard qui ne cillait pas et alla droit au but.

« Je ne vais pas tourner autour du pot, Reed, dit-il d'un ton cassant. Vous vous êtes conduit en parfait imbécile et vous êtes dans la merde jusque-là. Vous détenez des renseignements top-secret sur l'Étoile d'Amérique et soyez assuré que le crétin qui vous a laissé quitter le pays avec un visa pour l'Europe n'aura plus jamais l'occasion de refaire une erreur aussi stupide. »

Barker joignit les doigts, fit la moue et regarda Jerry avec une espèce d'amère résignation.

« On pourrait même dire que ce n'était pas entièrement

votre faute, Reed, reconnut-il. Après tout, les chasseurs de têtes de l'ESA vous ont offert des vacances aux frais de la princesse, vous n'avez pas essayé de jouer au plus malin en cachant votre destination, quelqu'un a fait une connerie en vous laissant quitter le pays et le pire que l'on puisse dire, c'est que vous êtes un idiot radin…

— Comment… comment êtes-vous au courant de…

— Comment sommes-nous au courant du petit jeu de l'ESA ? cracha Barker. Bon Dieu, Reed, pour qui nous prenez-vous ? Vous débarquez ici, vous pieutez au *Ritz*, vous commencez à jeter l'argent par les fenêtres comme si demain n'existait pas, et nous sommes censés ne rien remarquer ? Vous vous montrez à une réception de l'ESA avec *André Deutcher* et nous sommes censés ne pas être assez malins pour compter jusqu'à deux ? »

Jerry avait la tête qui tournait sous cet assaut verbal. « Très bien, d'accord, l'ESA m'a payé un voyage à Paris et m'a fait une offre d'emploi. Est-ce un délit ? »

Barker haussa les épaules. « Cela *pourrait* être interprété comme une tentative de violation de la Loi sur la sécurité nationale si nous cherchions vraiment à vous mettre quelque chose sur le dos. Mais nous n'aurons pas à chercher si loin si vous nous y obligez, Reed. Oh non, il a fallu que vous nous facilitiez le travail en baisant avec un agent russe ! »

C'en fut finalement trop pour Jerry. « C'est ridicule ! s'écria-t-il. Sonia n'est pas une espionne ! »

Barker leva les yeux au ciel. « Je vois, Reed, vous le savez de source sûre, n'est-ce pas ? Je parierais même que c'est la fille en personne qui vous l'a dit !

— Elle est traductrice à l'Étoile-Rouge de Bruxelles, protesta Jerry. Vous pouvez vérifier.

— Vous êtes sérieux ? Vous pensez *vraiment* que nous n'avons pas pris nos renseignements sur elle ?

— Alors…

— Seigneur Dieu, Reed, qu'est-ce que vous croyez, que

les Russes accrochent une pancarte sur le cul de leurs agents : “Baisez-moi, je suis du K.G.B.” ?

— Vous avez la preuve que Sonia travaille pour le K.G.B. ?

— Nous n'avons pas besoin de preuve, Reed. Servez-vous de votre tête. Son travail à l'Étoile-Rouge est une *couverture !* Savez-vous ce qu'est l'Étoile-Rouge ?

— Euh… c'est une sorte de société commerciale russe, non ?

— Oui, Reed, comme vous dites, c'est une sorte de société commerciale russe », répondit Al Barker du ton las et exaspéré d'un professeur une fois de plus confronté à un étudiant ignare. “En fait, c'est *la* société commerciale russe et aussi un instrument du gouvernement soviétique dont la mission est de pénétrer, acheter, subvertir le plus possible l'économie européenne et transférer la technologie à l'Est. Savoir si c'est, sur l'organigramme de Moscou, un auxiliaire du K.G.B. ou le contraire est un point qui reste à discuter.

— Alors, le simple fait que Sonia travaille pour leur agence de Bruxelles fait d'elle une espionne ? rétorqua Jerry. Je pense que vous avez lu trop de romans d'espionnage. Toute cette histoire est stupide. Enfin, que pourrait bien me vouloir une espionne russe, d'abord ?

— Que peut bien vouloir de vous l'*ESA*, Reed ?

— Ils veulent que je travaille pour eux, c'est tout…

— Sur le projet Icare, n'est-ce pas, Reed ? dit tranquillement Barker.

— Comment savez-vous… » Jerry s'arrêta court. « Je suppose que c'est une question idiote, n'est-ce pas ? » dit-il d'une toute petite voix.

Al Barker lui fit la grâce d'un sourire glacial. « C'est ce que vous avez dit de plus intelligent jusqu'ici, Reed. Votre boulot sera de les aider à construire, grâce à votre expérience de la luge orbitale, un remorqueur spatial pour emmener leur Dédale en orbite géostationnaire…

— Eh bien, oui…, reconnut Jerry. Mais ce n'est pas un projet militaire et il n'y a pas de Russes…

— Vous le savez de source sûre ?

— Eh bien, non, pas exactement, c'est-à-dire… »

Barker se leva et se mit à tourner en rond, forçant Jerry à se tordre le cou pour le suivre. « Diriez-vous que vous êtes un Américain patriote, Jerry ? dit-il en changeant brusquement de ton.

— Euh, oui, bien sûr…

— Vous connaissez bien l'Histoire ?

— Un peu.

— Alors vous savez peut-être que les États-Unis ont sauvé l'Europe occidentale des nazis et ont ensuite protégé ces enfoirés d'ingrats contre les communistes pendant cinquante ans jusqu'à ce qu'ils puissent se démerder tout seuls. Et quand ils ont été prêts, quand ils ont réussi à mettre sur pied leur Communauté européenne, quand nous avons eu envers eux des milliards de dollars de dette contractée pour leur protection, ils se sont entendus avec les Russes et nous ont foutus à la porte.

— Je ne comprends pas ce que ça peut bien avoir à faire avec…

— C'est très simple, Jerry. Nous sommes en avance en matière de technologie spatiale militaire et ils essaient de nous rattraper à leur manière habituelle, en nous volant celle-ci.

— Qu'est-ce que j'ai à voir avec ça ? » protesta hypocritement Jerry qui commençait à ne voir que trop bien où cela menait.

Sa petite leçon d'histoire terminée, Al Barker se rassit derrière le bureau et reprit son précédent personnage. « Tout, dit-il. Oubliez votre putain de vie amoureuse. Parce que même si Sonia Ivanovna Gagarine est *vraiment* l'innocente petite traductrice que vous pensez, nous ne pouvons *quand même pas* vous permettre de rester ici, parce que nous ne pouvons pas vous laisser transférer la technologie de la luge spatiale à l'ESA. Pour le moment, ils roucoulent comme des colombes, mais vous attendez-vous vraiment que nous refilions un truc pareil à un quelconque adversaire potentiel ?

— C'est pourquoi vous insistez pour que je signe un engagement de ne pas accepter la proposition de l'ESA ? »

Barker secoua la tête. « Vous vous êtes fermé cette porte quand vous avez obligé Coldwater à m'appeler. Je ne suis pas disposé à vous faire confiance à ce point, Reed. Il ne vous reste plus qu'une alternative : vous rentrez aux États-Unis dans les quarante-huit heures, ou vous devrez faire face aux conséquences.

— Quelles conséquences ?

— Le retrait permanent de votre passeport. La révocation de votre accréditation et l'assurance de ne plus jamais pouvoir en obtenir une autre, même au niveau le plus bas, ce qui signifie que vous ne travaillerez plus jamais pour quoi que ce soit en rapport avec le programme spatial. Des poursuites pénales au titre de la Loi sur la sécurité nationale. »

Quelque chose se brisa en Jerry Reed. Il avait écouté Barker le traiter d'imbécile, traiter d'espionne la femme qu'il aimait, sans jamais lui laisser le temps de reprendre son souffle pour se défendre de façon cohérente. Mais à présent il faisait *vraiment* une insulte à son intelligence et cela finit par délier la langue de Jerry.

« Qu'est-ce que vous essayez de faire, Barker, lâcha-t-il sans réfléchir, *m'obliger* à faire défection ? »

Le mot sembla lui brûler la langue à l'instant même où il le prononçait. Mais Al Barker avait l'air au moins aussi surpris que lui. « De quoi voulez-vous parler, Reed ? » dit-il d'un ton inquiet, et soudain il parut sur la défensive.

Peut-être était-ce l'amour qui rendait Jerry courageux. Peut-être était-ce l'expression de Barker. Peut-être était-ce le fait que les choses se fussent ralenties assez longtemps pour lui permettre d'analyser à fond l'implacable logique de la situation.

« Vous me dites que vous me supprimez mon passeport si je ne rentre pas aux États-Unis dans les quarante-huit heures…

— En ce qui nous concerne, Reed, ce n'est plus un document valide…

— … mais vous ajoutez que je serai poursuivi si je le fais.

— Hé là, ne me comprenez pas de travers, dit vivement Barker, vous oubliez tout ce qui s'est passé et vous êtes un bon garçon, Reed, et il n'y aura pas de poursuites.

— Vous me le garantiriez par écrit ? »

Barker le dévisagea d'un œil rond. Jerry crut déchiffrer sur son visage une nouvelle expression, peut-être de respect accordé à son corps défendant. « Ouais, d'accord, pourquoi pas ? dit-il lentement. Je crois que nous pouvons allez jusque-là…

— Et en ce qui concerne mon accréditation ?

— Comment ça, Reed ?

— Me garantirez-vous par écrit que je pourrai la garder ? » répondit Jerry, ne sachant que trop bien quelle serait la réponse.

Barker étudia son visage avec une expression indéchiffrable et ne dit rien.

« Eh bien… ? »

Barker haussa les épaules et, pour la première fois, détourna le regard. « Je crains de ne pas en avoir l'autorité, reconnut-il très calmement. Mais je suis disposé à le recommander aux personnes compétentes…

— Ouais, bien sûr, c'est bien ce que je pensais…

— Quoi donc, Reed ?

— Je n'ai en fait le choix qu'entre deux solutions, n'est-ce pas ? Je peux rendre mon passeport et retourner aux États-Unis où mon accréditation me sera retirée, où je serai viré par

Rockwell et où je ne serai plus jamais réembauchable pour quoi que ce soit qui touche de près ou de loin au programme spatial… Ou bien je peux… rester ici, accepter le boulot de l'ESA et… et…

— *Faire défection,* dit Barker, regardant maintenant Jerry droit dans les yeux. Parce que, ne vous faites pas d'illusions à ce sujet, Reed, si vous acceptez de travailler pour l'ESA, ce sera une défection. Vous ne pourrez plus revenir en arrière. Vous serez arrêté à l'instant même où vous poserez le pied sur le territoire américain.

— Merde… », soupira Jerry.

L'expression de Barker se radoucit quelque peu. Il se pencha en avant par-dessus le bureau, secoua la tête et Jerry eut l'impression fugitive qu'il allait tendre la main pour la lui poser sur l'épaule.

« Écoute, fiston, reprit presque tendrement Barker, tu ne veux pas vraiment faire ça, hein ? Tu ne veux pas vraiment trahir ton pays. Tu ne veux pas passer le reste de ta vie en exil. Tu n'as pas envie de ne plus jamais revoir ta terre natale. Tu n'as pas envie que tes compatriotes te considèrent comme un traître, n'est-ce pas ?

— Non, chuchota Jerry d'un air malheureux.

— Je le pensais bien, dit doucement Barker.

— Mais… mais si je rentre maintenant, ce sera pour quoi faire ? fit plaintivement Jerry. Je ne pourrai plus jamais retravailler pour le programme spatial, n'est-ce pas ? »

Barker examina le faux bois recouvrant le bureau. « Avec tes antécédents, tu pourras te trouver un travail décent, Reed. Dans la construction aéronautique civile, peut-être, ou l'industrie automobile. Hé, tu sais, j'ai un copain bien placé chez Piper, il pourrait bien faire quelque chose pour toi…

— Vous ne comprenez pas, Mr. Barker, vous ne comprenez vraiment pas…

— Je comprends une chose, Reed », le coupa Barker, pas entièrement hostile, du moins sembla-t-il à Jerry. « Tu t'es mis dans une situation où tu as à choisir entre d'un côté ta carrière et ta petite amie russe, de l'autre ton pays. Il n'y a pas à sortir de là, fiston. Je ne voudrais pas être à ta place, mais c'est comme ça. »

Jerry hocha lentement la tête. « C'est comme ça », murmura-t-il.

Al Barker se leva sans hâte, fit le tour du bureau et posa un bras paternel sur l'épaule de Jerry. « Je vais te dire, je vais faire une chose que je ne devrais pas. Je vais te laisser sortir d'ici avec ton passeport en poche, même si ce n'est pas très régulier. Je vais te donner cinq jours pour te décider au lieu de quarante-huit heures. »

Il enleva son bras de l'épaule de Jerry. Haussa les épaules. « Je vais être franc, Reed. Nous ne pouvons pas te ramener de force aux États-Unis et je vais me retrouver personnellement dans une belle merde si tu fais défection, tu peux me croire. Mais crois-moi aussi, Jerry, si je te dis que je ne veux pas voir un brave gars comme toi transformé en traître à son pays par ces Européens dégénérés et sans scrupule, que je ne veux pas te voir poussé à une décision que tu regretteras jusqu'au jour de ta mort. »

Soudain, les murs aveugles de la pièce semblèrent se refermer sur Jerry, l'air parut se congeler dans sa gorge et il eut l'impression que tout s'engouffrait dans les yeux de Al Barker rivés droit dans les siens.

« Crois-tu que j'ai été honnête avec toi, Jerry ? Entre Américains ? »

Jerry lui rendit son regard et eut envie de pleurer. « Oui », se trouva-t-il obligé de dire malgré l'horrible boule qui semblait s'être épanouie dans sa gorge comme un champignon vénéneux, « oui, je le crois ».

L'heure du déjeuner était largement passée quand Jerry regagna sa chambre à l'hôtel. Entre-temps Sonia avait vidé près du tiers de la bouteille de vodka russe qu'elle s'était fait monter pour se donner le courage de lui raconter la visite de Pankov.

Elle n'avait jamais vraiment envisagé de ne tout simplement rien lui dire, car il lui faudrait bien expliquer d'une façon ou d'une autre la prolongation miraculeuse de ses vacances. Pankov, avec sa visqueuse incompétence d'amateur, n'avait pas été capable de lui fournir une justification plausible et elle n'allait pas faire le boulot à sa place en inventant un mensonge stupide. Il valait mieux laisser ce genre de choses aux professionnels du K.G.B., se surprit-elle à songer après le premier verre.

En plus, il n'y avait aucune raison de ne pas dire la vérité à Jerry, non ? avait-elle décidé après le deuxième verre. Après tout, il était décidé à faire exactement ce que désiraient les hautes sphères du Parti, même si ce n'était pas pour les mêmes raisons. Après le troisième verre, il lui apparut que le seul vrai problème était celui créé par la visite de Pankov et, après le quatrième, elle avait circonscrit le problème à l'élaboration d'une phrase d'introduction qui lui délie la langue. Lorsque Jerry arriva, elle en avait même mis au point la première moitié : « N'est-ce pas merveilleux, Jerry, mon patron a décidé de prolonger mes vacances parce que… »

Mais elle oublia tout quand Jerry fit irruption dans la pièce. Il ne parut pas remarquer que le lit n'était toujours pas fait. Il ne parut pas remarquer la bouteille de vodka dans le seau à glace. Il ne parut même pas remarquer que Sonia l'avait sérieusement entamée. Il avait les yeux hagards et le teint terreux, comme si c'était *lui* qui avait bu, et cela dégrisa rapidement Sonia.

« Tu as une de ces têtes, Jerry, dit-elle tandis qu'il se laissait tomber sur la chaise lui faisant face, de l'autre côté de la table. Que s'est-il passé à l'ambassade ? »

Jerry pêcha la bouteille de vodka dans le seau à glace et s'en servit un verre bien tassé qu'il descendit d'une gorgée, à la moujik, comme si c'était la chose la plus naturelle du monde. « Ils ne veulent pas que j'accepte la proposition de l'ESA, Sonia.

— Comment ça, *ils ne veulent pas ?* Comment peuvent-ils t'en empêcher ?

— Ils menacent de me poursuivre au titre d'un truc qui s'appelle la Loi sur la sécurité nationale. »

Sonia le regarda attentivement. « C'est idiot, Jerry. Si tu travailles en Europe pour l'ESA, comment les autorités américaines peuvent-elles te poursuivre pour *quoi que ce soit ?*

— Eh bien, je suppose qu'elles ne peuvent pas..., murmura Jerry. Mais je ne veux pas être un traître...

— Traître à *quoi ?*

— À mon pays, bon Dieu !

— Et *moi ?* demanda Sonia. Et *nous ?* »

Jerry secoua la tête et lui adressa un regard parfaitement hébété.

« Pauvre chéri, ils t'ont tout embrouillé, n'est-ce pas ? » demanda Sonia en lui caressant la joue. Elle remplit leurs verres. « Buvons un coup et après tu pourras tout me raconter depuis le début. »

Jerry hocha la tête, but une gorgée de vodka, eut l'air de remettre un peu d'ordre dans ses idées par un haussement d'épaules convulsif et un petit mouvement de tête, puis s'exécuta.

« C'est monstrueux, dit Sonia quand il en eut terminé. Mais je ne vois vraiment pas où est le problème.

— *Tu ne vois pas où est le problème ?* » gémit Jerry. N'avait-elle pas compris un mot de ce qu'il avait dit ? « Si je rentre aux États-Unis, je ne te reverrai plus jamais, et si je ne rentre pas, je ne travaillerai jamais plus pour le programme spatial !

— Mais, Jerry, tu viens de me dire qu'ils ne te redonneront plus jamais l'autorisation de travailler pour le programme spatial américain *même si tu rentrais !* »

Jerry avala une autre gorgée de vodka et se força à réfléchir calmement. Elle avait raison. L'horrible fait était là : *quoi qu'il fasse*, désormais, il était aussi mort que Rob Post pour le Programme.

« Tu as raison, Sonia, dit-il tristement. Je suis fini. Je suis lessivé. Oh mon Dieu, oh Seigneur, oh merde… » Les larmes commencèrent à lui monter aux yeux, un vide affreux sembla s'ouvrir dans ses entrailles et il se mit à trembler. Était-ce là ce que ressentait Rob ? se demanda-t-il. Ce vide en lui pendant vingt, trente, quarante ans ?..

Sonia se leva avec quelque difficulté de sa chaise, vint se placer derrière lui et se mit à masser les muscles noués de sa nuque.

« Oh non, Jerry, dit-elle doucement, tu n'es pas lessivé. La plus belle partie de ta vie ne fait que commencer. Ne vois-tu pas ? Tu as un bon boulot qui t'attend à l'ESA pour y faire ce que tu aimes. Tu as l'Europe entière à explorer. » Elle se pencha sur lui, mit les bras autour de son cou, lui chuchota à l'oreille. « Et tu m'as, moi… »

Jerry soupira. Tout cela était vrai. Qu'est-ce qui l'attendait aux États-Unis, de toute façon ? Même si rien de tout cela n'était arrivé, sa seule perspective d'avenir était une éternité à trimer sur de stupides contrats militaires. Ici, en Europe, il avait l'amour, l'espoir et un travail intéressant qui l'attendait, un travail en lequel il croyait. Mais… mais…

« Mais si je fais ça, je serai un traître à mon pays ! »

Sonia fit le tour de la chaise pour se placer devant lui. Elle se planta les mains sur les hanches, vacillant légèrement, mais le feu qui habitait ses yeux n'était pas uniquement dû à la vodka.

« Traître à quoi ? demanda-t-elle. Traître à l'Étoile d'Amérique qui a détruit ton rêve et la vie de ton ami ? Traître à un pays qui ne veut même pas te laisser poursuivre ton rêve ailleurs ? Qui ne veut même pas te laisser avec la femme que tu aimes ? Qui te demande de renoncer à tout en échange de rien ? Qui est traître à qui, Jerry ?

— Voilà que tu te mets à parler comme une bolchevique ! s'écria Jerry.

— Je suis une enfant du Printemps russe ! déclara fièrement Sonia. Et nous avons appris à nos dépens ce que jadis les Américains savaient mieux que quiconque sur Terre mais semblent avoir aujourd'hui oublié : une nation ne prospère que lorsque ses citoyens sont libres de suivre les aspirations de leur cœur ! »

Elle était là, debout, la femme qu'il aimait, la femme qui l'aimait, *lui*, comme aucune autre femme auparavant, saoule perdue ou pas, livide, furieuse, passionnée et absolument superbe.

En cet instant, il aurait tout donné pour elle. En cet instant, il l'aurait suivie n'importe où. En cet instant, il avait envie de la prendre dans ses bras et de la serrer contre lui jusqu'à la fin des temps.

Mais avant qu'il ait pu faire quoi que ce soit, Sonia Gagarine était tombée à genoux devant lui et ses doigts cherchaient sa braguette. « Ne m'abandonne pas pour des mots creux et de stupides considérations politiques, mon amour, le supplia-t-elle en libérant son sexe palpitant. Peux-tu renoncer à *ça* au nom du patriotisme chauvin ? » demanda-t-elle en le prenant tendrement dans sa bouche amoureuse.

Et elle lui fit une démonstration de ce à quoi il devrait renoncer au nom du patriotisme, en plus de la chance de travailler enfin pour un programme spatial en lequel il pouvait croire.

Et quand, après un long, très long moment de tendresse, il se laissa aller, s'épancha enfin dans la bouche consentante de son amante, il sut enfin qu'il y avait une limite aux sacrifices que l'on peut exiger d'un homme pour son pays, limite que son gouvernement avait depuis longtemps dépassée, particulièrement quand ce gouvernement n'offrait en retour que la mort d'un rêve.

Une tournée de vodka plus tard, Sonia trouva enfin le courage de parler à Jerry de la visite de Grigori Mikhaïlovitch Pankov et de lui expliquer pourquoi elle ne retournerait finalement pas à Bruxelles le lundi suivant, car elle était alors complètement ivre et l'idée qu'il y eût entre eux des secrets lui était absolument insupportable.

« Alors toute cette histoire d'être libre de suivre les aspirations de son cœur, c'était du baratin ! s'écria-t-il d'une voix pâteuse, car lui non plus n'était pas exactement à jeun. Tu travailles bien pour le K.G.B. ! »

Sonia se remit debout en titubant. « Je t'aime ! cria-t-elle. Je veux que tu restes ici avec moi ! Merde au K.G.B. ! Merde à la C.I.A. ! Merde à la politique ! Sonia Ivanovna Gagarine suit les élans de son cœur ! »

Elle baissa les yeux sur son cher Jerry, toujours assis sur sa chaise, le pantalon sur les chevilles, et jamais il ne lui avait paru plus précieux. « Est-ce ma faute si les aspirations de mon cœur se trouvent miraculeusement coïncider avec les intérêts à long terme des ouvriers et paysans et des cadets de l'espace ? » dit-elle, puis elle éclata de rire.

Jerry leva les yeux sur elle, puis les rabaissa sur sa propre tenue, et lui non plus ne put se retenir de rire. « Ouais, pour parler en laquais des impérialistes capitalistes, je crois que les ouvriers et paysans et les cadets de l'espace devraient peut-être aménager un peu à leur manière les termes du contrat…

— Qu'as-tu en tête ? »

Jerry réussit à se mettre debout. « Si tes patrons de l'Étoile-Rouge sont si désireux que l'affaire se fasse, ils vont devoir te transférer à Paris pour être près de moi, sinon tu leur dis qu'il n'en est pas question ! déclara-t-il.

— Oooh, Jerry, je ne savais pas que tu pouvais être si fin *politique !* babilla-t-elle, ravie. Et pourquoi pas aussi une augmentation, tant que nous y sommes, et un travail plus intéressant avec de bonnes perspectives d'avancement, et pas de Pieuvre humaine pour me mettre la main au cul !

— Arrosons ça ! » déclara Jerry en tendant la main vers la bouteille de vodka.

Mais il ne l'atteignit jamais, car tous deux basculèrent en avant et s'effondrèrent dans les bras l'un de l'autre.

8.

SCÈNES DE HOOLIGANISME AU SOVIET SUPRÊME

La séance d'hier du Soviet suprême a été l'occasion d'une déplorable démonstration de hooliganisme nikulturni lorsque les délégués russes et ukrainiens en sont venus aux mains à propos d'un projet de résolution destiné à introduire un système de quotas par nationalité dans le corps des officiers de l'Armée rouge.

Les hurlements des délégués russes ont empêché Ivan Smolents de donner lecture de la résolution et plusieurs délégués ukrainiens ont réagi en déclenchant une bousculade et même, selon certains témoins, en faisant le coup de poing.

C'est pousser un peu loin la tentative d'imitation des mœurs parlementaires occidentales. Mieux vaudrait laisser ce genre de manifestations à la Knesset israélienne, où les antagonistes se préparent à la bagarre en se présentant en manches de chemise, ou au Sénat américain, où ces scènes de pugilat sont une vieille et respectable tradition.

Moskovskoïé Outra Solntsié

Larry Krugman : « Ils ne peuvent vraiment plus rien y faire, non ? C'est là une agréable retombée des milliards de dollars des contribuables libéralement investis dans une épopée spatiale à gros budget qui n'a jamais rapporté un *cent.* Maintenant que nous avons le feu vert de la commission fédérale des communications, cette bonne vieille Étoile d'Amérique protégera le satellite de Canal Porno. Rien ne peut plus nous empêcher d'arroser toutes les antennes paraboliques, de Lisbonne à Moscou, avec notre programme de films hard 24 heures sur 24. »

Billy Allen : « Vous pensez vraiment obtenir un taux d'écoute satisfaisant avec de vieux films cochons poussiéreux ? »

Larry Krugman : « De vieux films cochons poussiéreux ? Nous avons la plus importante vidéothèque au monde de l'âge d'or du cinéma érotique américain, comprenant de nombreux classiques universellement reconnus comme *Gorge profonde* ou *Derrière la porte verte,* et nous avons déjà vendu 90 % de l'espace publicitaire pour la première année contre écus sonnants et trébuchants. Sur place, la plupart des centrales d'achat d'espace jugent manifestement que notre formule va intéresser les consommateurs européens haut de gamme. »

Billy Allen : « Si vous avez raison, les bons vieux États-Unis d'Amérique vont enfin se mettre à concurrencer sérieusement ces chaînes européennes prétentiardes subventionnées par leurs gouvernements. »

No Biz Like Show Biz

Raisonnablement tôt le lendemain matin, sinon dans un état vraiment brillant, Sonia passa un coup de fil à Grigori Pankov dans les bureaux de l'Étoile-Rouge de Bruxelles, à peu près certaine qu'il ne serait pas encore là pour y répondre. Quand on lui dit qu'il était absent, elle demanda qu'on lui passe Alexandre Katchikov, le directeur régional en personne, sachant parfaitement bien qu'il était peu probable que la standardiste consente à déranger un si auguste personnage avec un appel d'une esclave salariée de la plus basse catégorie. Cela suffit malgré tout à la faire mettre en ligne avec un certain Dimitri Bélinski, quadragénaire au front dégarni qui se présenta comme adjoint de Katchikov, sans doute pas *son* adjoint, mais l'adjoint chargé de détourner les appels importuns du genre de celui-ci.

« Ici Sonia Ivanovna Gagarine, dit-elle à Bélinski. J'appelle de Paris pour confirmer la prolongation de mes vacances pour une durée indéterminée. »

Bélinski la dévisagea un long moment sans rien dire, l'air ahuri. « Tu es bien sûre de ne pas avoir déjà pris trop de vacances, camarade Gagarine ? finit-il par demander d'un ton las. Ce que tu dis est absurde.

— Le camarade Katchikov saura exactement de quoi je parle.

— Le camarade Katchikov aura ma peau si je le dérange avec de telles divagations.

— Alors tu ferais mieux de te mettre en rapport avec le correspondant du K.G.B. Il saura à quoi je fais allusion.

— *Le correspondant du K.G.B. ?* s'exclama Bélinski de son air le plus innocent. Tu sais sûrement que l'Étoile-Rouge n'a pas de comptes à rendre au K.G.B. ! »

Sonia soupira et décida qu'il était temps de jouer la carte dont elle ne s'était jamais vraiment servie depuis son adolescence à Lenino. « Tu vas transmettre le message, soit à Katchikov, soit au K.G.B., et tu vas le transmettre fidèlement, à savoir que Sonia Ivanovna… *Gagarine* désire discuter avec les autorités compétentes de questions en rapport avec la prolongation de ses vacances pour une durée indéterminée, dit-elle d'un ton glacial. Si je suis obligée d'appeler un certain numéro à Moscou, ce que je ferai si l'on ne m'a pas rappelée d'ici une heure, tu auras l'occasion de constater personnellement dans quelle mesure les employés de l'Étoile-Rouge ont ou non des comptes à rendre au K.G.B. »

Et avant que Bélinski n'ait eu le temps de digérer *ça*, elle lui donna son numéro et raccrocha.

« Tu penses vraiment que ça va marcher ? demanda Jerry, toujours au lit où il soignait sa gueule de bois.

— Je pense que j'ai juste le temps de prendre une bonne douche bien chaude », lui répondit Sonia, ce qui, vu l'état de sa propre tête, ne devait pas être une si mauvaise idée.

Effectivement, elle était en train de s'essuyer après une longue douche brûlante quand le téléphone sonna. Jerry l'appela de l'autre pièce. « C'est pour toi ! Un certain Katchikov ! »

Sonia fit poireauter Katchikov deux ou trois minutes tandis qu'elle se séchait à fond, puis, par pure perversité, elle sortit complètement nue de la salle de bains, coupa la transmission vidéo et répondit, lascivement étendue sur la couverture près de Jerry, la main gauche posée sur son bas-ventre pour se porter chance.

« Katchikov, dit une voix profonde à l'autre bout de la ligne. L'Américain est dans la pièce ? Réponds simplement par oui ou non.

— Oui.

— Peux-tu te débarrasser de lui ?

— Non.

— Alors, pourquoi donc…

— Camarade Katchikov, l'interrompit Sonia, je n'ai pas appelé pour jouer à cache-cache. J'ai appelé pour donner de bonnes nouvelles : la mission qui m'a été assignée est pratiquement accomplie. Jerry Reed est sur le point d'accepter la proposition de l'Agence spatiale européenne…

— *Vraiment ?* Mais… Et tu racontes ça devant lui ?

— Plus ou moins, dit joyeusement Sonia en se nichant au creux du bras de Jerry. Il n'y a aucune raison de faire des cachotteries, étant donné que j'ai déjà tout raconté à Jerry.

— Tu as fait *quoi ?* hurla Katchikov.

— J'ai fait le nécessaire pour obéir aux ordres, qui se

trouvent par bonheur coïncider parfaitement avec les exigences de mon propre cœur. On pourrait appeler cela la parfaite illustration du nouvel idéal communiste, non ? Le socialisme à visage humain assorti en outre d'un dénouement romantique, quoi de plus parfaitement russe ?

— Je suppose qu'il n'y a pas à discuter les résultats…, reconnut à contrecœur Katchikov. On pourrait dire que le pays te doit des remerciements, si je ne soupçonnais que tu as agi poussée par autre chose que le pur idéalisme socialiste…

— On pourrait dire que le pays me doit une manifestation *concrète* de gratitude. Ce qui revient à dire, camarade, qu'il reste quelques petits détails à régler…

— Quelques petits détails ? Pourquoi donc ai-je le pressentiment que je ne vais pas aimer ça ?

— Jerry a assorti son acceptation de quelques conditions…

— Des *conditions ?* C'est à l'ESA d'en discuter avec lui, pas à nous !

— Pardonne-moi de te contredire, camarade Katchikov, mais ce n'est pas exactement le cas. Vois-tu, Jerry désire beaucoup accepter ce travail, mais le problème est qu'il est Américain, qu'il ne parle qu'anglais, qu'il ne connaît personne d'autre que moi en Europe, de sorte que, naturellement, il redoute de succomber au mal du pays, et même à un désespoir romantique, s'il devait rester tout seul à Paris…

— Je crois que je commence à comprendre où tu veux en venir…, dit lentement Katchikov.

— Fort heureusement, l'Étoile-Rouge est parfaitement en mesure de surmonter cet obstacle mineur à la réalisation de nos désirs à tous. Il suffit de me transférer au bureau de Paris… »

Il y eut un petit rire sec à l'autre bout de la ligne.

« Alors, c'est d'accord ? demanda Sonia en retenant son souffle.

— Je ne vois pas de problème à ton transfert, répondit

Katchikov. Mais je n'ai pas l'autorité pour te faire engager par le bureau de Paris. Cela devra venir d'eux, en passant par Moscou, à supposer que Moscou suive mes recommandations, et cela peut prendre du temps.

— Les Américains n'ont donné que cinq jours à Jerry pour se décider, ce qui revient à dire que s'il veut rentrer aux États-Unis, il doit le faire avant cela ou bien ils l'enverront dans leur goulag s'il remet les pieds là-bas…

— Je comprends la situation. Tu auras des nouvelles de moi ou du bureau de Paris avant cinq jours. Et puis-je dire, Sonia Ivanovna, que tu as donné la preuve que tu as un bel avenir à l'Étoile-Rouge, ici ou à Paris ; j'ai pris grand plaisir à négocier avec toi. »

Là-dessus, il raccrocha.

« Tu crois vraiment que tu aurais dû dire ça à ce type ? demanda Jerry.

— Pourquoi pas ? Ça va accélérer un peu les choses, tu ne connais pas notre bureaucratie comme moi, de cette façon Moscou ne va pas permettre au bureau de Paris de faire traîner indéfiniment les choses pour affirmer son indépendance bureaucratique.

— Si tu le dis… » Jerry lui donna un rapide baiser. « Mais en Amérique, quand nous achetons une maison, nous n'aimons pas trop dire au vendeur que nous avons besoin de conclure le marché avant mardi prochain parce que notre proprio est sur le point de nous foutre à la porte.

— Tu n'as pas à t'en faire, Jerry, dit Sonia en lui tapotant la joue. En Russie, nous avons un dicton : “Le cul gelé d'un bureaucrate fond plus vite sur un poêle brûlant.” »

Jerry rit. « Tu viens de l'inventer, n'est-ce pas ? J'espère que tu as raison, Sonia, parce que nous avons aussi un dicton en Amérique, et celui-là n'est pas de mon invention : “La merde coule toujours vers le bas.” »

Il se révéla qu'ils avaient tous deux raison, et tous deux tort, d'une façon que ni l'un ni l'autre n'aurait pu imaginer.

Jerry avait l'impression d'attendre depuis une éternité, et effectivement, pour se référer à un critère objectif, il en était à son troisième kir et Sonia n'était toujours pas ressortie de la tour Montparnasse.

Sonia avait beau être convaincue d'avoir allumé un feu sous le cul des bureaucrates de l'Étoile-Rouge, le coup de téléphone qu'ils attendaient n'était pas arrivé avant ce matin, quatre longues journées plus tard, à peine vingt-quatre heures avant l'expiration de l'ultimatum lancé par Al Barker — quatre jours passés à manger, dormir, faire l'amour, errer sans but dans Paris et faire patienter André Deutcher et Nicola Brandusi, mais surtout à tuer nerveusement le temps pendant que les Russes les laissaient mariner.

Lorsque Sonia reposa enfin le récepteur après avoir pris la communication, elle était rayonnante.

« Bonnes nouvelles ? demanda Jerry.

— Probablement. C'était le bureau de Paris et je suis convoquée à trois heures au siège de la tour Montparnasse. S'ils avaient décidé de refuser, l'appel serait très certainement venu de Bruxelles. »

Jerry avait insisté pour l'accompagner jusqu'au métro Montparnasse de façon à ne pas rester plus longtemps que nécessaire dans l'incertitude. Il s'était installé à la terrasse de ce grand café aux prix exorbitants, juste devant la bouche de métro, et y était assis depuis à respirer les gaz d'échappement d'un des carrefours les plus animés de Paris. Il regardait aller et venir la foule des piétons, commandait de temps en temps un autre kir afin de pouvoir conserver son siège, bien que le serveur ne lui jetât jamais le regard mauvais que lui aurait lancé un serveur américain quand son verre était vide, mais surtout il scrutait l'avenue en direction de ce qui était toujours le plus haut bâtiment de Paris pour guetter la réapparition de Sonia.

Quand finalement il l'aperçut qui descendait nonchalamment la rue vers lui, elle avait l'air de prendre tout son temps, et quand elle s'assit enfin à sa table, elle arborait une expression très particulière, absolument pas déprimée, mais pas non plus exultante. Absorbée par ses pensées, aurait-on plutôt dit.

« Alors ? demanda Jerry.

— Alors, comme je crois que vous dites en Amérique, il y a une bonne nouvelle et une mauvaise », répondit Sonia, souriante, mais les yeux embués d'une émotion indéchiffrable.

« Eh bien, pour l'amour de Dieu, crache le morceau, Sonia ! s'écria-t-il.

— Une petite minute, dit-elle en faisant signe au serveur. *Champagne, s'il vous plaît, la meilleure bouteille de la maison !*

— Tu commandes du champagne ? fit Jerry, fort soulagé. Alors quelle est la *mauvaise* nouvelle ?

— Le champagne est pour la *mauvaise* nouvelle, s'il y a lieu, dit-elle d'un air énigmatique. Mais d'abord la bonne nouvelle : j'ai été reçue par Vladimir Moulenko, le chef du service de stratégie économique, et nous nous sommes très bien entendus, même s'il ne faisait apparemment que suivre les directives de Moscou ; ils veulent bien me transférer à Paris dans le service de Moulenko avec une augmentation de 500 écus par mois…

— C'est merveilleux ! s'écria Jerry. Mais… mais… mais alors comment peut-il y avoir une mauvaise nouvelle ? »

Le garçon arriva avec deux coupes et une bouteille de champagne dans un seau sur pied. Il posa les coupes devant eux avec une petite courbette et commença à déboucher la bouteille.

« *Non, non, pas maintenant, s'il vous plaît, peut-être plus tard* », dit Sonia en lui retenant la main. Le serveur haussa les épaules, remit le champagne dans le seau à glace et s'éloigna.

« Pourquoi as-tu fait ça ? demanda Jerry.

— Ce champagne est pour la mauvaise nouvelle, si c'en est une. Nous l'ouvrirons quand je te l'aurai annoncée, si tu en as envie.

— Arrête de jouer au chat et à la souris et dis-le moi tout de suite ! gémit Jerry.

— La mauvaise nouvelle, si c'en est une, dit Sonia avec un étrange petit sourire et un haussement d'épaules, c'est que nous devons d'abord nous marier.

— *Quoi !*

— Il y avait quelqu'un d'autre au rendez-vous, un certain Sacha Oulianov. Il s'est présenté comme un spécialiste en relations publiques de l'agence Tass, mais il pourrait aussi bien être du K.G.B. Apparemment quelqu'un, à Bruxelles ou à Moscou, ou peut-être à Paris, a trouvé un moyen de te mettre à l'abri du courroux des Américains tout en se faisant au passage un coup de pub en France. Si nous nous marions, les Américains devront y aller doucement, selon Oulianov, s'ils veulent éviter un désastre psychologique, vu la façon dont les Russes auront déjà annoncé qu'ils sont tout prêts à transférer leur Juliette socialiste à Paris pour qu'elle ne soit pas séparée de son Roméo américain. Les Français vont adorer ça et, quoi que puissent dire ou faire les Américains, l'émouvante histoire des amoureux réunis par-delà les frontières fera passer à l'arrière-plan l'histoire de luge orbitale. »

Sonia pencha la tête vers Jerry, lui fit un petit sourire évanescent. « Oulianov a dit que Tass se chargeait de tous les frais. »

Elle tendit la main vers la bouteille. « Alors, qu'en dis-tu, Jerry, on ouvre ce champagne ?

— C'est… c'est une demande… ? balbutia Jerry, complètement abasourdi.

— Je crois bien. D'ailleurs, que pouvons-nous faire d'autre ? Après tout, si ça ne marche pas, nous pourrons toujours divorcer plus tard.

— Ce n'est pas très romantique…

— C'est une acceptation ?..

— Nous n'avons pas vraiment le choix, non ? »

Sonia tendit le bras au-dessus de la table, lui étreignit la main et, au moins pour un instant, son sourire fut proprement radieux. Elle sortit la bouteille du seau à glace, la déboucha et laissa déborder la mousse sur toute la table, sur sa robe, sur le pantalon de Jerry, avant de les servir.

« Voyons les choses de cette façon, mon amour : après tout, c'est l'été, nous sommes jeunes, nous sommes à Paris et nous fêtons nos fiançailles avec la meilleure bouteille de champagne d'un bistrot de Montparnasse, et du même coup nous déjouons les combines bureaucratiques des rabat-joie de l'Est comme de l'Ouest en réalisant ce à quoi aspirent nos deux cœurs… Que peut-il y avoir de plus romantique ? Avons-nous vraiment besoin de violons tziganes et de corbeilles de fleurs ? »

Jerry rit, trinqua, et comprit à quel point il était amoureux de cette femme, combien ils avaient raison de faire ce qu'ils faisaient, même si c'était pour les plus mauvaises raisons du monde.

« Buvons ! » dit-il. Ils levèrent haut leurs verres d'un geste emphatique, les vidèrent d'un trait, se penchèrent au-dessus de la table et s'embrassèrent, leurs coupes vides toujours à la main.

Jerry entendit alors une salve d'applaudissements et, quand il regarda, il vit que tout autour d'eux les clients du café s'étaient levés et applaudissaient en souriant.

« Si seulement ils savaient…, murmura Jerry, rougissant de plaisir.

— Mais ils savent, mon amour, ils savent, déclara joyeusement Sonia. Après tout, nous sommes à *Paris.* »

Sonia rit. Elle avait déjà entendu parler de ça, mais elle n'y croyait pas vraiment. « Tu insistes vraiment pour le faire, Jerry ?

— Absolument, c'est une vieille coutume romantique américaine.

— Quelle étrange et phallocratique conception du romantisme », dit Sonia en déverrouillant les trois serrures de l'appartement qu'ils avaient finalement choisi au troisième étage d'un vieil immeuble de l'île Saint-Louis.

Vingt-quatre heures après la proposition de mariage inspirée par Moscou, ils légalisaient la chose devant monsieur le Maire, le soir même un banquet dans un luxueux salon du restaurant de la tour Eiffel réunissait Pierre Glautier, Vladimir Moulenko — le nouveau patron de Sonia —, Sacha Oulianov, trois des collègues de Jerry à l'Agence spatiale européenne et autant de journalistes, puis ils partaient pour cinq jours de lune de miel en Écosse, dans un petit hôtel tranquille des Highlands, repos bien mérité après tout ce par quoi ils avaient dû passer au cours des deux semaines précédentes pour en arriver là.

À présent ils étaient là, devant la porte de leur nouvel appartement, prêts à commencer leur vie de couple marié sans avoir vraiment eu le temps de reprendre leur souffle !

« Très bien, dit Jerry en poussant la porte, allons-y ! » Avec un petit grognement, il réussit à la soulever de terre et lui fit franchir le seuil en titubant, traverser la petite entrée, pour déboucher dans le salon brillamment illuminé par le soleil de midi.

« Et voilà, dit Jerry en la reposant à terre, ce n'était pas si terrible, non ? »

Les meubles qu'ils avaient commandés chez différents ébénistes du faubourg Saint-Antoine ne seraient pas là avant des heures et le salon, comme le reste de leur trois-pièces, était complètement vide. Mais les murs avaient été fraîchement repeints en blanc, le haut plafond aux poutres apparentes avait été débarrassé de ses toiles d'araignée, les larges fenêtres avaient été soigneusement lavées, le plancher brillait d'un éclat chaleureux et tout sentait la peinture, l'encaustique et le propre.

Il faisait une chaleur étouffante dans la pièce ensoleillée et

Jerry s'avança pour ouvrir les fenêtres. « Attends une minute, mon amour, dit Sonia. Respire un instant cette odeur avec moi. »

Jerry lui jeta un coup d'œil intrigué, mais il s'écarta de la fenêtre et vint lui enlacer la taille. « Respire profondément avant d'ouvrir la fenêtre. Tu sens ? »

Jerry plissa le nez. « Pour moi, ça sent l'ammoniaque et la peinture », dit-il.

Sonia rit. « Comme tu es romantique, Jerry Reed ! Respire encore ! Tu ne trouves pas que ça sent le *neuf* ? Tu ne trouves pas que ça sent l'aube d'une nouvelle vie ? Que ça sent *l'avenir* qui nous attend, monsieur l'Homme de l'espace ? »

Jerry éclata de rire. Il la serra dans ses bras, sourit et lui donna un petit baiser.

Sonia lui rendit son baiser, resta encore un petit moment à sentir l'odeur enchanteresse de cet instant figé dans le temps qu'elle savait ne plus jamais devoir revenir et se demanda pourquoi son bonheur était pimenté d'un infime frisson de peur.

Mais, avec un petit soupir, elle écarta cette pensée d'un haussement d'épaules. « Très bien, mon amour, dit-elle. Tu peux ouvrir en grand les fenêtres ! »

Jerry Reed se tenait à la fenêtre de son appartement parisien, un bras autour de la taille de son épouse russe, regardant de l'autre côté de la Seine les quais de pierre et les immeubles typiquement français de la rive droite, inhalant les senteurs étrangères portées par la brise tiède, et pendant un instant tout lui sembla parfaitement irréel, comme s'il n'était pas vraiment lui-même mais un personnage de science-fiction, debout dans l'encadrement du sas de son vaisseau spatial, en train de poser pour la première fois les yeux sur un monde inconnu.

Et en un certain sens, se dit-il, c'est ce que je suis.

L'ambassade des États-Unis lui avait retiré son passeport, mais n'avait pas cherché à le déchoir de sa citoyenneté ; le fait accompli, ils avaient limité de leur mieux les dégâts en se tenant plus ou moins tranquilles. L'ESA lui avait fait obtenir un passeport européen spécial qui n'exigeait pas la renonciation à sa citoyenneté américaine, de sorte que, légalement, il n'avait pas vraiment changé de nationalité.

Pourtant, alors qu'il regardait le fleuve, il eut soudain l'impression de se déplacer, debout sur la dunette d'un bateau s'éloignant de tout rivage familier pour cingler sur des océans inconnus.

Et bien que ce fût une sensation qu'il avait, en un sens, passé sa vie à rechercher, il s'aperçut que, dans la réalité, le départ pour une telle aventure n'allait pas sans une crainte indéfinissable.

À ce moment un gros bateau-mouche tout en verrières passa devant lui, fendant les flots. Il entendit la voix lointaine du guide qui jacassait dans un français incompréhensible qu'emportait le vent, et le charme fut rompu : l'île Saint-Louis ne se déplaçait plus sous ses pieds et il fut de retour dans le salon de son appartement avec Sonia, la femme avec qui il avait partagé tant de choses… Paris était simplement Paris et tout était pour le mieux.

« Un rouble pour tes pensées, dit tranquillement Sonia près de lui. Non, disons un écu, puisque nous sommes désormais tous deux citoyens européens. »

Jerry se mit à rire. « Oh, ce n'est pas grand-chose. Je me disais simplement que se trouver ici avec toi, c'est comme dans un roman qui finit bien…

— C'est tout à fait ça, répondit Sonia en se blottissant contre lui. Ils vécurent à jamais heureux et… »

[illegible]

Et c'est que ce [illegible]

[illegible]

DEUXIÈME PARTIE (1)

Le Printemps russe

9.

M. Carson, député : « Je ne fais que dire tout haut ce que pensent tout bas les bouches en cœur de cette ville, Billy, mais il faut faire quelque chose pour sortir de la merde où les Japs et les Europines nous ont foutus, vous ne croyez pas ? C'est bien cette bande de requins qui nous ont poussés à leur emprunter tout ce fric, n'est-ce pas ? Et maintenant plus de la moitié de ce pays leur appartient ! »

Billy Allen : « Mais dans tous les films que j'ai vus, les usuriers vous *brisent les rotules* si vous essayez de les repasser. »

M. Carson : « Qu'est-ce qu'ils peuvent faire, envoyer l'Armée rouge sur Pennsylvania Avenue récupérer leur fric ? »

Billy Allen : « Eh bien, présenté de cette façon, Harry… »

M. Carson : « Si le Brésil et l'Argentine ont pu le faire, pourquoi pas nous ? »

Billy Allen : « Mais nous ne les avons pas laissés s'en tirer comme ça ! »

M. Carson : « Mais ils n'étaient pas assis sur assez de bombes atomiques pour transformer l'hémisphère oriental en parking de supermarché, n'est-ce pas ? Et ils n'avaient pas l'Étoile d'Amérique, n'est-ce pas ? »

Billy Allen : « Si on l'a, c'est pour s'en servir, hein ? »

Newspeak, présenté par Billy Allen

Il ne pleuvait pas encore quand Jerry Reed quitta l'appartement familial de l'avenue Trudaine mais, comme toujours en février, avec l'effet de serre, une averse menaçait et Paris était plongé dans une légère brume glaciale qui transformait le Sacré-Cœur en spectre livide.

Le climat, comme la ville, n'avait pas brutalement changé d'une année sur l'autre mais, par un matin comme celui-ci, où une simple entrevue remettait en jeu près de vingt ans de sa vie, Jerry se trouvait d'humeur inhabituellement méditative tandis qu'il traversait les rues familières vers le métro Pigalle et il prit pour la première fois conscience que le climat hivernal de Paris finissait par ressembler beaucoup à celui du San Francisco de ses souvenirs.

La frontière entre le Xe et le XVIIIe avait elle aussi imperceptiblement évolué. À l'époque où ils avaient acheté l'appartement de l'avenue Trudaine, c'était un quartier relativement bon marché, assez mal famé, et on les avait un peu considérés comme des aventuriers d'aller s'y installer avec deux jeunes enfants.

Puis les agents immobiliers l'avaient baptisé « Montmartre *bis* » et les prix avaient monté, de coquettes boutiques avaient remplacé les magasins crasseux, les produits vendus sur le marché avaient gagné en qualité, la place Pigalle avait vu s'édifier un hôtel moderne, remettre à neuf sa station de métro et s'ouvrir des restaurants de luxe, les sex-shops et life-shows pouilleux avaient cédé la place à un INNO, une FNAC et une mini-galerie à thème érotique, et, sans savoir exactement quand c'était arrivé, Jerry, Sonia et les enfants s'étaient retrouvés dans un quartier à la mode.

Ainsi semblait-il en aller à Paris. Le climat se faisait progressivement plus chaud, le voisinage plus chic, son français s'améliorait peu à peu, et *voilà*, il se retrouvait connu du boulanger, de l'épicier, du teinturier et du bistrot du coin, père de deux adolescents, en train de déambuler sur le boulevard comme un vieux Parisien.

Enfin, c'était l'impression qu'il pouvait avoir en des moments pareils, à l'ombre de la butte Montmartre, loin des éternelles chamailleries de Bob et Franja, loin de Sonia et de ses sornettes idéologiques et, au moins provisoirement, loin de la politique qui avait empoisonné son existence.

La politique ! La *politique politicienne !* Pourquoi ne pouvait-on pas laisser les gens libres de faire ce qu'ils voulaient ?

On l'avait assurément laissé faire ce qu'il voulait durant la phase de conception du projet Icare. Ian Bannister était un ingénieur compétent qui dirigeait son équipe de façon strictement pragmatique, il appréciait l'expérience que Jerry avait de la luge orbitale et ce dernier était heureux comme un poisson dans l'eau.

La *politique politicienne* n'avait pas pointé le nez avant la fin de la phase de recherche, quand le prototype de remorqueur spatial avait été déclaré prêt pour la production et l'équipe de conception dispersée.

Une grande fête avait été organisée dans l'atelier du Bourget pour célébrer l'achèvement du projet. Le bar était dressé sur des tréteaux devant le prototype, le champagne coulait à flots, on avait porté de nombreux toasts au fruit de leur long labeur et tout le monde était un peu parti quand Nicola Brandusi avait pris la parole pour les remercier du travail accompli et annoncer leurs nouvelles affectations.

Bannister était promu directeur de projet adjoint de l'équipe de conception préliminaire d'Espaceville. Kurt Froehmer était chargé de superviser la mise au point du dernier étage du réservoir des fusées Energia. Brizot se voyait confier les systèmes de manœuvre et Constantine le collier d'arrimage du réservoir.

Jerry attendait avec une impatience croissante que Brandusi en arrive à lui. Tous ceux de l'équipe, jusqu'au dernier, semblaient avoir obtenu un poste intéressant sur le projet Espaceville ou les citernes de ravitaillement, et ils le méritaient bien. Mais qu'allait-il lui rester ?

« Alain Parmentier a été nommé ingénieur en chef des essais au sol des systèmes de guidage et de propulsion du projet Icare et Jerry Reed sera son adjoint, promotion assortie d'une augmentation de 500 écus par mois… »

Cet affront avait été annoncé avec un sourire béat, comme s'il s'agissait d'un morceau de choix. Jerry en était resté bouche bée tandis que Brandusi passait en vitesse au suivant de sa liste.

Les essais au sol ! Tester du matériel existant ! Ce n'était pas juste ! C'était une insulte ! Il était concepteur, pas simple technicien du contrôle de qualité ! Sans lui, les systèmes de guidage et de propulsion n'existeraient même pas !

Après avoir terminé son discours, Brandusi évita soigneusement Jerry et il tenta de se débarrasser de lui quand celui-ci l'eut coincé près du bar. Mais Jerry ne se laissa pas faire et, voyant qu'il courait à un vilain déballage public, Brandusi se laissa finalement entraîner dans un coin tranquille où Jerry put donner libre cours à sa colère.

L'Italien se contenta de subir l'orage avec une horripilante urbanité. Il semblait regarder à travers Jerry plutôt qu'il ne le regardait, laissant râler ce dernier jusqu'à ce qu'il finisse par se lasser devant ce manque de réaction.

« Allons, allons, Jerry, dit Brandusi quand celui-ci en eut terminé, ce sera pour vous une expérience très profitable. Parmentier est un bureaucrate et vous serez en fait à la tête du laboratoire ; ce sera l'occasion de faire vos preuves comme chef d'équipe, ainsi qu'un contact direct avec le matériel…

— Tester la qualité d'un matériel que j'ai conçu moi-même ! »

Brandusi lui adressa un sourire niais. « Un matériel que vous avez *aidé* à concevoir, le reprit-il.

— Sans moi…

— Sans vous, cela aurait pris quelques années de plus, votre contribution a effectivement été très utile. C'est pourquoi votre salaire était supérieur à celui de n'importe quel ingénieur d'un âge et d'une expérience comparables... Mais à présent... » Il haussa les épaules. « À présent que les... circonstances particulières n'ont plus cours, eh bien, vous gagnez encore plus que des ingénieurs qui ont beaucoup plus d'ancienneté et il me faut tenir compte de, euh, comment dire, la *justice sociale* de la situation, vous comprenez...

— Et si je refuse de marcher dans ces conneries ? »

Brandusi haussa les épaules, leva les mains au ciel, et ce fut la fin de la conversation. Sonia venait juste de donner naissance à Franja, il n'avait nulle part ailleurs où aller, Brandusi le savait, et il savait aussi que Jerry savait qu'il savait, l'enfoiré.

Il n'y avait qu'un espoir. Il avait repéré André Deutcher au bar. André était alors depuis longtemps sorti de son rôle de chasseur de têtes et d'« expert en transfert de technologie » ; il faisait maintenant partie du consortium soviéto-européen qui construisait et commercialisait le Dédale, depuis longtemps rebaptisé Concordski dans la presse. Il n'était peut-être pas le supérieur de Brandusi, mais il évoluait dans de plus hautes sphères. Son vieux copain André pourrait sûrement lui donner un coup de pouce.

Mais quand il réussit enfin à le coincer, celui-ci se tortilla, secoua la tête, lui adressa un petit haussement d'épaules. « Ça fait longtemps que je ne suis plus dans le circuit, Jerry. Je ne fais même plus partie de la hiérarchie de l'ESA.

— Hiérarchie, mon cul, André ! Tu joues maintenant dans la cour des grands ! Il te suffit de dire un mot et Brandusi n'a qu'à s'incliner ! »

André fronça les sourcils. « Tu me forces à être d'une brutale franchise avec toi, Jerry...

— Ça, au moins, ce sera nouveau ! » répliqua Jerry.

André soupira. « Je crains que tu ne sois la victime d'intérêts supérieurs. La technologie soviétique est déjà fortement intégrée dans le programme de recherche de l'ESA...

— Et alors ? »

André lui jeta un coup d'œil furtif, gêné. « Cela risquerait de déranger inutilement nos partenaires si nous accordions à quelqu'un dans ton genre un accès trop direct à la technologie spatiale soviétique…

— Comment ça, *quelqu'un dans mon genre ?*

— Tu sais bien, dit André, mal à l'aise.

— Pas du tout ! »

André Deutcher soupira. « Un Américain…, dit-il. Quelqu'un qui s'est déjà trouvé impliqué dans, comment dire, une histoire de transfert de technologie… Chose que les Américains auraient tout aussi bien pu lâcher volontairement dans le but d'infiltrer une taupe à l'ESA…

— C'est ridicule !

— Nous sommes d'accord, mais les Russes… » Il haussa les épaules. « *C'est la politique !*

— La politique politicienne », rétorqua Jerry. Son français était peut-être encore assez rudimentaire, mais il en connaissait suffisamment pour faire la distinction typiquement française entre légitime nécessité politique et magouilles bureaucratiques. *« C'est de la merde ! »*

Mais c'était lui qui se retrouvait dedans.

Cela remontait à bien des années, mais l'expression « politique politicienne » était toujours celle qu'il lâchait d'un air méprisant quand quelqu'un essayait de justifier la façon dont l'ESA l'avait traité par les mesquines manœuvres de Strasbourg, les négociations sans fin des détails de l'entrée de l'Union soviétique dans la Communauté européenne, ou encore les agissements des États-Unis au Venezuela.

Mais, inévitablement, Jerry s'était retrouvé impliqué dans un autre genre de manœuvres politiques dont il était devenu malgré lui spécialiste et qui, espérait-il sincèrement en descendant les marches de la station Pigalle, allaient enfin payer aujourd'hui.

Quand il avait récupéré, le lendemain matin, il s'était rendu compte qu'il n'avait pas d'autre solution que d'accepter l'inévitable. Tout comme, plus tard, il avait accepté la place libérée par Parmentier quand son supérieur avait été promu, même si cela signifiait continuer à faire la même chose pour un salaire plus élevé.

Encore une fois, il n'avait pas vraiment eu le choix. Bob avait déjà un an, l'appartement de l'île Saint-Louis commençait à être trop petit et l'augmentation était juste suffisante pour leur permettre de l'échanger contre un quatre-pièces près de Pigalle en s'endettant jusqu'aux yeux.

Deux ans plus tard, il était nommé deuxième assistant responsable de tous les essais au sol, puis premier assistant et finalement chef de service. Ensuite il était devenu ingénieur en chef chargé de la fabrication de prototypes conçus par d'autres pour le projet Espaceville.

Il avait finalement été nommé chef du projet de cargo orbital, ce qui revenait à mettre au point une version agrandie des remorqueurs spatiaux et de grosses palettes de transport que le cargo transférerait jusqu'au site de construction d'Espaceville.

Depuis cinq ans il languissait à ce poste. L'espace était plus loin que jamais, on ne l'avait pas laissé travailler sur une étude de pointe depuis le projet Icare et il finirait peut-être, peut-être seulement, directeur de projet — si l'on trouvait quelque chose d'assez inoffensif à confier à un Américain expatrié.

La seule chose qui avait permis à Jerry de tenir le coup durant cette sombre période était la vision qui lui était venue au tout début, quand il avait quitté Rockwell et la luge orbitale pour travailler sur le projet Icare de l'ESA.

Comme il avait semblé évident à Rob Post que la plate-forme manœuvrable automatisée pouvait être perfectionnée en jeep de l'espace, il avait semblé évident à Jerry que le remorqueur Icare pouvait donner naissance à un vrai croiseur spatial.

L'idée était après tout pratiquement la même.

Il suffisait d'agrandir le système de propulsion. De fixer celui-ci au bout d'un long support passant à travers une espèce de gros réservoir sphérique gonflable. D'accrocher à ce réservoir une charpente avec un système d'attaches, et on pouvait transporter n'importe quelle configuration de modules de passagers ou de marchandises.

Il était ainsi possible de transporter une centaine de passagers jusqu'à Espaceville, ou même jusqu'à la Lune, rapidement et confortablement. Avec un réservoir assez gros, on pouvait rejoindre Mars avec un chargement suffisant pour ravitailler une colonie permanente. Comme il n'y avait pas de limite à la taille du réservoir, il serait même envisageable d'envoyer des expéditions jusqu'à Jupiter. Ce serait un grand bond en avant dans l'espace sans recourir à autre chose qu'une technologie déjà disponible.

Tant qu'il travaillait sur le projet Icare, Jerry n'avait pas donné suite à cette idée, certain que lorsque le remorqueur serait opérationnel il se retrouverait promu à un poste où il pourrait persuader ses supérieurs de lancer officiellement une étude préliminaire dont ils lui confieraient la direction.

Les choses ne s'étant pas passées ainsi, il s'était mis à creuser l'idée chez lui, sachant que personne n'écouterait un simple ingénieur des essais au sol et que, même si on l'écoutait, le projet lui serait retiré. Le moment de dévoiler cette idée viendrait quand l'ESA le remettrait à la conception.

Quand on l'avait, à la place, nommé chef des essais au sol, il s'était mis à en parler dans l'atelier. Il était peut-être simplement chargé de tester le matériel, mais du moins était-il ingénieur en chef, ce qui signifiait qu'il avait sous ses ordres de jeunes ingénieurs disposés à écouter les propos de leur chef, ou au moins à faire semblant.

Assez vite, des membres de son équipe avaient repris l'idée, spéculant sur la façon de modifier le matériel qu'ils testaient pour l'adapter au projet imaginaire, et elle avait commencé à vivre d'une vie propre, d'autant plus qu'après

Espaceville, l'ESA n'avait rien sur ses planches à dessin pour enflammer l'imagination visionnaire de ses jeunes ingénieurs et techniciens.

Un jour, un des jeunes ingénieurs les plus brillants de son équipe, Émile Lourade, un Belge qui avait de l'estime pour son patron américain, lui avait glissé à l'oreille : « Vous savez, Jerry, notre petit projet, on commence à en parler à l'ESA en dehors de notre équipe. C'est en train de devenir une petite légende de l'agence, vous devriez vous méfier…

— Me méfier de quoi, Émile ? »

Ils étaient assis à une petite table de la cafétéria bondée, parlant en anglais au milieu d'une cacophonie de langues où dominait néanmoins, comme partout à l'ESA, le français. Émile se rapprocha et parcourut la salle du regard, l'air exagérément furtif.

Jerry éclata de rire. « Oui, je sais les histoires que racontent les Français sur les Belges, mais…

— On raconte bien pire sur les Américains, et pas seulement les Français, vous êtes sûrement au courant…

— Oui, mais… »

Les rumeurs sur l'entrée de l'Union soviétique dans la Communauté européenne commençaient à courir, Washington brandissait de vagues menaces, le dollar venait d'être à nouveau dévalué pour gêner les porteurs européens de titres américains, l'Étoile d'Amérique était presque complètement déployée et toute la presse européenne ironisait sur « Festung Amerika[1] ». Les Américains, à peu de chose près, étaient tenus en aussi haute estime en Europe que les Européens aux États-Unis.

« Un jour, l'ESA prendra au sérieux cette idée de croiseur spatial, lui dit Émile. Si vous ne veillez pas à ce qu'elle n'ait pas l'air de surgir tout droit du cerveau des bureaucrates de l'ESA, quelle chance pensez-vous avoir qu'ils laissent un

1. En allemand : la forteresse Amérique.

Américain jouer un rôle déterminant dans le projet, sans parler de le nommer à la tête de l'équipe ?

— Quasiment nulle… », avait murmuré Jerry, très touché par la sollicitude d'Émile.

Mais que pouvait-il y faire ?

Sonia grimpait dans la hiérarchie de l'Étoile Rouge, elle touchait déjà un salaire plus gros que le sien ; Jerry discutait rarement de ses problèmes professionnels avec sa femme, c'était trop douloureux et ne pouvait mener qu'à des querelles. Mais cette fois il le fit. Et pour une fois Sonia compatit.

« Ton ami a parfaitement raison ! déclara-t-elle avec force. Il faut prendre immédiatement des mesures pour protéger ta position. C'est la loi d'airain de la bureaucratie… couvrir ses arrières !

— Magnifique ! Et comment suis-je censé faire ?

— Accole ton nom à cette idée dans la presse.

— C'est ça, je devrais peut-être accorder une interview à tes amis de Tass, rétorqua Jerry d'un ton sarcastique.

— Trop marqué politiquement…, dit Sonia avec le plus grand sérieux. J'ai une bien meilleure idée. »

Et elle l'avait mise à exécution. Elle l'avait présenté à un de ses vieux amis journalistes, Pierre Glautier. Ce dernier avait écrit un article intitulé « La Navette de grande croisière », moitié vulgarisation scientifique, moitié portrait, qui avait été publié dans un magazine français de vulgarisation et de science-fiction, *Esprit et Espace*, et voilà, le projet avait une appellation bien française et son propre nom y était associé.

La bureaucratie de l'ESA n'avait pas trouvé ça drôle — d'autant qu'il y avait déjà de la grogne dans les rangs depuis que le projet Espaceville engloutissait l'essentiel du budget de l'Agence au détriment de tout projet un tant soit peu visionnaire — et, comme s'y était attendu Jerry, Nicola Brandusi l'avait convoqué dans son bureau.

Mais cette fois-ci ce fut le tour de Brandusi de tempêter de rage impuissante devant le fait accompli et celui de Jerry de sourire affablement lorsqu'il s'arrêta.

« Voyons, Nicola, dit-il d'un air candide, je pensais que vous seriez ravi. C'est bon pour l'Agence, non ? Ça montre que nous songeons toujours à l'avenir, surtout avec les bruits qui commencent à courir sur l'ESA, qui serait si bien embourbée dans Espaceville qu'elle abandonnerait le reste du système solaire aux Russes… »

Brandusi parut se laisser prendre à cet étalage de naïveté. « Les employés de l'ESA ne sont pas censés discuter sans autorisation des projets de l'Agence avec la presse, vous êtes sûrement au courant, Jerry…, dit-il du ton exagérément patient de celui qui s'adresse à un demeuré.

— Bien sûr, répondit Jerry, la bouche en cœur. Mais je croyais que ce n'était qu'une de mes idées farfelues. Vous me dites que c'est un projet officiel de l'ESA ?

— Non, cela n'a jamais été envisagé officiellement ! rétorqua Brandusi.

— Alors quel mal y a-t-il à en parler ? Je veux dire, si vous l'enterrez maintenant, est-ce que ça ne paraîtra pas un projet de l'ESA plutôt qu'un de mes violons d'Ingres ?

— Non ! Si ! Aaaah ! » Brandusi roula les yeux au ciel d'un air exaspéré mais, comme Jerry le savait bien, il ne pouvait rien faire, toute tentative d'étouffer l'affaire n'aurait fait qu'empirer les choses. On ne pouvait désormais plus l'écarter du projet ni le mettre à la porte.

Bien sûr, ils pouvaient exercer une vengeance bureaucratique, et ils ne s'en privèrent pas.

Alors que Jerry était devenu un héros pour les échelons inférieurs de l'Agence comme « père de la Navette de grande croisière », le pouvoir en place le maintint au poste d'ingénieur en chef des essais au sol longtemps après que toute son équipe initiale, Émile Lourade compris, eut été promue dans d'autres services.

Et quand il fut enfin promu ingénieur en chef du service de fabrication des prototypes, ce fut principalement grâce aux pressions internes de gens comme Émile, qui râlaient de plus en plus fort contre la politique budgétaire tendant à faire de l'ESA un simple instrument du consortium de construction d'Espaceville, que ces « Cadets de l'espace », comme ils s'appelaient eux-mêmes par provocation, accusaient de vider de sa sève le programme spatial européen.

Jerry se retrouva de plus en plus partie prenante du mouvement des Cadets de l'espace, prenant la parole lors de séminaires officieux, se montrant de temps en temps à des conventions de science-fiction, donnant à l'occasion une interview à la presse, jusqu'à devenir l'homme clé du projet de Navette de grande croisière, peut-être pas entièrement contre son gré, mais certainement au détriment de ses espoirs d'avancement.

Car plus les Cadets de l'espace prenaient fait et cause pour le projet contre la volonté de la bureaucratie, plus celle-ci reportait sa mauvaise humeur sur la cible la plus évidente, le parrain des Cadets de l'espace et père de la Navette de grande croisière, l'Américain au cœur de la place, Jerry Reed.

Finalement, lorsque des Cadets de l'espace comme Émile Lourade, Gunter Schmitz, Franco Nuri et Patrice Corneau se furent frayé un chemin vers les cercles dirigeants, le mouvement acquit suffisamment d'influence au sein de l'Agence, sinon pour imposer une étude de la Navette, du moins pour faire enfin revenir leur mentor dans les bureaux d'études.

Mais les dirigeants plus haut placés y avaient mis leur vicieux petit grain de sel, le nommant ingénieur en chef du projet de cargo orbital, poste où, avec une ironie qui n'échappa à personne, il se retrouvait obligé, pour l'essentiel, de perdre son temps et son énergie à *réduire* l'idée visionnaire de Navette de grande croisière à un simple véhicule automatique destiné à transférer des matériaux de construction vers Espaceville.

Peut-être espéraient-ils le pousser à démissionner de l'Agence, complètement dégoûté, peut-être voulaient-ils simplement remettre symboliquement à leur place les Cadets de l'espace et leur projet fétiche mais, dans un cas comme dans l'autre, Jerry n'avait pas d'autre point de chute et il se résigna une fois de plus à l'inévitable, faisant le dos rond et attendant son heure.

Et maintenant, enfin, son infinie patience semblait devoir être récompensée.

Les négociations entre les Russes et le Parlement de Strasbourg avaient atteint un point où l'entrée de l'Union soviétique dans la Communauté européenne était devenue inévitable. Seuls restaient à régler quelques points de détail.

Entre autres celui de savoir jusqu'à quel point les programmes spatiaux soviétique et européen fusionneraient et quelle serait la contribution financière de chacun. Les Russes faisaient quelques difficultés à ce sujet.

L'ESA attendait énormément des Russes. Ils avaient quatre grands cosmograds en orbite et de nouveaux lanceurs pouvant emporter une charge double des vieilles fusées Energia. Ils avaient établi une base scientifique permanente sur la Lune. Ils envoyaient expédition sur expédition vers Mars et envisageaient d'y installer une base permanente.

L'Europe n'avait pas grand-chose à offrir en échange. Les Soviétiques étaient déjà associés à la construction du Concordski. Les réservoirs orbitaux étaient du matériel russe modifié, Espaceville était bricolée de même. Il était donc compréhensible que les Soviétiques rechignent à participer à un projet où ils n'avaient rien à gagner en matière de technologies nouvelles. La seule chose, ou presque, que l'Europe eût à offrir était un budget commun dont le programme soviétique serait le principal bénéficiaire, ce qui produisait sur les parlementaires de Strasbourg l'effet que l'on peut imaginer.

C'était alors qu'Émile Lourade avait fait son mystérieux voyage à Strasbourg.

Il s'était à cette époque hissé au poste de directeur de la section de recherche avancée, la plus haute fonction à laquelle fût parvenu un des Cadets de l'espace, ce qui ne signifiait pas grand-chose, aucune recherche avancée n'étant en cours, et il n'y avait aucun espoir d'en voir inscrire au budget pour les années à venir.

Personne ne savait ce qui s'était vraiment passé. Émile avait apparemment fait ce voyage de sa propre initiative. Il était resté une semaine à Strasbourg. Il avait déposé à huis clos devant des commissions parlementaires. Il avait rencontré des ministres.

Quand il était rentré à Paris, tout le monde s'attendait que le directeur de l'Agence, Armand Labrenne, le mette à la porte pour insubordination. Mais, à l'étonnement général, Labrenne avait annoncé une semaine plus tard sa soudaine retraite pour « raisons de santé » et Émile Lourade avait été nommé directeur de l'Agence spatiale européenne.

Et, deux jours après, Jerry Reed avait été convoqué par son vieil ami et protégé.

Il pleuvait quand Jerry arriva au siège de l'ESA, mais il en aurait fallu davantage pour assombrir son humeur. S'il ne pouvait imaginer ce qu'Émile Lourade avait bien pu raconter aux politiciens pour se faire nommer directeur, il savait à coup sûr de quoi il allait l'entretenir.

Que l'une des premières décisions directoriales d'Émile fût de convoquer le père de la Navette de grande croisière ne pouvait signifier qu'une chose. Assurément, qu'un Cadet de l'espace eût remplacé Labrenne si rapidement après ce qui s'était passé à Strasbourg était assez significatif : l'Agence allait changer d'orientation.

La Navette de grande croisière allait enfin devenir un projet officiel de l'Agence spatiale européenne.

Et, bien sûr, Émile allait le nommer ingénieur en chef, ou peut-être même directeur de projet.

Que son rêve fût sur le point de se réaliser n'était que justice, mais que la bonne nouvelle vînt de son vieil ami, ça, c'était la crème de cacao sur son bol de Häagen-Dazs.

Dimitri Pavlovitch Smerlak a eu aujourd'hui des mots très durs pour ceux qui se laisseraient aller à de mesquines considérations chauvines lors des négociations.

« L'attribution par nationalités de sièges soviétiques au Parlement européen ne peut être et ne sera pas un sujet de discussion entre la Communauté européenne et le gouvernement soviétique, a déclaré le Président. Le spectacle des Ukrainiens et des Kazakhs faisant le siège de leur propre ambassade à Genève est lamentable. Ils ne recourent à ce genre de tactique honteuse que parce qu'ils n'ont aucune chance de truquer les quotas nationaux au Soviet suprême démocratiquement élu. Et nous ne permettrons jamais que la loi électorale soviétique puisse être sujette à révision par le Parlement européen. »

Vremia

Sonia Ivanovna Reed traversa en hâte le pool des secrétaires pour gagner son bureau au milieu des sourires et des hochements de tête ; elle était encore une fois en retard pour avoir dû mettre fin aux chamailleries de Robert et Franja à la table du petit déjeuner.

« Bonjour, Sonia.

— Bonjour, camarade Gagarine. »

Les esclaves informatiques l'appelaient « Sonia » s'ils étaient là depuis assez longtemps et « camarade Gagarine » s'ils étaient nouveaux, car Sonia avait depuis longtemps pris l'habitude de se faire appeler « Sonia Ivanovna Gagarine » à son travail, comme si cela pouvait résoudre ses problèmes avec les insaisissables Mandarins de Moscou.

Il était autrefois possible de reconnaître sans risque d'erreur les commissaires du Parti ou les membres du K.G.B., leurs souhaits étaient alors d'une brutale évidence et les sanctions douloureusement claires. Mais, depuis le Printemps russe, cela ne se faisait tout simplement pas de rappeler à quiconque la nature gouvernementale de l'Étoile-Rouge.

D'où le Mandarinat moscovite, nébuleux niveau intermédiaire entre les cercles gouvernementaux officiels et la haute direction de l'Étoile-Rouge. Officiellement, bien sûr, il n'existait rien de tel : l'Étoile-Rouge était une entreprise indépendante légalement établie en Europe communautaire, dont le principal actionnaire se trouvait simplement être le gouvernement soviétique. Officiellement, toutes les décisions étaient prises par son propre conseil d'administration.

Mais en pratique c'était une émanation de l'État soviétique, inextricablement liée aux bureaucraties du gouvernement et du Parti. On ne pouvait jamais déterminer qui ou quoi, à Moscou, tirait quelle ficelle, mais les Mandarins n'avaient aucune difficulté à répercuter leur mécontentement jusqu'au bas de l'échelle.

Sonia disparut dans ce qu'elle considérait toujours comme son *nouveau* bureau, ferma la porte derrière elle et s'effondra dans son fauteuil pivotant. Il y avait sur son bureau une machine à café, un élégant vidéotel et un fouillis de lettres et de feuillets d'imprimante. Elle brancha la cafetière et attendit impatiemment les 90 secondes nécessaires sa première tasse de la journée.

L'Étoile-Rouge avait peut-être construit son propre immeuble sur l'avenue Kennedy, dans le quartier toujours chic du Trocadéro, mais la directrice adjointe du service de stratégie économique n'avait toujours pas droit à un grand bureau avec une vraie vue. Malgré tout, elle avait ce petit bureau pour elle toute seule et il *possédait* une fenêtre d'où l'on apercevait, derrière le coin de l'immeuble Sony voisin, un petit bout de Seine.

Il lui avait fallu assez longtemps pour en arriver là ! Si elle n'était pas tout à fait en disgrâce, elle savait parfaitement bien qu'elle patinait depuis longtemps sur une mince couche de glace bureaucratique, car elle n'avait enfin accédé à ce poste qu'à l'ancienneté, ce qui n'était pas l'habitude dans la méritocratie de l'Étoile-Rouge.

De droit, elle aurait dû être depuis longtemps *chef de service* ; elle était à la stratégie économique depuis plus longtemps que quiconque, elle connaissait beaucoup mieux la France que n'importe lequel des lèche-bottes parachutés de Russie au-dessus d'elle et elle ne devait qu'à Jerry de n'avoir pas obtenu l'avancement qu'elle méritait.

Cela avait une fois de plus été douloureusement clair deux mois plus tôt, quand ils avaient fait venir Ilya Pachikov de Moscou pour être son chef de service au lieu de lui donner la place quand Gorski était parti pour Londres.

En fait, Pachikov lui-même avait semblé plutôt gêné lors de leur première rencontre. Il avait reconnu avec une assez agréable franchise que c'était elle qui aurait dû se trouver derrière le grand bureau de noyer. « Mais, vu les circonstances… », avait-il dit sans vraiment la regarder en face. Et elle n'avait pas eu la grossièreté de le forcer à préciser sa pensée.

Elle ne savait que trop qu'elle était au placard pour des raisons politiques. Bien sûr, on lui avait donné sa carte du Parti, sinon elle ne serait jamais arrivée là, mais sa kharakteristika était pleine de taches grises de belle taille, voire une vraiment grosse, bien noire.

Elle n'avait jamais travaillé en Union soviétique. Elle avait obtenu ce poste envié à Paris grâce à de sombres manœuvres politiques, ce qui, si cela laissait favorablement augurer de ses talents de négociatrice, rendait légèrement suspecte sa loyauté politique.

En outre, elle était mariée à un Américain qui, bien que considéré comme un traître par Washington, était toujours assez perversement américain pour refuser à ses enfants le bénéfice de la nationalité soviétique.

Elle avait fait des scènes à Jerry pendant des semaines, après la nomination de Pachikov, mais il n'avait rien voulu savoir. Son regard se voilait, il marmonnait « *politique politicienne* » et redisparaissait dans les espaces intersidéraux.

Le café coula dans la tasse en gargouillant. Sonia en avala la moitié. Pourquoi n'arrivait-il pas à comprendre ? Ça aurait pu être si *facile*. Ce n'était pas comme si elle lui demandait, à lui, de renoncer à la nationalité américaine. Tout ce qu'il avait à faire, c'était laisser Robert et Franja devenir citoyens soviétiques, comme c'était leur droit.

Mais non…

L'intercom bourdonna. « Ici Ilya, où étais-tu, Sonia, j'ai…

— Désolée, camarade Pachikov, les enfants…

— Oui, oui… euh, veux-tu venir tout de suite dans mon bureau…

— Si tu veux bien me laisser quelques minutes pour préparer l'état…

— Laisse tomber l'état journalier pour le moment, nous verrons ça après le déjeuner. Il s'agit d'autre chose. »

Cela ne disait rien de bon à Sonia et, lorsqu'elle entra dans le bureau de son supérieur, l'expression d'Ilya Pachikov ne lui plut pas davantage…

Ses rapports avec Pachikov étaient particuliers, plutôt tendus, mais pas autant qu'ils auraient pu l'être.

Pachikov était de quelques années plus jeune que Sonia, avec de longs cheveux blonds élégamment coiffés à la dernière mode, des yeux bleu clair et des traits taillés à la serpe, presque tartares. Il portait ses coûteux vêtements comme un mannequin et se déplaçait comme un danseur. C'était un gracieux animal, Sonia ne pouvait s'empêcher de le trouver séduisant et, bien sûr, il le savait.

Il aurait été insupportable s'il l'avait fait sentir, mais Ilya Pachikov était un parfait sybarite eurorusse ; en fait, étant donné que c'était son premier poste en dehors de l'Union soviétique, il se donnait beaucoup de mal pour y arriver.

Pachikov était l'un des enfants chéris des Mandarins ; ce qui semblait à Sonia le couronnement longtemps refusé d'une carrière bureaucratique ordinaire n'était pour lui qu'une étape de sa rapide ascension vers le sommet de la hiérarchie de l'Étoile-Rouge, ou plus haut. Ilya Pachikov avait indéniablement des *relations*.

Si Sonia était surqualifiée pour être son adjointe, Pachikov était légèrement sous-qualifié pour être directeur du service de stratégie économique ; l'un de ses charmes était que cela avait l'air de l'ennuyer, du moins en présence de Sonia. Il se reposait sur elle pour préparer les rapports et les études de stratégie qu'il présentait au directeur de l'agence parisienne comme étant de lui et laissait occasionnellement paraître la gêne qu'il en éprouvait.

Pour le moment, Pachikov avait l'air embarrassé, mais avec quelque chose de furtif absolument pas dans son style.

« Encore des problèmes avec Robert et Franja ? » demanda-t-il en lui versant un verre de thé au samovar.

Sonia haussa les épaules. « Les chamailleries habituelles entre frère et sœur, tu connais les adolescents ! »

Il haussa les épaules à son tour. « Je crains que non, malheureusement, célibataire comme je suis…

— Oui, je sais, répondit sèchement Sonia, et c'est pour toi un lourd fardeau. »

Ilya rit. « Je m'arrange pour survivre, avec l'aide de mes amies.

— Je suppose que tu ne m'as pas fait venir pour discuter de mes enfants ou de ta vie sentimentale, Ilya Sergeïovitch… »

Pachikov fronça les sourcils. « Comme tu le sais, je ne suis pas homme à m'immiscer dans tes problèmes personnels, mais…

— Mais ? »

Il tambourina nerveusement du bout des doigts sur son bureau. « Ça ne vient pas de moi, comprends-tu, je trouve ça assez embarrassant…, marmonna-t-il en détournant les yeux.

— Je viens d'inventer un vieux proverbe russe : “Quand on a un étron dans la bouche, mieux vaut l'avaler immédiatement ou le recracher tout de suite.” »

Pachikov rit. « C'est au sujet du nouveau directeur de l'Agence spatiale européenne… », lâcha-t-il.

Sonia dressa l'oreille, attendant la suite.

« Émile Lourade… C'est un vieil ami de ton mari, non ? »

Son instinct retint Sonia de dire : *Jerry doit se trouver en ce moment même dans son bureau.* Elle dit à la place : « Oui, si on veut…

— Il se passe quelque chose de bizarre à l'Agence spatiale européenne. En tant qu'épouse de Jerry Reed, tu ne l'ignores certainement pas…, dit lentement Pachikov.

— Tu veux parler de la nomination d'Émile Lourade ? »

Pachikov acquiesça. « Il se rend à Strasbourg, apparemment à l'insu d'Armand Labrenne. Il rencontre des ministres et des députés. Il dépose à huis clos devant des commissions parlementaires sans que le K.G.B. puisse savoir ce qui s'est dit. Quand il rentre à Paris, Labrenne démissionne, soi-disant pour raisons de santé, alors que d'après son dossier médical, que le K.G.B. a *pu* se procurer, il est solide comme un roc, et Lourade le remplace…

— Et alors ?

— Alors tu vas me dire…

— Te dire quoi ?

— Ce qui s'est passé.

— Je ne comprends pas…

— Nous non plus. C'est bien là le problème.

— Je ne voudrais pas avoir l'air d'une idiote, Ilya Sergeïovitch, mais je ne comprends pas. Qu'est-ce que l'Étoile-Rouge a à voir là-dedans ? »

Pachikov tambourina à nouveau sur le bureau. « L'Étoile-Rouge n'est peut-être pas officiellement partie prenante dans les négociations sur l'entrée de l'Union soviétique dans la Communauté européenne mais, comme tu le sais, il nous est de temps en temps… demandé de procurer des renseignements à divers organismes…

— Comme le K.G.B. ?

— Pas cette fois, dit vivement Pachikov. La requête vient du ministère de l'Espace. Ce sont eux qui mènent les négociations sur les conditions de la fusion des programmes spatiaux soviétique et européen lors de notre adhésion à la Communauté. Ces négociations en sont à une phase assez délicate à propos des contributions au budget et maintenant… *ça* !

— Maintenant *quoi ?*

— C'est précisément ce que nos négociateurs aimeraient savoir le plus vite possible ! s'écria Pachikov.

— Ce genre de chose est certainement davantage du ressort du K.G.B. que de notre service de stratégie économique… »

Pachikov haussa les épaules et il retrouva son air furtif du début de la conversation. « En temps ordinaire, ce serait vrai. Mais vu les circonstances…

— Vu quelles… » Sonia s'arrêta court.

« Oh », dit-elle plus doucement.

Ilya Sergeïovitch poussa un gros soupir de soulagement. Il haussa à nouveau les épaules. « Pour présenter les choses avec tact, dit-il en joignant les mains, le ministère de l'Espace a officiellement demandé à notre service un rapport sur la soudaine ascension d'Émile Lourade, en insistant particulièrement sur tout changement d'orientation qui pourrait affecter les négociations… Il a été suggéré que… tu prépares personnellement ce rapport… eu égard aux… sources privilégiées dont tu disposes… »

Il s'interrompit, baissa la tête, puis la regarda droit dans les yeux pour la première fois de leur entretien. « Nous nous sommes bien compris, n'est-ce pas, Sonia Ivanovna… *Reed ?* » dit-il doucement.

Sonia le regarda sans ciller. « Je crains que oui, Ilya Sergeïovitch Pachikov, répondit-elle sur le même ton.

— Je ne peux pas t'ordonner de faire une telle chose, Sonia, ajouta-t-il d'un ton plus amical. Il n'y aura pas de sanctions officielles si tu refuses, bien sûr, mais… »

Il haussa encore les épaules et leva les mains au ciel en un geste très français. « Mais, pour te parler en ami, tout ce qu'on te demande, après tout, c'est un rapport sur de banals propos autour de la table familiale, pour le bien de ton pays. »

Sonia continuait à le dévisager. « Et si j'accepte ? demanda-t-elle avec une froideur qui la surprit elle-même.

— Cela fera bonne impression dans ta kharakteristika, je peux te l'assurer, et c'est ton supérieur hiérarchique qui te le dit. Mais, pour te parler en ami, Sonia Ivanovna, nous savons tous les deux à quel point tu en as besoin. »

PREMIERS INDICES D'UNE CIVILISATION EXTRATERRESTRE ?

Un porte-parole officiel de la section d'astronomie de l'Académie des sciences soviétique a mis en garde contre les conclusions hâtives répercutées dans la presse à propos des anomalies détectées lors des observations de la quatrième planète de l'étoile de Barnard récemment découverte par des astronomes du cosmograd Copernic.

« Oui, il s'agit bien d'un corps solide, pas d'une géante gazeuse miniature, oui, les émissions lumineuses de la face nocturne proviennent manifestement de sources à la surface de la planète, et oui, il y a assurément un halo régulier de corps de moyennes dimensions en parfaite orbite géostationnaire, a déclaré le Pr Pavel Boudarkine. Mais il serait totalement prématuré d'annoncer sur la base d'indices aussi indirects que nous avons découvert une civilisation extraterrestre. »

Tass

Le bureau d'Émile Lourade était un vrai chantier. Il y avait un peu partout des cartons à moitié déballés, les étagères croulaient sous les livres, dossiers et disquettes en attente de rangement, il s'en entassait autant sur le bureau et sur les trois chaises et, sur la table de conférence, une demi-douzaine de photos encadrées attendaient d'être accrochées au mur. Le nouveau directeur de l'ESA était assis en manches de chemise, l'air de n'avoir pas eu le temps ou le goût de mettre son bureau en ordre avant de passer aux choses sérieuses.

Mais Jerry eut un large sourire en voyant le seul élément personnel de décoration qu'Émile avait pris la peine d'accrocher au mur… un agrandissement encadré de l'illustration de l'article qui avait présenté au monde, tant d'années plus tôt dans *Esprit et Espace,* la Navette de grande croisière.

« Assieds-toi, Jerry, assieds-toi, dit Émile, débarrasse-toi une chaise en jetant par terre ce qu'il y a dessus. »

Jerry suivit son conseil en riant et s'assit. « Et voilà, dit Émile Lourade avec un sourire en coin et un petit haussement d'épaules. J'ai fait du chemin depuis l'atelier de contrôle de la qualité, n'est-ce pas ?

— De l'avis général, tu as fait du chemin depuis l'endroit où tu te trouvais il n'y a que quelques semaines, Émile. Qu'as-tu bien pu faire à Strasbourg ?

— J'ai vu passer la chance qui ne se présente qu'une fois dans la vie, j'ai tout misé, répondit Émile d'un ton beaucoup plus sérieux. Et j'ai gagné.

— Apparemment, dit Jerry d'un ton sec, sinon Labrenne aurait eu ta tête au lieu d'un soudain accès de mauvaise fièvre. Qu'as-tu bien pu raconter à ces foutus politiciens ?

— Que je connaissais la seule façon d'inciter les Russes à mettre dans le budget commun plus d'argent qu'ils n'en tireront pour leurs projets. »

Jerry jeta un coup d'œil à l'illustration de la Navette, puis reporta son regard sur Émile Lourade, gagné par l'euphorie.

Émile hocha la tête. « Quoi d'autre ? dit-il. Du point de vue russe, Espaceville n'est qu'une occasion d'engranger de l'argent sans aucun risque financier, en nous vendant des modules cosmograd et des vieilles fusées Energia. Ils nous trouvent cinglés d'investir là-dedans l'essentiel de notre budget et ne souhaitent certainement pas y participer. »

Il haussa les épaules, adressant un sourire torve à Jerry. « Ce n'est pas nous, Cadets de l'espace, qui allons leur donner tort, non ? La seule raison pour laquelle leurs responsables du programme spatial acceptent de parler d'un budget commun, c'est que les politiciens des deux côtés insistent pour qu'ils s'entendent avec nous dans le cadre du traité d'adhésion de l'Union soviétique à la Communauté européenne. Du point de vue de Moscou comme de celui de Strasbourg, l'espace n'est qu'une infime partie d'un tout bien plus important et, si nos deux agences spatiales n'ont pas conclu un accord sur le fond avant que le traité ne soit prêt pour la signature, les politiciens nous imposeront leurs propres conditions…

— *Politique politicienne* », murmura Jerry.

Émile Lourade fronça les sourcils. « C'était aussi l'attitude d'Armand Labrenne. Et c'est pourquoi je suis ici et plus lui. Nous devons apprendre à parler le langage des politiciens. Et nous devons aussi apprendre à mettre leurs équations en facteurs. »

Un changement semblait être survenu chez Émile Lourade. Ce n'était plus le jeune Émile qui avait travaillé sous ses ordres ; c'était le directeur de l'Agence spatiale européenne.

« Labrenne exigeait que les Russes participent au budget commun à concurrence de 50 %, ce qui correspondrait pour nous à un allégement significatif du coût d'Espaceville. Les Russes refusent d'aller au-delà de 25 %, faisant financer au contraire par l'Europe une bonne part de leur programme. Le traité sera prêt dans quelques semaines et Strasbourg ne peut pas accepter que ce détail mineur vienne lui mettre des bâtons dans les roues. Si les Russes se contentent de rester assis sans desserrer les dents, ils savent qu'ils finiront par obtenir à peu près tout ce qu'ils veulent. »

Lourade eut une moue de mépris. « Labrenne était un imbécile de croire qu'il pourrait faire lanterner les Russes, ils ont le cul taillé dans la pierre depuis Gromyko et Vychinski.

— Et c'est ce que tu as dit aux politiciens de Strasbourg ? »

Lourade acquiesça. « Je leur ai dit qu'il nous fallait sortir une nouvelle carte de notre manche *tout de suite* et que, par chance, nous en avions une qui n'attendait que le déblocage des crédits…

— La Navette de grande croisière… »

Émile Lourade arbora un large sourire. « C'est un projet qui intéresse vraiment les Russes et on peut les obliger à une forte contribution financière. Qui plus est, au sein d'un programme conjoint, le projet trouve enfin une justification économique qu'il n'a jamais eue pour nous…

— Quoi ? s'écria Jerry. Mais tu as toujours été d'accord pour dire que…

— Que c'était un programme visionnaire constituant le prochain pas de l'homme dans le système solaire, dit froidement Lourade. Mais pour l'ESA, ce serait recommencer l'aventure d'Espaceville, en pire ! Pourquoi penses-tu que nous n'avons jamais réussi à le faire financer ? Parce que les politiciens sont tous des imbéciles ?

— L'idée m'a parfois effleuré l'esprit », dit sèchement Jerry.

Lourade poussa un soupir. « Tu as toujours été vraiment *naïf*, hein, Jerry ? Que ferions-nous de Navettes de grande croisière ? Nous avons déjà le Concordski, Icare et les cargos automatiques, ce qui revient à dire que nous avons en place un système logistique complet pour Espaceville…

— Tu es cinglé, Émile ? coupa Jerry. Avec la Navette, nous pourrions avoir notre base lunaire, coloniser Mars, nous rendre dans la Ceinture d'astéroïdes, sur Jupiter et Titan…

— Et comment serions-nous censés payer tout ça après avoir englouti pendant des années la plus grosse part de notre budget dans la Navette ? Quel bénéfice aurions-nous à faire valoir en contrepartie de ces sommes énormes ?

— Je n'avais jamais pensé à ça…, murmura Jerry.

— Eh bien, à Strasbourg ils y pensent, tu peux en être certain ! dit Lourade d'une voix dure. Labrenne n'a jamais été opposé à la Navette. Comment quiconque se sentant suffisamment concerné par notre avenir dans l'espace pour travailler à l'Agence n'en serait-il pas tombé amoureux ? Mais personne n'a jamais osé demander des crédits pour ça parce que *tout le monde* savait que les responsables politiques n'en auraient jamais voulu.

— Jusqu'à toi, Émile. Jusqu'à maintenant. »

Émile Lourade se carra dans son fauteuil, croisa les mains derrière sa tête et eut un sourire satisfait. « Pas même moi jusqu'à ce que les négociations avec les Russes soient dans cette impasse. J'ai alors compris que la fusion des programmes spatiaux soviétique et européen allait tout changer. La N.G.C. s'intègre parfaitement dans *leur* programme. Ils ont déjà sur la Lune une base scientifique qu'ils veulent faire évoluer en véritable colonie. Ils sont allés sur Mars et projettent d'y établir une base permanente. Ils rêvent d'aller sur Jupiter. Ils ont commandé une étude de faisabilité préliminaire sur la terraformation de Mars à l'aide de glace arrachée aux lunes de Jupiter. Pour eux, la chose est rentable. La N.G.C. met le système solaire à leur portée.

— C'est *ça* que tu as dit à Strasbourg ? » s'exclama Jerry. La tête lui tournait.

« Bien sûr, répondit Lourade. La semaine prochaine, le Parlement européen allouera un crédit supplémentaire pour subventionner officiellement la Navette de grande croisière. Et puisque, grâce à toi, cette étude est déjà bien avancée, nos négociateurs la présenteront aux Russes comme notre apport. S'ils veulent que la fusion se fasse, il leur faudra accepter de participer à concurrence d'au moins 40 % au programme spatial commun, sinon la Navette reste dans les cartons. Ce sera notre dernière offre, à prendre ou à laisser.

— Seigneur », gémit Jerry. Le rêve de sa vie allait devenir réalité ; pourquoi se sentait-il donc l'estomac noué ?

Émile se pencha en avant et le regarda d'un air intrigué. « Que se passe-t-il, Jerry ? C'est ce dont nous rêvons depuis des années !

— Euh, oui, mais... mais... » Des Navettes de sa conception ouvrant le système solaire, se rendant sur Mars, Jupiter et Saturne, une ville sur la Lune, une colonie sur Mars, tout ce dont il avait toujours rêvé... mais... mais...

« Vous allez leur donner tout ça, à *eux ?* s'écria-t-il.

— *Eux ?* s'étonna Émile.

— Ces putains de Russes ! »

Émile Lourade le regarda attentivement. « Tu ne lis pas les journaux, Jerry ? *Eux* c'est *nous*, ou ça le sera bientôt ! Nous n'allons pas exporter nos vieux réflexes chauvins dans le système solaire, nous allons y construire ensemble l'avenir en tant qu'*Européens !*

— *Nous... ?* dit lentement Jerry. *En tant qu'Européens ?* »

Lourade haussa les épaules. « En tant que race humaine, si tu préfères, dit-il avec une légère brusquerie. *Mon Dieu*, Jerry, c'est *toi* qui as cru suffisamment fort en ce rêve pour quitter ton pays et venir travailler ici ! Après tout ce que tu as subi, tu ne vas pas me dire que tu ne veux pas y avoir ta part, maintenant qu'il est près de se réaliser, parce qu'il faudrait partager avec les Russes ! Sans les Russes, ce ne serait pas possible. Tu es *marié* à une Russe ! Tu vas me dire tout d'un coup que tu es devenu un chauvin de Yankee ?

— Non..., marmonna tristement Jerry. Bien sûr que non. Je suis ton homme, Émile. »

Non, ce n'était pas par sentiment antirusse qu'il avait envie de pleurer à l'heure de son triomphe. Il allait construire ses Navettes qui leur permettraient de se rendre sur la Lune, sur Mars, les lunes de Jupiter… la grande aventure allait vraiment commencer.

Cette exaltante vision lui mettait à la bouche le goût de la crème de cacao sur la glace au chocolat et ce souvenir lui évoqua une autre vision, l'image granuleuse du paysage lunaire qui se rapprochait.

Et il entendit les glorieuses paroles par-delà les années comme par-delà le vide et les parasites : « L'Aigle s'est posé. »

Il sut alors que ce n'était pas sur lui qu'il pleurait dans son cœur.

Pour la première fois depuis qu'il en avait abandonné les rivages pour se mettre au service de la vision qui allait bientôt se réaliser, Jerry Reed pleurait sur ce qu'avait autrefois été l'Amérique.

« Ça va bien, Jerry ? » demanda Émile Lourade d'une voix beaucoup plus douce, et pendant un instant le directeur de l'ESA redevint le jeune Émile qui regardait son mentor avec une inquiétude amicale. « Tu marches avec nous ?

— Bien sûr que oui, Émile », dit vivement Jerry. Et d'une façon, se dit-il, qu'un Européen comme toi ne pourra jamais comprendre.

« Bien. Sans toi, les choses n'auraient pas été vraiment complètes. » Et il redevint le directeur, appuyant sur son intercom pour dire d'un ton autoritaire : « Vous pouvez faire entrer Patrice Corneau. »

Jerry se leva pour accueillir Corneau et se laissa embrasser sur les deux joues, à la française, coutume à laquelle il avait fini par s'habituer malgré son embarras, du moins s'il s'agissait d'autre chose que d'une simple connaissance.

Corneau, comme Lourade, était un ex-Cadet de l'espace ; il avait longtemps travaillé sous les ordres de Jerry à l'atelier d'essais et sur les prototypes, avant de s'élever rapidement. C'était à l'époque un jeune ingénieur dégingandé qui s'habillait n'importe comment, avec une toison noire indisciplinée et un étui plein de stylos dans sa poche de poitrine. Il était maintenant ingénieur en chef adjoint du projet Espaceville, faisait couper ses cheveux striés de gris par un grand coiffeur et portait un élégant costume tilleul.

« Tu travailles avec nous sur la N.G.C., bien sûr, Jerry ? dit Patrice en s'asseyant.

— *Nous ?* dit Jerry. Tu laisses tomber Espaceville, Patrice ? Mais je croyais que tu étais sur les rangs pour le poste de directeur de projet... » Il était très touché que Corneau fût apparemment prêt à renoncer à une telle occasion de carrière pour travailler sous ses ordres.

Corneau lança un coup d'œil surpris à Lourade. Le directeur le regarda à son tour d'un air furtif et gêné.

« Tu ne lui as pas dit, Émile ?

— Dit quoi ? demanda Jerry.

— J'ai nommé Patrice chef du projet N.G.C., Jerry », dit Émile Lourade d'un ton égal.

Les mots frappèrent Jerry comme un coup à l'estomac. Pendant un long moment, il demeura pétrifié sur sa chaise à regarder stupidement son directeur dans les yeux. Lourade le regardait tout aussi fixement, le visage indéchiffrable.

Le temps semblait s'écouler au ralenti tandis que Jerry essayait de reprendre ses esprits. Lourade lui laissa tout son temps et cela permit à Jerry d'appréhender la réalité la tête froide avant de parler.

« Eh bien, Émile, il serait malhonnête de dire que je ne suis pas un peu déçu », finit-il par déclarer, puis il réussit à esquisser un faible sourire. « Mais je suppose que tu as raison. Je suis un ingénieur de terrain, pas un administrateur — je ne l'ai jamais été et je suppose que je ne le serai jamais... »

Il se tourna vers Patrice Corneau. « *Pas de problème,* Patrice. Qu'importe si j'ai autrefois été ton supérieur ? Je serai heureux de travailler sous tes ordres comme ingénieur en chef, sincèrement. » Et il lui tendit la main.

Et tandis que Patrice Corneau la serrait, un peu hésitant,

Jerry s'aperçut, à sa propre surprise, qu'il pensait vraiment ce qu'il avait dit. Après tout, il n'aurait pas trop apprécié de se battre pour des crédits et de négocier avec des sous-traitants.

En un sens, se dit Jerry, je devrais avoir de la peine pour *Patrice*. C'est lui qui va devoir se démener avec toute la merde et moi qui vais en retirer tout le plaisir.

« Je crains que non, Jerry, dit Émile Lourade d'un air triste.

— *Quoi ?*

— Je crains de ne pas pouvoir non plus te nommer ingénieur en chef », dit le directeur de l'Agence spatiale européenne, les yeux rivés sur son bureau pour éviter le regard de Jerry. « Comprends ma position…

— Ça serait à *moi* de comprendre ta putain de position ! hurla Jerry.

— Je crains de ne pas comprendre, moi non plus, Émile, dit Patrice. Si tu crois que j'aurai des problèmes pour travailler avec Jerry, tu te trompes complètement, je le *veux* comme ingénieur en chef, c'est le seul choix logique.

— C'est impossible.

— Et pourquoi donc ?

— Pour deux raisons, Patrice. D'abord et avant tout, parce que Jerry serait inacceptable pour les Russes à un poste aussi élevé. Pas un *Américain*, transfuge ou non, et certainement pas quelqu'un qui… a fait la preuve de son inconstance politique en nous livrant la technologie de la luge orbitale américaine…

— Enfoiré ! s'écria Jerry.

— *C'est de la merde,* Émile », dit Patrice Corneau.

Émile Lourade haussa les épaules. « *De la merde, peut-être*, mais je suis forcé de faire avec. Et il y a plus… les Soviétiques voudront à tous les coups un Russe à ce poste. »

Corneau fit la moue, fronça les sourcils, hocha la tête. « Bien sûr », dit-il.

Jerry bondit de son siège en hurlant, plus furieux qu'il ne l'avait jamais été. « Et où serait ce projet, sans moi ? Où serais-tu, *toi*, Émile ? Si tu n'avais pas eu *mon* projet à fourguer à ces enfoirés de Russes, tu ne serais pas assis derrière ce bureau ! Tu me donnes envie de vomir ! Tu étais mon ami, Émile ! Quand es-tu devenu une telle merde ? »

Patrice Corneau avait l'air complètement sidéré par cet éclat, tassé au fond de sa chaise, les yeux écarquillés. Mais le directeur de l'ESA attendit tranquillement que Jerry en eût terminé avant de reprendre la parole. Et, quand il le fit, ce fut d'une voix calme, dépourvue de toute colère ou animosité.

« Tu as eu un rêve, Jerry. C'était un beau rêve et tu me l'as fait partager, ainsi qu'à Patrice et à bien d'autres. Tu as dû quitter ton pays pour y parvenir, et supporter pour cela beaucoup d'injustices, le mépris de certains, même. C'est le prix que tu as eu à payer… »

Émile Lourade haussa les épaules. « Voilà le prix que *moi* j'ai à payer pour faire enfin de ce rêve une réalité : il me faut trahir un vieil ami à qui je dois énormément, il me faut supporter ta haine et mon propre dégoût. Pour pouvoir faire de la Navette de grande croisière une réalité, il me faut commettre une grave injustice envers un vieil ami que j'admire profondément. Je te demande de me pardonner, Jerry. Je n'ai aucun droit d'agir ainsi, mais dis-toi bien que, vis-à-vis de ce en quoi nous croyons, c'est la seule chose à faire. La seule possible. Tu en es certainement conscient, n'est-ce pas ? »

Jerry s'effondra sur sa chaise, vidé de toute énergie. Même sa colère s'était envolée. Émile avait raison, bien sûr. Si les Soviets refusaient Jerry comme ingénieur en chef, Émile aurait beau essayer de le nommer à ce poste, cela ne ferait que signer l'arrêt de mort du projet.

« Oui, Émile, j'en suis conscient, dit-il d'un ton las. À ta place, j'agirais de la même façon répugnante.

— Mais c'est intolérable ! s'exclama Patrice Corneau. Nous avons besoin de Jerry sur le projet. Il me le faut comme collaborateur et que les Russes aillent au diable !

— Je suis parfaitement d'accord, dit Émile Lourade.

— *Vraiment ?* dit Jerry.

— J'ai une proposition à te faire, Jerry. Je ne l'ai pas faite plus tôt, sachant que tu aurais sûrement refusé avant… avant que l'amère situation soit parfaitement claire…

— Et c'est… ?

— Je peux te nommer "consultant metteur au point du système de manœuvre"…

— *Consultant metteur au point du système de manœuvre !* s'emporta Jerry. Qu'est-ce que c'est que ce bordel ?

— Une fiction bien pratique à laquelle ne pourront rien objecter les Russes…

— Je suis censé me laisser rétrograder d'ingénieur en chef du projet de cargo spatial pour devenir… *consultant metteur au point du système de manœuvre* de la N.G.C. ? dit amèrement Jerry. J'ai une femme, deux enfants et des traites à rembourser, Émile…

— Par la même occasion, je te nomme ingénieur de première classe.

— Ingénieur de première classe ? Jamais entendu parler de ça. Qu'est-ce que c'est ? »

Émile esquissa un petit sourire. « Un truc que je viens d'inventer pour pouvoir hisser ton salaire au niveau de celui d'un directeur de projet. C'est moi le directeur, après tout, et je peux infléchir un peu le règlement pour un vieil ami…

— Que peut bien être censé faire un "consultant metteur au point du système de manœuvre" sur le projet ? »

Le sourire de Lourade s'élargit. « Tout ce que lui demande le directeur de projet, bien entendu.

— *Génial,* Émile ! s'écria Patrice Corneau.

— Voyons si j'ai bien compris, dit lentement Jerry. En fait, tu me dis que j'aurai le salaire d'un directeur de projet et plus ou moins le boulot d'un ingénieur en chef dissimulé sous ce titre bidon…

— Quelque chose comme ça.

— Pendant qu'un enfoiré de Russe portera le titre officiel et se pavanera en recueillant tout le crédit du projet ?.. »

Émile haussa les épaules. « C'est bien ça, Jerry, c'est le mieux que je puisse faire en la circonstance.

— C'est assez ignoble, murmura Jerry.

— Ça pourrait être pire, Jerry », fit remarquer Patrice.

Émile Lourade se leva de son bureau et traversa la pièce pour venir se placer ostensiblement sous le dessin de la Navette illustrant l'interview qu'il avait lui-même incité Jerry à donner des années plus tôt, quand il était jeune ingénieur.

« Tu te souviens, Jerry ? Tu te souviens quand nous étions Cadets de l'espace et que ta Navette n'était qu'un impossible rêve ? Eh bien, maintenant ce rêve va se réaliser, avec ou sans toi. Ça peut se résumer ainsi : quel est le plus important, la vie des rêveurs, ou le rêve lui-même ? »

Jerry Reed contempla le vieux dessin du rêve qu'il poursuivait depuis tant d'années. Et une fois de plus il sentit le goût de la crème de cacao sur la glace au chocolat, l'amertume et la douceur. Et les paroles de Rob Post résonnèrent dans sa mémoire : « Tu vas vivre l'âge d'or de l'exploration spatiale, petit. Tu peux être l'un de ceux qui en feront une réalité. Cela ne tient qu'à toi. »

Tu peux marcher sur l'eau. Il te faudra renoncer à tout pour cela, mais tu peux marcher sur l'eau.

Jerry poussa un soupir et haussa les épaules. « J'accepte, Émile, finit-il par dire. Et tu n'en as jamais douté. »

Le directeur de l'Agence spatiale européenne le regarda avec des larmes dans les yeux et hocha la tête. « Non, mon vieux, je n'en ai jamais douté. »

10.

LA BONNE PAROLE POUR L'ÉTOILE DE BARNARD

Le révérend Ike Ackerman a annoncé aujourd'hui qu'il entamait des consultations avec d'autres responsables religieux dans le but de monter une association sans but lucratif destinée à lever des fonds pour diffuser l'Évangile en direction de l'étoile de Barnard.

« S'il y a vraiment des êtres intelligents sur la quatrième planète, ce sont eux aussi des enfants de Dieu dont l'âme a besoin d'être sauvée, a-t-il déclaré. Si les Russes peuvent leur envoyer des messages, nous aussi, et pas uniquement pour dire bonjour, mais pour annoncer le message du Christ. Écoutez la Bonne Nouvelle et réjouissez-vous dans le Seigneur. »

Valley News

Il était complètement usé aux poignets, la doublure avait dû être recousue deux fois aux emmanchures et la fermeture à glissière avait été remplacée, mais le blouson en satin bleu et blanc des Los Angeles Dodgers que son père lui avait offert pour son seizième anniversaire était toujours le bien le plus précieux de Robert Reed. Il le portait par les chaudes journées d'été, il le portait par-dessus d'épais chandails au plus froid de l'hiver, il le portait sous la pluie, il le portait malgré les moqueries de Franja et les supplications de sa mère, et il le portait encore à l'école, même s'il lui attirait le sobriquet de « gringo ».

Il aimait ce blouson comme il aimait son père qui l'avait fait venir pour lui de la lointaine Californie. Car, sur son sein gauche, brodé en lettres blanches du même style que le logo de l'équipe dans le dos, était écrit « Bob ».

D'aussi loin qu'il pût s'en souvenir, Robert Reed avait toujours voulu qu'on l'appelle Bob. Mais c'était un diminutif qui ne venait pas spontanément à l'esprit des Français, et c'était en plus un nom agressivement gringo, tout autant que Joe, Tex ou Al, de sorte que ses professeurs insistaient pour prononcer son nom à la française, *Robaire*, tout comme ses camarades de classe quand ils voulaient le provoquer, sachant qu'il détestait ça.

Sa mère aussi l'appelait *Robaire* quand elle lui parlait français, habituellement lorsqu'elle était en rogne contre lui, sinon elle disait Bobby. Ses rares amis l'appelaient *Bobi*, suivant la ligne de moindre résistance linguistique pour un palais français. C'était aussi comme ça que l'appelait Franja, mais elle avait une façon bien à elle de mettre un accent geignard sur la deuxième syllabe, même en anglais, quand elle l'asticotait. Il s'appelait *lui-même* mentalement Bobby quand il ne se surveillait pas.

Il n'y avait que son père pour lui donner un bon vieux Bob bien américain. Seul son père comprenait ce que cela signifiait pour lui. Seul son père comprenait quelle galère c'était d'être américain en Europe.

L'Amérique était un objet de mépris bien avant que Bobby

soit assez grand pour en comprendre la raison. Papa avait essayé de la lui expliquer de son mieux quand Bobby avait commencé à se rendre compte qu'il avait quelque chose de différent des autres, quelque chose qui faisait que des enfants à qui il n'avait rien fait, parfois des enfants qu'il ne connaissait même pas, l'asticotaient et lui donnaient de vilains noms.

« Tu es un gringo, papa ?

— Je suis Américain, Bob. "Gringo" est un vilain nom que les gens nous donnent quand ils ne nous aiment pas, comme nous appelions autrefois certaines personnes "négro" ou "espingo". Les gens bien élevés n'emploient pas ce genre de mots.

— Je suis américain ?

— Pas exactement. Bob, mais quand tu seras assez grand pour décider toi-même, tu pourras l'être si tu veux.

— C'est mal, d'être américain ?

— Non, Bob, ce n'est pas mal d'être américain, ce n'est pas mal d'être français ou russe non plus, mais…

— Alors pourquoi les gens n'aiment pas les Américains ? »

Papa eut un drôle d'air lointain. « Parce que… parce que les États-Unis font parfois de vilaines choses, Bob.

— Est-ce qu'il y a d'autres pays qui font des vilaines choses ?

— Oh oui, d'autres pays ont fait de vilaines choses, pis que tout ce qu'a pu faire l'Amérique, bien pis…

— Alors pourquoi les gens ne les détestent pas comme ils nous détestent ? »

Papa le regarda d'un air très bizarre et resta un moment sans répondre. « C'est une sacrément bonne question, Bob, et je voudrais pouvoir te donner une réponse », avait-il fini par dire. Puis son regard s'était brouillé et on aurait dit qu'il allait pleurer.

« Autrefois, tout le monde aimait l'Amérique. L'Amérique a sauvé l'Europe de gens très méchants. L'Amérique a pardonné à ses ennemis et a reconstruit les pays dévastés avec son propre argent. Et puis les Américains ont fait la plus merveilleuse des choses, Bob : nous sommes les premiers à être allés sur la Lune. On nous aimait, on nous admirait, nous étions la lumière du monde… »

Papa s'essuya les yeux avant de se remettre à parler. « Et puis… et puis il est arrivé quelque chose à l'Amérique et.. l'Amérique a cessé de faire toutes ces choses merveilleuses pour… se mettre à faire de vilaines choses… pas pires que ce qu'avaient fait d'autres pays, peut-être, mais… je ne sais pas, Bob, je ne sais pas très bien expliquer. C'est comme si… Tout le monde aime le Père Noël, alors si une année, à Noël, au lieu de distribuer des cadeaux, il se saoulait et se mettait à mendier dans la rue… eh bien, ce serait pire que si c'était quelqu'un d'autre, n'est-ce pas ?

— Je ne comprends pas, papa… »

Papa avait simplement haussé les épaules et poussé un gros soupir. « Moi non plus, fiston, moi non plus. »

Quand il était petit, papa lui achetait toujours des maquettes de vieux engins spatiaux américains : Apollo, Saturne V, l'Aigle, la navette Columbia et autres. Bobby n'avait jamais vraiment accroché à ça, mais il aimait son père et, quand il eut dix ans, il prit ses économies et lui acheta pour son anniversaire un superbe modèle réduit du bombardier hypersonique Terminator, tout en métal, avec train d'atterrissage rétractable, voilure variable et même des missiles à ressort parfaitement détaillés qui jaillissaient de leur nacelle quand on appuyait sur le cockpit.

Bobby avait fondu en larmes quand papa avait déballé le paquet et s'était mis à jurer. « Tu ne l'aimes pas… ? » avait-il pleurniché.

Papa l'avait pris dans ses bras pour sécher ses larmes. « C'est une très belle maquette, et l'original aussi est une magnifique réalisation technique, il faut bien le reconnaître. C'est très gentil de me l'avoir acheté. Mais… mais tu es peut-être assez grand, maintenant, pour comprendre… ce que je fais et pourquoi je suis ici, et pourquoi j'ai réagi comme ça en voyant ton cadeau… »

Alors papa lui avait raconté. Comment, petit garçon, il avait vu les premiers hommes, des *Américains*, marcher sur la Lune. Il lui avait parlé de son oncle Rob. Et du désastre de Challenger. Et de l'Étoile d'Amérique. Et comment celle-ci avait transformé le merveilleux pays qui était allé sur la Lune en quelque chose de mauvais. Comment le Terminator aurait pu être un *vrai* avion spatial, comme le Concordski, au lieu d'être une arme. Il lui avait expliqué comment il était venu en France pour travailler sur de véritables engins spatiaux. Et la grande idée de navire interplanétaire qu'il avait eue et sur laquelle on ne voulait pas le laisser travailler parce qu'il était américain.

Bobby était loin d'avoir tout compris, mais son cœur de petit garçon de dix ans avait compris l'essentiel.

Autrefois, l'Amérique avait été le plus grand pays du monde, elle avait fait des choses merveilleuses, et papa avait essayé d'aider l'Amérique à faire encore plus de choses merveilleuses. Alors quelque chose ou quelqu'un qui s'appelait Challenger ou l'Étoile d'Amérique avait poussé l'Amérique à faire des vilaines choses, des choses qui avaient fait tant de peine à son papa que celui-ci avait dû partir ailleurs pour pouvoir travailler, si bien qu'il était venu en France construire des vaisseaux spatiaux, mais on ne voulait pas le laisser faire parce que les gens le haïssaient d'être américain.

C'était Bobby qui avait serré très fort papa dans ses bras quand il eut fini. « Moi aussi, je déteste l'Amérique, papa ! avait-il déclaré. L'Amérique est méchante ! Pourquoi ne devenons-nous pas français ? Ou… nous pourrions devenir russes, comme maman !

— Non, Bob, avait répondu fermement papa, tu ne dois pas détester l'Amérique. N'oublie jamais que c'était autrefois merveilleux d'être américain. Nous sommes les premiers à avoir posé le pied sur une autre planète, et ça personne ne pourra jamais nous l'enlever. Toi et moi, nous sommes les *vrais* Américains, fiston. Quand nous l'oublions, les salauds qui ont tué le rêve gagnent une fois de plus. »

C'était alors que son père avait commencé à lui offrir des vieux romans de science-fiction américains, qu'il lui avait fait envoyer des cartes de baseball des États-Unis et lui avait acheté une batte, une balle et un gant. Il l'avait abonné à des magazines sportifs américains et lui avait acheté des vidéodisques de vieux films américains. Il lui avait offert la *Visual Encyclopedia Americana* sur C.D.-ROM pour son ordinateur ainsi que des logiciels de jeux de base-ball et de foot-ball américain. Et un merveilleux atlas des États-Unis qui affichait des photos en couleurs de n'importe quel point du territoire sur un simple clic de la souris.

La chambre de Bobby se remplissait d'objets symboliques de l'Amérique — une carte murale des États-Unis, un tapis avec la statue de la Liberté, un drapeau américain en dessus-de-lit, des affiches et des cartes postales de sportifs qu'il n'avait jamais vus jouer, des piles de vieux magazines et de vieilles bandes dessinées, des modèles réduits de vieilles Buick et de Cadillac des années 50, toutes sortes d'accessoires de Harley-Davidson — au point que sa mère avait commencé à se disputer avec papa à ce sujet.

Une fois, à l'âge de treize ans, il avait surpris une de ces disputes.

« Ce n'est pas naturel, Jerry, tu le fais vivre dans une espèce d'Amérique imaginaire sortie de ton adolescence, dépassée depuis vingt ans et plus, une Amérique qui n'a même jamais existé.

— C'est son héritage, Sonia. Et ces sornettes russes dans lesquelles est sans arrêt plongée Franja ?

— Ce sont des livres et des disques qui lui apprennent vraiment quelque chose, pas un ramassis de vieilleries ! Il a peut-être la tête trop pleine de ces cochonneries pour se débarrasser de son obsession, mais s'il est condamné à être obsédé par l'Amérique, laisse-moi au moins lui donner des choses qui lui présenteront une perspective historique des États-Unis au lieu de ce fatras d'antiquailles !

— Tant que ce n'est pas un ramassis de propagande anti-américaine !

— Oh, vraiment, Jerry ? »

La mère de Bobby s'était donc mise à lui offrir des choses à lire sur les États-Unis, et si rien de tout cela n'était de la propagande antiaméricaine, cela n'avait non plus rien à voir avec les élucubrations antieuropéennes hystériques que vomissait à l'époque « Festung Amerika ». C'étaient des romans de Mark Twain, Melville, Salinger, Kerouac, Mailer et Robert Penn Warren. Des biographies de Lincoln, Roosevelt, Malcolm X, Martin Luther King et Eugene V. Debs. Des ouvrages historiques de Tocqueville, Halberstam et Rattray. Des traités de Jefferson et Paines. Des vieux films américains sur vidéodisques, comme *Abraham Lincoln en Illinois, PT-109, Les Hommes du Président* et *Né un 4 juillet*.

Bobby avait tout avalé et s'en était procuré d'autres par lui-même, se plongeant dans *Le Festin nu, Electric Kool-Aid Acid Test, I Reach for the Stars, Profiles in Courage, Jack Barron et l'Éternité, Less than Zero* et tout ce sur quoi il pouvait mettre la main dans les boutiques de livres d'occasion. Il avait déniché de vieilles cassettes d'*Easy Rider, Candy, Dr. Folamour, American Graffiti* et *Beach Blanket Bingo*. Il s'était mis à collectionner de vieux numéros défraîchis de *Time, Playboy* et *Rolling Stone*.

Bobby s'était donc composé en grandissant une image curieusement hétéroclite des États-Unis, faite pour partie de la vision paternelle d'une Amérique qui avait connu un âge d'or où elle avait envoyé des hommes sur la Lune avant de vendre son âme pour un ramassis de matériel militaire, pour partie des lectures conseillées par sa mère, pour partie de ce qu'il apprenait en classe et pour partie du résultat de sa curiosité brouillonne.

Vers l'âge de quinze ans, il s'imaginait avoir tout compris.

L'Amérique avait autrefois été la lumière du monde. Elle avait donné au monde la démocratie, l'industrie moderne, le téléphone, l'avion, le cinéma, le phonographe, le jazz et le rock'n'roll. Elle avait livré une guerre terrible pour sauver l'Europe des nazis. Après la guerre, elle avait rebâti le Japon et l'Europe occidentale avec son propre argent et protégé avec ses propres soldats et bombes atomiques les pays ravagés contre la Russie stalinienne. Sans l'Amérique, il n'y aurait pas eu de Communauté européenne, et il n'y aurait peut-être jamais eu non plus de Gorbatchev ni de Printemps russe. Autrefois, on pouvait être fier d'être Américain ; le monde entier aimait l'Amérique, et non sans raison.

Mais tout avait commencé à se dégrader quand la C.I.A. avait assassiné John F. Kennedy.

Kennedy était le père du programme spatial américain. Il avait promis d'envoyer un Américain sur la Lune avant 1970, et l'Amérique avait tenu parole. Mais c'était la dernière grande chose qu'elle avait faite.

La C.I.A., le Pentagone et le complexe militaro-industriel détestaient Kennedy. La C.I.A.était impliquée dans le trafic de drogue en Asie du Sud-Est, le Pentagone était furieux parce que Kennedy ne voulait pas les laisser envahir Cuba et le complexe militaro-industriel voulait s'en mettre plein les poches en vendant des armes, de sorte qu'ils désiraient tous que la petite guerre du Viêt-nam en devienne une grosse qui dure longtemps. Ils savaient que J.F.K. ne le permettrait jamais, qu'il préférait dépenser l'argent pour construire une station spatiale et une colonie lunaire, et monter une expédition vers Mars, alors ils l'avaient fait assassiner.

Ils avaient eu la longue guerre qu'ils désiraient tant, mais une génération d'Américains guère plus vieux que Bobby ne s'était pas laissé prendre à leur propagande chauvine, elle écoutait son rock'n'roll qui lui racontait une autre histoire. Elle avait refusé de se battre, avait fait des manifestations contre la guerre et, en 1968, elle avait chassé Lyndon Johnson de la présidence. Elle aurait mis fin à la guerre et sauvé l'économie américaine dans l'année en élisant le frère de J.F.K., Bobby, mais le complexe militaro-industriel ne voulait pas de ça non plus, alors il avait fait assassiner Bobby.

Les hippies avaient essayé de déclencher la révolution à Chicago et à Woodstock. Les militaires avaient écrasé celle-ci sans mal, mais ça avait rendu le pays assez paranoïaque pour élire Richard Nixon, le plus grand de tous les paranoïaques, qui avait presque réussi à devenir dictateur.

La guerre s'était enfin terminée quand Nixon avait été renversé, mais l'Amérique, alors ruinée, n'était plus la lumière du monde, et il ne restait du programme spatial civil que la navette. Puis l'ayatollah Khomeyni avait voulu abattre la puissance des États-Unis, il avait donc pris des Américains en otages durant toute la campagne électorale tandis que Jimmy Carter était humilié à la télévision, de sorte que le complexe militaro-industriel avait pu faire élire une nouvelle fois son candidat à la présidence, un acteur professionnel du nom de Ronald Reagan qui passait *très bien* à la télévision.

Reagan avait fait ce pour quoi il avait été élu. Même si la guerre du Viêt-nam était terminée et qu'il n'avait pas réussi à en déclencher une autre, il s'était quand même débrouillé pour acheter des tas d'armes très chères, mais comme le pays était ruiné des suites du Viêt-nam, il avait dû emprunter des sommes énormes et liquider le programme spatial civil ; voilà pourquoi l'économie américaine était encore dans une telle débandade tant d'années plus tard que personne ne savait comment la maintenir sur pied sans une guerre ici ou là, et pourquoi aussi son père était venu travailler en Europe pour l'ESA.

Pendant ce temps, la Communauté européenne était née, l'Amérique s'était vu évincer du plus gros marché mondial et avait dû régulièrement dévaluer le dollar pour entuber ses débiteurs européens et livrer une guerre interminable en Amérique latine pour maintenir à flots son économie.

Et maintenant que l'Union soviétique parlait d'adhérer à la Communauté européenne, les États-Unis essayaient de l'en empêcher en menaçant de dénoncer sa dette envers les Européens pour ne pas enrichir les gens qu'ils accusaient d'avoir vendu la démocratie aux communistes.

C'était pour cela que son père ne pouvait pas travailler sur ses engins spatiaux et que *lui* s'en prenait plein la gueule de la part des petits Français, sans qu'il puisse vraiment leur en vouloir.

C'était cette année-là que Bobby avait traversé sa brève période antiaméricaine. Il se mit à se faire appeler *Robaire* et à parler exclusivement français, même à son père. Il essaya d'apprendre à jouer au foot. Et quand les États-Unis envahirent une nouvelle fois le Panama, il participa même à une manifestation antiaméricaine.

Quand Bobby était rentré à la maison après la manif et avait monopolisé la conversation à table avec une longue et incohérente tirade antiaméricaine, c'en avait été finalement trop pour son père qui l'avait pris entre quatre yeux après le dîner.

« Écoute, Bob...

— *Robaire ! Et en français !* »

Son père l'avait pris par les épaules et l'avait secoué. « Nous sommes *américains*, bon sang, *Bob* », avait-il dit, et Bobby ne l'avait jamais vu dans une telle colère. « Et nous ferions foutrement bien de discuter de ça comme des Américains, en *anglais*.

— Je suis né en France, avait répondu Bobby d'un air renfrogné. Quand j'aurai dix-huit ans, je veux un passeport européen et la nationalité française !

— Écoute, Bob, je ne comprends pas grand-chose à toutes ces sornettes politiques, avait poursuivi beaucoup plus gentiment son père. Mais… laisse-moi te montrer quelque chose… » Et il avait conduit Bobby dans sa chambre.

Malgré la phase antiaméricaine qu'il traversait, Bobby n'avait pas pris la peine de réaménager sa chambre. Tout était toujours là — la statue de la Liberté sur le tapis, le drapeau américain en couvre-lit, les maquettes de fusées américaines dans la bibliothèque d'angle, les piles de *Rolling Stones* et de *Playboy*, les livres, la collection de cartes de base-ball, même la grande carte murale des États-Unis où il avait gribouillé des petites balles de base-ball sur les villes des équipes de première division, des fusées à l'emplacement de cap Canaveral et Vandenburg, les itinéraires de ses voyages imaginaires le long des routes, des symboles pacifistes sur San Francisco, Chicago, Woodstock et Kent (Ohio).

« Comment se fait-il que tu ne te sois pas débarrassé de tout ça, Bob ? » avait demandé son père.

Bobby avait haussé les épaules. « *Je ne sais pas…*

— Je vais te le dire, fiston. Parce que tu as collectionné ça depuis que tu es tout petit. C'est… c'est une maquette, comme ces fusées, mais une maquette de ce que tu as dans la tête, et tu ne l'as pas achetée prête à monter, tu l'as construite de bout en bout. C'est l'Amérique que tu as en toi, Bob. L'Étoile d'Amérique, l'invasion du Panama, du Pérou et de la Colombie, les dévaluations du dollar, ce qu'a fait le Pentagone à Rob Post et à moi, le Viêt-nam, les analyses d'urine, la dénonciation de la dette, le chantage économique, toute cette merde, c'est la *politique politicienne* et tu as raison de rejeter ça… »

Son père avait marqué une pause. Il avait montré la pièce du geste. « Mais ne te mets pas à rejeter *ça*, Bob ! avait-il dit avec force. Ne rejette pas le projet Apollo et les Sierras, ne rejette pas les Los Angeles Dodgers et la statue de la Liberté, ne rejette pas les Boston Celtics et la Route n° 1, et le Mardi gras, les forêts de séquoias, Mulholland Drive et Donald

Duck, ne rejette pas trois cent millions de pauvres bougres qui ont la même chose que toi dans la tête. C'est ça, la véritable Amérique, Bob, et si tu commences à rejeter ça, tu finiras par te rejeter toi-même. »

L'exaltation de son père retomba et il regarda Bobby dans les yeux d'un air beaucoup plus doux, triste, perdu et un peu confus. « Je ne suis pas très doué pour ce genre de trucs, dit-il avec un petit haussement d'épaules. Tu comprends ce que je te dis, fiston ?

— Oui, papa, s'était entendu répondre Bobby. Je crois que oui. »

Depuis ce jour, l'Amérique n'était plus le merveilleux disneyland intemporel qu'il n'avait jamais pu visiter ni la perverse et paranoïaque « Festung Amerika » des média français ; elle n'était ni l'un ni l'autre, et elle tenait un peu des deux.

C'était un *mystère*, et ce mystère était aussi en lui. Depuis cet instant, il sut qu'il lui fallait aller en Amérique pour élucider ce mystère par lui-même.

Ce fut le début de sa campagne pour aller faire ses études aux États-Unis. Il avait annoncé son intention environ trois semaines plus tard à la table familiale. Franja avait ricané mais, bien sûr, Franja ricanait de tout ce qu'il disait. Sa mère n'avait pas fait de commentaire, elle ne l'avait pas vraiment pris au sérieux sur le coup. Mais son père avait hoché la tête et lui avait fait sentir qu'il comprenait.

« Je crois que Cal Tech et l'UCLA sont toujours de très bonnes écoles, avait-il dit.

— Tu n'es pas sérieux, Jerry…

— Qu'est-ce que tu vas apprendre en Amérique, *Bobi ?* avait couiné Franja. Le base-ball ?

— Qu'est-ce que tu vas apprendre en Russie, tête de fusée ? À faire des pipes en apesanteur ?

— *Robert !*

— J'y vais pour être cosmonaute ! Qu'est-ce que tu

comptes faire en Amérique, maître chanteur impérialiste, ou tu y vas juste pour servir de chair à canon ?

— *Franja !* »

Et cela avait continué comme ça. Franja l'asticotait sans cesse, sa mère essayait de ne pas le prendre au sérieux, mais Bobby persévérait et son père l'encourageait. Les notes de Bob commencèrent même à s'améliorer. Et, pour son seizième anniversaire, son père lui avait offert le blouson des Dodgers.

« Tu en auras besoin quand tu assisteras à ton premier match au Dodger Stadium », disait la carte qui y était jointe.

Depuis, le blouson des Dodgers était devenu son emblème, son étendard de combat et, dès qu'il l'avait enfilé pour la première fois, le conflit était devenu sérieux, se transformant de plus en plus en guerre ouverte entre ses parents.

« On ne peut pas laisser notre fils gâcher l'éducation qu'il a reçue au lycée dans une école paumée des États-Unis, déclarait sa mère.

— On laisse bien notre fille aller étudier en Union soviétique », rétorquait son père, car Franja envisageait maintenant très sérieusement de suivre une formation de cosmonaute.

« C'est différent !

— Qu'y a-t-il de si différent ?

— Elle va à *Youri-Gagarine*, Jerry, c'est une école prestigieuse !

— C'est une école russe, c'est ça que tu veux dire, hein ?

— Désires-tu vraiment que ton fils reçoive une éducation de troisième ordre ?

— Dans un *pays* de troisième ordre, c'est ça que tu veux dire, Sonia ?

— C'est toi qui l'as dit, Jerry, pas moi !

— Mais tu l'as pensé !

— Et alors, ce n'est pas vrai, peut-être ?

— Comment peux-tu le savoir, Sonia, tu n'as jamais mis les pieds aux États-Unis.

— Et toi non plus, depuis près de vingt ans !

— Alors nous ne pouvons ni l'un ni l'autre dire à Bob ce qu'il en est. C'est pour ça qu'il a le droit de se rendre compte par lui-même ! »

Ça durait comme ça depuis deux ans, sans que ni l'un ni l'autre cède un pouce de terrain, mais maintenant que Franja allait entrer à l'école de cosmonautes, Bobby sentait la victoire à sa portée.

Car Franja avait besoin de la signature de son père sur les formulaires d'admission et Bobby avait depuis longtemps persuadé celui-ci, du moins l'espérait-il, de ne pas les signer tant que sa mère n'aurait pas accepté de l'envoyer faire ses études en Amérique. Ce n'était que justice, non ?

Et ce matin, quand il était allé voir le courrier, il y avait une grosse enveloppe de l'Académie de l'espace Youri-Gagarine pour Franja. Cela ne pouvait signifier qu'une chose.

S'il connaissait bien sa grande sœur, et maintenant, hélas, il la connaissait bien, Franja présenterait sans perdre un instant les formulaires à signer à ses parents. Cela se passerait donc ce soir au dîner.

Bobby alla à son placard et décrocha le blouson des Dodgers du cintre capitonné sur lequel il le rangeait toujours soigneusement. Il l'étala sur son lit, vaporisa sur le satin le produit spécial de nettoyage qu'il essuya à la peau de chamois, replaça le vêtement sur son cintre et accrocha celui-ci au coin de la bibliothèque où il pourrait le contempler en écoutant un vieux microsillon de Bruce Springsteen pour patienter.

Les repas ne s'accompagnaient d'aucun cérémonial particulier, chez les Reed. Mais ce soir Robert Reed allait s'habiller pour le dîner.

LES TONTONS JOSEPH S'EN PRENNENT PLEIN LES MOUSTACHES !

Le spectacle valait le coup d'œil, samedi après-midi au parc Gorki, lorsque les hooligans du Pamiat ont essayé de perturber le pique-nique de la Société féministe socialiste de Moscou. Ces dames, en prévision d'une telle attaque des Ours, avaient soudoyé la police et s'étaient armées d'au moins trois cents tartes à la crème dont elles ont bombardé leurs agresseurs sous les bruyants éclats de rire des policiers et miliciens rassemblés.

Parmi ceux-ci, plusieurs avaient apporté leurs propres tartes, désireux d'en découdre avec les Tontons Joseph qui sont depuis longtemps devenus leur cauchemar.

Mais pas d'humour pâtissier chez ces braves et terre à terre gardiens de l'ordre. Leurs tartes étaient garnies de purin.

Moscou en folie

Franja Gagarine Reed n'en était pas encore arrivée au point de se faire appeler Franja Gagarine, même si sa mère utilisait son célèbre nom russe au bureau. Reed était peut-être un nom ignoblement américain, et un nom américain était lourd à porter, mais Jerry Reed avait fait de ce handicap un honneur, et elle ne l'en aimait que davantage.

Quiconque désirait aller sur Mars et au-delà aussi passionnément que Franja ne pouvait qu'être fière d'avoir pour père Jerry Reed, un père qui non seulement partageait, mais servait le même rêve.

Bien sûr, c'était à Bobby, son petit préféré, que son père avait essayé de transmettre ce rêve quand ils étaient petits, à Bobby qu'il offrait de coûteuses maquettes pour Noël et son anniversaire, tandis qu'elle n'avait droit qu'à de stupides poupées et à son étrange conception des vêtements de petites filles, à Bobby qu'il racontait les plus belles histoires, à Bobby qu'il achetait toute cette glace au chocolat.

Mais il y avait une certaine justice sommaire dans son univers de petite fille, et pas seulement parce que Maman avait fait d'elle sa préférée, sa petite confidente, sa compatriote en exil volontaire. Elle partageait avec Franja tout ce que celle-ci pouvait comprendre de sa vie au bureau, lui racontait des histoires de son enfance dans une Union soviétique en train de se réveiller, lui laissant même entrevoir une vie antérieure de membre en vue du légendaire Péril rouge.

Car Bobby, en dépit des vœux ardents de son père, refusait de devenir le petit cadet de l'espace de ses rêves. Ce petit ingrat s'en fichait.

Vers l'âge de douze ans, quand elle en eut appris suffisamment de sa mère sur l'art de la manipulation et que même papa eut commencé à comprendre que ses efforts avec Bobby étaient sans espoir, elle s'était mise à poser à son père des questions sur l'espace. Des questions intelligentes qu'elle préparait soigneusement, destinées à piquer sa curiosité, à lui montrer qu'il avait au moins une *fille* à qui transmettre le flambeau.

« Tu crois que les habitants de l'étoile de Barnard ont des vaisseaux spatiaux, papa ? lui demanda-t-elle un jour. Tu crois qu'ils pourraient monter une expédition quand ils recevront notre message ? »

Son père la regarda d'un air bizarre. « Des vaisseaux spatiaux ? murmura-t-il.

— Il paraît qu'il y aurait des objets artificiels éparpillés dans tout le système de Barnard, comme s'ils avaient construit quelque chose qui ressemblerait aux colonies de O'Neil. Est-ce que cela ne supposerait pas qu'ils ont la technologie nécessaire pour franchir l'étape suivante ? Une expédition interstellaire, ou au moins une sonde automatique ? »

Les yeux de son père se perdirent dans le vague pour adopter ce que maman appelait son « regard des espaces intersidéraux ». « Nous serons tous deux morts avant de connaître la réponse à cette question.

— Peut-être pas. Peut-être qu'ils répondront à notre message. S'ils le font, je serai encore là pour le savoir. Et à ce moment-là, s'ils répondent, ne serons-nous pas prêts à monter une expédition vers eux ?

— Tu as probablement raison. Ils ont l'air d'avoir déjà occupé une plus grande partie de leur système solaire que nous et, d'ici trente ou quarante ans, nous serons sans doute capables de monter une expédition.

— Avec un peu de chance, nous pourrions vivre tous les deux assez vieux pour voir ça ! »

Son père rit. « Je crains qu'il ne me faille davantage qu'un peu de chance pour vivre aussi longtemps. Mais toi, Franja… »

Il l'avait alors regardée d'un nouvel œil ; il avait toujours son regard des espaces intersidéraux, mais celui-ci était maintenant intensément dirigé pour la première fois sur *elle*. Elle pouvait sentir les choses se mettre en place. Elle pouvait sentir le monde changer.

« Toi, Franja…, répéta-t-il.

— Moi, papa », dit doucement Franja, lui rendant son regard des espaces intersidéraux.

Après ça, ce fut Franja qui se fit offrir le télescope, Franja que papa encourageait à poursuivre une carrière dans l'espace, Franja qu'il abreuvait de ce que maman appelait son baratin sur l'espace. Père et fille s'étaient trouvé une vision commune.

« Nous sommes comme les anciens Polynésiens qui s'élançaient d'île en île sur les étendues inconnues du Pacifique à bord de leurs frêles pirogues à balancier, lui disait son père. Un jour nos minuscules embarcations feront leur entrée dans le port d'une métropole galactique un million d'années plus avancée que tout ce dont nous avions rêvé. Et tu pourrais être à bord de l'une d'elles. »

Franja y croyait, y croyait vraiment. Elle faisait mieux que d'y croire. Elle s'en fit un but dans la vie et travailla dur pour l'atteindre. Elle devint une vraie bûcheuse. Elle se mit à surveiller son alimentation et à entretenir sa forme par de longues heures de natation — le meilleur exercice, avait-elle lu, pour entraîner ses réflexes à la locomotion en apesanteur.

Elle serait cosmonaute. Elle irait là-haut. Elle ferait tout pour entrer à Youri-Gagarine, la seule véritable académie de l'espace au monde, où des Russes qui étaient allés sur la Lune et sur Mars entraînaient le plus gros contingent, et de loin, d'apprentis cosmonautes.

Mais quand elle annonça fièrement ses intentions à son père, elle fut abasourdie par sa réaction.

« Tu ne veux quand même pas aller à Youri-Gagarine, lui répondit-il. Tu ne veux quand même pas finir coincée dans le programme soviétique. Pas alors que l'ESA va ouvrir un jour l'ensemble du système solaire avec mes Navettes de grande croisière. Ta place est à l'ESA, Franja, où je pourrai t'aider, où tu pourras un jour aller sur Mars à bord d'un des vaisseaux que j'aurai construits. Ne serait-ce pas merveilleux ? Qui sait, je pourrais même être du voyage. »

Que répondre à ça ? Certainement pas l'amère vérité, même alors elle le savait.

« Mais, papa, répondit-elle à la place, les cosmonautes russes vont déjà sur Mars ! Qui sait quand l'ESA décidera de construire tes Navettes ? C'est en Union soviétique qu'il y a un *vrai* programme spatial. Sincèrement, papa, si tu le pouvais, ne deviendrais-tu pas sur-le-champ cosmonaute soviétique ? »

Mais son père refusait de croire que le programme soviétique avait toujours été visionnaire, depuis le rêve de Tsiolkovski d'explorer le système solaire et depuis Youri Gagarine en personne, une authentique expression de l'âme russe.

Les Américains étaient allés sur la Lune pour des raisons de prestige politique, puis leur programme spatial avait dégénéré en cauchemar militariste. La Communauté européenne ne pouvait rien imaginer de mieux que d'investir toute son énergie dans la construction d'un *hôtel* pour ploutocrates séniles. Les Japonais ne pensaient que centrales électriques et usines orbitales.

Mais l'Union soviétique avait une vision. Pourquoi son père ne pouvait-il pas voir que cette vision était la sienne ? Aller chercher la vie sur Mars ou sur Titan, ou même dans les mers surchauffées sous la glace d'Uranus. Étendre un jour cette recherche aux étoiles. Édifier en attendant une civilisation à l'échelle du système solaire digne de se présenter en égale face aux civilisations galactiques.

Pourquoi son père ne parvenait-il pas à accepter cela comme une bonne raison d'entrer à l'académie Youri-Gagarine et ne cessait-il de la tourmenter cruellement ?

Il ne pouvait ignorer l'amère vérité que lui avait expliquée sa mère en termes si douloureux. Franja aurait sûrement mis une fois pour toute un terme à cette discussion si elle l'avait obligé à le reconnaître.

Elle ne pourrait jamais s'y résoudre, quel que soit son degré de frustration, si forte en soit son envie.

Comment aurait-elle pu dire à son père qu'être sa fille serait politiquement son baiser de la mort à l'ESA ?

Impossible. Elle ne pouvait pas davantage s'abaisser à gagner de cette façon l'interminable dispute qu'elle ne pouvait se débarrasser de son nom américain au prix de ce qui restait d'orgueil à son père.

Non qu'elle fît cas d'utiliser son patronyme. Un nom américain ne prédisposait pas particulièrement bien les gens envers vous dans le système éducatif français, et il ne servait à rien de risquer de se faire prendre en flagrant délit de mensonge en prétendant que son père était anglais vu que son nom apparaissait dans les pages des journaux à intervalles imprévisibles.

À l'école, elle était la fille de Jerry Reed, elle ne pouvait rien y changer, et si certains insistaient parfois un peu trop sur son nom, elle devait bien reconnaître qu'il y avait aussi des moments où c'était un titre de gloire.

Mais en ce qui concernait sa vie sociale, pour autant qu'elle en eût une, s'appeler Franja Reed était une autre affaire.

Franja était un nom bien russe et c'était une bonne chose d'être jeune et russe à Paris. Outre la grande considération dont jouissait l'Union soviétique, Paris s'enflammait pour tout ce qui était russe et les Français étaient prêts à embrasser tout ce qui venait de Russie, au propre comme au figuré.

Les enfants des diplomates soviétiques et du personnel de l'Étoile-Rouge constituant le noyau de son petit cercle d'amis tournaient la chose en dérision, dans un français teinté d'un fort accent russe, mais cela ne les empêchait pas de s'habiller de tenues cosaques stylisées et de jouer le retour du Péril rouge pour un public français qui en redemandait.

Oh oui, il était amusant d'être russe à Paris !

Mais, encore une fois, s'appeler Reed était tout autre chose.

Il y avait des garçons qui la repéraient de loin uniquement pour s'enfuir à toutes jambes quand ils apprenaient son nom complet. D'autres qui prétendaient s'en moquer jusqu'à ce que leurs parents les obligent à rompre. Des crétins des deux sexes n'arrêtaient pas d'essayer de la pousser à défendre l'ignoble politique des États-Unis afin de pouvoir décharger leur courroux sur une cible facile.

La vieille solution russe aurait été de substituer chaque fois que possible à son nom le prénom de son père affecté du suffixe patronymique, mais « Franja Jerryovna » ne représentait pas vraiment une solution.

Ce fut la marée montante du féminisme socialiste qui lui fournit une solution russe *moderne*.

En Union soviétique, dans la jeunesse éclairée, la mode était de se donner un nouveau patronyme de son choix ; déclaration de perestroïka générationnelle pour les féministes socialistes piaffant sous le joug linguistique de la vieille phallocratie slave et, pour les garçons, même le plus irréductible des phallocrates, façon de mettre toutes les chances de leur côté lorsqu'ils courtisaient les précédentes.

On choisissait le nom d'une personnalité qu'on admirait, de façon à proclamer à la face du monde le modèle que l'on s'était donné. Pour Franja, bien sûr, ce choix était évident.

Qui aurait pu nier que Youri Gagarine était un parfait exemple de vertu socialiste et d'orgueil russe ? Qui incarnait mieux tout ce qu'elle voulait devenir ?

Elle choisit donc de s'appeler « Franja Yourievna Gagarine Reed », « Franja Yourievna » tout court lorsque c'était possible, et si certains l'appelaient « Franja Yourievna Gagarine », libre à eux ; elle n'encourageait pas cela, et elle n'utilisait jamais que son nom légal sur les documents officiels.

Y compris sur sa demande d'admission à l'académie de l'espace Youri-Gagarine.

Et il s'étalait en entier, « Franja Gagarine Reed », sur les formulaires d'inscription arrivés ce matin au courrier.

Non qu'elle eût pu se cacher derrière un nom d'emprunt à l'académie de l'*espace* Youri-Gagarine. Jerry Reed était peut-être américain, mais il était son père et, selon la loi soviétique, elle ne pouvait pas davantage entrer à Youri-Gagarine sans son consentement écrit que se prévaloir de sa nationalité soviétique avant d'avoir atteint sa majorité.

Et son père, qui avait toutes les raisons d'accepter de signer ces papiers, qui l'avait si fortement encouragée à choisir cette carrière, qui désirait tant voir sa fille reprendre le flambeau, se faisait manipuler par Bobby afin de ne pas donner sa permission tant que leur mère n'aurait pas accepté que son frère aille poursuivre ses études dans son Amérique bien-aimée.

Aux yeux de Franja, gâcher sa vie pour recevoir une éducation de troisième ordre dans un pays en butte au mépris de l'ensemble du monde civilisé était tout ce qu'il méritait.

Qu'il se fasse enrôler dans leur légion étrangère et expédier au fin fond de la jungle sud-américaine, s'il en avait envie !

Mais, avec tous les scrupules et le sens de l'honneur des paranoïaques retors de Washington qui tentaient de saboter l'adhésion soviétique à la Communauté européenne, ce machiavélique petit Bobby s'était arrangé pour prendre en otage son entrée à l'académie de l'espace.

Si elle avait le droit d'aller étudier en Union soviétique, il avait le droit d'aller aux États-Unis. C'était la façon dont Bobby voyait les choses et il avait amené leur père à partager ses vues.

Son père n'aurait jamais essayé de s'opposer à ce qu'elle aille à Gagarine si Bobby ne l'avait pas persuadé que lier les deux questions était la seule façon de convaincre leur mère de le laisser aller en Amérique.

Franja n'osait imaginer ce que ferait son père si sa mère ne se laissait pas prendre à son bluff.

« Le dîner est prêt », cria sa mère de la cuisine.

Franja fit la grimace, et pas uniquement parce que ses parents s'étaient enfermés ensemble dans la cuisine depuis qu'ils étaient rentrés, ce qui laissait généralement augurer une dispute et une mixture parfaitement répugnante sur la table du dîner ; de fait, elle avait le sentiment que la conversation autour de cette même table allait être encore plus dure à avaler que la tambouille.

Lorsque Franja passa devant la chambre de Bobby, la porte en était grande ouverte et la pièce vide. C'était bien de lui d'arriver le premier, comme si… comme s'il avait jeté un coup d'œil avant elle dans la boîte aux lettres ce matin.

Effectivement, il était assis à table, l'accueillant d'un sourire satisfait et d'un regard entendu qui confirmèrent ses soupçons.

Il n'était pas dans les habitudes de Jerry Reed de rentrer du travail saoul comme un moujik nikulturni. Sonia n'avait donc pas besoin d'être psychologue diplômée de l'institut Pavlov pour deviner que son entrevue avec Émile Lourade n'avait pas franchement été un succès.

Elle découpait la viande à la cuisine quand il était arrivé et avait planté sur le long plan de travail qui courait sous la fenêtre une bouteille de barolo d'aspect franchement redoutable, le jugement déjà manifestement affecté par l'alcool quand il l'avait achetée dans une quelconque épicerie de quartier plutôt que chez leur caviste habituel.

« Quelque chose me dit que les nouvelles ne sont pas vraiment bonnes, je me trompe ? » dit-elle tandis qu'il détachait des oignons de la tresse pendue à côté de l'étagère à épices, comme si de rien n'était.

« Eh bien, comme dit le vieux dicton américain, il y a une bonne nouvelle et une mauvaise », répondit Jerry d'un ton sardonique en tranchant rageusement le bout des oignons comme s'il s'agissait de têtes d'ennemis. « La bonne nouvelle, c'est que le directeur de l'Agence spatiale européenne a bu quelques verres à la brasserie du coin avec le directeur qu'il vient de nommer à la tête du nouveau projet de Navette de grande croisière…

— Mais c'est merveilleux, Jerry ! s'exclama Sonia en courant le serrer dans ses bras.

— La mauvaise nouvelle, c'est que j'étais là moi aussi, ajouta-t-il, la figeant sur place. Cela répond-il à ta question ?

— *Merde*, Jerry, que s'est-il passé ? »

Tandis que Jerry lui déballait tout en hachant les oignons avec force larmes et reniflements, il lui apparut soudain qu'elle était précisément en train d'acquérir, sans avoir décidé si elle en avait envie, les renseignements que recherchait Ilya Pachikov pour le compte du ministère de l'Espace.

Savoir ce qu'avait mijoté Émile Lourade permettrait probablement au ministère de conclure un marché plus intéressant que si Lourade pouvait choisir son moment pour dévoiler l'affaire.

Ce que l'on avait fait à Jerry était effroyable, mais guère surprenant, à y bien réfléchir. Mais la *mesquinerie* du dilemme moral dans lequel elle se retrouvait coincée était au moins aussi effroyable.

Si elle racontait à Pachikov ce qu'elle savait, cela ferait gagner à l'Union soviétique environ 10 % du budget spatial commun, modeste coup d'éclat bureaucratique qui ferait bien dans sa kharakteristika et redorerait le blason du service de stratégie économique, mais guère plus.

Si elle le gardait pour elle, on ne pourrait la blâmer de n'avoir pas réussi à obtenir l'information, mais cela ne renforcerait pas exactement la confiance des Mandarins en sa loyauté. Pas plus que cela n'améliorerait ses rapports de travail avec Ilya, qui perdrait lui aussi des points bureaucratiques.

Elle ne se sentait donc pas prête à raconter à Jerry sa discussion avec Ilya Pachikov. Aux yeux de Jerry, ce n'était pas Lourade le coupable, mais plus il rejetait la responsabilité sur les pressions soviétiques, plus elle était écœurée par la perfidie d'Émile Lourade et plus elle était tentée de lui rendre la monnaie de sa pièce.

C'est dans ces dispositions divergentes mais également distraites qu'ils avaient préparé le dîner et elle n'avait pas besoin de voir l'air dégoûté de Franja quand elle posa le plat sur la table pour savoir que les linguini à la Romanov s'en ressentaient. Les pâtes qu'ils avaient oublié de surveiller avaient pris en bloc et la crème fraîche avait bouilli assez longtemps pour se décomposer en une substance grumeleuse où flottaient des tranches de bœuf trop cuit et des morceaux de tomate à moitié crus.

Mais en voyant Robert revêtu de son grotesque blouson de base-ball, toujours un mauvais signe à table, et Franja qui tripotait nerveusement la pile de papiers posée sur ses genoux, Sonia eut le funeste pressentiment que l'harmonie serait parfaite avec les propos qui allaient s'échanger.

LE BLUFF AMÉRICAIN

Malgré les actuelles gesticulations de Washington, il est difficile de trouver dans la City quelqu'un pour croire sérieusement que l'entrée imminente de l'Union soviétique dans la Communauté européenne conduira vraiment à un rééchelonnement unilatéral de la dette extérieure américaine.

Ils ne peuvent tout simplement pas faire une chose pareille, se disent les beaux esprits. Même s'ils suspendaient entièrement le versement des intérêts, le budget fédéral américain serait encore en fort déficit et la nécessité d'emprunter à l'étranger ne disparaîtrait pas pour autant. Et qui voudrait prêter encore de l'argent à une nation qui a complètement sabordé sa crédibilité financière ?

Les États-Unis ne feraient en fin de compte que commettre un suicide économique et, si l'actuelle administration américaine est effectivement assez idiote pour faire pratiquement n'importe quoi, les responsables industriels et financiers, confrontés aux néfastes conséquences du tarissement de leur financement extérieur, ne laisseront jamais les politiciens porter à une telle extrémité leur politique autodestructrice.

Quand le taux d'escompte américain atteindra la barre des 40 %, les investisseurs institutionnels passeront à l'action et rafleront tout.

Financial Times

Maman posa sur la table un horrible brouet que Franja ne reconnut que trop bien : une énorme platée de pâtes vertes trop cuites accompagnées d'une soupière de bœuf et de champignons cuits dans une sauce tomate à la crème fraîche, pompeusement baptisées par ses soins « linguini à la Romanov ».

Papa émergea de la cuisine avec le vin, plaqua la bouteille sur la table, se laissa tomber sur sa chaise et resta planté les coudes sur la table et les yeux dans le vague, un air d'absolue désolation sur le visage. Il avait les yeux injectés de sang et profondément cernés.

Une règle tacite voulait que personne ne parle d'autre chose que de questions culinaires tant que tout le monde n'était pas servi. Personne ne semblant disposé à prêter plus d'attention que nécessaire à ce que leur mère venait de poser sur la table, la distribution des linguini se fit dans le plus profond silence tandis que Franja se tortillait sur sa chaise en attendant le moment opportun pour présenter ses papiers à la signature parentale.

Mais son frère n'était pas d'humeur à la laisser faire.

« Qu'est-ce que tu as là, Franja ? » dit-il dès que chacun se fut attelé à la tâche répugnante d'avaler ce catastrophique repas. Il était manifestement ravi de voir son père dans cet état second, cela lui rendrait d'autant plus facile de le prendre par les sentiments.

« De quoi parles-tu, Bobby ?

— De ces papiers, sur tes genoux, dit-il d'un air finaud. Ce n'est pas prudent, tu risques de mettre plein de sauce dessus, pourquoi ne pas les poser sur la table ?

— Qu'est-ce que tu as là, Franja ? » demanda leur mère, et Franja dut bien se jeter à l'eau.

Jerry Reed contemplait la pile de papiers que Franja avait posés sur la table comme s'il s'était agi d'une crotte de chien. « Seigneur, Franja, gémit-il quand elle eut terminé son petit laïus, pourquoi faut-il que tu m'embêtes avec ce truc à un moment comme ça ?

— Un moment comme *quoi*, papa ? » demanda Franja en fronçant les sourcils.

Il avait lâché le morceau ! Il allait maintenant devoir raconter à ses enfants ce que ces sales Russes lui avaient fait ! Enfin, il aurait dû le leur dire tôt ou tard. Maintenant, au moins, se dit-il en vidant une énorme gorgée de vin, je suis assez éméché pour le faire.

« Quelles ordures ! s'écria Bobby quand il eut terminé. Tu ne peux pas les laisser s'en tirer comme ça, papa !

— Que veux-tu que je fasse, Bob, que j'appelle l'ambassade des États-Unis pour leur demander d'envoyer un Terminator sur Moscou ?

— Tu *devrais* peut-être appeler l'ambassade, s'entendit dire Bobby. Ils te laisseraient peut-être construire tes Navettes pour l'Amérique, comme ça les Russes ne pourraient pas mettre la main sur tout le système solaire…

— Bobby, Bobby, dit son père d'une petite voix triste, l'exploration du système solaire n'intéresse pas les dirigeants actuels des États-Unis. En outre, à leurs yeux, je suis le type qui a livré à l'Europe la technologie de la luge orbitale. Si je me présente à Downey pour retrouver mon travail, ils me boucleront à Leavenworth et jetteront la clé.

— Alors pourquoi ne peux-tu pas comprendre que je dois aller à Youri-Gagarine, papa ? intervint Franja.

— *Merde*, Franja, comment peux-tu encore penser à ça après ce que ces salauds ont fait à ton propre père ! lui lança Bobby à la figure.

— Parce qu'il est évident qu'être la fille de Jerry Reed n'est pas exactement l'idéal pour m'ouvrir les portes de l'ESA ! » rétorqua Franja.

« *Franja !* » cria sa mère. Ce n'était pas vraiment nécessaire, Franja regrettait ses paroles avant même d'avoir fini de les prononcer, furieuse contre Bobby de l'y avoir poussée.

Mais son père restait simplement assis là à agiter son verre d'un air hébété en hochant légèrement la tête et en la regardant, de la tristesse plein les yeux.

« Non, Sonia, elle a raison. Je ne peux même pas ouvrir la porte des toilettes pour hommes, à l'ESA…

— Papa…

— Jerry !

— Alors tu *vas* signer mes papiers ? » demanda Franja en fouillant dans sa poche pour sortir un stylo qu'elle posa sur la pile.

Jerry contempla les formulaires posés devant lui d'un œil abruti par l'alcool.

Qu'avait-il exactement contre le fait que sa fille entre à Youri-Gagarine ? Depuis que son rêve d'être la bonne fée de Franja à l'ESA avait volé en éclats, Jerry devait bien reconnaître que Gagarine était le meilleur endroit où elle puisse aller. Les deux programmes spatiaux allaient fusionner, de toute façon, et l'Europe n'avait pas l'équivalent de Gagarine ; question carrière, les diplômés de Gagarine auraient une longueur d'avance.

Il tendit une main maladroite et prit le stylo.

« Attends une minute, papa, s'écria Bobby. Et moi ? »

La main qui tenait le stylo s'immobilisa. « Et toi quoi, Bob ? demanda son père en regardant son fils d'un œil perplexe.

— Ce n'est pas juste ! Pourquoi Franja irait-elle faire ses études en Russie et que moi je ne pourrais pas aller aux States ?

— Oh non, ça ne va pas recommencer ! gémit sa mère.

— Si, ça va recommencer, maman ! Ce n'est pas juste ! Si papa laisse Franja aller en Russie, il faut que tu me laisses aller aux États-Unis !

— C'est encore toi qui lui as mis ça en tête, Jerry ? demanda sa mère en regardant leur père.

— C'est *Bobby* qui as mis ça en tête à *papa !* couina Franja.

— La ferme, Franja !

— La ferme toi-même !

— La ferme tout le monde ! » rugit leur père de toutes ses forces. Il haussa les épaules, leva les mains au ciel. « Moi y compris », ajouta-t-il beaucoup plus bas. Et il fut le premier à rire à ses propres dépens.

D'un seul coup, Bobby se rendit compte que son père avait pris les choses en main, non pas en criant plus fort que tout le monde, mais en les faisant rire. Et avait par la même occasion retrouvé toutes ses facultés.

« Il me semble que nous avons déjà eu cette discussion des millions de fois, dit-il.

— Mais pas alors que Franja donnait à signer ses formulaires d'admission, papa », répondit Bobby, puis il eut une inspiration qui deviendrait certainement vérité dès le lendemain matin. « J'ai déjà écrit pour demander mon admission à Berkeley et à l'UCLA, parce que si je veux m'inscrire pour la rentrée il faut que je m'y prenne avant la fin du trimestre…

— Il marque un point, Sonia. Il va nous falloir décider tôt ou tard où il va faire ses études, alors autant que ce soit tout de suite…

— Pour que vous puissiez me faire chanter tous les deux à propos de l'inscription de Franja à Gagarine ? dit Sonia, furieuse.

— C'est déloyal, Sonia…

— Non, Jerry, certainement pas ! Tu n'as jamais vraiment soulevé d'objection à l'entrée de Franja à Gagarine. C'était du bluff ! Tu signeras ses formulaires d'inscription quoi que je fasse, parce que toi aussi tu aimes ta fille et que tu n'es pas assez mesquin pour détruire sa vie dans le simple but de te venger de moi. »

Papa haussa les épaules. « Tu me connais bien.

— Papa ! s'écria Bobby qui sentait tout lui échapper des mains.

— Ta mère a raison sur ce point, Bob. Tu ne voudrais quand même pas que je ruine la vie de ta sœur pour la punir de n'avoir pas obtenu ce que, toi, tu voulais, non ? Que ressentirais-tu si tu étais à sa place ?

— Exactement ce que je ressens maintenant, geignit lamentablement Bobby.

— Eh bien, je vais t'offrir une chance de te sentir un peu mieux, Bob », dit son père en attrapant son verre dont il but une petite gorgée, mais sans lâcher Bobby du regard. « Je vais te laisser décider de tout. C'est *toi* qui vas me dire si je dois ou non signer la demande d'inscription de Franja. Je ne la signerai pas tant que tu ne m'en auras pas donné la permission…

— Jerry ! »

Papa leva la main pour demander le silence, mais il ne regarda même pas Sonia. Il fixa Bobby de ses yeux injectés de sang jusqu'à ce que Bobby eût l'impression que son père voyait jusqu'au fond de son âme.

« C'est simple, Bob. Te sentirais-tu mieux de faire ce que ces salauds de Russes viennent de me faire, ou bien préfères-tu te sentir américain ? »

Bobby jeta un long regard en coin à Franja et leurs yeux se croisèrent un instant. Il ne pouvait rien lire d'autre dans ceux de sa sœur que l'intensité de leur regard posé sur lui. Que pouvait-elle bien penser ? Se faisait-elle intérieurement toute petite, sachant qu'il tenait sa vengeance ? Crevait-elle de trouille qu'il ne la prive du rêve de sa vie ?

Qu'il n'aille lui faire ce que leur mère lui faisait, à lui ?

Bobby soupira. D'aussi loin qu'il s'en souvînt, Franja l'avait toujours tourmenté et elle n'avait certainement jamais rien fait de noble pour lui. Était-il vraiment possible d'aimer une telle sœur ?

Mais il n'était pas question de ça, n'est-ce pas ? Pas plus que de vengeance, si douce et justifiée soit-elle.

Son père était en train de lui apprendre sur lui-même une dure leçon qu'il n'oublierait jamais.

La vengeance était une chose, mais une injustice délibérée était un acte qu'il ne pouvait se résoudre à commettre.

« Signe sa demande d'inscription, papa, marmonna-t-il d'un air malheureux.

— Ça, c'est parler en homme, Bob », dit son père en ramassant les papiers. Il tourna les yeux vers leur mère et resta un long moment sans rien dire. « C'est parler en *véritable* Américain. »

Jamais défaite ne lui avait donné un tel sentiment de victoire.

Sonia, émerveillée, regardait son mari signer les papiers. Après ce qu'on lui avait fait aujourd'hui, il était encore capable de distinguer ce qui était juste et d'ouvrir les yeux de Robert par la même occasion !

Durant ces dernières années de labeur, de conflit et de stagnation professionnelle, elle avait considéré Jerry, aux moments les plus noirs, comme un boulet qu'elle avait dû épouser pour se faire transférer à Paris.

Mais des moments comme celui-ci lui rappelaient qu'elle avait épousé Jerry parce qu'elle l'aimait, ils lui rappelaient *pourquoi* elle l'aimait. C'était le Jerry Reed qui avait quitté son pays pour l'amour et pour un rêve. C'était le Jerry Reed qui avait conservé la foi en ce rêve durant ces longues années d'amères désillusions.

Et en comprenant de nouveau cela, elle sut aussi qu'Émile Lourade était bien l'ami de Jerry, qu'en un sens il avait mieux compris Jerry qu'elle n'en avait été capable, ces derniers temps. Il était peut-être trop fin manœuvrier pour faire un geste futile qui aurait mis en danger sa situation bureaucratique, mais il avait donné à Jerry la seule chose qui était dans ses possibilités, l'occasion, quel qu'en soit le prix pour son orgueil, de travailler au rêve de sa vie.

Et elle sut aussi, sans comprendre exactement pourquoi, qu'elle ne pourrait jamais rapporter la conversation de ce soir à Ilya Pachikov. Avait-elle tant de scrupules à trahir Lourade, alors que cela ne ferait que changer quelques chiffres sur un traité ? Était-ce parce que cela revenait à trahir Jerry, même si cela ne lui faisait aucun mal ?

Ou bien était-ce la même raison qui avait poussé Jerry à remettre entre les mains de Robert la décision de signer les formulaires d'inscription de Franja ? La même raison qui avait fait dire à Robert de les signer ? Elle était sûre que c'était bien ça.

Mais elle n'arrivait pas à mettre le doigt sur cette raison.

Quoi qu'il en soit, elle savait qu'elle devait agir ainsi, même si cela allait lui créer des ennuis avec Pachikov et lui attirer encore davantage la défaveur des Mandarins de Moscou.

Même un bureaucrate professionnel doit parfois suivre les élans de son cœur.

Franja ne put s'empêcher de jeter un coup d'œil sur Bobby pendant que son père signait les formulaires. Non, il n'avait pas l'air différent. Il portait toujours ce blouson ridicule et il n'était pas apparu d'auréole au-dessus de sa tête.

Elle ne voyait vraiment pas ce qu'il avait espéré gagner en faisant ça. Elle trouvait difficile de croire qu'il avait agi sous le coup d'un soudain accès d'amour fraternel.

Cela ne laissait qu'une possibilité, si invraisemblable fût-elle. Il avait agi ainsi parce que même Bobby savait que c'était la seule chose juste à faire.

Était-ce possible ? Bobby était-il capable de mettre de côté son petit intérêt égoïste pour faire ce qui était juste, comme un véritable Idéaliste socialiste ?

Elle lui jeta encore un coup d'œil. Oui, toutes les caractéristiques étaient là, elle devait bien reconnaître qu'ils étaient membres de la même espèce, membres de la même famille, tout bien pesé.

C'était peut-être *vrai*.

Son petit frère était peut-être un être humain, après tout.

Jerry Reed referma le capuchon du stylo et fit glisser les papiers vers Franja. « Maintenant il faut décider de l'endroit où Bob ira faire ses études », dit-il en regardant Sonia, sur le visage de qui il eut la surprise de voir un sourire radieux comme il n'en avait pas vu depuis des années. « En ce qui me concerne, il a bien gagné le droit d'aller en Amérique. »

Le sourire de Sonia se transforma en sévère froncement de sourcils. « Je suis très fière de ce que Robert vient de faire, et je n'ai pas l'intention de lui dénier le droit de choisir, déclara-t-elle. Mais, s'il ne veut pas aller à la Sorbonne, il peut suivre les cours de n'importe quelle université européenne qui voudra bien l'admettre, et s'il veut faire ses étude en anglais, il y a de bien meilleures écoles en Grande-Bretagne qu'aux États-Unis.

— En Angleterre ! s'écria Bob. Les gens y parlent comme s'ils avaient un crayon dans le nez ! Et ils jouent au *cricket* au lieu du base-ball !

— Je ne savais pas que tu avais l'intention de choisir le base-ball comme matière principale, Robert, dit sèchement Sonia.

— Tu sais parfaitement bien que je veux apprendre l'histoire, maman !

— Les Anglais ont de très bons professeurs d'histoire. Et il n'y a pas de meilleur endroit que la Sorbonne.

— L'histoire américaine, pas un ramassis de sornettes sur des rois crevés ou je ne sais quelle conquête !

— Je ne peux tout simplement pas accepter que mon fils fasse ses études dans un pays où on prépare l'histoire de demain en se demandant : quel pays d'Amérique latine allons-nous envahir ensuite ? Comment veux-tu apprendre quoi que ce soit en histoire dans un pays qui ne veut même pas se souvenir de ses propres dettes !

— Très drôle, maman.

— Je suis sérieuse, Robert. Tu ne peux pas recevoir une éducation décente dans une telle atmosphère et, qui plus est, cela peut être dangereux. Il n'y a absolument aucun moyen de prévoir ce que les cinglés de Washington vont se mettre en tête de faire demain.

— Qu'est-ce que tu t'imagines qu'il puisse m'arriver en Amérique, maman ? Me faire enrôler de force dans l'armée ou lyncher par une bande de ploucs fachos, ou bien encore dévorer dans les marais par les alligators ? Tu penses vraiment que je vais courir un danger physique ?

— Non, mais…

— Me faire laver le cerveau par la C.I.A. ? Devenir républicain ?

— Il marque un point, dit Jerry. De *quoi* as-tu peur ? La seule raison que tu donnes pour ne pas laisser Bob aller faire ses études aux États-Unis, c'est que tu n'en aimes pas la politique !

— Personne n'aime leur politique ! rétorqua Sonia. Tu l'aimes, toi ?

— Aux chiottes la politique ! lui dit rageusement Jerry. Je n'ai pas laissé la *politique* m'empêcher de signer les papiers de Franja pour qu'elle aille étudier dans sa putain de *Russie*, non ? Et Bob n'a pas laissé la *politique* l'empêcher de faire ce qui était juste ! »

Jerry regarda sa femme dans les yeux et se demanda qui lui rendait son regard en cet instant. La Russe ? La bureaucrate carriériste ? La fille qui, sous le nom de Samantha Garry, l'avait entraîné dans une folle randonnée à travers Paris si longtemps auparavant ? Toutes ? Que voyait-elle en ce moment ? L'homme qu'elle aimait ? Un raté ? Un Américain qui voulait transformer son fils en l'un d'entre *eux* ?

« Tu sais pourquoi nous avons fait ça, Bobby et moi, Sonia ? Parce que c'était la seule chose juste à faire. C'était aussi ça, être Américain, Sonia. Peut-être cela le reste-t-il encore pour quelques-uns. Peut-être cela a-t-il partiellement survécu, là-bas…

— Et si ce n'est pas le cas ?

— Alors, j'ai le droit de m'en rendre compte par moi-même, non ? intervint Bobby.

— Et ce fameux esprit romanesque russe, Sonia ? dit Jerry. Et cette justice socialiste censée régner de nos jours à Moscou ? Est-ce que nous autres Américains serions les seuls à y connaître quelque chose ?

— *Qui* remet la politique sur le tapis, Jerry Reed ? »

Franja avait essayé de se plonger dans son assiette tandis

que ses parents discutaient du sort de Bobby, mais le contenu de celle-ci n'incitait pas vraiment à un examen attentif et ce qui arrivait à Bobby l'empêchait de savourer tranquillement sa victoire.

Ce n'était pas juste. Elle qui venait à l'instant de gagner la liberté de choisir, elle savait ce qu'elle aurait ressenti si son père avait refusé de signer ses formulaires d'inscription. Que ça lui plaise ou non, elle ne comprenait que trop bien ce que ressentait Bobby en ce moment.

Malgré elle, et pour terminer de se couper l'appétit, Franja se surprit à prendre intérieurement parti pour son frère.

Après tout, pour la première fois de sa vie, Bobby avait été son allié. Et voilà que ça lui retombait dessus.

Ce n'était pas juste.

Tout ce baratin sur ce qu'impliquait d'être un véritable Américain n'était peut-être que radotage chauvin, mais Bobby y avait cru, et cela l'avait poussé à agir en vrai frère pour la première fois.

Peut-être même était-il possible qu'il existe chez les Américains un concept de vertu assez proche du concept de moralité socialiste, de l'idée que la communauté était là pour veiller au bien de tous.

Et s'il en était ainsi, la moralité socialiste, l'honneur et la simple dignité humaine réclamaient qu'elle prenne fait et cause pour que justice soit rendue à son frère.

Après tout, se dit-elle sans grande conviction, tu seras à jamais redevable envers ce petit monstre si tu ne le fais pas, et ça, ce serait vraiment insupportable.

« Papa a raison, maman, s'entendit-elle dire. Bobby a le droit de vivre sa vie, lui aussi. Et tu n'as pas le droit de l'en empêcher. »

Sonia dévisagea sa fille, sidérée. « *Tu quoque*, Franja ? » s'écria-t-elle.

Franja la regarda droit dans les yeux et, en cet instant, elle avait plus l'air d'être la sœur de Sonia que sa fille, une adulte et une égale.

« N'est-ce pas toi qui m'as appris qu'une société ne prospère que lorsque ses membres sont libres de suivre les élans de leur cœur ? demanda d'une voix ferme cette égale. Où va notre Printemps russe si nous nous comportons en famille comme de vieux staliniens irréductibles ? La moralité socialiste ne commence-t-elle pas à la maison ? »

Sonia détourna les yeux de cette nouvelle Franja, regarda Jerry qui souriait, en père doublement fier. Elle regarda Bobby, qui avait courageusement sacrifié son avantage tactique pour agir avec justice envers la sœur qu'il semblait mépriser, Bobby qui regardait maintenant cette sœur avec un respect nouvellement acquis, avec autant d'amour pour elle qu'il en était capable.

Finalement, elle tourna de nouveau les yeux vers Franja, vers cette fille qui prétendait lui donner des leçons de moralité socialiste.

Et elle vit que tous trois étaient unis dans le même esprit comme jamais auparavant.

Elle se sentait fière. Elle se sentait vaincue. Elle se sentait honteuse. Elle se sentait exclue. Elle ne pouvait changer d'opinion, mais son cœur ne pouvait que fondre.

Elle soupira, haussa les épaules, une fois, deux fois. « Je pense toujours que nous faisons une énorme erreur, finit-elle par dire. Mais je me retrouve manifestement en minorité. Je suppose donc qu'il ne me reste qu'à me soumettre à la majorité. Parce que je n'ai pas le droit de faire autrement. Simple question de pouvoir. C'est bien à ça que ça se résume, n'est-ce pas ?

— Oui, Sonia, dit doucement Jerry. C'est bien à ça que ça se résume.

— Tu as donc ma permission, Robert, soupira Sonia. Il n'est pas si facile de reconnaître à son enfant le droit à une volonté propre. Comprends-tu ça, Robert ? Comprends-tu ce que je ressens ? »

Bobby la regarda et sourit d'un tendre et triste petit sourire. « Oui, maman, je crois que je comprends. Je crois que nous comprenons tous. »

Il y eut un long moment de silence, mais il n'avait rien de pesant ; Sonia le perçut comme un moment de grâce, de plénitude, d'unité familiale qu'elle n'avait encore jamais connu, un moment d'une telle tendresse qu'il en était gênant.

Sonia sortit de cet état en clignant des yeux et se surprit en train de contempler un immonde conglomérat de nouilles froides nappées de sauce à la crème fraîche décomposée et de pitoyables morceaux de viande trop cuite.

« Nous allons jeter ça à la poubelle et aller au *Magnifique*, déclara-t-elle. Ce n'est peut-être pas la meilleure brasserie de Pigalle, mais ils ne peuvent pas faire pire. Et cette décision, au moins, ne sera pas tributaire d'un vote majoritaire au Soviet suprême ! »

11.

M. Carson : « Grands Dieux non, Billy, nous ne bluffons pas. Nous allons nous réunir en séance plénière avec le Sénat à l'heure même où votera le Parlement européen, nous avons un tombereau de projets de lois tout prêts et, croyez-moi, nous n'allons pas ajourner les débats tant que nous n'aurons pas donné au Président les moyens de botter le cul aux Européens. Nous leur montrerons qui bluffe ! Ils ont nos titres, mais j'aimerais les voir essayer de les encaisser ! Ce n'est peut-être pas exactement ce que nous avions en tête en mettant en place l'Étoile d'Amérique, mais ça fait plaisir de savoir qu'elle va bientôt nous rapporter un gros dividende imprévu. Les Russes et les Européens dénigrent "Festung Amerika" depuis des années, on va voir maintenant qui rira le dernier ! »

Billy Allen : « Je parle doucement, mais j'ai un gros bâton, hein ? »

M. Carson : « Parler doucement, mon cul ! Nous allons le leur faire savoir haut et clair, ou je ne m'appelle plus Harry Burton Carson ! »

Newspeak, présenté par Billy Allen

LE PARLEMENT EUROPÉEN ACCUEILLE L'UNION SOVIÉTIQUE EN SON SEIN

Avec seulement 53 voix contre sur 561 suffrages exprimés, et malgré les vaines et haineuses menaces que continue de vomir Washington, le Parlement européen a courageusement voté aujourd'hui l'admission de l'Union soviétique dans la Communauté européenne.

« Il s'agit du plus grand événement historique depuis la fin de la grande guerre patriotique », a déclaré le président Dimitri Pavlovitch Smerlak. « En fait, les historiens du siècle prochain pourraient le considérer comme encore plus important. La grande blessure au centre de l'Europe est enfin cicatrisée. Le vieux rêve de Mikhaïl Gorbatchev d'une maison commune européenne se réalise enfin… une Europe de l'Atlantique à Vladivostok ! Un avenir doré nous attend ! »

Tass

Quand l'Étoile-Rouge envoya les invitations à son gala, Sonia y apparaissait sous le nom de Sonia Ivanovna Gagarine, signe habituel que son Américain d'époux était *persona non grata.*

Mais cette fois elle comprenait facilement pourquoi, et elle n'aurait d'ailleurs jamais songé à infliger pareille épreuve à Jerry, même s'il avait été invité. Un Américain à une fête en l'honneur de l'entrée de l'Union soviétique dans la Communauté européenne n'aurait été que l'objet de sarcasmes triomphants.

La présence de Jerry ne l'aurait pas davantage aidée à regagner les faveurs des Mandarins, cause qu'elle pouvait au moins espérer faire avancer dans l'atmosphère euphorique d'une soirée où champagne et vodka couleraient à flots et où tous spéculeraient sur les heureuses répercussions de l'événement sur la bonne fortune de l'Étoile-Rouge et sur leurs propres carrières.

En temps ordinaire, elle serait arrivée au bras d'Ilya Pachikov, qui serait reparti avec une autre, subterfuge commode qu'ils avaient souvent utilisé. Elle avait son patron pour cavalier et servait en retour de chaperon idéal à ce tombeur notoire, personne ne pouvant le considérer comme un goujat de repartir avec une autre femme que celle avec qui il était arrivé, cette dernière étant d'abord une femme mariée, et ensuite une stricte relation de travail.

Mais aujourd'hui, cela aurait été pousser les choses un peu loin.

Ilya l'avait appelée dans son bureau dès la première heure le lendemain même du jour où l'ESA avait révélé aux négociateurs soviétiques l'existence officielle du projet N.G.C.

« Tu étais au courant, Sonia, n'est-ce pas ? avait-il dit en guise de salutation quand elle était entrée dans son bureau. Ne me dis pas que ton mari ne savait rien. »

Quelque chose dans la façon dont il la regardait lui dit qu'il serait plus que futile de nier. « Oui, Ilya Sergeïovitch, j'étais au courant, fut-elle obligée d'avouer.

— Alors pourquoi ne m'en as-tu rien dit ? poursuivit Ilya avec autant de mauvaise humeur que de colère. Ils ne sont pas franchement impressionnés par les performances de notre service, à Moscou, crois-moi !

— Je… je n'ai pas mis ta situation en danger, n'est-ce pas… ? » demanda Sonia d'un air désolé, prenant pour la première fois conscience que ne pas rapporter la stratégie de Lourade à Moscou par l'intermédiaire d'Ilya pouvait effectivement avoir des répercussions sur la carrière de ce dernier.

« Non, non, bien sûr que non, répondit Ilya d'un air irrité. Mais si nous avions obtenu ce renseignement, le service de stratégie économique de Paris, c'est-à-dire toi et moi, Sonia Ivanovna, serait passé pour le fin du fin. »

Il la scruta d'un air pensif. « Tu étais au courant de tout, Sonia. Pourquoi donc n'as-tu pas fait ce qu'il fallait ?

— J'ai *fait* ce qu'il fallait, Ilya », s'entendit déclarer avec force Sonia.

Ilya se carra dans son siège. « Ça te dérangerait de m'expliquer comment c'est possible ? » demanda-t-il d'une drôle de voix.

Sonia essaya. Elle lui raconta ce qu'Émile avait fait à Jerry. Et comment celui-ci avait néanmoins signé les formulaires d'admission de Franja. « Après ça, il m'était impossible de faire quoi que ce soit qu'il puisse considérer comme une nouvelle trahison, qu'il finisse par l'apprendre ou non. »

Elle regarda Pachikov qui la fixait maintenant d'un air très curieux. « Je ne m'attends pas vraiment que tu comprennes, Ilya…

— Pourquoi donc ? Suis-je un paysan nikulturni de la toundra ? s'exclama-t-il avec indignation. Tu supposes que je n'ai pas l'âme russe parce que je porte des costumes italiens ?

— Tu n'es pas en colère ? »

Il haussa les épaules. À ce moment, ses airs patriciens parurent soudain authentiques et Sonia comprit ce que les autres femmes devaient voir en cet homme, outre ses longs cheveux blonds et sa fière allure de cosaque.

« Comment pourrais-je être en colère ? demanda-t-il. Tu as fait ce que commandait ton cœur, comme une honnête épouse russe, si tu veux pardonner mon machisme slave. Je t'en admire d'autant plus. »

Puis il redevint son patron. « Ce n'est pas ça, malheureusement, qui apparaîtra dans nos kharakteristika. Au lieu de héros de l'esprit d'entreprise socialiste, Sonia, si les Mandarins devaient entendre cette explication de notre échec, nous serions tous les deux définitivement classés comme petits-bourgeois romantiques, alors nous ferions mieux de les laisser râler et d'attendre qu'ils oublient tout ça. »

Il n'était pas vraiment évident qu'ils aient oublié tout ça, à Moscou, car si la colère d'Ilya s'était instantanément dissipée et s'il était resté relativement amical, il se comportait un peu bizarrement avec elle, il était devenu un peu plus distant, comme s'il avait eu davantage d'ennuis avec la hiérarchie qu'il ne voulait bien galamment le reconnaître.

De sorte que Sonia n'avait même pas songé à lui demander de l'accompagner à la soirée. Elle avait simplement quitté le bureau après le travail, dégusté tranquillement un plateau de fruits de mer dans une brasserie voisine pour passer le temps, puis s'était rendue seule en taxi à *La Décorusse.*

Lorsque l'Étoile-Rouge avait décidé que Paris devait avoir un lieu à la mode pour porter haut l'étendard de la société, elle avait créé une compagnie dont elle détenait 40 % des parts. Les 60 % restants allant à ses associés français avec pour instruction de construire une salle que les grandes entreprises loueraient volontiers pour leurs réceptions, rehaussant ainsi le prestige de l'Étoile-Rouge quand elle se réserverait l'endroit. Et, bien sûr, de la construire en style russe, de faire de celui-ci un style à la mode, et de rendre l'entreprise bénéficiaire.

Voilà ce qu'était *La Décorusse*, qui avait donné naissance au style qui déferlait sur l'Europe, impitoyablement commercialisé par les filiales de l'Étoile-Rouge, des meubles aux vêtements, en passant par la décoration des restaurants-minute, l'emballage des aliments et la nouvelle station de métro « Place Russe ».

La tête de pont de cette invasion commerciale avait été édifiée au bord de la Seine sur le site des anciennes usines Renault, au centre de la place Russe, rond-point autour duquel s'était implanté un quartier résidentiel en vogue. Sur des terrains qu'une autre filiale de l'Étoile-Rouge, constituée par des Français influents, avait préalablement acquis à un prix très raisonnable.

Le style de *La Décorusse* était un amalgame d'architecture religieuse russe traditionnelle et de science-fiction des années trente. Le bâtiment était construit à l'image d'un dôme en oignon, mais celui-ci était un astucieux compromis entre une coupole orthodoxe et une antique fusée à la Flash Gordon. Les panneaux laser dont il était recouvert l'enveloppaient de tournoyantes spirales lumineuses passant progressivement du rouge au bleu du bas vers le haut. Le résultat évoquait le croisement d'une église orthodoxe, d'une soucoupe volante islamique et d'une fusée sur le point de s'arracher à l'attraction terrestre tel un baroque phallus slave. Sa principale caractéristique n'était pas la sobriété.

L'intérieur était peint comme l'étaient traditionnellement les bulbes qui lui avaient servi de modèle, sauf que les brillantes spirales colorées s'élevaient en doubles hélices entrecroisées qui constellaient le plafond de losanges curvilignes multicolores.

L'estrade de l'orchestre était une bulle de plastique transparent suspendue au plafond par un tube recouvert de miroirs et agrémentée d'ailes chromées aérodynamiques, tel un satellite de bande dessinée. À l'intérieur, un quatuor en smockings noirs dissymétriques jouait en sourdine des adaptations de vieux airs russes pour synthétiseurs et balalaïkas électroniques.

Bars et buffets avaient été installés tout autour de la salle circulaire, des tables de bistrot se dressant ici et là de façon à laisser un vaste espace central pour la danse qui restait, bien que l'endroit fût déjà bondé, largement ignoré.

Il n'y avait pas vraiment de murs. Des holopanoramas encerclaient la salle, l'ouvrant sur une sorte de paysage soviétique composite où une rue Iverskaya sous la neige se fondait en été ensoleillé au bord de la mer Noire, puis en crépuscule sur la toundra au printemps, en lever de soleil sur Tachkent et en fin d'après-midi sur la perspective Nevski.

Dans les airs, approximativement au niveau de l'estrade, un entrecroisement de passerelles et de plates-formes s'élançait d'un balcon circulaire ; plastique transparent, chromes étincelants, acier poli et garde-fous donnaient l'impression d'évoluer sous une sorte de cosmograd idéal, tandis que ceux qui étaient insensibles au vertige pouvaient se prendre pour des cosmonautes.

Trop c'est trop, se disait Sonia qui errait sans but à travers la foule en dégustant des canapés au caviar ou au crabe qu'elle faisait passer avec de la vodka au poivre, échangeant quelques mots par-ci par-là et essayant d'évaluer le nombre d'invités présents.

Presque tous les employés du siège parisien de l'Étoile-Rouge étaient là, y compris Ilya Pachikov qui bavardait avec une ravissante petite rousse et dont l'attitude et les regards en coin laissaient entendre à Sonia qu'il souhaitait que cette conversation demeure personnelle et devienne le plus intime possible.

Il y avait aussi des tas de gens de l'ambassade, à en juger par la présence de l'ambassadeur Tagourski et de sa femme, qui n'assistaient jamais à ce genre de festivités sans un énorme entourage. Il y avait quelques colonels et généraux de l'Armée rouge. Il y avait des tas de gens qui pouvaient être n'importe quoi — agents de sécurité, du K.G.B., employés de Tass, délégués d'entreprises industrielles, envoyés du ministère de l'Espace. Tous les Russes de Paris un tant soit peu connus semblaient s'être déplacés.

Et presque personne d'autre, apparemment, car tout le monde avait l'air de parler russe et il régnait une atmosphère typiquement slave, un certain relâchement, une exubérance fort peu protocolaire, qui n'auraient pas persisté dans une réception internationale.

Nous sommes tous de bons Eurorusses, se dit Sonia, mais ce soir un peu plus Russes qu'Euros. Elle se prit à approuver le principe qui faisait de cette soirée une festivité fondamentalement russe. Car, si c'était effectivement un grand jour pour tous les citoyens de la toute récente Grande Europe, ce l'était plus particulièrement pour un Russe.

Si « une seule Europe de l'Atlantique à Vladivostok » demeurait un slogan géographiquement confus, ce n'était plus un rêve mais une réalité. L'Union soviétique était désormais membre de la famille des nations européennes, non par charité, mais en tant que principale puissance économique, militaire et industrielle, première entre des égaux.

Et pour les personnes présentes, pour les Eurorusses de Paris qui avaient fait leur carrière en dehors de la mère patrie pour promouvoir cette réalité, c'était un peu un succès personnel.

Nous ne serons en rien de moins bons Européens si nous célébrons entre Russes cet événement historique, estima Sonia.

Elle errait donc à travers la foule, buvant de la vodka sans compter les verres, papotant avec des gens d'autres services, avec un chef de bureau de Tass, un économiste de l'ambassade, un attaché militaire, avec des secrétaires, avec tout le monde en général et personne en particulier, se laissant gagner par l'exubérance générale.

C'est alors qu'elle l'aperçut.

Ou crut l'apercevoir.

Était-ce possible ?

Il était assis à une petite table en compagnie d'un homme qui avait l'air d'un diplomate. Il ressemblait d'ailleurs lui-même à un diplomate, avec son habit noir et sa chemise blanche. Il y avait maintenant plus de gris que de noir dans ses cheveux et son visage avait pris quelques rides, bien sûr, mais ses yeux étaient les mêmes, ainsi que la courbe de son nez et le modelé ironique de sa bouche.

C'était lui. C'était Youli. Youli Markovski. Ici, à Paris. Vingt ans plus tard.

Sonia s'était immobilisée, pétrifiée. Youli ne l'avait pas encore remarquée. Que devait-elle faire ? Comment aurait-elle pu ne *pas* parler à son ancien amant, l'homme à qui elle avait été plus ou moins fiancée, la route qu'elle n'avait pas prise ? Mais, d'un autre côté, cela s'était si mal terminé cette dernière nuit de beuverie à Moscou…

Sonia se rapprocha de sa table, espérant qu'il la verrait et prendrait l'initiative, mais il était en pleine conversation avec son collègue et ne la remarqua pas. Elle se dirigea vers le bar le plus proche, se fit servir un nouveau verre de vodka et en avala la moitié pour se donner du courage.

Quand elle se retourna, Youli était seul.

Sonia haussa les épaules. Il n'y avait rien d'autre à faire. Elle but une gorgée de vodka et s'approcha de sa table.

« Youli… ? Youli Markovski ? »

Youli leva sur elle des yeux légèrement injectés de sang. Il était manifestement un peu ivre. Mais ce soir, qui ne l'était pas ?

« Sonia… ?

— Tu permets ? » dit Sonia en prenant une chaise avant qu'il ait acquiescé.

Ils restèrent un long moment assis à se regarder dans un silence gêné.

« Tu travailles toujours pour l'Étoile-Rouge ? » finit par demander Youli.

Sonia hocha la tête. « Directrice adjointe du service de stratégie économique de Paris. Et toi ? »

Youli eut un rire étrange et le fantôme d'un vieux sourire familier joua sur ses lèvres. « Eh bien, comme tu l'as peut-être appris, je n'ai pas encore été nommé ministre. Mais je suis toujours aux Affaires étrangères à Moscou, à un poste subalterne, sans doute, mais je conserve l'espoir… » Il fronça les sourcils et but une gorgée de son verre à moitié vide. « Pas dans la conjoncture politique actuelle, bien sûr, marmonna-t-il d'un ton assez amer.

— Marié… ? » demanda Sonia, ne sachant que dire d'autre. Tout cela était si incroyablement gauche et conventionnel.

Youli hocha la tête. « Trois enfants. Et toi ?

— Deux, répondit Sonia, peu désireuse d'aborder le sujet de son mari américain.

— Alors, Sonia ?

— Oui, Youli ?

— La vie t'a apporté ce que tu en attendais ? Tu es heureuse ?

— Un mariage heureux, de beaux enfants, une vie agréable à Paris. Mon avancement professionnel pourrait être un peu plus rapide… » Elle haussa les épaules. « Et toi ? »

Youli rit de nouveau, mais ce n'était pas un rire particulièrement gai. « *La même chose*, comme disent les Français.

— Et que fais-tu à Paris ?

— Des trucs pour le ministère », répondit-il d'un ton laissant entendre qu'il n'était pas disposé à approfondir.

Il y avait dans cette conversation quelque chose d'atroce qui fit regretter à Sonia d'avoir aperçu Youli. L'ayant vu, il lui était impossible de ne pas aller lui parler, mais maintenant qu'elle avait commencé à lui parler, elle constatait qu'elle n'avait vraiment rien d'important à lui dire, pas plus que lui, apparemment. Leur époque commune remontait à vingt ans, elle ne s'était pas bien terminée et ils n'avaient eu depuis aucun contact.

Ils étaient deux personnes différentes, deux étrangers, qui essayaient de bavarder à bâtons rompus dans des circonstances extrêmement délicates, et Sonia cherchait un moyen de mettre fin élégamment à la conversation quand la musique s'interrompit soudain.

Les têtes se tournèrent vers l'estrade de l'orchestre tandis que l'ambassadeur Tagourski en personne, un peu vert sur les bords à cause du vertige, émergeait du tube d'accès à la bulle où il se mit à parler avec un des musiciens. Les conversations se turent pour laisser place à un silence pesant.

« J'ai une déclaration plutôt désagréable à vous faire, même si je suppose que la nouvelle n'est pas vraiment inattendue, fit la voix amplifiée de l'ambassadeur. Le président des États-Unis vient de signer un décret suspendant le paiement des intérêts sur tous les titres gouvernementaux américains détenus par les gouvernements, entreprises ou simples citoyens européens. La dette extérieure sera convertie en obligations non porteuses d'intérêts remboursables uniquement en fonds bloqués qui ne pourront être utilisés que pour acheter des biens manufacturés et des produits agricoles sur le territoire des États-Unis… »

Des murmures confus parcoururent la salle.

« Pour ceux d'entre vous qui ne sont pas versés dans le jargon économique, cela signifie en bon russe que les Américains annulent leur dette extérieure, tout au moins la part détenue par la Communauté européenne, qui s'élève à environ quinze mille milliards de dollars américains.

— Ils l'ont fait ! s'exclama Sonia dans le tumulte qui éclatait. Ils l'ont vraiment fait !

— Tu t'attendais à autre chose ? dit cyniquement Youli Markovski. Ce n'est que le commencement, crois-moi. C'est leur prochain coup qui fera vraiment mal.

— Leur prochain coup ?

— Bien sûr, répondit Youli. Ce n'est pas évident ? Il ne s'agit là que de leur vengeance contre l'Europe occidentale, l'Union soviétique ne détient pratiquement aucun des titres qu'ils viennent de transformer en papier hygiénique. Mais quand commenceront les expropriations…

— Les expropriations ?

— Quelle excellente excuse pour eux ! » s'exclama Youli, presque comme si Sonia n'était pas là. Il but une gorgée de vodka et se lança dans le genre de discours dont elle ne se souvenait que trop bien.

« Personne ne sait au juste quelles proportions de propriétés foncières, valeurs boursières, puits de pétrole, mines de charbon, structures de production et autres sont détenues par les gouvernements, entreprises et citoyens européens, mais le ministère des Affaires étrangères l'estime au minimum à près de 30 % de la richesse nationale américaine. Quel coup de fouet pour l'économie moribonde des États-Unis quand ils mettront la main sur tout ça pour le revendre à leurs propres capitalistes ! Même aux tarifs de braderie auxquels leur gouvernement le laissera sans doute partir, ils récolteront presque assez pour rembourser leur dette vis-à-vis du Japon ! On est bien obligé d'admirer leur cynisme !

— Mais c'est du vol pur et simple ! » s'écria Sonia.

Youli haussa les épaules. « C'est une honorable tradition tiers-mondiste. Il fut un temps où l'Union soviétique encourageait ce genre de pratiques !

— Ils ne pensent quand même pas s'en tirer comme ça !

— Vraiment ? dit Youli d'un air méprisant. Qui va les en empêcher ? Certainement pas *nous !* Pendant que nous faisions notre grande offensive de paix pour nous transformer en bons petits Européens, *eux* se rendaient militairement invulnérables. Leurs lasers orbitaux peuvent détruire en moins de temps qu'il n'en faut pour le dire tout ce que nous avons là-haut — cosmograds, Espaceville, jusqu'au dernier des satellites, peut-être même notre base lunaire. Ça fait des dizaines d'années qu'ils déploient l'Étoile d'Amérique et force est de constater que ce foutu truc fonctionne, ou du moins qu'il marche assez bien pour les rendre totalement insensibles à toute menace de recours à la force, comme nous en avons eu plus qu'amplement la preuve par la façon dont personne n'a levé le petit doigt pendant qu'ils agissaient comme bon leur semblait en Amérique latine.

— Mais certainement des sanctions économiques… »

Youli rit amèrement. « Oh, bien sûr, en guise de représailles, les Européens nationaliseront sans doute les avoirs américains en Europe, mais les Japonais ne feront rien, de crainte de donner une bonne excuse aux États-Unis pour nationaliser leurs propres avoirs aux États-Unis. Même une nation qui ne joue pas sérieusement aux échecs peut comprendre les avantages qu'il y a à échanger un fou contre une tour et une dame ! »

Sonia était pour le moins effarée. « Est-ce simple conjecture de ta part, Youli, ou… »

Il haussa cavalièrement les épaules. « C'est de notoriété publique depuis longtemps. Quand on y ajoute le minimum nécessaire glané par les services de renseignement… Ils ont l'intention de faire ce qu'ils ont dit : transformer l'hémisphère occidental en empire économique américain complètement autonome, et personne ne peut les en empêcher… »

Youli continuait à pérorer, mais Sonia n'écoutait plus. « Ils ont toutes les ressources nécessaires, charbon, minerai de fer, cuivre, pétrole, terres cultivables en abondance, uranium… »

La partie professionnelle du cerveau de Sonia avait pris les commandes et évaluait les conséquences de ce qu'il venait de lui dire.

L'Étoile-Rouge ne possédait rien directement aux États-Unis — les investissements soviétiques y étaient depuis longtemps interdits par la loi — mais elle détenait des centaines de millions d'actions dans des dizaines, peut-être des centaines, d'entreprises européennes pour qui c'était certainement le cas. Et quand les Américains les auraient expropriées, le prix de ces actions dégringolerait, entraînant des faillites…

« Combien de temps avons-nous, Youli ? demanda-t-elle.

— Comment ? dit Youli en clignant des yeux comme s'il sortait de transe.

— Combien de temps avant que les Américains commencent leurs expropriations ? »

Youli haussa les épaules. « Quelques semaines, peut-être. Ils attendront que l'indignation européenne soit à son comble, dans l'espoir que l'Europe fera un geste stupide qui leur fournira un bon prétexte pour…

— J'ai été ravie de discuter avec toi, Youli, dit-elle en se levant, mais il faut que je te laisse, maintenant… »

Et elle plongea dans la cohue à la recherche d'Ilya Pachikov. Un courant insidieux avait sapé l'ambiance euphorique de la soirée mais, à en juger par les bribes de conversation que Sonia surprenait au passage, ce n'était qu'indignation vertueuse et invectives antiaméricaines. Il semblait que peu de monde, sinon personne, eût connaissance des renseignements de Youli, ou si quelqu'un était au courant, il n'était pas assez lucide pour en tirer les conclusions.

Elle finit par trouver Ilya qui tentait toujours avec entrain de séduire sa petite rousse comme si de rien n'était. « Excusez-moi, dit-elle en l'attrapant par le bras.

— Sonia…

— C'est d'une importance vitale, Ilya, insista-t-elle. Trouvons-nous un endroit tranquille pour discuter.

— Ça a intérêt à être intéressant, marmonna-t-il d'un air irrité. *Elle*, en tout cas, elle l'est !

— Ça l'est, Ilya, ça l'est ! » lui assura-t-elle et, maussade et marmonnant, Pachikov se laissa entraîner, par une des vertigineuses passerelles, sur une plate-forme de plastique transparent où une petite table et deux chaises étaient suspendues dans les airs.

« Alors, Sonia Ivanovna ? » demanda-t-il en croisant les bras sur sa poitrine et en la regardant dans les yeux, comme pour éviter à tout prix de regarder vers le bas.

« Voilà, Ilya Sergeïovitch », répondit Sonia, et elle lui répéta ce que venait de lui dire Youli, non sans omettre les considérations politiques pour s'en tenir à la simple tactique économique.

« Oui, oui, c'est terrible, dit-il quand elle eut terminé. Mais pourquoi me déranger avec ça *maintenant ?* Ce n'est pas du ressort de notre service, après tout, et j'étais juste en train...

— Veux-tu cesser un instant de réfléchir avec ta queue pour te servir de ta tête, Ilya Sergeïovitch ! s'emporta-t-elle contre son supérieur. Notre service, c'est-à-dire toi et moi, est en défaveur depuis... bon, tu sais combien de temps... non ? Ne vois-tu pas que c'est notre chance de nous rattraper ! Nous pouvons faire économiser des milliards d'écus à l'Étoile-Rouge !

— Vraiment ?

— Bien sûr ! Nous devons transmettre sur-le-champ ce renseignement au service commercial ! Nous avons une semaine ou deux, trois au maximum, avant l'effondrement du marché pour nous défaire de nos actions dans les sociétés qui vont être touchées ! »

Le regard d'Ilya s'éclaira. « Oh, dit-il simplement. Oui, bien sûr, tu as raison. Bien joué, Sonia, bien joué ! » Il la prit par la main pour la faire lever et l'entraîna sur la passerelle.

« Que fais-tu, Ilya ? Où allons-nous ?

— Trouver Lev Kaminev ! Il est quelque part en bas... »

La fête battait son plein malgré la mauvaise nouvelle, ou, en fait, peut-être en partie à cause d'elle. Les gens s'étaient mis à avaler la vodka dans le style traditionnel, à grandes rasades plutôt qu'à petites gorgées. L'orchestre s'était remis à jouer et les danseurs avaient envahi la piste, entre autres un groupe de lourdauds avinés qui essayaient de faire la démonstration de leurs talents athlétiques en exécutant des danses cosaques accompagnées de grands éclats de rire quand ils tombaient sur le cul. Les cravates s'étaient dénouées, certains avaient ôté leur veste et un groupe s'était même mis à chanter complètement faux dans un coin.

Il semblait impossible de trouver qui que ce fût dans cette mêlée, sinon par hasard, mais une fois lancé Ilya Pachikov avait pris le mors aux dents, demandant d'une voix forte et autoritaire à tout un chacun s'il savait où se trouvait le chef du service commercial. Ils finirent par trouver Kaminev près d'un bar où il faisait remplir son verre.

« Un mot, Lev, c'est très urgent », dit Ilya en le prenant par le bras.

Les yeux de Lev Kaminev étaient légèrement injectés de sang, mais son élégant costume bleu pétrole n'avait pas un faux pli, sa cravate était toujours bien nouée autour du col de sa chemise blanche impeccablement repassée et pas une mèche de ses rares cheveux gris n'était dérangée. Il hocha la tête et se laissa emmener par Ilya à une table libre, en périphérie de la salle, où le holopanorama semblait les situer, avec beaucoup d'à-propos, au beau milieu de la toundra sibérienne.

« Dis-lui, Sonia. »

Elle s'exécuta.

À mesure qu'elle parlait, le froncement de sourcils de Kaminev s'accentua, ses lèvres se mirent à trembler, et quand elle en eut terminé, il était devenu très pâle.

« Quel cauchemar ! gémit-il. Nous allons perdre des milliards !

— Pas si nous agissons vite, s'empressa de lui dire Sonia. Pas si nous commençons sur-le-champ à vendre nos actions, il faut immédiatement trouver un terminal et… »

Kaminev secoua la tête. « Ce n'est pas si simple. Si nous nous mettons à tout vendre en bloc, nous toucherons le fond avant même que les Américains n'aient bougé le petit doigt. Il faut procéder le plus lentement et le plus subtilement possible. Prendre d'abord des options où nous le pouvons… Vendre au prix du marché lorsque c'est faisable… Puis commencer à nous défaire progressivement par paquets de taille raisonnable… Empêcher le marché de s'effondrer en négociant par l'intermédiaire de prête-noms… Il ne faut pas nous montrer trop gourmands, sinon nous risquons de déclencher une panique, mais nous pourrons peut-être limiter nos pertes à moins de 20 % si… »

Il se passa nerveusement la main dans ses cheveux bien coiffés qu'il ébouriffa. « Quel merdier ! grogna-t-il. Nos services vont devoir travailler de concert, Ilya, et il va falloir nous y atteler jour et nuit. Nous allons devoir modéliser cette fichue situation et élaborer un programme commercial pour nous tirer de là… Seigneur, les variables en cause… Et si nous nous trompons, si nous mettons ça en route et que les Américains n'exproprient *pas*… »

Il regarda nerveusement par-dessus son épaule les étendues désolées de Sibérie, inspira profondément et regarda Sonia dans les yeux. « Si mon service table sur ce renseignement et qu'il se révèle inexact, le Soviet suprême va réinventer le goulag rien que pour nous. Tu es *sûre* que ce ne sont pas de simples élucubrations d'ivrogne ?

— Eh bien… », murmura Sonia d'un ton peu assuré. Elle contempla à son tour le paysage et frissonna. Youli avait manifestement bu et…

« L'ambassadeur n'est pas encore parti, dit Ilya avec force. Allons lui parler ! S'il n'est pas au courant, ce qui ne me surprendrait guère, je passerai quelques coups de fil à Moscou dans la matinée. À des gens qui veilleront à ce que le ministre des Affaires étrangères en personne soit mis sur la sellette, si besoin est. S'ils ont caché un renseignement pareil à l'Étoile-Rouge…

— Bien sûr ! s'écria Kaminev. Que ce soit notre intrépide service de stratégie économique qui ait dû dénicher tout seul ce renseignement sera un mauvais point pour eux. Si c'est vrai, cela pourrait être juste ce dont nous avons besoin pour mettre un point final à leur obstructionnisme. »

Il se leva. « Gardez ça pour vous, tous les deux. Je vais avoir une petite discussion avec Son Excellence. Ilya, tu peux me dresser un état préliminaire de nos avoirs dans les sociétés affectées pour demain midi ? Ainsi que des avoirs de celles-ci aux États-Unis ?

— Ça va être du boulot, mais nous le ferons !

— J'en suis sûr ! » répondit Kaminev, et il disparut dans la foule à la recherche de l'ambassadeur Tagourski.

Ilya Pachikov adressa un large sourire à Sonia.

Sonia le lui rendit.

« Tu devrais *vraiment* être à mon poste, Sonia.

— Qui sait, si ça se passe bien, tu pourrais avoir une belle petite promotion, et moi aussi !

— Parfaitement ! s'exclama Ilya. Pourquoi pas ? »

Il se leva, lui saisit les mains pour la faire lever, la prit dans ses bras et l'embrassa bruyamment sur les deux joues. « Si tu n'étais pas mariée, je te donnerais le baiser que tu mérites vraiment ! »

Il haussa les épaules. Sourit « À bien y réfléchir, pourquoi pas ? » Et il lui en planta un bien senti sur la bouche.

Une onde incandescente parcourut Sonia de la tête aux pieds. Dans ce contexte, elle n'avait pas l'impression de trahir Jerry en rendant brièvement son baiser à Ilya.

12.

UNE PAGE DU VIEUX LIVRE DE STALINE

S'il semble bien exact que les États-Unis se sont durablement mis au ban des nations par leur expropriation massive des avoirs étrangers et resteront longtemps tout aussi incapables d'emprunter sur le marché international que d'attirer des capitaux étrangers, il est également vrai que, d'un trait de plume, les Américains ont repris le contrôle de leur économie exsangue, réussi une dévaluation indirecte du dollar d'une façon politiquement acceptable pour leur électorat et abondamment prouvé que l'opinion internationale n'exerce plus le moindre effet dissuasif, même résiduel, sur la politique américaine en Amérique latine.

C'est ainsi, en un sens, que Staline a fait de l'Union soviétique une grande puissance industrielle. C'est ainsi que Hitler a tiré l'Allemagne d'un état de total effondrement économique. L'autarcie associée à l'expansionnisme impérialiste est une vieille recette de realpolitik pour le renouveau national à court terme.

Ce qui se passe plus tard est une autre affaire. Mais quand les politiciens américains ont-ils jamais regardé plus loin que la prochaine élection ?

Argumenti i Fakti

Quand Robert Reed arriva pour retirer son passeport, une rangée de Marines se tenaient presque épaule contre épaule sur le trottoir, le dos au mur de parpaings qui avait remplacé la grille en fer forgé devant l'ambassade des États-Unis. Le mur était couronné de barbelés visiblement électrifiés et des disrupteurs neuroniques y étaient disposés tous les vingt mètres. Le long du caniveau, des gardes républicains à cheval isolaient l'ambassade des jardins de l'avenue Gabriel.

Même le service des passeports avait été replié à l'intérieur de l'ambassade pour raisons de sécurité, et les autres mesures prises dans ce sens étaient à l'avenant. À la porte, Bobby avait été passé au détecteur de métal et d'explosifs, puis il avait été fouillé avant d'être autorisé à prendre place dans la file d'attente qui s'étirait devant un bâtiment provisoire édifié dans la cour pour abriter le nouveau service des passeports. S'il y avait eu un endroit commode pour cela, ils lui auraient probablement aussi fait baisser son pantalon pour regarder dans son trou du cul.

Cette paranoïa était compréhensible. Entre l'avenue Gabriel et les Champs-Élysées, les jardins se remplissaient déjà de gens quand il était sorti du métro Concorde ; beaucoup portaient des banderoles enroulées, d'autres les habituels seaux de merde et de sang, d'autres encore brandissaient des javelots bricolés à partir de manches à balai et de bols en plastique, et les quelques flics en évidence fraternisaient visiblement avec les manifestants.

Les manifestations antiaméricaines se multipliaient à Paris depuis l'annonce par les États-Unis, une semaine plus tôt, de la nationalisation des avoirs européens, et la police française n'avait rien fait de plus que limiter les dégâts à des dommages matériels ; en fait, plusieurs ministres en exercice avaient même pris la parole au cours de manifestations semi-officielles. Par chance, la période d'examens venait de se terminer, l'année scolaire était finie, la question ne s'était donc pas posée de savoir s'il était prudent d'envoyer Bobby en classe, mais son père avait soutenu sa mère quand elle avait insisté pour que le blouson des Dodgers ne sorte pas de son placard et ils lui avaient enjoint de ne pas s'éloigner de la maison.

Ce matin-là, Bobby était descendu le premier au courrier, comme il le faisait avec impatience depuis deux semaines, et quand il avait enfin vu la lettre de l'ambassade des États-Unis, il l'avait empochée avant que quelqu'un d'autre l'aperçoive. Il savait bien qu'on lui aurait interdit d'aller à l'ambassade retirer son passeport s'il avait été assez bête pour en demander la permission.

Tout le reste était réglé. Il était admis aussi bien à Berkeley qu'à l'UCLA et, comme les deux faisaient partie de l'Université d'État de Californie, il avait réussi à les convaincre de lui laisser jusqu'au 25 août pour se décider. Il avait un billet pour New York sur Air India pour le vendredi suivant et il avait même un abonnement de deux mois valable sur toutes les lignes intérieures américaines.

Il n'allait donc pas laisser un dernier petit détail en suspens jusqu'à ce que ses parents jugent qu'il pouvait se rendre à l'ambassade en toute sécurité. Sa mère commençait déjà à dire que le moment n'était peut-être pas bien choisi pour aller en Amérique et il n'était pas disposé à la laisser l'en empêcher en prétendant qu'il était trop dangereux d'aller retirer son passeport en temps utile.

Il avait donc attendu jusqu'à deux heures que Franja sorte,

le laissant seul dans l'appartement, puis avait pris le métro jusqu'à la Concorde. Une fois de retour avec son passeport, il pourrait faire l'innocent. S'il n'avait jamais imaginé qu'il lui fallait demander la permission pour faire une chose si simple, sa mère pourrait difficilement soutenir qu'il avait désobéi, et même si elle le faisait, eh bien, elle serait placée devant le fait accompli.

Bobby n'allait pas laisser une bande de stupides manifestants l'empêcher d'aller retirer ses papiers et, d'après ce qu'il voyait dans la cour, il semblait qu'aucun autre des Américains restant encore à Paris ne s'était davantage laissé impressionner.

On se serait cru dans un véritable asile de fous. Devant le bureau des passeports, la cour était pleine de gens, certains portant même des valises, venus réclamer protection, chercher asile, demander à voir l'ambassadeur ou l'attaché commercial, déchargeant leur mauvaise humeur sur les Français, sur le gouvernement américain, sur les Marines qui les fouillaient, sur leurs compagnons d'infortune, sur les employés qui essayaient de les mettre à la file, tous en même temps et tous à pleins poumons.

Il fallut au moins une heure à Bobby pour entrer dans le bâtiment, une autre heure de queue pour échanger sa lettre de convocation contre un quelconque stupide formulaire, et encore deux heures dans une troisième queue avant de pouvoir échanger ce formulaire contre son précieux passeport.

Il était alors près de sept heures, il allait être en retard pour le dîner, ses parents seraient rentrés et leur inquiétude avait sans doute déjà cédé la place à la colère. Mais du moins avait-il ce qu'il était venu chercher.

De fort méchante humeur lui-même, épuisé par les heures d'attente, irrité par les récriminations de la foule et plus qu'un peu inquiet de ce qu'il allait prendre en rentrant à la maison, Bobby joua des coudes et des genoux pour sortir dans la cour.

Quelque chose n'allait pas du tout.

Une masse de gens était agglutinée près du portail pour essayer de regarder à travers les épais barreaux de fer. Deux Marines y étaient adossés, le M-86 à la bretelle, et deux autres, dans l'enceinte de l'ambassade, se tenaient devant les tableaux de commandes des disrupteurs neuroniques.

Bobby prit alors conscience de ce qu'il entendait depuis un moment.

De l'autre côté du mur parvenaient une énorme clameur et le piétinement rythmique d'une grande foule. Au milieu de tout ça, comme la partie vocale doublant la ligne de basse d'un mauvais enregistrement max-métal, il distinguait confusément les mots scandés par les manifestants.

« AMÉ-RI-*CAINS*, AS-SAS-*SINS* ! AMÉ-RI-*CAINS*, AS-SAS-*SINS* ! »

Bobby se glissa aux premiers rangs de la foule et ce qu'il vit à travers les barreaux le fit défaillir.

De l'autre côté de la rue, le jardin était noir de monde, des Champs-Élysées au trottoir de l'avenue Gabriel, où les gardes républicains à cheval formaient un cordon entre la foule et les Marines.

Un océan de poings dressés, de bouches hurlantes et de visages cramoisis aux yeux exorbités. Un mannequin à l'effigie de l'oncle Sam avec une tête de mort pendu à un gibet rudimentaire. Un drapeau américain en train de brûler au-dessus de la foule. Un morceau d'une longue banderole qu'il n'arrivait pas à déchiffrer. Une autre banderole représentant un grossier agrandissement de billet de mille dollars souillé de sang et de merde.

« AMÉ-RI-*CAINS*, AS-SAS-*SINS* ! AMÉ-RI-*CAINS*, AS-SAS-*SINS* ! »

Bobby avait déjà assisté à des manifestations anti-américaines ; il avait même participé à l'une d'elles. Mais il n'avait jamais rien ressenti de semblable à la vague de haine déferlant par-dessus le mur de l'ambassade. Cela dépassait toute imagination. C'était un déferlement de fureur animale.

« AMÉ-RI-*CAINS*, AS-SAS-*SINS* ! AMÉ-RI-*CAINS*, AS-SAS-*SINS* ! »

Bobby avait peur. Bobby avait honte. Doublement honte — pour l'Amérique, et pour la vision fantasmatique qui traversait malgré lui son esprit : les Marines tirant dans la populace en colère, chassant le cauchemar du feu nourri de leurs armes automatiques.

« AMÉ-RI-*CAINS*, AS-SAS-*SINS !* AMÉ-RI-*CAINS*, AS-SAS-*SINS !* »

Puis une masse globulaire de matière indéterminée s'éleva paresseusement par-dessus le mur pour s'écraser contre le bâtiment principal, souillant la pierre grise d'une traînée brunâtre. Suivie d'une autre qui tomba un peu court et explosa au milieu de la cour dans une giclée de sang et d'étrons.

Un sergent des Marines courut vers les gardes de la porte en hurlant quelque chose que Bobby ne parvint pas à distinguer. « Enculés ! » cria haut et fort un des Marines de la porte.

D'autres projectiles pleins de merde et de sang fusaient par-dessus le mur pour s'écraser sur l'ambassade. Puis, pour une raison inconnue, une grande ovation s'éleva de la foule et une averse d'immondices s'abattit par-dessus le mur d'enceinte.

Un instant plus tard, Bobby en vit la raison.

Près de la grille, les gardes avaient braqué leurs M-86 sur la foule. « Dégagez la porte ! Dégagez la porte ! » cria l'un d'eux. Il y eut un crépitement de sabots sur le bitume. Dans la cour de l'ambassade, les Marines avaient commencé à dégager les abords de la grille sans trop de ménagement.

Bobby parvint juste à entrevoir ce qui se passait avant qu'un Marine noir ne le tire en arrière par les épaules.

Les gardes républicains s'éloignaient au petit trot dans la rue, sur la gauche. Ils livraient l'ambassade à la foule. Il n'y avait plus rien entre le mur d'enceinte et les manifestants que le cordon de marines armés de M-86…

Oh non, se dit Bobby, ils vont devoir tirer dans la foule ! Il ne savait pas qui lui répugnait le plus en cet instant — les Américains qui s'apprêtaient à tirer sur des gens désarmés, ou les sales flics qui les y avaient délibérément provoqués en se retirant.

Mais il n'en fut rien.

Ce qui se passa le rendit, au moins sur le moment, fier d'être américain.

Si les Français avaient fait se replier les gardes républicains pour provoquer une atrocité américaine, les Américains n'avaient pas mordu à l'hameçon.

La grille s'ouvrit et deux colonnes de Marines s'y engouffrèrent rapidement mais en bon ordre, les fusils braqués sur la foule, mais sans tirer. Ils se repliaient dans la cour.

Il leur fallut une minute au plus pour terminer la manœuvre. Puis les gardes les suivirent, claquèrent la grille et abaissèrent un interrupteur.

Avec un rugissement de triomphe, la populace se précipita contre les barreaux…

… pour refluer en titubant et en hurlant de douleur sous la décharge électrique.

Dans la cour, le chaos était total. Les civils s'éloignaient en courant du mur contre lequel venait se presser la foule hurlante et un peloton de Marines se déployait devant la grille, les M-86 braqués par mesure de précaution. Certains civils cherchaient à se réfugier dans le bâtiment principal de l'ambassade, mais un autre peloton de Marines avait pris position devant l'entrée pour les en empêcher.

Des volées de sang et de merde s'écrasaient contre la façade, s'abattaient sur la cour. Bobby était cloué sur place, ne sachant que faire, essayant simplement de ne pas se faire piétiner par les gens qui couraient en tous sens dans leur panique.

« Attention ! » cria quelqu'un derrière lui.

Bobby se tourna vers la voix, mais du mauvais côté, et d'ailleurs il était trop tard. Une masse pesante et humide le frappa à l'épaule, lui éclaboussant les cheveux et la joue gauche. Il vacilla, faillit tomber, reprit son équilibre, baissa les yeux sur son anorak, vit, sentit, s'étrangla et vomit sur ses chaussures.

Le côté gauche de son anorak était couvert d'une masse gluante de sang coagulé et de merde à demi diluée. Il en avait plein la figure et les cheveux. Son pantalon était couvert d'éclaboussures.

Il vomit encore une fois, arracha son anorak, se servit des parties plus ou moins propres pour s'essuyer la figure et le cou, puis s'en frotta furieusement les cheveux avant de le jeter.

De la merde et du sang continuaient à s'écraser contre l'ambassade, à pleuvoir dans la cour. Les gens couraient en rond en hurlant. Et, s'aperçut Bobby plongé dans une semi-torpeur, des bouteilles vides, des pierres et des briques volaient aussi maintenant par-dessus le mur…

« ATTENTION ! ATTENTION ! ATTEN-*TION !* » cria au milieu du chaos une voix amplifiée.

Un officier des Marines noir était sorti du bâtiment et criait dans un porte-voix réglé au volume maximum. « NOUS ALLONS BRANCHER LES DISRUPTEURS NEURONIQUES ! NOUS ALLONS BRANCHER LES DISRUPTEURS NEURONIQUES ! MARINES, INSÉREZ-VOS PROTECTIONS ! CIVILS ADOSSEZ-VOUS AU BÂTIMENT ET BOUCHEZ-VOUS LES OREILLES ! »

Dans sa hâte de s'éloigner le plus possible du mur et des disrupteurs, Bobby oublia la merde et le sang dont était encore éclaboussé son pantalon ainsi que les vomissures en train de sécher sur ses chaussures. Il n'avait jamais fait l'expérience d'un disrupteur mais, comme tous ceux qui se plaquaient le dos au mur de l'ambassade, il savait parfaitement ce qui allait se passer.

Le disrupteur neuronique émettait à fort volume un cocktail de fréquences subsoniques et ultrasoniques produisant sur le système nerveux humain des effets fort désagréables. Il déclenchait une réaction de panique. Il rendait toute pensée cohérente impossible. Il entrait en résonance avec le crâne et l'appareil auditif pour engendrer instantanément une migraine épouvantable. Il entraînait un relâchement des sphincters, annihilait le contrôle des intestins et de la vessie.

C'était l'arme de maintien de l'ordre favorite des forces américaines en Amérique latine, vantée comme inoffensive par les États-Unis, dénoncée comme une atteinte à la dignité humaine par les média européens qui se complaisaient à montrer des images de pauvres Sud-Américains pliés en deux, se serrant la tête entre les mains et hurlant de douleur comme des animaux.

Bobby avait lui-même assez souvent partagé l'indignation conventionnelle mais là, terrifié, furieux, couvert de sang, de merde et de vomi, le dos au mur de son ambassade et les pouces fermement pressés contre les oreilles, c'était une autre histoire.

« ACTIVEZ LES DISRUPTEURS NEURONIQUES ! »

Les disrupteurs étaient directionnels, mais un certain choc en retour était inévitable et, même avec les pouces bien pressés contre ses oreilles, Bobby sentit une horrible vibration, comme si un marteau piqueur miniature était au travail au sommet de son crâne. Il se plaquait de plus en plus fort le dos au mur, luttant contre une incoercible envie de partir en courant. Ses boyaux lui faisaient l'effet d'une gelée tremblotante et il lui fallait faire un effort énorme pour se retenir de pisser dans son pantalon. Cela ne devait pas durer depuis plus de cinq minutes, mais il avait l'impression que c'était des heures. Autour de lui, des gens tombaient à genoux. Certains avaient des traces humides autour de la braguette. Ce qui se passait de l'autre côté du mur d'enceinte, où la foule subissait le choc de plein fouet, était difficile à imaginer.

« DÉSACTIVEZ LES DISRUPTEURS NEURONIQUES ! »

Cela s'arrêta d'un seul coup.

Son mal de tête avait disparu, tout comme l'impulsion de fuir sans but précis. Ses boyaux s'étaient remis en place et il n'éprouvait plus une irrésistible envie de pisser.

Et il régnait un étrange silence. Plus de bruit de foule. Plus d'ordures et de projectiles volant par-dessus le mur. Tout autour, les gens titubaient d'un air hébété, couverts d'immondices, se jetant des regards en coin.

Un Marine débrancha l'électricité de la grille. Un sergent fit aligner ses soldats en colonnes par deux. La porte s'ouvrit et les deux colonnes de Marines la franchirent au petit trot pour reconstituer leur cordon.

« VOUS POUVEZ MAINTENANT QUITTER L'AMBASSADE EN TOUTE SÉCURITÉ, dit l'officier dans son porte-voix. VEUILLEZ PROCÉDER EN BON ORDRE. SOUVENEZ-VOUS — VOUS ÊTES *AMÉRICAINS.* »

Et effectivement, les gens qui, quelques instants auparavant, couraient en rond et hurlaient de panique, se mirent sagement sur trois files et franchirent calmement la grille sans bousculade.

Bobby resta un moment sur place dans la rue pour constater les dégâts et mettre de l'ordre dans ses idées.

Les trottoirs et le caniveau étaient jonchés de débris — pancartes, banderoles, javelots improvisés, seaux de merde et de sang renversés, mannequin à l'effigie de l'oncle Sam sauvagement piétiné, flaques de pisse, cailloux, briques, tessons de bouteilles.

Il frissonna en imaginant la scène qui s'était déroulée à peine quelques minutes plus tôt, des milliers de personnes s'étreignant la tête, pissant et chiant dans leur pantalon, fuyant, saisis d'une terreur animale, exactement comme les Sud-Américains qu'il avait vus des dizaines de fois à la télévision.

Il traversa la rue et commença à se diriger vers la station de métro, dépassa le cordon de Marines qui regardaient droit devant eux, le visage figé, au repos et l'arme à la bretelle.

Il s'arrêta. Leva les yeux pour regarder derrière lui la façade de l'ambassade des États-Unis.

Elle était maculée de sang et de merde.

Tout comme lui.

Mais ni l'un ni l'autre n'était déshonoré.

Car il avait son passeport en poche et, en dépit de la terrible provocation, pas un seul Marine n'avait ouvert le feu, pas un manifestant n'était mort.

Et la bannière étoilée flottait toujours sur l'ambassade souillée d'immondices, transformant la merde et le sang eux-mêmes en titre de gloire.

En ce plus improbable des moments, Bobby se sentait plus fier que jamais d'être américain.

CARSON CANDIDAT AU SÉNAT

Le député Harry B. Carson a annoncé aujourd'hui qu'il était candidat à l'investiture républicaine pour se présenter comme sénateur et a formé un état-major de campagne.

Les leaders politiques ne s'attendent pas à voir une forte opposition s'élever contre la nomination du populaire député de Dallas qui a récolté un gros crédit comme fer de lance de la Loi de renationalisation au Congrès. Les leaders démocrates de l'État ont refusé toute déclaration publique, mais au siège du parti, les mines de dix pieds de long étaient fort éloquentes. Un premier sondage par téléphone donne Carson favori avec une avance de 27 % face au candidat démocrate le mieux placé.

Dallas Straight Shooter

« On va devoir attendre encore longtemps ? » geignit Franja.

Sonia regarda Jerry de l'autre côté de la table. Il piquait nerveusement de sa fourchette son reste de pâté et regardait dans le vide. J'y vais, Jerry ? demanda-t-elle.

— Quoi ?

— Je sers le saumon ?

— Seigneur, comment pouvez-vous penser à manger en

un moment pareil, toutes les deux ? » lâcha-t-il d'un ton excédé.

Sonia haussa les épaules. « Ça fait déjà plus d'une heure qu'on attend, dit-elle. Nous pouvons continuer à nous regarder en chiens de faïence, ou bien nous pouvons manger, mais pas grand-chose d'autre. »

Lorsque Bobby ne s'était pas montré à temps pour le dîner, elle avait attendu dix minutes puis avait servi rageusement le pâté de canard, laissant son assiette vide. Qu'il rate l'entrée, ça lui ferait les pieds !

Un quart d'heure plus tard, comme il n'était toujours pas là, sa colère avait tourné à l'inquiétude. Son cœur de mère était plein de fantasmes angoissés de ce qui avait pu arriver à Bobby, mais s'il ne lui était *rien* arrivé pour justifier ce comportement, il allait le regretter quand il finirait par rentrer !

« Maintenant que toi et Pachikov en avez enfin fini avec vos boursicotages, j'aurais pensé que tu te serais remise à t'occuper de ta famille ! rétorqua Jerry.

— Oh non, on ne va pas remettre ça ! gémit Sonia.

— Oh si, on va remettre ça ! Ou serait-ce trop demander à la directrice adjointe du service de stratégie économique de l'Étoile-Rouge ?

— Je sers le saumon ! » déclara Sonia, et elle partit dans la cuisine, régla le four à micro-ondes sur deux minutes et enfonça rageusement le bouton de mise en marche.

C'était comme ça depuis maintenant deux semaines. Kaminev leur avait fait jurer le secret et Ilya avait clairement laissé entendre que cela concernait au premier chef le mari américain de Sonia…

Ilya et elle avaient travaillé nuit et jour à analyser les avoirs de chaque société européenne dans lesquelles l'Étoile-Rouge détenait des intérêts, préparant des dizaines de tableaux sur leur impact économique, et faisant le plus gros du travail eux-mêmes de façon à réduire les risques de fuites au sein de l'équipe dont certains membres auraient pu se mettre à revendre des valeurs de leur propre chef s'ils avaient su ce qui se préparait. C'était harassant mais passionnant et cela lui offrait, en un sens, un répit bienvenu aux jérémiades incessantes de Jerry.

À l'en croire, Boris Velnikov, le chef de projet imposé à l'ESA par l'Union soviétique, était un bureaucrate indécrottable qui n'avait pas mis les pieds sur le terrain depuis des années, doublé d'un chauvin affichant sans aucune retenue son mépris pour les Américains.

Jerry avait été exclu des réunions importantes, il n'avait pas été mis d'équipe à sa disposition et son accès aux principaux dossiers informatiques avait été limité à ce que Velnikov jugeait être en rapport direct avec la « mise au point du système de manœuvre ». Aller se plaindre auprès de son vieil ami Corneau n'avait servi à rien et Émile Lourade ne répondait même pas à ses coups de téléphone.

Lorsque Sonia réussissait à rentrer à temps pour le dîner, elle devait supporter ses sempiternelles tirades contre Velnikov et, quand elle n'y réussissait pas, il l'accusait de négliger sa famille.

C'en était arrivé au point où elle s'était mise à dîner avec Ilya après le travail, même si elle avait fini assez tôt pour pouvoir rentrer.

Sonia était obligée de souffrir en silence. Elle avait même réussi à tenir sa langue quand Jerry avait commencé à insinuer que ses soirées avec Ilya n'étaient peut-être pas uniquement consacrées à leurs activités professionnelles.

La seule chose qui l'avait aidée à tenir le coup était son travail. Sous l'épuisement permanent, il y avait une exaltation, l'exaltation de se consacrer enfin à quelque chose de vraiment important, quelque chose dont dépendait le destin de son entreprise et celui de son pays.

Le meilleur des cas de figure était toujours le même : quoi qu'ils fassent, l'Étoile-Rouge perdrait 18 % de son actif.

Mais, en fin de compte, il y avait bien une façon de s'en tirer à leur avantage.

Kaminev avait commencé à vendre leurs actions dans les entreprises menacées — en petites quantités par l'intermédiaire de dizaines de prête-noms sur toutes les places boursières. Quand ces actions tombaient en dessous d'un niveau prédéterminé, ils prenaient des options d'achat en grosses quantités, raffermissant le cours du titre, ce qui leur permettait de vendre davantage d'actions et de prendre des options de vente à un cours avantageux, se débarrassant petit à petit de leurs avoirs tandis que les cours baissaient de manière contrôlée. Ils perdaient de l'argent, mais tous les modèles informatiques montraient que ce scénario minimiserait les dégâts.

L'Étoile-Rouge détenait également des actions de nombreuses entreprises qui survivraient aux expropriations ; elle s'en défit par gros paquets, en faisant prématurément chuter les cours aux environs de ce que leurs pronostics disaient qu'ils seraient après l'expropriation.

Quand la panique consécutive au « Jeudi yankee » avait fait chuter les marchés européens de 30 %, l'Étoile-Rouge s'était déjà défaite de toutes ses actions dans les entreprises qui allaient y rester ainsi que d'une grosse partie des parts qu'elle détenait dans celles dont on prévoyait la survie.

Au creux de la vague, alors que les vendeurs étaient dix fois plus nombreux que les acheteurs, l'Étoile-Rouge était assise sur une montagne de liquidités dont elle s'était servie pour racheter de gros paquets dans les sociétés destinées à survivre.

Sociétés dont l'Étoile-Rouge elle-même avait fait chuter le cours de l'action à sa valeur intrinsèque d'après l'expropriation *avant* que la panique ne le fasse descendre encore davantage. Ce qui lui permit non seulement de tout rafler à des prix artificiellement bas, mais permit en outre à Moscou d'annoncer généreusement après coup que l'Étoile-Rouge était intervenue pour soutenir le marché par pure solidarité européenne.

Quand la poussière fut retombée, l'Étoile-Rouge avait vendu ses parts dans les sociétés condamnées à la banqueroute avec une perte nette d'environ 22 %, mais elle avait fortement accru sa participation dans les survivantes à des prix de panique boursière qui commençaient déjà à remonter, et par la même occasion l'Union soviétique s'en tirait avec un parfum de rose sur le plan politique.

Le Jeudi yankee s'était prolongé tard dans la nuit et Ilya avait ensuite ouvert une caisse de vodka pour fêter ça avec le personnel, si bien que Sonia n'était pas rentrée avant trois heures du matin, ivre d'euphorie, de fatigue et d'une bonne dose de vodka. Elle fut surprise et ravie de trouver Jerry au lit, mais qui l'attendait encore. Elle allait enfin pouvoir lui dire toute la vérité et assainir l'atmosphère entre eux, conclusion idéale de sa journée.

Mais Jerry était d'une humeur encore plus massacrante que d'habitude. « Où traînais-tu ? demanda-t-il en guise de bienvenue.

— Au bureau, bien sûr, dit calmement Sonia. Quelle journée !

— *Journée ?* Il est près de quatre heures du matin ! Qu'est-ce que vous avez fait, Pachikov et toi ?

— Une petite fête avec le personnel, répondit Sonia en commençant à se déshabiller. Tu n'as pas entendu la nouvelle ?

— Comment aurais-je pu ne pas l'entendre ? dit aigrement Jerry. Je m'en suis pris plein la gueule toute la journée. Et toi tu rentres au petit matin avec un coup dans le nez ! »

Sonia envoya valser ses chaussures, ôta son chemisier, s'extirpa de sa jupe et vint se pelotonner contre lui en culotte et soutien-gorge. « Pauvre Jerry, roucoula-t-elle en lui passant un bras autour des épaules. Ne te tracasse pas, les choses se sont bien mieux passées que quiconque ne s'en est encore aperçu…

— Tu es saoule ! grogna Jerry en s'écartant brutalement.

— J'ai dû boire quelques petites vodkas, reconnut Sonia. Mais, crois-moi, je le méritais bien.

— Comme ça, *Ilya* et toi, vous êtes allés vous bourrer la gueule !

— Voyons, Jerry, ce n'était qu'un pot au bureau ! Pour fêter ça !

— La bourse s'effondre et tu te saoules avec ton patron pour fêter ça !

— Nous nous en sommes tirés comme des chefs, Jerry ! s'écria gaiement Sonia. C'est ce que j'essaie de t'expliquer !

— M'expliquer quoi ?

— Ce à quoi Ilya et moi avons travaillé si dur depuis des semaines !

— En plus de vous envoyer en l'air ?

— Arrête, Jerry, tu sais que c'est absurde, j'essaie de t'expliquer *pourquoi* j'ai dû si souvent rester tard au bureau !

— Explique-le-moi donc », dit agressivement Jerry, croisant les bras sur sa poitrine et en la regardant d'un air sceptique comme un interrogateur du K.G.B. dans une mauvaise rétrospective historique.

Elle lui expliqua. Mais quand elle en eut terminé, son expression ne s'était pas adoucie. Il semblait même encore plus furieux, si c'était possible.

« Pendant tout ce temps, tu ne m'en as pas dit un mot… ? dit-il d'une voix soigneusement contrôlée.

— Je ne pouvais pas, Jerry, je devais obéir aux ordres, et en plus…

— Tu me laissais mariner dans mon jus, en train d'imaginer tout ce que tu pouvais faire avec Pachikov…

—… tu aurais pu faire tout rater.

— Faire tout rater ! Qu'imagines-tu que j'aurais pu faire ? Aller tout raconter à la C.I.A. ? Hypothéquer l'appartement pour acheter des actions à terme ou je ne sais quoi ? Tu crois que je m'intéresse à ce genre de conneries ?

— Alors pourquoi es-tu si furieux, Jerry ? » demanda Sonia en toute logique.

La colère de Jerry fit soudain place à une sombre rancœur. « Parce que ma propre femme n'a pas confiance en moi..., dit-il d'une plus petite voix. Parce que ta loyauté envers l'Étoile-Rouge passe avant ta loyauté envers moi...

— Oh, Jerry, Jerry », roucoula Sonia, tendant le bras, essayant de rouler sur lui.

Mais Jerry la repoussa. « Pas ce soir, chérie, fit-il d'un ton sarcastique, tu es ivre et j'ai la migraine. » Puis il lui tourna le dos.

Depuis, ils n'avaient plus fait l'amour.

Assis à table, Jerry Reed fulminait en silence. Quelle semaine ! Pendant que Sonia boursicotait pour l'Union soviétique, Velnikov avait tiré parti du parfum nauséabond entourant tout ce qui était américain et fait pression sur Corneau pour qu'il nomme un ingénieur en chef du système de manœuvre directement au-dessus de lui.

« On peut comprendre ce que ressent Boris, *n'est-ce pas ?* » avait dit Patrice avec un petit haussement d'épaules quand il avait fini par appeler Jerry dans son bureau. « Il a le titre de chef de projet et toi, l'ingénieur dont les plans constituent l'ossature de tout le projet, tu es là. Il a le pouvoir, mais pas la reconnaissance professionnelle, tandis que tu es pour ainsi dire le grand héros, l'*éminence grise*. Il est naturel qu'il veuille te mettre hors circuit...

— Et ce que *moi* je ressens, Patrice ?

— Je sais que les choses sont difficiles pour toi en ce moment, Jerry. Mais, après tout, nous sommes au début de la phase d'organisation, il y a très peu à faire pour toi. Une fois que nous serons passés au stade de la conception proprement dite, les choses seront complètement différentes.

— Vraiment ?

— *Bien sûr !*

— Avec un ingénieur en chef du système de manœuvre au-dessus de moi ?

— Ah, mais tu oublies que cette histoire de consultant à la mise au point du système de manœuvre est une fiction ! Une fois le projet vraiment en route, tu travailleras directement avec moi, et sur l'ensemble du projet !

— Velnikov laissera faire ?

— C'est *moi* le responsable de ce projet, pas Velnikov ! déclara Corneau. Il a peut-être des… relations à Moscou, mais c'est *moi* le directeur de projet ! » Il fit la moue. « Quoique…, dit-il d'un air songeur.

— *Quoique… ?* »

Corneau haussa les épaules. « Avec les récentes exactions américaines, les pressions politiques pour me faire céder aux exigences de Velnikov vont se faire de plus en plus fortes. » Il adressa un petit sourire sardonique à Jerry. « Le plus sage serait peut-être de le prendre de vitesse, *n'est-ce pas ?* Que tu te retires du projet de ton propre chef, en t'arrangeant pour que tout le monde soit au courant…

— Magnifique ! Tu me tends le couteau et me demandes de me trancher moi-même la gorge !

— Ce n'est pas du tout ça, Jerry, avait dit Corneau d'un air sombre. Je suis vraiment navré que tu le prennes comme ça. Réfléchis-y, au moins. »

Les choses en étaient restées là. Jerry y avait réfléchi. Encore et encore.

C'était le genre de méprisable politique bureaucratique qu'il avait en horreur et où Sonia se montrait si forte. Mais, vu la façon dont cela se passait entre eux, il ne lui en avait même pas parlé. Il avait le sentiment de savoir ce qu'elle aurait dit — se résigner à l'inévitable, couvrir ses arrières et récolter au moins quelques bons points dans sa foutue kharakteristika.

Ou, pis encore, vu la façon dont elle et Pachikov étaient si bien en cour à Moscou après leurs magouilles en bourse, elle aurait pu essayer de passer par-dessus la tête de Velnikov et demander à l'Étoile-Rouge de faire pression pour l'obliger à faire machine arrière. Cela aurait signifié passer par le « golden boy », en échange de Jerry n'osait imaginer quoi, car si sa raison lui disait que cette histoire de liaison avec Ilya Pachikov était pure paranoïa, celle de devoir une faveur à ce fils de pute par l'intermédiaire de Sonia lui retournait l'estomac et lui mettait le sang en ébullition.

Et maintenant, l'histoire de ce soir à propos de Bobby…

Sonia revint de la cuisine, l'air peu commode, portant un plat de darnes de saumon accompagné de pommes au four et un bol de sauce hollandaise sur le grand plateau de bois. Elle le posa sur la table et les servit tous les trois, laissant vide l'assiette de Bobby.

Où diable était-il ? Cela ne ressemblait pas à Bobby de ne pas être là pour le dîner. Et je lui ai bien dit de ne pas s'éloigner de la maison, avec toutes ces manifestations anti améri…

« Oh, maman, ce poisson est sec comme un coup de trique ! gémit Franja.

— Eh bien, mets un peu de sauce holl… »

La porte d'entrée s'ouvrit puis se referma sourdement. Et Bobby apparut à la porte de la salle à manger.

« Bobby ! » s'écria Sonia.

Il était là, en manches de chemise, son pantalon couvert d'une croûte qui avait l'air de merde séchée. Il avait la moitié gauche de la chevelure plaquée sur le crâne par la même matière, il en avait aussi des traces sur le front et ses chaussures étaient éclaboussées de ce qui ressemblait fort à des vomissures séchées.

« Où diable étais-tu passé, Bobby ? demanda Jerry. Que t'est-il arrivé ? »

Bobby lui sourit d'un air niais. Il extirpa de sa poche revolver quelque chose qu'il brandit comme un talisman protecteur. « Je… euh… suis allé chercher mon passeport à l'ambassade. Je… euh… je me suis fait prendre dans la manifestation… »

« Tu étais dans l'émeute à l'ambassade des États-Unis ! s'écria Sonia, sans savoir si elle devait être furieuse ou soulagée.

— Quelle émeute ? demanda Jerry.

— Tu n'as pas vu…

— Il y a eu une manifestation pacifique devant l'ambassade des États-Unis, intervint Franja, mais les gringos ont branché leurs disrupteurs neuroniques et ça a tourné à…

— C'est faux ! cria Bobby. Ils attaquaient le mur d'enceinte, ils jetaient de la merde et du sang, des pierres, des bouteilles… les Marines ont été *forcés* de…

— Je l'ai vu aux infos !

— J'étais sur place et pas toi !

— Et je parierais que tu as pris ton pied !

— Ça suffit, vous deux ! hurla Sonia. Robert, va immédiatement prendre une douche ! Nous discuterons de ça quand tu seras présentable !

— Dans un siècle, à peu près !

— Ça suffit comme ça, Franja. Tais-toi et finis de manger, sinon sors de table ! »

Pendant les dix minutes qu'il fallut à Bobby pour se doucher, la tension régna dans la salle à manger. Franja bâfrait en silence son saumon et ses pommes de terre. Sonia picorait impatiemment dans son assiette sans dire un mot, se réservant manifestement pour Bobby.

Jerry ne songeait même pas à s'occuper de sa nourriture, redoutant ce qui allait suivre.

Bobby regagna enfin la pièce en T-shirt et blue-jean, avec son vieux blouson râpé des Dodgers, les cheveux mouillés plaqués sur le crâne, épuisé mais triomphant et provocateur.

« Nous allons nous expliquer, Bob », dit aussitôt Jerry, sans laisser le temps à Sonia d'ouvrir la bouche ni à Bobby celui de s'asseoir. « On t'avait dit de ne pas t'éloigner de la maison.

— Mais c'était *important*, papa, répondit Bobby en s'asseyant. Il *fallait* que j'aille retirer mon passeport, je pars la semaine prochaine pour les États-Unis et je…

— C'est absolument hors de question, maintenant ! lança vivement Sonia.

— *Quoi ?* hurla Bobby.

— La délégation russe à l'O.N.U. a déjà été saccagée ! Ils ont placé l'Étoile d'Amérique en alerte jaune ! Certains sénateurs commencent à gueuler qu'il faut faire main basse sur les Bermudes, Cayenne, la Martinique et Curaçao au nom de la « doctrine Monroe » ! Le Président lui-même parle d'annexer la Basse-Californie ! Les pires éléments de la classe dirigeante américaine utilisent la réaction anti-américaine en Europe, qu'ils ont eux-mêmes provoquée, pour justifier une nouvelle série d'agressions impérialistes éhontées !

— Et alors ? dit Jerry. Quel rapport entre cette merde politique et…

— Comment ça, et alors ! hurla Sonia. Tout le pays est en effervescence ! Les États-Unis sont à peu près aussi stables qu'une de leurs marionnettes latino-américaines ! Nous ne pouvons pas envoyer notre fils dans un tel chaos ! Ce serait comme si… comme si on l'envoyait gaiement au collège à Madrid juste avant la guerre civile espagnole !

— Ou à Budapest juste avant que Kroutchev n'y envoie ses tanks pour écraser le peuple hongrois ? grogna rageusement Bobby. À Kaboul juste avant l'invasion russe ?

— Bob ! s'écria Jerry. Ne pourrais-tu pas, toi au moins, laisser la politique en dehors de ça ? »

Sonia regarda son fils qui la dévisageait de l'autre côté de la table. Elle sentit l'impact de sa fureur et, assez bizarrement, elle eut pour lui un élan d'amour alors qu'il échangeait des insultes politiques sans la quitter des yeux, comme un adulte et un égal sur le plan intellectuel.

« Non, Jerry, Robert a raison, dit-elle, regardant toujours Bobby dans les yeux. Il n'est pas question d'autre chose que de politique. Oui, Bobby, l'Union soviétique a commis de terribles injustices dans le passé, tout comme l'Amérique en ce moment. Tu as parfaitement raison, te laisser aller là-bas reviendrait exactement à t'envoyer à Budapest ou Kaboul devant les chars russes.

— Ce n'est pas ce que je voulais dire, m'man, et tu le sais !

— Je sais que tu ne me crois pas, mais c'est pour ton bien que je fais ça, Robert…

— Tu m'as menti ! s'écria Bobby. Tu n'as jamais eu l'intention de me laisser y aller !

— Ce n'est pas vrai, Bobby !

— Comment peux-tu oser traiter ta propre mère de menteuse ! s'écria Franja, indignée.

— Personne ne te parle, alors ferme ta grande gueule ! » hurla Bobby de toutes ses forces, le visage congestionné, en se levant d'un bond et en frappant des poings sur la table.

« Vous êtes tous les mêmes, sales menteurs de Russes ! brailla-t-il. Tout vous est bon pour arriver à vos fins ! Tricher, voler, espionner, comploter et mentir à vos propres enfants !

— Ça suffit, Bobby ! cria Sonia. Je suis toujours ta mère et je n'ai pas à écouter ces crapuleries impérialistes !

— Ah, vraiment, m'man ? gronda Bobby. N'est-ce pas toi qui vas partout te vanter de la façon dont tu as combiné la magouille en bourse de l'Étoile-Rouge ? Tu parles de bons Européens ! L'Union soviétique est dans la Communauté européenne depuis un mois et vous baisez déjà tout le monde ! Et c'est toi qui traites les *Américains* d'impérialistes !

— Comment oses-tu…

— J'ai mon billet, j'ai mon passeport, je suis américain et

je vais en Amérique, et ce n'est pas une bande de sales Russes qui va m'en empêcher ! » hurla Bobby dans un état de fureur incontrôlée. Il sortit en trombe de la pièce.

« Va donc en Amérique et crèves-y avec tous ces sales gringos ! lança dans son dos Franja.

— Ça suffit, Franja ! s'écria Jerry. Va dans ta chambre ! Ta mère et moi avons à parler ! »

Franja sortit, laissant Sonia, tremblante sur sa chaise du contrecoup de la poussée d'adrénaline, seule avec son mari qui la fixait avec une expression froide et indéchiffrable.

« Le petit a raison, dit Jerry d'un ton égal en se forçant à rester calme. Nous avons donné notre parole, Sonia. C'est une question d'honneur.

— D'*honneur !* Et le *devoir ?* Que fais-tu du devoir des parents de protéger leurs enfants du danger, si nécessaire contre eux-mêmes ? Tu enverrais vraiment ton fils au devant du danger pour tenir *parole ?*

— Ça dépend de quelle parole.

— Foutaises phallocrates ! s'exclama rageusement Sonia. Et pour *ça*, tu laisserais ton fils aller se fourrer dans un nid de frelons ? »

Jerry revit Bobby un moment plus tôt, épuisé et crotté, mais brandissant triomphalement son passeport américain. « Si c'est nécessaire pour qu'il devienne un homme. Mieux vaut affronter le danger que renoncer à son rêve.

— Honnêtement, Jerry ! »

Jerry revit un autre jeune homme avec un autre rêve, il y avait bien longtemps, un jeune homme qui avait tout abandonné pour poursuivre ce rêve. Il revit la jeune fille qui s'était tenue à son côté et lui avait donné le courage de le faire.

« Tu n'as pas toujours dit ça, Sonia, répondit-il doucement. Ne te souviens-tu pas de quelqu'un d'autre qui a tout risqué pour son amour et pour son rêve ? »

Le regard de Sonia s'adoucit. « Si, je m'en souviens,

Jerry », dit-elle, et sa main rampa vers lui sur la table. « Tu as été très courageux et je m'en souviens. Mais le contexte était différent… »

Jerry n'était pas encore tout à fait prêt à lui prendre la main. « Les rêves sont peut-être différents, parce que ce sont ceux de nos enfants, pas les nôtres, mais ce qui ne changera jamais, c'est le courage de les poursuivre…

— Jerry…

— J'avais un rêve que l'on disait impossible, et si je n'avais pas choisi mon rêve au mépris de la sécurité, je ne serais pas ici à te supplier de laisser notre fils suivre le sien. »

La main de Sonia battit en retraite sur la table. « Et si je refuse ? »

Jerry réfléchit. Il songea à ses vingt ans de mariage. Il songea à ses souffrances et à ses frustrations sans fin. Il songea à Rob Post, maintenant mort, avec tous ses rêves avortés. Et il songea à Bobby, debout, là, son passeport à la main, couvert de sang, de merde et de vomissures, mais pourtant invaincu.

Il soupira. Il s'endurcit le cœur. C'était une nouvelle fois le moment de faire preuve de courage, pas pour lui-même, mais pour son fils.

« Si tu ne le fais pas, Sonia, je vais devoir l'accompagner demain à l'ambassade des États-Unis et le leur confier. Il a droit à la nationalité américaine et ils la lui accorderont. Et ils le garderont à l'ambassade jusqu'au moment de monter dans l'avion.

— Fais ça et je te quitte, Jerry ! lança Sonia.

— C'est toi qui m'y obliges et ça me sera bien égal, rétorqua Jerry sans réfléchir.

— C'est du chantage !

— Appelle ça comme tu veux. »

Ils se mesurèrent un long moment du regard.

Finalement Sonia soupira. « Pour l'été, alors. Mais il s'inscrit à la Sorbonne et il revient ici à l'automne.

— C'est à lui de décider, non ?

— Il s'inscrit à la Sorbonne ou il part sans ma permission, dit froidement Sonia.

— Tu es dure en affaires.

— Toi aussi, Jerry, toi aussi.

— J'ai appris à rude école.

— *Moi aussi,* dit Sonia. *Moi aussi.* »

Et elle se leva de table, le laissant devant les reliefs du dîner dans la pièce vide.

NOUVELLES VIOLENCES ANTIAMÉRICAINES EN BASSE-CALIFORNIE

Une foule d'une centaine de Mexicains, manifestement sous l'emprise de l'alcool et de la marijuana, a envahi aujourd'hui le centre commercial Sunshine Plaza de Libertyville, dans la banlieue sud de Tijuana, molestant les clients et causant des dégâts matériels considérables avant d'être repoussée par les vigiles américains.

« La police de Tijuana a refusé de lever le petit doigt, s'est plaint amèrement Elton Jarvis, directeur du Sunset Plaza. Si les autorités mexicaines refusent de protéger les biens des Américains, il serait peut-être temps pour les citoyens de Basse-Californie de se doter d'un gouvernement décidé à le faire. »

Los Angeles Times

« Qu'est-ce qui ne va pas, Sonia ? demanda Ilya Pachikov. Ça fait des jours que tu te traînes comme un personnage de Dostoïevski. Pourquoi cette triste figure et ce regard vide ?

— Désolée, Ilya, murmura Sonia. Je sais que je n'abats pas beaucoup de travail, donne-moi quelques jours et ça ira mieux… »

Ilya haussa les épaules. « Pourquoi pas ? dit-il avec un petit sourire. Prends toute la semaine si tu veux. Après ce qu'on a fait le mois dernier, nous l'avons bien mérité ! Et quand tu rentreras, ce sera mon tour pendant que tu garderas la boutique. J'ai une amie à Antibes qui s'étiole par manque d'attention…

— Des vacances ? dit Sonia, surprise. Comme ça ? »

Quand Ilya l'avait appelée dans son bureau, elle s'était attendue à se faire passer un savon. Elle savait parfaitement bien qu'elle n'avait rien produit de bon depuis cette horrible confrontation avec Jerry. Elle se traînait jusqu'à son bureau, fermait la porte derrière elle, remuait inutilement des paperasses, buvait tasse de café sur tasse de café, évitait de s'occuper de tout ce qu'elle pouvait remettre à plus tard, n'entreprenait rien et passait la plus grande partie de son temps à ressasser ce qui s'était passé.

Ce n'était pas tant que Jerry fût parvenu à ses fins, c'était la *façon* dont il lui avait imposé sa volonté et, si elle était honnête avec elle-même, la façon dont elle avait aussi essayé de lui imposer la sienne.

Fais ça et je te quitte, Jerry !

C'est toi qui m'y obliges et ça me sera bien égal.

« La politique s'arrête à la porte de la chambre à coucher », disait la sagesse populaire.

Mais celui qui avait dit ça n'avait pas vu ce qui se passait dans sa chambre à coucher ces dernières semaines ! Au bout de vingt ans de mariage, on pouvait difficilement s'attendre aux feux de la passion. Mais cela ne signifiait certainement pas que le mariage doive tourner à la mini-guerre froide domestique.

Ils étaient polis l'un avec l'autre, trop polis, peut-être, mais le courage lui manquait pour tendre la main vers lui et briser la glace par crainte de se faire rejeter, et il devait en être de même pour lui. Il n'y avait qu'une façon de cicatriser la blessure que ces horribles paroles avaient infligée à leur couple, mais cette blessure même semblait empêcher tout contact, l'absence de contact sexuel avait l'air de se nourrir d'elle-même, la tension croissante évoluant en quelque chose de trop complexe pour se résoudre simplement par une bonne partie de jambes en l'air…

« Cannes ? Ibiza ? La Crète ?

— Hein ?

— Où vas-tu aller, Sonia ?

— Aller ?

— Pour tes vacances ! s'exclama Ilya. À te voir, tu es déjà à des milliers de kilomètres d'ici !

— Désolée, Ilya, marmonna Sonia. Je ne crois pas que ce soit le moment pour moi de prendre des vacances.

— Pourquoi donc ? Tu ne fais certainement rien de bon au bureau ! »

Il n'y avait pas de reproche dans sa voix, juste son enjouement habituel, et quand elle se tira de sa déprime pour bien le regarder, elle vit que sous cet enjouement se cachait une authentique sollicitude. Elle sentit un élan émotionnel en plongeant dans le regard sincère de ses yeux bleus, un désir qu'elle ne parvenait pas vraiment à définir.

« Je ne peux pas partir comme ça en laissant Jerry et les enfants, Ilya », dit-elle d'un ton équivoque, se demandant pourquoi elle ne pouvait soutenir son regard.

Ilya se pencha vers elle au-dessus du bureau. « Des ennuis à la maison ? demanda-t-il doucement. C'est de là que vient le problème ? »

Sonia hocha la tête.

« Tu veux en parler ?

— Oh, Ilya, gémit-elle. Je ne *peux pas*...

— Bien sûr que si, tu peux. À quoi serviraient les amis ? »

Sonia leva les yeux vers lui et le détailla franchement. Le costume moutarde bien coupé, les traits romantiquement tartares, la longue chevelure dorée : le parfait tombeur de ces dames conscient de son charme. Mais derrière tout cela, il y avait autre chose.

Ilya Sergeïovitch Pachikov *était* son ami. Peut-être son seul véritable ami.

Ilya se leva et alla fermer la porte à clé.

« Ilya ! Que fais-tu !

— Je transgresse les règles. Je ne dirai rien si tu en fais autant. » Il retourna à son bureau, ouvrit un tiroir, en sortit deux verres à liqueur et une bouteille de vodka à l'herbe de bison. « Comme dit le vieux dicton américano-russe : "Quand les temps se font durs, c'est le moment de se saouler la gueule !" »

Ilya emporta la vodka jusqu'au canapé, s'assit dans le coin gauche et tapota le siège à côté de lui. « Viens, Sonia, bois un coup et déballe ce que tu as sur le cœur. »

Sonia gagna comme malgré elle le sofa et s'assit dans le coin opposé. Ilya remplit les verres et lui en tendit un. « Bois ! » ordonna-t-il.

Sonia avala d'une goulée la boisson âcre et tiède et fit la grimace. « Elle est chaude, dit-elle.

— Vraiment ? » dit Ilya en regardant son verre. Il le vida à la moujik. « Tu as raison, ajouta-t-il en remplissant à nouveau les verres. Buvons-en vite un autre pour faire passer le goût. »

Sonia rit et but son verre. Ilya versa une nouvelle tournée. Puis une autre.

« Alors ? dit-il. Quel est ton problème ? »

Une douce chaleur se répandait dans les membres de Sonia, comme la fatigue étrangement satisfaisante qui s'emparait si souvent d'elle vers la fin de leurs longues journées passées ensemble à travailler sur les analyses de marché, le sentiment de décontraction issu du partage d'une tâche passionnante et ardue, de camaraderie dans la fatigue qui naissait quand le soleil était couché, lorsqu'ils se traînaient vers la plus proche brasserie pour un rapide souper arrosé d'une bouteille de vin en bavardant du travail de la journée.

Elle s'aperçut que la vodka lui faisait revivre ces instants partagés avec Ilya et elle se mit à parler, non pas d'analyses de marché et de scénarios financiers, mais de Bobby, de Jerry et de ce qui s'était passé lors de cette horrible soirée, avec la même décontraction de fin de journée, avec la distance que l'on met à raconter une histoire à un vieil ami, à un camarade de travail loin, bien loin, de la scène des conflits domestiques.

Ilya, pour sa part, se contentait de l'écouter sans dire grand-chose, hochant la tête d'un geste qui faisait onduler sa longue chevelure blonde, resservant de la vodka quand leurs verres étaient vides. Quelque part en route, Sonia avait enlevé ses chaussures et replié ses jambes sous elle sur le canapé ; la pièce commençait à tourner un peu et elle se retrouva près de lui, pelotonnée dans sa réconfortante aura masculine, sans le toucher, mais physiquement plus proche, d'une certaine manière, qu'elle ne l'avait été ces dernières semaines au lit avec Jerry.

« Ah, mais je crois que tu te punis inutilement toi-même, Sonia », s'exclama Ilya en se rapprochant lui-même un peu ; il semblait vaciller, mais il était difficile de dire si c'était elle ou lui qui était légèrement ivre, ou bien tous les deux.

« Comment ça, Ilya ? » demanda Sonia en plongeant son regard dans les profondeurs de ses yeux bleus légèrement injectés de sang.

Il haussa les épaules et, ce faisant, s'arrangea pour se rapprocher encore un peu. Elle pouvait sentir son odeur, mélange d'eau de Cologne, de talc et de vodka. « Tu ne veux pas vraiment quitter ton mari, n'est-ce pas ? Et il ne veut pas vraiment te quitter, da ?

— Je suppose que non. Mais les choses ont été très dures, Ilya, vraiment très dures… »

Ilya tendit le bras pour lui tapoter la main. Un frisson la parcourut malgré elle. Cet homme, si séduisant, véritable pieuvre humaine avec les autres femmes, certes délicat et nullement importun à leurs yeux, ne l'avait jamais touchée *ainsi*. « Pauvre petite Sonia. Le problème est peut-être que les choses n'ont pas été… assez dures, *n'est-ce pas ?* dit-il d'une voix traînante.

— Oh, Ilya », s'écria-t-elle, et elle le repoussa avec douceur, mais non sans un gloussement de petite fille.

Ilya croisa les bras derrière sa tête, s'étalant langoureusement sur le canapé. « Non, sérieusement. Je ne suis pas exactement un spécialiste de classe internationale des désaccords conjugaux, n'ayant pas jusque-là succombé aux sirènes des félicités matrimoniales… et avec un peu de chance, j'espère que cela n'arrivera jamais. Cependant, en ce qui concerne les griefs des épouses des autres, disons que j'ai une certaine expérience des crises de maturité…

— Est-ce vraiment indispensable, Ilya ?

— Probablement pas, reconnut-il. Mais, d'un autre côté, je suis déjà assez bourré pour jeter ce genre de précautions par-dessus les moulins. Ce qui revient à dire.. Ce qui revient à dire… » Il se gratta le crâne. « Ce qui revient à dire *quoi ?* J'ai peur d'avoir oublié de quoi je parlais. »

Sonia rit. « Te connaissant, c'était probablement de cul !

— De cul ? Ah oui, tu dois avoir raison ! C'est effectivement là un sujet dont j'ai une certaine expérience !

— Raconte !

— Sur qui ? Un homme bien élevé ne raconte jamais, sais-tu, et, communiste ou pas, je suis un homme bien élevé !

— Tu es une bête, Ilya Sergeïovitch !

— *Moi ?* dit Ilya d'un air dédaigneux. Loin de là ! Je n'ai jamais harcelé une femme !

— Uniquement parce que tu n'y as jamais été obligé !

— Ah, mais pas du tout, pas du tout ! *Oui*, il est vrai que je ne manque jamais des attentions amoureuses de la multitude, mais cela ne veut pas dire que je ne me sois jamais courageusement réfréné de goûter au fruit défendu !

— Oh, vraiment ? Qui, par exemple ?

— Toi, Sonia Ivanovna.

— Moi ? » dit Sonia d'une petite voix. Les flocons de poussière en suspension dans l'air semblaient étinceler devant ses yeux. Une peur délicieuse s'épanouit dans sa poitrine, diffusa jusqu'à son ventre et entre ses cuisses où elle se mua en chaleur traîtresse et émolliente.

« Tu l'as sûrement remarqué », dit Ilya, se redressant laborieusement sur le sofa et se penchant en avant pour plonger profondément les yeux dans les siens.

« Remarqué quoi ? » murmura Sonia en se rapprochant elle aussi.

Ilya baissa les yeux sur son bas-ventre où un renflement révélateur tendait le tissu de son pantalon moulant.

« Oh, vraiment, Ilya », dit doucement Sonia. Elle tendit les bras pour le repousser. Mais quand sa paume entra en contact avec sa poitrine, quelque chose, la force de gravitation, la vodka ou elle ne savait quoi, la lui fit laisser là, où elle sentait battre son cœur.

« J'ai baisé au moins trois cents femmes, dit Ilya en la regardant dans les yeux. J'ai été un noble stakhanoviste de l'amour. J'ai cent fois dépassé les objectifs de mon plan quinquennal, en vrai héros du travail socialiste. Pour moi, baiser n'est rien. Je vais de fleur en fleur, voletant comme un papillon, piquant comme une abeille, diraient les gringos. Mais, en vérité, je n'ai jamais couché avec une femme que je respectais comme je te respecte, ma bonne et véritable amie.

— Oh, Ilya, comme diraient également les gringos, tu es si plein de merde qu'elle te ressort par les oreilles ! » dit Sonia. Mais elle se prit à lui poser l'autre main sur l'épaule.

« Non, non, c'est vrai ! Nous avons travaillé ensemble, nous avons partagé nos repas, nous avons bu ensemble, nous avons respiré la sueur aigre de la fatigue de l'autre. Nous avons tout intimement partagé sauf une chose… Alors qu'est-ce que ça peut faire ? Qui le saura ?

— Tu es complètement saoul, Ilya Sergeïovitch !

— Tu es toi-même complètement bourrée, Sonia Ivanovna.

— Comment le nier ?

— Eh bien alors, nous y résignerons-nous ?

— Nous résigner à quoi ?

— À l'inévitable », répondit Ilya, puis il la prit dans ses bras, posa ses lèvres sur les siennes et enfonça profondément la langue dans sa bouche. Et elle cessa de penser.

13.

Pourquoi ce recul de Wall Street ? L'opinion communément admise est que nous assistons à l'inévitable prise de bénéfices à la suite de la flambée de la Renationalisation. Mais si l'on regarde où passent les liquidités issues de la vente des actions, le tableau est différent. Les investisseurs institutionnels, engraissés par les bénéfices qu'ils ont pris, se jettent sur le marché foncier de Basse-Californie comme s'il n'y avait pas de lendemain, faisant s'envoler le prix du terrain à un point tel qu'il reste peu de bonnes affaires.

Mais les investisseurs intrépides peuvent encore espérer des bénéfices en achetant des émissions secondaires de banques régionales. Les grandes banques sont déjà plongées dedans jusqu'aux yeux, laissant les moins importantes proposer des prêts aux petits spéculateurs de dernière minute sur un marché avantageux pour elles. À vrai dire, tout cela est assez risqué et ce n'est pas pour les timorés.

Pour les investisseurs traditionnels, le secteur de l'armement demeure le choix le plus prudent, en particulier les grosses sociétés californiennes.

Les Échos de Wall Street

Tandis que le vieux camion à ridelles commençait à gravir, au sortir de Boulder, les majestueux contreforts des Rocheuses couronnés de pins, Robert Reed sentit enfin qu'il était vraiment dans l'Amérique de ses rêves — franchir en stop la Grande Barrière vers la fabuleuse Californie, tout comme les beatnicks, les trimardeurs et les hippies des vieux romans qu'il dévorait à Paris. Sur la route, enfin !

Il laissait derrière lui Denver, La Nouvelle-Orléans, Chicago, Miami, Washington, New York et dix horribles journées qui l'avaient désabusé de la plupart de ses idées préconçues, y compris son idée première de se servir de son abonnement sur Air America pour sauter de ville en ville et voir le pays en le traversant en zigzag dans la direction générale de Los Angeles.

New York était tout ce qu'on en disait, et même pire. Des centaines de tours vertigineuses dressées au milieu de ruines croulantes infestées de rats. D'élégants restaurants et des marchands ambulants proposant une marchandise qui ressemblait de façon suspecte à des brochettes de rat. La statue de la Liberté, où il fallait passer au détecteur de métal et d'explosifs avant de se voir autorisé à escalader l'interminable escalier hélicoïdal menant au sommet. L'Empire State Building avec sa vue magnifique sur la ville et ses cent étages de sordides clapiers à lapins. Central Park, avec ses villages de tentes, patrouillé par des voitures blindées. Mendiants et prostituées sur Wall Street, juste en face de la célèbre Bourse.

On aurait dit une atroce et vivante caricature des injustices du capitalisme d'entreprise américain et, au bout d'un jour et d'une nuit sans sommeil, plus un autre jour à errer dans les rues sauvages, Bobby en avait eu plus qu'assez. Il avait sauté dans un vol pour Washington à bord d'un vieux 747 qui avait perdu un de ses moteurs au cours des quarante-cinq minutes de trajet depuis l'aéroport de La Guardia.

Washington était loin d'être aussi cher que New York. Le centre-ville était bordé d'hôtels de tourisme relativement décents et bon marché, mais d'après ce que Bobby avait pu voir durant le trajet en bus depuis l'aéroport, les taudis qui s'étendaient tout autour étaient pires, si c'était possible, rappelant à s'y méprendre les bidonvilles entourant quelque fastueux centre gouvernemental africain, et tout aussi noirs.

Mais la capitale fédérale s'était vouée au tourisme, sa seule grosse industrie hormis le gouvernement, et ce qui proliférait en dehors du somptueux centre-ville d'albâtre était maintenu à distance par une armée de policiers que l'on voyait partout vérifier les papiers de quiconque était noir et ne se vêtait pas selon leur stricte conception de la civilisation petite-bourgeoise.

Le cœur de la ville avait été transformé en une sorte de disneyland patriotard et Bobby, comme la majorité des touristes, s'était inscrit pour la visite guidée de deux jours. Il était monté sur le Washington Monument. Il avait visité le Sénat et la Chambre des représentants. Il avait vu le Lincoln Memorial, le Jefferson Memorial et la Maison-Blanche. Son groupe avait été emmené au pas de charge à travers le Smithsonian Institute, le Musée national aérospatial et la bibliothèque du Congrès… mais le Pentagone, le mémorial du Viêt-nam et le monument à Challenger ne figuraient pas, pour des raisons différentes, au programme.

Et pendant tout ce temps, il avait été soumis au discours d'un chauvinisme effarant d'une équipe de guides interchangeables qui semblaient tous réciter le même texte, et le faisaient d'ailleurs probablement.

Le Washington Monument était un prétexte pour rappeler aux touristes les mises en garde de George Washington contre les relations avec les Européens décadents. La statue commémorative de la prise d'Iwo Jima était l'occasion de glorifier les agissements des Marines en Amérique du Sud. Le Musée national aérospatial était lui-même un monument à la vision qui avait donné au pays l'Étoile d'Amérique et, du coup, l'occasion de faire aujourd'hui la nique à un monde hostile.

Bobby se félicitait de porter son blouson des Dodgers parmi ses compagnons de visite guidée qui gobaient tout avidement dans un chœur d'imprécations contre la malignité des Russes et la perfidie des Européens, car l'opinion générale était sans équivoque que la Communauté européenne avait vendu la civilisation aux communistes athées, qu'elle méritait largement les sanctions économiques qu'elle venait de s'attirer en retour, que la puissance militaire américaine était le dernier espoir de l'Humanité et qu'il avait intérêt à fermer sa grande gueule et garder pour lui ses origines européennes.

La nuit, Washington était complètement mort et les guides avaient clairement laissé entendre qu'il en serait de même pour celui qui se risquerait à quitter les quartiers sûrs en quête de distraction, si bien que Bobby avait passé ses deux soirées dans sa chambre d'hôtel à regarder la télévision locale, ou tout au moins ce qu'il pouvait en encaisser.

Il avait vu des jeux, des pornos soft, d'interminables séries à la gloire des faits d'armes américains du passé — au cours de la Seconde Guerre mondiale, en Corée ou à Cuba. Il avait suivi une comédie musicale complètement débile sur Theodore Roosevelt, un feuilleton de science-fiction mettant en scène des extra-terrestres cannibales qui parlaient avec un accent russe caricatural et une rétrospective des films de Ronald Reagan.

Les bulletins d'information étaient encore plus gerbants. À en croire les commentateurs et les images manipulées, l'Europe commettait d'épouvantables atrocités sur la personne des citoyens américains, l'Union soviétique était en train de prendre le contrôle du gouvernement européen, les soldats américains foutaient une branlée aux guérilleros du Venezuela et d'Argentine, et les Mexicains cherchaient lâchement des crosses aux Américains en Basse-Californie. Comme le gouvernement mexicain était une marionnette aux mains des Européens, le sentiment général était qu'on allait bientôt appliquer la doctrine Monroe, et ce n'était pas trop tôt, ce pour quoi une force navale d'intervention se rassemblait au large de Miami et une autre au large de San Diego.

De Washington, Bobby avait pris un vol pour Orlando. Une fois sur place, il avait constaté que le Centre spatial Kennedy était interdit d'accès aux civils et entouré d'une théorie d'affreux baraquements à l'usage des personnels militaires qui s'étendaient jusqu'aux frontières du Royaume enchanté.

C'était parfaitement approprié, car Disney World avait dégénéré en une hideuse parodie des ruines d'un futur démodé : les attractions étaient prises d'assaut par des militaires ivres et titubants, l'Epcot Center exposait les merveilles scientifiques du siècle passé et des robots audio-animatroniques grinçants tressautaient spasmodiquement dans des gerbes d'étincelles. Mickey Mouse, Roger Rabbit et Donald Duck se dandinaient en uniformes militaires dans la grand-rue, terrorisant Frenchie la Grenouille, Dick le Rosbif, le Frito Bandito et Ivan l'Ours rouge.

Miami était la ville la plus prospère qu'ait visitée Bobby jusque-là, terrifiante là où New York et Washington n'étaient que déprimantes. Elle grouillait de soldats, marins, aviateurs, mercenaires, trafiquants d'armes, spéculateurs, prostituées, revendeurs de drogue, réfugiés politiques — la plus grande base logistique pour les opérations militaires et paramilitaires U.S. en Amérique latine et dans les Caraïbes.

L'âge légal pour se faire servir de l'alcool semblait être environ douze ans, de sorte que Bobby avait pu passer une nuit à faire la tournée des bars, avalant de redoutables concoctions tropicales et laissant traîner ses oreilles avec une horreur croissante.

Ce n'était ici un secret pour personne qu'une puissante escadre allait bientôt se mettre en route pour établir le blocus du golfe du Mexique. Les bars étaient pleins de marins qui profitaient de leur dernière permission, de parachutistes qui s'attendaient à être largués sur Vera Cruz ou Mexico d'un jour à l'autre, de Marines et de soldats entre deux opérations en Argentine ou au Venezuela, toujours prêts à raconter quelque croustillante anecdote, tous saouls perdus de gnôle et d'adrénaline et impatients de retourner tuer quelques autres métèques pour Dieu, la patrie et le plaisir.

Le rêve des clients des bars de Miami était un Président qui ait les couilles d'appliquer *vraiment* la doctrine Monroe, de virer ces sales pédés d'Européens des Bermudes, de Curaçao, Cayenne, la Martinique et de leurs autres possessions dans l'hémisphère occidental, pour organiser sur tous ces territoires une grande ruée comme celle qui allait sous peu avoir lieu en Basse-Californie, quelle rigolade ça allait être, et profitable avec ça, et il y avait sûrement moyen d'appliquer la doctrine au Canada, ces cons-là faisaient toujours partie du Commonwealth, après tout, non… ?

Une nuit de ce genre de divagations était plus que suffisante, si bien que le lendemain, une fois sa gueule de bois suffisamment tassée pour qu'il puisse envisager de voyager, Bobby avait fui la folie sanguinaire de Miami, suant et tremblant, à bord du premier vol en partance qui l'avait amené à Chicago.

Chicago était un autre New York, un peu moins crasseux et un peu plus venteux, puis il était allé à La Nouvelle-Orléans, une autre bauge pour militaires dégoulinante de pourriture dans une chaleur d'étuve, puis de là à Denver, qui avait au moins l'avantage de se trouver plus au nord et plus à l'ouest.

C'était ce qu'il y avait de mieux à en dire. Pour un Parisien de naissance, Denver méritait à peine le nom de ville, c'était plutôt une juxtaposition de banlieues-dortoirs aux rues sinistres.

Entre Denver et Los Angeles, il n'y avait rien, ou, comme disait le vieux dicton américain, « des miles et des miles et des miles ». Il pouvait sauter dans un avion pour L.A. et franchir tout ça d'un coup, ou bien…

Ou bien il pouvait tendre le pouce et essayer de découvrir cette autre Amérique que son cœur lui disait subsister quelque part. Les Rocheuses et le Grand Désert. Les sierras et le Mojave. Mille kilomètres et plus d'espaces vides où les villes se comptaient sur les doigts de la main, la terre des légendes, les cow-boys, les Indiens, les grandes migrations de troupeaux et les tribus errantes de hippies, les hors-la-loi, les villes fantômes et les vastes paysages intemporels.

Bobby avait donc écrit le mot « West » sur un morceau de carton, rassemblé son courage, mis son sac au dos, était allé s'installer à l'entrée de la première bretelle d'autoroute, avait levé le pouce et attendu.

Il avait attendu près d'une heure dans la chaleur miroitante tandis que passaient véhicules urbains électriques, gros semi-remorques à pile à combustible et monstres dévoreurs de pétrole, l'ignorant totalement, avant que ce vieux camion, avec son chargement de cuvettes de w.-c. et de matériel de plomberie, s'arrête enfin.

Bobby courut ouvrir la portière du passager. Le chauffeur était un sexagénaire musclé aux cheveux gris ; il portait un vieux chapeau de cow-boy en paille, des Ray-ban et un bleu de travail crasseux.

« Jusqu'où tu vas, à l'ouest, fiston ? avait-il dit avec ce que Bobby imaginait être le ton traînant d'un cow-boy.

— L.A.

— Pour sûr, un fan des Dodgers ! avait répondu le conducteur avec un petit rire. Pose tes fesses, j' peux toujours t'emmener jusqu'à Vail, si ça t' va. »

Il s'appelait Carl. Quand Bobby lui demanda s'il était cow-boy, il trouva cela parfaitement hilarant. « Pour sûr, l' dernier des stoppeurs m' prend pour un foutu cow-boy ! Quoiqu'on m' traite plutôt d'hors-la-loi, tant qu' j'y pense !

— De *hors-la-loi ?*

— Le bandito des chiottes, fiston, tu vois. Ha ! Ha ! Ha !

— Hein ?

— Hé, Bob, j' suis *plombier*, vois-tu, et quand y r'çoivent ma note, y s' mettent à chier dans leur froc, d' toute façon, ha, ha, ha, ça leur fait les pieds d'avoir ach'té des chiottes japs, d'abord ! »

De Denver à Boulder, Carl avait beaucoup parlé et Bobby l'avait fermée presque tout le temps, car cela tournait principalement sur la façon dont les bons vieux U.S.A. se faisaient enculer depuis bien trop longtemps par les Japs et les Europines, et qu'il était grand temps de les enculer à leur tour, et qu'il en savait quelque chose, il avait fait son temps dans ces putains de Nicaragua et de Panama, c'était pure chance si on l'avait fait commando de chiottes dans l'armée et qu'on lui avait appris un boulot un peu utile après toutes ces années, sinon les métèques l'auraient refroidi dans la jungle, ou alors il serait sans doute en train de visser des boulons dans une usine pour un salaire de négro au lieu d'entuber les bonnes femmes, tu vois, c'était bien aussi super qu'on disait d'être plombier, c'était vraiment le permis d'escroquer les gens, ha, ha, ha…

Bobby resta tendu jusqu'aux premiers contreforts des Rocheuses, après la traversée de Boulder. Il commençait à détester ce gringo haineux, ignorant et chauvin.

Mais en s'enfonçant dans les montagnes verdoyantes, Carl le plombier changea soudain. Il cessa de tenir ses propos d'abruti, glissa un compact de Beethoven dans le lecteur du camion et, tranquillement assis dans son fauteuil, une main passée par la fenêtre ouverte, conduisant de l'autre, il inspirait de temps en temps profondément l'air chargé de la senteur résineuse des pins, un sourire rêveur aux lèvres.

« Y a rien d' tel à Akron, fiston, marmonnait-il de temps à autre. Un pays sacrément béni des dieux, ouais… J'aime rouler par ici… Imagine un peu c' que ça devait être quand y avait rien d'autre par ici que des coureurs des bois et des grizzlis, hein… »

Ils s'élevaient de plus en plus haut, dans de plus en plus

vastes montagnes, où il n'y avait rien d'autre à voir que le vert des arbres, le marron du sol et le gris des affleurements de granite. Il semblait à Bobby que l'Amérique des dix derniers jours était une autre planète et, assez bizarrement, il commençait à se sentir une certaine affinité avec ce plombier, ce vétéran des guerres d'Amérique centrale, cet ancien commando de chiottes, car tout cela semblait bien loin tandis qu'ils retraçaient le voyage épique des pionniers d'antan à travers un paysage que la main de l'homme avait à peine effleuré depuis que Christophe Colomb avait posé le pied sur le rivage américain.

Le paysage se modifiait à mesure qu'ils montaient, les arbres se ratatinaient, puis ils dépassèrent la limite de la forêt et il n'y eut plus rien que la riche terre brune et le roc sombre couleur d'ardoise.

« La foutue ligne d' partage des eaux, dit doucement Carl. À partir d'ici, toutes les rivières coulent vers l'ouest. C'est l' toit du monde, tu vois, la colonne vertébrale d' ce putain d' continent. J'ai fait c' trajet un millier d' fois, et j' peux jamais m'empêcher d'y penser. Ces foutus pionniers ont traversé tout ça dans des chariots bâchés tirés par des chevaux et des mulets, tu t' rends compte, fiston ! Merde, y d' vaient avoir des couilles grosses comme des pastèques ! Ça t' rend ta fierté, ça, non, Bob ? Tu vois c' que j' veux dire ? »

Bobby hocha la tête. Là, seul avec Carl, face à la grandeur intemporelle de ce vaste paysage à jamais immuable que la pourriture des villes et des plaines ne pourrait jamais atteindre, il comprit qu'était soudain retrouvé ce qu'il avait cru perdu.

« Ouais, Carl, dit-il, apaisé. Ça te rend fier. Ça te rend fier d'être américain. »

Carl traversa Vail, ancien lieu de villégiature qu'un développement trop rapide avait transformé en misérable petite cité industrielle obscènement déplacée dans ce superbe décor montagnard, puis déposa Bobby sur la grand-route à l'intersection d'une étroite route secondaire qui s'enfonçait en serpentant dans les canyons, au milieu de nulle part.

Durant près d'une heure, Bobby resta tout seul au bord de la route en pleine montagne, sans en être ennuyé le moins du monde, avant de se faire prendre par un gros semi-remorque conduit par une blonde laide et trapue aux cheveux coupés court qui portait une vieille veste de cuir brun et qu'il prit d'abord pour un homme.

« Mon blaze, c'est Esmeralda, sans charre, j' suis pas vraiment gouine, j' me faisais appeler Erika quand j' traînais dans les bars de Philly avec tout l'attirail néo-nazi, svatiskas en cuivre et tout, t'aurais dû m' voir, ça t'aurait coupé les roustons, mais quand j' suis venue par ici pour laisser tomber tout ça, j'ai repris l' nom qu' ma maman m'avait donné, ça avait l'air d'aller d' soi, si tu vois c' que j' veux dire... »

Elle éclata de rire en voyant Bobby la regarder d'un œil rond sans trop savoir où se mettre. « Hé, relax, vieux, j' vais pas t' bouffer, c'est pas mon genre, j' suis c' qu'on appelle une gousse diesel, même si j'ai jamais conduit qu' des bahuts à piles à combustible, là, c'est un chargement de troncs que je vais chercher — à une centaine de kilomètres par là — pour Salt Lake, alors j' peux bien t'emmener jusque-là... »

Après s'être fait déposer par Esmeralda, Bobby se fit prendre presque aussitôt, cette fois par un semi-remorque chargé de troncs conduit par un Noir du nom de Duke qui prétendait avoir joué dans le temps avec les New York Yankees ; il avait marqué deux sur quinze en championnat, on pouvait vérifier, mais il avait jamais pu contrer un *split finger*. Duke l'emmena jusqu'au coin inférieur de l'Utah, où les montagnes se faisaient plus basses et rocheuses et où tout commençait à être plus sec ; on pouvait sentir le souffle brûlant du désert qui approchait, et il lui en apprit sur le base-ball davantage que Bobby n'aurait cru possible.

Le soleil se couchait quand Duke le déposa devant un petit

terrain de camping rustique au bord de rapides, juste une minuscule boutique, une station-service et quelques tentes et voitures au bord de la rivière.

« Maintenant écoute-moi bien, Bob, lui dit-il. N'essaie pas d'aller plus loin ce soir, et demain ne monte avec personne qui aille moins loin que Vegas, parce que tu n'as certainement pas envie de te retrouver le cul planté au bord de la route en plein désert ! Et quand tu iras au Dodger Stadium, dégote-toi un siège au premier rang juste derrière le batteur et vois si tu arriverais à rattraper un *split finger* mieux que moi ; tu comprendras pourquoi je me retrouve au volant d'un gros-cul ! »

Bobby entra dans la boutique et s'acheta un morceau de fromage jaune ressemblant à un bout de plastique, un paquet de charcuterie rosâtre d'aspect caoutchouteux, une pomme, une petite miche de pain complet et une boîte de bière, soit à peu près tout ce qu'il put imaginer de rassembler pour se composer un repas à partir du maigre stock. Le caissier avait de longs cheveux roux, une barbe en broussaille de la même couleur, un gros ventre saillant par-dessus une large ceinture sous son T-shirt, le tout correspondant parfaitement à l'idée que se faisait Bobby d'un vieux montagnard.

« Euh… vous n'auriez pas une chambre à me louer pour la nuit, par hasard ? » demanda-t-il.

Le commerçant le regarda d'un drôle d'air. « Ça a l'air d'un motel, Angelino ? T'es trop délicat pour dormir au bord de la rivière ?

— Euh… je n'ai pas de tente ni de sac de couchage.

— Hein ? » L'homme avait l'air médusé. « Qu'est-ce que tu fais par ici sans matériel de camping ?

— Je fais du stop pour aller en Californie.

— Bon Dieu ! » s'exclama le marchand. Sa surprise était teintée d'un certain respect, au moins apparemment. Il examina Bobby, songeur. « J'ai pas de chambre, mais j'ai un vieux sac que je peux te passer. Bien sûr, ça sera pas à l'œil.

— Combien ?

— J'ai autre chose en tête. Un peu de travail honnête ne te fait pas peur ?

— Je crois pouvoir m'en sortir... »

Le marchand l'emmena derrière le bâtiment et ouvrit une porte à côté de laquelle s'alignaient trois grosses poubelles vides. Elle donnait sur une réserve qui sentait le moisi. Cartons vides, vieilles boîtes de fer-blanc et autres étaient éparpillés sur le plancher couvert de poussière.

« Ça devrait pas te prendre plus d'une heure pour nettoyer ce merdier, après tu pourras avoir le sac de couchage pour la nuit, ou bien roupiller ici. Bien sûr, si t'as jamais dormi à la belle étoile dans le coin, et t'en as pas l'air, tu serais un sacré couillon de manquer ça ! »

En fait, il fallut près de deux heures à Bobby pour faire le travail, mais il s'en fichait, c'était la première fois qu'il travaillait de ses mains pour *quoi que ce soit*, à plus forte raison un endroit où dormir, et cela lui communiquait la sensation d'être... en phase avec une chose qu'il ne parvenait pas à définir, de faire partie, en quelque sorte, du majestueux paysage, de cette région de l'Ouest américain et de son lent flux vital intemporel.

Bien entendu, il choisit le sac de couchage qu'il emporta au bord de la rivière où il mangea son repas froid et but sa bière en contemplant les rapides écumants, phosphorescents à la lumière des étoiles.

Puis il se glissa dans le sac de couchage, délicieusement fatigué après cette longue journée riche en événements, et resta étendu à regarder les étoiles à travers les frondaisons qui se balançaient doucement.

Oh oui, il avait eu raison de quitter les villes et les aéroports pour voyager en stop le long des grand-routes car, de cette nouvelle perspective à ras de terre, une Amérique complètement différente lui était apparue.

Ici, les gens semblaient toujours vivre comme ils le faisaient depuis que d'autres fils de l'Europe s'étaient enfoncés vers l'ouest à travers ce vaste continent pour devenir des Américains. L'Ouest américain et ses habitants n'avaient pas fondamentalement changé depuis l'époque des cow-boys et des Indiens, et ils resteraient tels longtemps après que des villes auraient eu le temps de naître et de vieillir sur Mars.

Étendu là, sombrant dans le sommeil auprès d'une rivière américaine sous les scintillantes étoiles américaines, Bobby était content pour la première fois depuis qu'il avait débarqué dans ce pays. Il éprouvait enfin la sensation d'être arrivé chez lui. Il avait enfin trouvé un morceau de l'Amérique de ses rêves, une Amérique qu'il pouvait vraiment aimer.

Le lendemain matin, Bobby entreprit les occupants des tentes pour essayer, selon les conseils de Duke, de trouver quelqu'un qui lui ferait traverser le désert pour aller à Las Vegas. Le mieux qu'il put trouver fut un couple de retraités, Ed et Wilma Carpenter, en route vers la vallée de la Mort, d'où, lui assurèrent-ils, il pourrait facilement se faire emmener jusqu'à Los Angeles même à cette époque de l'année ; en fait, avec le dôme Fuller, c'était une villégiature d'été pour les Angelinos, en dépit de la chaleur.

« Tu sais conduire, petit, dis ? lui demanda Ed Carpenter. Wilma et moi, on se fait vieux et ça ne nous fera pas de mal de nous reposer un peu. »

Bobby fut tenté de mentir, mais il leur avait déjà dit être u… étudiant de l'UCLA de retour d'une visite à ses parents… l'Est, et en plus il ne savait absolument pas s'il pourr… ner le change une fois au volant.

« Je crains que non, dit-il. Je n'ai jamais app… à *Los*

Ed le regarda d'un drôle d'air. « Tu es…clette, dit- *Angeles* et tu ne sais pas conduire ? …opéen. Et…

— Euh… j'habite sur le campus et il », ajouta-t-il il, donnant une bonne explication … histoire. euh… mes parents n'ont pas beau… en voyant qu'Ed n'avait pas l'…

Ed regarda Wilma. Wilma regarda Ed. Ils haussèrent tous deux les épaules.

« Eh bien, pourquoi pas ? dit Ed. Cette voiture se conduit pratiquement toute seule et il n'y a pas de flics par ici. Ça changera agréablement d'avoir un jeune à qui parler. Qu'en dis-tu, Bob ? Tu veux essayer d'apprendre à conduire ? Après tout, tu es californien, en un sens…

— Oh, Ed ! » s'écria Wilma. Mais elle gloussa et tous trois montèrent à bord de l'électrocruiser.

La voiture était un véhicule à pile à combustible pourvu de quatre roues motrices, avec air conditionné, confortables sièges baquets à l'avant et à l'arrière, rafraîchisseur d'eau et petit réfrigérateur. Wilma l'appelait « notre petit salon sur roulettes ».

Ed et Wilma avaient tenu un magasin d'ameublement à Golden et, au bout de dix ans dans les affaires, avaient mis assez de côté pour un premier versement sur l'immeuble où il était situé. Ils n'avaient jamais pensé qu'ils gagneraient assez pour prendre un jour leur retraite mais, trois ans plus tôt, un promoteur s'était présenté et avait acheté tout le pâté de maisons pour faire un centre commercial ; il leur avait offert un bon prix et, après avoir remboursé le reste de leur crédit, il leur était resté assez pour s'acheter une rente annuelle leur permettant de prendre leur retraite et de voyager un peu. Ils avaient visité Yosemite, le Grand Canyon, …on, et ils faisaient maintenant la vallée de la Mort. Leur fils était capitaine d'aviation, il pilotait des Penetrators sur la …Edwards et ils iraient un peu plus tard lui rendre visite. …voit un vieux couple assez agréable et, tandis que la …rocai…escendait les Rocheuses vers le désert sec et …existe… avaient épuisé l'histoire de leur modeste petite …Bob… …mmencèrent à interroger Bobby sur la sienne. …et il n'a… …douté ce moment ; le voyage allait être long …ficotés à… …idée de raconter des mensonges emberli-…verts et honnêtes, mais c'était devenu une seconde nature ; en outre, il avait peur de révéler ses origines européennes aux parents d'un capitaine de l'Armée de l'air américaine.

Il inventa donc une histoire : ses parents habitaient Akron, sa mère était institutrice et son père contremaître dans une aciérie, des gens simples, mais ils avaient réussi à économiser suffisamment pour l'envoyer, avec l'appoint d'une bourse qu'il avait décrochée, à l'UCLA où il étudiait l'histoire mondiale, il pensait essayer de devenir professeur, peut-être même d'université, qui sait... ?

« L'histoire mondiale ? demanda Ed d'un air dubitatif. Qu'est-ce qu'ils peuvent bien enseigner là-dessus à l'UCLA ?

— Pardon ?

— J'ai entendu dire que ce sont des *rouges* qui vous enseignent l'histoire en Californie, du moins c'est ce que dit Bill...

— Des rouges ? Vous voulez dire... des communistes ?

— Oh, Ed !

— Allons, Wilma, tout le monde a entendu ce genre de truc, pour une fois que nous avons l'occasion de savoir ce qu'il en est vraiment. Alors, Bob ?

— Alors quoi ?

— Eh bien, par exemple, est-il vrai que ces vendus vous racontent que ce sont les Russes qui ont gagné la Seconde Guerre mondiale ?

— En tout cas, ils ne nous disent pas que ce sont les Allemands, répondit Bobby, mal à l'aise.

— Bien sûr que non ! Nous sommes allés là-bas et avons donné à cet Hitler ce qu'il méritait après que les Européens se sont tous couchés en tendant leurs fesses aux Boches...

— Ed !

— Et le plan Marshall ? On t'apprend comment les Européens nous ont escroqué des milliards sans jamais rien rembourser.

— Hein ?

— Tu vois, Wilma, Bill avait raison, ils n'apprennent pas un foutu truc à ces gosses !

— Surveille ton langage, Ed Carpenter !

— Et le Viêt-nam ? Est-ce qu'on t'apprend comment le K.G.B. vendait de l'héroïne aux hippies et fomentait des émeutes à Chicago ?

— Euh…

— C'est bien ce que je pensais ! Et je parierais qu'ils ne disent même pas à ces gosses comment les agents du K.G.B. infiltrés dans le gouvernement Carter ont vendu le canal de Panama aux communistes ! Ou la façon dont les Anglais ont déclenché la guerre de Sécession pour mettre la main sur nos champs de coton. Ou comment Fidel Castro a fait assassiner John Kennedy.

— Ne sois pas stupide, Ed, tout le monde sait ça ! »

Malgré l'air conditionné, Bobby s'était mis à transpirer tandis que le brave vieil Ed Carpenter débitait le plus invraisemblable tissu d'absurdités historiques qu'il eût jamais entendu.

Les Mexicains avaient obligé les Américains à la guerre en envahissant le Texas. Le krach de 1929 était l'œuvre des agents communistes qui voulaient faire élire Franklin Roosevelt dont la femme, Eleanor, était agent du K.G.B. Un Ronald Reagan sénile avait été hypnotisé par Mikhaïl Gorbatcnev, lequel était secrètement diplômé de l'institut Pavlov. L'entrée de l'Union soviétique dans la Communauté européenne était le premier pas vers l'édification d'un empire soviétique mondial et Espaceville était une façade pour la création clandestine d'une Étoile d'Amérique à l'européenne destinée à obliger les États-Unis à rendre les biens qu'ils avaient si équitablement saisis…

« On t'apprend *ça* à l'UCLA ?

— Euh… pas exactement, marmonna Bobby, étourdi. C'est-à-dire…

— C'est bien ce que je pensais ! s'exclama triomphalement Ed. Tu vois, Wilma, Bill avait raison, ils n'apprennent pas un putain de truc à ces gosses !

— Je t'interdis de jurer devant ce garçon ! l'avertit Wilma, l'air sévère. Pour quel genre d'individus veux-tu qu'il nous prenne ? »

Sur le moment, Bobby dut se retenir pour ne pas éclater de rire, mais, au fil du voyage, il eut le temps de réfléchir sérieusement à la question et il se sentit extrêmement perplexe.

Ils émergèrent des contreforts occidentaux des Rocheuses dans le paysage le plus surprenant qu'eût jamais vu Bobby. Le Grand Désert américain s'étendait devant lui sous un ciel impitoyablement bleu, vaste étendue désolée de roc et de sable brûlant aux tons délavés, néant immense et apparemment vide de toute vie qui paraissait se poursuivre à l'infini.

La route y était absolument rectiligne, la circulation rare et, au bout d'une heure, Ed Carpenter s'arrêta sur le bas-côté.

« Pourquoi ne conduirais-tu pas un peu, Bob ? dit-il avec un large sourire. Il n'y a aucun risque de se faire surprendre par un flic, par ici ! »

Et Bob se retrouva au volant de l'électrocruiser qu'il conduisait à travers le Grand Désert, grisé de vitesse, tandis que Ed, et Wilma quand elle pouvait glisser un mot, bavardaient sans cesse.

Conduire cette voiture, même pour un néophyte, était la simplicité même ; il y avait une direction assistée si indulgente que l'on pouvait lâcher le volant cinq minutes d'affilée sur une route pareille, une pédale d'accélérateur et un bouton de blocage du régime de croisière, une pédale de frein dont Bobby n'eut jamais à se servir, un compteur de vitesse numérique et rien d'autre.

La conversation, néanmoins, le perturbait profondément. À un moment, Ed Carpenter s'extasiait sur l'immensité du paysage et le courage incroyable des pionniers qui avaient franchi ces espaces en chariots bâchés, et l'instant d'après il tempêtait contre la traîtrise des Européens qui saccageaient les ambassades et saisissaient les avoirs américains. Il se lançait dans un discours absolument fascinant sur les créatures qui vivaient dans ce désert, puis il enchaînait par une diatribe contre le gouvernement mexicain qui persécutait les braves Américains en Basse-Californie et allait bientôt recevoir une leçon bien méritée.

Plus dérangeant pour Bobby que ce chauvinisme haineux, ou la nécessité de tenir sa langue alors que tout son être lui criait de réfuter ces monstrueuses contre-vérités, était le fait que, malgré ces fielleuses sorties, il *aimait bien* Ed et Wilma Carpenter.

Ils avaient été gentils avec lui. C'étaient de vieilles personnes polies et bienveillantes, très attachées au pays qu'elles traversaient. Leur amour de l'Amérique était authentique et assez touchant. Ed le laissait même conduire leur voiture.

Pourtant, ils croyaient sincèrement la plus méprisable et chauvine des propagandes. Les imprécations d'Ed Carpenter étaient exactement le genre de propos que les médias européens mettaient dans la bouche écumante des pires caricatures d'Américains. Qu'était-il arrivé à l'Amérique pour les rendre ainsi ? Comment de braves gens comme Ed et Wilma Carpenter pouvaient-ils croire de telles inepties ?

Qu'était-il censé penser d'eux ?

Wilma prit le volant environ cinquante kilomètres avant Las Vegas, alors que commençaient à apparaître les premiers panneaux publicitaires, et s'engagea sur une rocade qui contournait la ville.

« Nous ne traversons pas Vegas ? demanda Bobby, plutôt déçu.

— Grands Dieux, non ! répondit Wilma. La circulation dans le centre est épouvantable. En plus, c'est plein de Japonais venus jouer l'argent qu'ils nous ont volé, de toutes sortes de prostituées et de spectacles pour détraqués !

— Pas le genre de choses à montrer à un gentil garçon comme toi, acquiesça Ed. Les Japs l'appellent le Ginza américain, et ils peuvent se le garder ! Par contre, la vallée de la Mort où nous t'emmenons, *ça*, c'est un spectacle qu'il faut avoir vu. Tu ne l'oublieras jamais, Bob, je te le promets ! »

Las Vegas une fois contourné, une rangée de montagnes basses commença à s'élever à l'ouest de la route et bientôt Wilma s'engagea sur une route transversale qui traversait une petite ville et gravissait leurs pentes pour parvenir à un point de vue qui coupa le souffle à Bobby.

À ses pieds s'étendait une longue vallée désertique encaissée entre les Hautes Sierras, le lit elliptique d'un lac asséché, tout en sable et en sel, miroitant sous le soleil de fin d'après-midi comme un immense mirage, comme quelque chose qui n'aurait pas été tout à fait là, et, scintillant en son centre comme l'œil à facettes d'un insecte gigantesque, un énorme dôme géodésique.

« Waou… » Ce fut pratiquement tout ce que parvint à dire Bob. « C'est comme… c'est comme une autre planète ! »

Ed Carpenter rit de bon cœur. « C'est quelque chose, hein ? C'est le point le plus bas de cette planète, Bob, et plus chaud en été que le derrière du diable. » Il montra un pic lointain parmi les montagnes déchiquetées, de l'autre côté de la vallée, au sommet duquel Bobby crut distinguer une calotte de *neige*. « Et pourtant tu as là le mont Whitney qui est le point culminant des États-Unis !

— Vous aviez raison, dit doucement Bobby. C'est un spectacle que je n'oublierai jamais, comme je ne vous oublierai jamais, vous qui me l'avez montré. » Et il était sincère.

Les Carpenter devaient descendre au Scotty's Inn, un petit hôtel où, lui dit Ed, il fallait réserver deux semaines à l'avance et qui tenait « un peu de l'hospice de vieillards, tu ne t'y plairais pas, de toute façon ». Les jeunes allaient au Dry Wells Dome, il y avait des tas de chambres à des prix abordables et ce serait le meilleur endroit pour se trouver une place pour L.A. le lendemain matin.

Ils le conduisirent donc au dôme Fuller, au centre de la vallée, et lui dirent au revoir sur le parking.

« Eh bien, nous avons été ravis de te connaître, mon garçon, dit Wilma. Bonne chance pour tes études.

— Et ne te laisse pas endoctriner par ces rouges de l'UCLA, entendu ? ajouta Ed Carpenter en lui serrant la main.

— Promis, Ed, répondit Bobby. Voyager avec vous a été très instructif. »

Il le pensait vraiment, et pas uniquement de façon ironique, car les Carpenter lui avaient appris une importante leçon : les gens pouvaient croire les choses les plus épouvantables tout en restant de braves gens au fond de leur cœur. Une bonne partie de ceux qui avaient jeté du sang et de la merde sur l'ambassade des États-Unis à Paris étaient probablement d'un commerce tout aussi agréable qu'Ed et Wilma Carpenter.

« *Politique politicienne !* » crut-il entendre dire son père et, pour la première fois, il pensa comprendre vraiment ce qu'il voulait dire.

Puis il quitta l'air conditionné de la voiture et fut pratiquement renversé par la muraille de chaleur. Vous parlez d'une autre planète ! On aurait cru émerger du sas d'un vaisseau spatial à la surface de Vénus. Le soleil lui brûlait cruellement les yeux. Il le sentait lui griller la peau. Il pouvait pratiquement voir les vagues de chaleur s'élever du métal surchauffé des voitures garées sur le parking.

Il resta un moment sur place à goûter l'incroyable expérience en adressant un dernier au revoir à Ed et Wilma, puis se dirigea rapidement vers l'entrée principale du dôme.

Le Dry Wells Dome était climatisé, bien entendu, mais la température y était maintenue à 27° pour simuler, en plus doux, l'atmosphère du désert. Il y avait des cactus et des palmiers, ainsi qu'une vaste piscine construite en une matière synthétique présentant l'aspect de dunes. Des cabanes rudimentaires étaient éparpillées parmi les arbres et il y avait un genre de rue principale évocatrice de Disney World ; une demi-douzaine de restaurants, un drugstore, une boutique de spiritueux, des magasins, un saloon, un petit hôtel, le tout dans le style d'une petite ville minière du Far-West flambant neuve.

Il y avait foule à l'intérieur, principalement des gens d'une vingtaine d'années et des adolescents, pour la plupart la peau bien bronzée et généreusement dévoilée, les garçons en maillots de bain ou slips minuscules, les filles exhibant leurs seins nus, comme sur la côte d'Azur.

Bobby entra dans l'hôtel pour louer une chambre, mais l'employé de la réception, ridicule avec son costume de cow-boy moulant et son chapeau à large bord, lui dit qu'il n'y en avait pas de libre.

« Qu'est-ce que je vais *faire ?* » pleurnicha Bobby.

Le faux cow-boy le regarda de haut en bas. « Ouais, dit-il d'un ton traînant, tu peux poser ton barda chez moi, camarade, en attendant de t'être trouvé une minette, un beau gosse comme toi devrait pas avoir trop de mal à se dégoter quelqu'un avec une place dans son lit.

— Vous me faites marcher ?

— Tu cherches à *me* faire marcher, camarade ? Que viendrait-on faire d'autre à la Sale Mort ? »

Faute de mieux, Bobby lui confia son sac et alla faire un tour au saloon. Il y avait assurément des tas de filles non accompagnées dans le coin, mais il y avait aussi des tas de types qui avaient l'air sur le coup et, chez lui à Paris, Bobby n'était pas vraiment un tombeur. Il n'était pas puceau, mais il n'avait pas non plus besoin d'enlever ses chaussures pour compter sur ses doigts le nombre de filles avec qui il avait couché. Bien sûr, il faisait bien assez chaud pour dormir sous les arbres s'il arrivait à trouver un endroit d'où il ne risquait pas de se faire déloger…

Le saloon était plus ou moins aménagé en vieux bar du Far-West. Des murs rustiques et un plancher couvert de sciure. Un long comptoir de cuivre et de bois avec des tabourets derrière lequel officiaient trois barmen qui avaient l'air tout droit sortis d'un western. Des tables rondes en bois. Un grand lustre de cristal.

L'établissement était plein de jeunes gens bronzés et de jeunes filles aux seins nus qui se regardaient dans les yeux, se blottissaient l'un contre l'autre, buvaient ensemble, dansaient le slow peau contre peau. Bobby se sentait plouc avec son jean et son blouson des Dodgers, comme Holden Caulfield déambulant avec la trique sur la plage de Saint-Tropez.

Nerveusement, il prit un siège au bout du comptoir, laissant un tabouret vide de chaque côté, et commanda une bière. Le barman le regarda d'un drôle d'air mais, par chance, ne demanda pas à voir sa carte d'identité. Assis sur son tabouret, une insipide bière américaine à la main, Bobby jetait des regards obliques sur toute cette tentante chair dénudée et se préparait mentalement à passer une nuit à la dure.

Il avait le regard plongé dans les jaunes profondeurs en baisse de son verre quand il entendit une voix féminine dire : « Un kir. »

Un kir ? Il n'avait pas entendu ce mot depuis son départ de Paris.

« Un quoi ? demanda le barman.

— Un *kir*, gringo ! »

Une fille était penchée au-dessus du tabouret voisin, son sein nu se balançant délicieusement à quelques centimètres de l'avant-bras de Bobby. Elle avait de longs cheveux blonds décolorés par le soleil cascadant sur ses épaules bronzées, était raisonnablement jolie, semblait avoir à peu près son âge et était assez près pour qu'il puisse sentir son parfum musqué.

« Qu'est-ce que c'est que ce truc-là ? demanda le barman.

— Un verre de vin blanc avec un trait de crème de cassis », intervint Bobby.

La fille regarda Bobby et lui décocha un sourire radieux. « Putain ! s'exclama-t-elle. Un être civilisé en blouson des Dodgers en plein milieu de gringoville !

— Je… euh… j'ai passé un peu de temps en France, dit Bobby, poussé par un instinct.

— Tu es allé en *Europe ?* cria pratiquement la fille en s'asseyant sur le tabouret voisin. Mettez-en deux, dit-elle au barman. Un pour moi, et un pour… *monsieur* en blouson des Dodgers.

— Bob, dit Bobby.

— Eileen. Seigneur, Bob, comment t'es-tu débrouillé pour aller en Europe, avec les restrictions sur les visas de sortie et tout ? »

Bobby hésita. C'était la première fois depuis qu'il avait posé le pied hors de l'avion que quelqu'un exprimait autre chose que du mépris pour l'Europe. Au point où il en était, autant aller jusqu'au bout.

« Je suis né là-bas, dit-il. À Paris.

— *Paris !* s'écria-t-elle en se rapprochant, les yeux lançant pratiquement des étincelles. Super ! J'aurais jamais cru que j'arriverais à baiser un jour avec un Français !

— Euh… je ne suis pas exactement français…, balbutia Bobby. C'est-à-dire… mon père est américain, je n'ai pas vraiment la nationalité américaine, mais j'ai un passeport américain et…

— Oh, tu feras l'affaire ! déclara Eileen en lui effleurant l'avant-bras de la pointe de son sein. Eh bien, Bobby, parle-moi donc de Paris ! »

Ce qu'il essaya de faire devant trois kirs, passant sous silence sa mère russe, sa sœur qui allait étudier à Youri-Gagarine et la raison exacte pour laquelle son père s'était expatrié, inventant de toutes pièces ce qui concernait la vie nocturne parisienne, ses voyages sur la côte d'Azur et son expérience quasiment inexistante des petites Françaises sophistiquées.

« Qu'est-ce que tu fais donc dans ce trou de Californie ? » demanda Eileen. Ils avaient rapproché leur tabourets, elle lui avait passé un bras sur l'épaule et sa joue était pratiquement collée à la sienne.

« Je viens faire mes études aux États-Unis. UCLA ou Berkeley, je n'ai pas encore décidé.

— Nom d'un canard russe ! s'écria Eileen. Je vais à Berkeley ! Oublie l'UCLA ! J'ai été élevée à L.A., en fait je viens de passer l'été chez mes parents et je suis sortie avec des types de l'UCLA. Quelle bande de fachos ! Ça ne te plairait sûrement pas !

— Eh bien…

— Dis donc, tu veux bien me payer à dîner pendant que je te parlerai de moi ?

— Bien sûr.

— Super ! Et voilà pour te prouver que j'en vaux la peine. » Elle lui prit la tête à deux mains, posa les lèvres sur sa bouche et plongea soudain dedans sa langue tiède et palpitante.

Ils allèrent au restaurant chinois voisin et, devant du porc moo shu, du homard à la sauce aux haricots noirs et des œufs foo yung, Eileen fit presque toute la conversation, une main posée sur sa cuisse, sous la table, tandis qu'elle maniait ses baguettes de l'autre avec dextérité.

Elle s'appelait Eileen Sparrow. Son père était agent immobilier et ses parents avaient une maison à Berverly Hills, dans la plaine en dessous de Wilshire, d'accord, mais papa venait de reprendre un crédit pour acheter une propriété en Basse-Californie et ils seraient sans doute bientôt assez riches pour Glen, ou même Bel-Air. Ce qui ne voulait pas dire qu'elle était une espèce de *gringo*, tu comprends, on ne choisit pas ses parents, malheureusement, n'est-ce pas ? Non qu'elle n'ait pas été la parfaite petite tête de linotte chauvine jusqu'à ce qu'elle entre à Berkeley, l'année précédente, où elle étudiait l'anglais comme matière principale — pour le moment

— et fréquentait les rouges qui ne se laissaient pas avoir par les histoires des fachos et qui seraient *ravis* de rencontrer un vrai Français de Paris, *surtout* s'il était aussi un peu américain… « Je retourne à Berkeley lundi prochain, tu pourras dormir jusque-là dans la chambre de Tod, il est dans l'*Armée*, tu te rends un peu compte, il faudra dire à mes parents que tu es un camarade de classe, ils n'apprécieraient pas trop que je ramène à la maison un type que j'ai levé à la Sale Mort, et pour l'amour de Dieu, ne leur dis surtout pas que tu es allé en Europe, papa *déteste* les Européens, arrange-toi pour porter ton blouson, il *adore* les Dodgers, ce foutu connard de macho…

« O.K., dit-elle devant les sablés aux amandes, maintenant tu paies l'addition, qu'on puisse sortir d'ici pour aller baiser dans ma chambre. »

La chambre n'avait rien de luxueux — juste un poste de télévision, deux tables de nuit et un lit à eau — mais Bobby ne prêta pas trop d'attention au décor. La tête lui tournait, son sexe pressait impatiemment contre la fermeture de son jean et il sentait ses testicules prêts à exploser.

Sitôt la porte refermée, Eileen se jeta dans ses bras, replongea la langue dans sa bouche et les fit basculer sur le lit où ils se roulèrent en se caressant à l'aveuglette jusqu'à ce que Bobby se sente prêt à jouir dans son pantalon.

À ce moment stratégique, Eileen se dégagea, sauta du lit, se mit dos au mur et plongea la main dans son short. « Déshabille-toi », dit-elle d'une voix rauque en se passant lentement la langue sur les lèvres tout en tortillant des fesses contre le mur tandis que sa main s'activait dans sa culotte. « Fais ça bien, tout doucement. »

Bobby, chauffé au rouge, se dévêtit lentement sur le lit pendant qu'elle le regardait droit dans les yeux en gigotant contre le mur.

« Debout », lui dit-elle quand il fut enfin nu. Bobby se leva.

« Place-toi contre le mur.

— Me placer contre le mur ? »

Eileen hocha la tête en claquant langoureusement de la langue. « C'est un moment très important pour moi, dit-elle. Je suis sur le point de sucer ma première bite française. »

Je ne suis pas vraiment français, faillit bafouiller Bobby, mais les mots ne sortirent jamais car elle tomba soudain à genoux devant lui, lui saisit les fesses à pleines mains et sa bouche lui engloutit le sexe de tout son long. Avant d'avoir compris ce qui lui arrivait, il se faisait tailler la première pipe de sa vie.

C'était délicieux, c'était merveilleux, c'était meilleur que tout ce qu'il avait jamais imaginé et il aurait voulu que ça ne s'arrête jamais. Mais la cause était perdue d'avance et, en moins de deux minutes, il avait explosé d'une jouissance qui le laissa tout alangui et pantelant, et légèrement gêné.

« Pas mal, dit Eileen qui se releva en se léchant les lèvres. Un peu rapide, mais pas mal. » Elle le regarda d'un air expectatif. « Eh bien ?

— Eh bien quoi ?

— Eh bien, maintenant que je t'ai *frenché*, est-ce que tu ne vas pas me *frencher ?*

— Hein ?

— *Hein ?* Quel genre de *Français* es-tu ?

— Je te l'ai dit, je ne suis pas vraiment français..., bafouilla Bobby, aussi perplexe qu'embarrassé.

— Ouais, je sais, mais tu ne vas pas me dire que tu n'as jamais... tu sais...

— Je sais quoi ?

— Bon sang, bouffé une chatte ! » s'écria Eileen, exaspérée.

Bobby sentit qu'il devait être écarlate. Eileen le dévisagea un moment avec de grands yeux, puis un large sourire s'épanouit sur ses lèvres humides. « Tu ne l'as jamais fait, c'est ça ? dit-elle doucement. Ça va être la première fois. Oh ouais ! C'est trop ! Quelle chance ! »

Elle le fit allonger sur le lit et, avant qu'il comprenne ce qui lui arrivait, elle se retrouva à califourchon sur sa figure, la tête de Bobby coincée entre ses cuisses et une main dans ses cheveux, le pubis plaqué contre sa bouche.

Bobby avait vu un certain nombre de films pornos, lu des romans érotiques et avait une vague notion de cet aspect de l'anatomie féminine, mais il ne s'était encore jamais retrouvé dans cette situation. Les on-dit l'avaient fait s'attendre à une certaine *odeur de poisson* et un mauvais goût, mais il n'en était rien, ce qui le surprit agréablement ; il eut néanmoins quelques difficultés à trouver son objectif.

Mais Eileen Sparrow était un professeur bien disposé — « Plus bas… non, un peu plus haut… ah, ça y est ! Avec le bout de la langue ! Plus fort ! Plus vite ! » — et une fois qu'il eut commencé à comprendre ce qu'elle attendait de lui, il constata qu'il aimait beaucoup ça, surtout quand elle se mit à geindre de plaisir, tendit la main derrière elle et commença à lui caresser la verge au rythme de sa langue.

Quand elle jouit contre sa bouche en poussant un grand cri, toute nervosité l'avait quitté et il ne tremblait plus, il se sentait détendu, viril, confiant et prêt à recommencer.

Il la fit rouler sur le dos et la prit dans la position du missionnaire. Cette fois, elle jouit bien avant lui et il lui donna un troisième orgasme avant de se laisser aller.

Après, tandis qu'ils gisaient côte à côte, il se sentit rêveur, satisfait, fier et macho. Pourtant, il se prit à rire.

« Hé, qu'est-ce qu'il y a de si *drôle*, Bobby ?

— J'étais simplement en train de me dire qu'à Paris, tout ce que je voulais c'était aller aux États-Unis pour apprendre à être un véritable Américain. Et maintenant que j'y suis, qu'est-ce que j'apprends ? Comment être *un vrai Français !*

— Oooh, tu es si *mignon !* s'écria Eileen en l'étreignant convulsivement. Ils vont *t'adorer*, à Berkeley, ma petite grenouille gringo ! »

14.

Billy Allen : « Je ne comprends pas, monsieur le Sénateur… »

M. Carson : « Pas encore, Billy, le peuple du grand État du Texas ne m'élira pas avant novembre. »

Billy Allen : « Très bien, monsieur le Député, ou le futur sénateur, ou tout ce que vous voulez — Henry —, pourquoi avoir racheté tout ce que nous pouvons de la dette mexicaine ? Tout le monde sait qu'elle ne vaut même pas son poids de papier hygiénique. Comment pouvez-vous approuver une initiative aussi idiote, particulièrement une année d'élections ? »

M. Carson : « Ça a soulagé bon nombre de banques et d'investisseurs privés, dont beaucoup au Texas, qui se seraient autrement retrouvés dans un sacré pétrin. »

Billy Allen : « Aux dépens du contribuable ! Beaucoup de gens trouvent scandalcux d'aider un pays qui persécute les citoyens américains en Basse-Californie. Un tas de gens pensent que les Mexicains ne vont pas tenir leurs engagements et nous laisser le bec dans l'eau. Pourquoi ne pas tout simplement… »

M. Carson : « Nous ne sommes pas la Communauté européenne et le Mexique n'est pas les États-Unis. S'ils ne peuvent pas trouver l'argent, eh bien, nous pouvons toujours prendre quelque chose en échange… des terrains, par exemple. »

Billy Allen : « Vous voulez dire envahir la Basse Californie ? »

M. Carson : « Oh, je n'appellerais pas ça une invasion, Billy. Après tout, si vous détenez l'hypothèque d'une propriété et que les propriétaires ne peuvent pas payer les intérêts, que pouvez-vous faire d'autre pour protéger votre investissement que d'en demander la saisie ? »

Newspeak, présenté par Billy Allen

Eileen fut stupéfaite d'apprendre que Bobby n'avait pas son permis de conduire, pas même un permis européen, ce qui n'aurait pas exactement plaidé en sa faveur s'ils s'étaient fait choper alors qu'il était au volant, mais lui aurait au moins évité, à *elle*, des ennuis avec la loi. « Pas question, déclara-t-elle quand il proposa de prendre quand même le risque de conduire, c'est une amende de mille dollars et une suspension de permis de trois mois… Papa me ferait *exécuter !* »

Ils quittèrent donc la vallée de la Mort avec Eileen au volant de sa petite Chevrolet sport électrique, la main de Bobby entre ses cuisses tout au long de la route qui courait à travers le désert aride et elle se laissa même convaincre de monter jusqu'à 120 km/h juste avant d'arriver à l'autoroute.

Celle-ci, large de six voies, franchissait les monts San Bernardino en direction du bassin de Los Angeles à travers une contrée encore plus aride, du moins pendant la première heure, mais Bobby eut le sentiment d'avoir soudain franchi une frontière invisible dès qu'ils s'y furent engagés.

La circulation était devenue dense, les voitures déboîtaient et se rabattaient agressivement, d'énormes semi-remorques filaient en grondant sur la file de droite, transportant presque tous d'inquiétants chargements dissimulés sous des bâches kaki ou bleu aviation, des hélicoptères de la police bourdonnaient dans les airs comme des libellules en colère et, plus haut, des appareils militaires évoluaient à vitesse supersonique.

Une quarantaine de minutes plus tard commencèrent à apparaître les panneaux d'affichage, suivis de lotissements à perte de vue, de zones industrielles entourées de barbelés, de centres commerciaux flanqués d'immenses parcs de stationnement et finalement un épais nuage de *smog*, brun sale de loin, gris-bleu de plus près, qui estompait le paysage.

« Bienvenidas a Los Angeles ! articula Eileen d'un ton traînant.

— C'est déjà Los Angeles ? »

Eileen rit. « C'est tout comme. C'est comme ça tout du long. »

Elle n'exagérait pas, loin de là. La circulation se fit de plus en plus dense, obligeant finalement les voitures à rouler pare-chocs contre pare-chocs, et les vastes étendues californiennes disparaissaient sous les lotissements, les centres commerciaux, les usines, les parkings, les panneaux publicitaires, les échangeurs autoroutiers, les immeubles d'habitation et un bric-à-brac industriel inidentifiable.

Et pourtant, même à l'intérieur de la voiture, Bobby discernait dans l'atmosphère quelque chose de nouveau en plus du *smog*, quelque chose qu'il n'avait encore jamais senti aux États-Unis, une sorte d'énergie frénétique, une agitation fiévreuse, une activité bouillonnante tendue vers quelque avenir inimaginable.

« Ça ne ressemble pas du tout à l'Est », murmura-t-il.

Eileen rit. « Ça ressemble à la *Californie du Sud*, dit-elle. Ça ne ressemble à *rien d'autre.* Ce n'est même pas sur la même *planète*.

— Il y a quelque chose dans l'air, et je ne parle pas d…

— Du smog ? dit-elle. L'ARGENT !

— Hein ?

— C'est là que se trouve l'argent, expliqua Eileen. C'est

comme si quelqu'un avait soulevé le pays par le coin du Maine pour tout faire glisser par ici. Pendant que le reste des États-Unis en banqueroute se faisait acheter par les Européens et les Japonais, l'État doré devenait de plus en plus *doré*. Il produit toujours de tout et l'expédie partout. C'est toujours la capitale mondiale du show-biz. Et de la biotechnologie, sur laquelle le gouvernement n'a jamais laissé les étrangers mettre la main... »

Elle lui décocha un coup d'œil mauvais. « Mais ce qui dore par-dessus tout le blason de la Californie du Sud, c'est la *guerre !* Le plus gros du fric extorqué au reste du pays par le gouvernement se déverse dans une canalisation qui aboutit ici depuis que ce bon vieux Ronnie Reagan s'est arrêté de tourner des films de cow-boys ! Étoile d'Amérique ! Base d'Edwards ! Vandenburg ! Bombardiers Penetrators ! Chars d'assaut ! Napalm ! Munitions ! Nous leur fournissons tout ça et ils l'expédient en Amérique latine, ou bien ils les font sauter et viennent en redemander. Oh oui, le Pentagone est la Grande Pompe à Fric de la Californie du Sud ! C'est ici que tous les bons gringos s'en foutent plein les poches !

— C'est horrible..., murmura Bobby.

— Je ne te le fais pas dire ! Et tu n'as pas encore rencontré *papa !* »

Ils émergèrent enfin de la vaste zone industrielle pour entrer dans la ville, qu'ils traversèrent, puis ils prirent à l'ouest à travers une autre friche industrielle, obliquèrent au nord sur un échangeur autoroutier et débouchèrent enfin sur Wilshire Boulevard, au beau milieu d'un monstrueux embouteillage.

Ils dépassèrent au ralenti de grands blocs d'habitation, des immeubles de bureaux, des galeries marchandes, puis traversèrent le centre de Beverly Hills avec ses hôtels cossus, ses halls d'exposition de voitures, ses boutiques de luxe et ses restaurants élégants.

« On appelle ça le “kilomètre du Miracle”, lui dit Eileen. C'est un miracle si on arrive à y parcourir un kilomètre en une heure. Il y a un souterrain qui vient directement du centre-ville, mais personne ne veut prendre le risque de s'y faire piéger… les tremblements de terre, tu sais, nous attendons toujours que le Big One détruise tout ça, et ce ne sera jamais trop tôt pour moi. »

Eileen sortit enfin de Wilshire par le sud et ils se retrouvèrent d'un seul coup dans un autre monde, un quadrillage de rues impitoyablement rectilignes bordées d'arbres et de maisons bien entretenues en faux styles espagnol, Tudor, méditerranéen ou même médiéval. Sur des blocs et des blocs, il n'y avait pas un café, un tabac ou un marché, et presque personne n'empruntait les trottoirs.

« La seule raison pour laquelle il y a des *trottoirs* à Beverly Hills, dit Eileen comme si elle avait lu dans ses pensées, c'est que comme ça on a où se *garer* à neuf heures du soir. »

Ils s'arrêtèrent enfin dans l'allée d'une maison vraiment bizarre, un modèle réduit de manoir anglais vu par un illustrateur de livres pour enfants un peu dérangé… deux étages de crépi blanc à colombages, couronnés de tourelles miniatures et de parapets recouverts de mosaïques, sans une seule ligne droite ni un véritable angle droit. La porte d'entrée présentait l'apparence d'un pont-levis fermé et était abondamment garnie de bronzes pour figurer treuils et chaînes.

« Notre humble demeure », dit Eileen en pressant sur un bouton de sonnette dissimulé parmi les bronzes.

Le carillon de Big Ben retentit, lugubre, derrière la porte. Quelques instants plus tard, celle-ci s'ouvrit et une femme d'âge mûr en jupe écossaise dissymétrique et chemisier sans manches apparut dans l'encadrement. Le bronzage uniforme de son visage et de ses bras était parfaitement artificiel et sa chevelure blonde était savamment ramenée en une crête compliquée évoquant vaguement un casque romain.

« Eileen ! s'écria-t-elle. Ma chérie ! » Et elle bécota sa fille sur les joues, à la française. « Qui est-ce ? ajouta-t-elle en regardant Bobby d'un air méfiant.

— C'est Bobby Reed, un copain de Berkeley, il est de passage en ville au retour d'une visite à ses parents, dans l'Est, et je le ramène à l'école, alors je lui ai dit qu'il pouvait dormir à la maison jusqu'à notre départ, ça ne pose pas de *problème*, n'est-ce pas ?

— La chambre de Tod, dit assez froidement Mme Sparrow.

— Oh, *maman !* pleurnicha Eileen. Ce n'est pas comme si je faisais mine d'être vierge…

— *La chambre de Tod !*

— C'est parfait, madame Sparrow, dit vivement Bobby. Vous êtes chez vous.

— Quel charmant jeune homme », dit Mme Sparrow, adressant à Bobby un sourire inexpressif visiblement dû à la chirurgie esthétique. Mais elle les précéda dans la maison. Dans le salon, en contrebas de l'entrée, un homme aux cheveux ras vêtu d'une saharienne sans manches et d'un short était assis sur un grand canapé en cuir devant un écran mural.

« Salut, papa, c'est Bobby, je le ramène à l'école et il va dormir à la maison en attendant, dit Eileen. Bobby, je te présente papa. »

M. Sparrow s'extirpa du canapé, serra la main de Bobby d'une poigne ferme. Il était grand, large d'épaules, l'air athlétique malgré un début de brioche et son visage aux traits doux, qui semblait avoir été bronzé pour s'assortir à celui de sa femme, avait l'air déplacé sous sa coiffure pseudo-militaire.

« Dick Sparrow, dit-il en guise de salutation. Je regarde les informations. Les nouvelles ont l'air bonnes, ça ne vous dérange pas si on regarde la fin, n'est-ce pas ?

— Oh, *papa !*

— Tawny, pourrais-tu nous servir un peu de tequila ? » demanda Dick Sparrow, ignorant les protestations d'Eileen et se rasseyant sur le canapé. Il adressa à Bobby un clin d'œil complice. « On ferait aussi bien de commencer à s'y habituer, hein ? » ajouta-t-il d'un air énigmatique.

Bobby s'assit à l'autre bout du canapé tandis que Eileen prenait place entre eux. Sur l'écran, un présentateur, le regard solennellement braqué sur la caméra, annonçait d'un ton sépulcral :

«… et a donné un mois au gouvernement mexicain pour se procurer les devises nécessaires ou présenter une solution de rechange acceptable.

— Une solution de rechange acceptable ! s'écria Dick Sparrow. Ouais, c'est ça, par exemple cinq milliards de tonnes de haricots rouges ! »

Sur l'écran, un porte-avions entrait au port, entouré de croiseurs et de destroyers, tandis qu'un gros ballon d'observation et des hélicoptères de combat planaient au-dessus.

« En attendant, les éléments de la flotte du Pacifique ont atteint San Diego où, vient-on d'apprendre, ils embarqueront un contingent additionnel de Marines et une brigade de la 82e division aéroportée… Tandis qu'à la base d'El Toro, au nord de San Diego… »

Images de chars d'assaut franchissant des dunes, Marines sautant d'hélicoptères de transport ou jaillissant de péniches de débarquement, chasseurs tactiques mitraillant à basse altitude une côte déserte.

«… l'opération Alamo se poursuit…

— Que se passe-t-il ? » demanda Bobby.

Dick Sparrow le regarda d'un drôle d'air. « *Que se passe-t-il ?* Mais où étais-tu, mon garçon ?

— Euh… sur la route… »

Sparrow secoua la tête et reporta son attention sur les informations. « *Il se passe,* dit-il, que nous allons enfin agir !

— Agir ?

— D'où sors-tu, mon garçon ? Nous allons enfin récupérer nos billes. Le gouvernement a racheté la dette mexicaine à vingt cents le dollar — c'est trop cher payé, si tu veux mon avis — et maintenant les Péteux doivent cracher. S'ils ne le font pas, ce qui n'étonnera personne, vu qu'ils n'ont même pas de quoi payer leur propre armée, nous prendrons la Basse-Californie en compensation…

— À Mexico, le président s'est refusé à tout commentaire, mais le ministre de la Défense a déclaré que l'intégrité territoriale du Mexique serait défendue…

— Avec une douzaine de canons rouillés ! s'esclaffa Dick Sparrow. Les Péteux ne tiendront pas une semaine, ça se prend à trois contre un à Vegas ! »

Tawny Sparrow revint avec une bouteille de tequila, des verres à liqueur, des quartiers de citron et une salière sur un plateau.

«… à Strasbourg, le Parlement européen a voté une motion…

— Aux chiottes les Europines ! hurla Dick Sparrow. Qu'ils s'en mêlent et ils se bouffent des antiprotons !

— … et dans la finale très disputée du championnat de l'American League, Kazuo Konokawa a marqué un point de dernière minute, donnant à Miami… »

Dick Sparrow effleura une touche de sa télécommande et l'écran s'éteignit. Il remplit quatre verres de tequila, s'humecta le dos de la main, y versa du sel, lécha, vida le contenu de son petit verre, croqua dans un quartier de citron.

« À la Grande Californie ! s'écria-t-il.

— La Grande Californie ?

— Papa a acheté plusieurs hectares de désert au nord d'Ensenada, expliqua Eileen.

— Fais-moi confiance ! déclara Dick Sparrow. Dis, tes parents ont un peu d'argent, Bobby ? Je peux encore leur avoir une affaire : cinquante hectares à cent kilomètres de La Paz, mais il faut se décider vite, les meilleures affaires sont déjà parties et quand nos petits gars vont entrer dans la danse…

— Oh, papa !

— Allez, bois, mon garçon ! » dit Dick Sparrow en tendant à Bobby un verre, une tranche de citron et la salière.

« Aux courageux petits gars qui vont nous rendre riches ! À la Grande Californie ! Aux grands événements à venir ! »

Bobby haussa les épaules, se mit du sel sur la main, lécha, avala la boisson puissante et croqua dans le citron. La tequila brûlante explosa dans son estomac comme un missile air-sol. Il ne refusa pas quand Dick Sparrow servit une autre tournée avant le dîner. Il allait en avoir besoin.

Le dîner consistait en une énorme salade d'étranges fruits tropicaux, un poulet rôti accompagné d'une curieuse sauce épicée, une tranche de gâteau au chocolat, le tout agrémenté des propos d'un chauvinisme atterrant de Dick Sparrow.

Après dîner, Tawny Sparrow montra à Bobby sa chambre à l'étage, l'ancienne chambre de son fils Tod, aux murs toujours recouverts de posters et de photos de matériel militaire américain. Puis ils regardèrent tous les quatre à la télévision un film horrible intitulé *Les Combattants de la liberté* — réécriture belliciste de l'histoire où les États-Unis gagnaient la guerre du Viêt-nam grâce à l'utilisation judicieuse d'armes nucléaires tactiques — tandis que Dick Sparrow continuait à déblatérer à propos de domaines en Amérique latine, de la perfidie européenne, de la prochaine renaissance américaine, de ce qu'il faudrait bien finir par faire pour remettre les Japs à leur place et de l'avenir doré de la Californie.

Enfin, après les informations et un talk-show au cours duquel le présentateur s'immisçait avec un féroce abandon dans la vie sexuelle de ses invités, les Sparrow se retirèrent, laissant Eileen et Bobby seuls au salon.

« Eh bien dis donc, murmura Bobby d'un air stupéfait.

— C'est *quelque chose,* papa, hein ?

— Comment fais-tu pour le supporter ? »

Eileen rit. « Je ne le supporte pas. Pourquoi penses-tu que je vais à *Berkeley ?* »

« Eh bien, nous sommes à L.A. pour trois jours, je ferais

donc aussi bien de te faire un peu visiter le patelin pour que tu voies à quoi tu *échappes*, lui dit Eileen après le petit déjeuner. Je pense que nous devrions commencer par l'*UCLA*... »

Ils gagnèrent Wilshire à pied et prirent le métro. « Il est tout simplement *impossible* de se garer là-bas si l'on n'a pas de macaron d'étudiant, expliqua Eileen. Ce n'est qu'à deux stations, nous ne nous ferons *probablement* pas prendre dans un tremblement de terre. »

Ils sortirent juste en face d'une des entrées principales du vaste campus — l'idée de départ était d'inciter les étudiants à prendre le métro, lui dit Eileen, mais bien sûr aucun Troyen n'avait envie de mourir sur le chemin de l'école ailleurs que dans sa voiture.

« Troyen ?

— C'est comme ça que s'appellent les étudiants de l'UCLA. C'était le nom d'une peuplade grecque, je crois. Et aussi une marque de capotes, tu sais, ce que les types mettaient sur leurs bites malpropres pendant l'âge du Fléau, c'est tout indiqué, tu ne trouves pas ? »

L'UCLA était un vaste ensemble de bâtiments bas et de petites tours. On aurait davantage dit une énorme zone industrielle que l'idée que se faisait Bobby d'un campus universitaire. Des vélo-pousse conduits par de vieux Mexicains moroses transportaient pour quelques dollars les étudiants d'un bâtiment à l'autre.

« Cet endroit est si vaste..., dit Bobby. Pourquoi les étudiants ne s'y déplacent-ils pas à bicyclette ?

— À bicyclette ! s'exclama Eileen. Nous sommes chez les gringos, pas dans le *Tiers-monde !* »

Ils passèrent la matinée à se balader sur le campus, puis déjeunèrent d'un infâme menu de cantine dans l'une des cafétérias de l'université. « Une expérience à ne *pas* manquer s'il te reste la moindre envie de t'inscrire ici. »

Bobby commençait à se faire une idée de l'endroit. Si immense fût-il, le campus semblait toujours surpeuplé, environ soixante mille personnes y suivaient des cours, lui dit Eileen, en majorité des Asiatiques et des Chicanos, proprement vêtus de T-shirts du collège et de jeans ou de shorts bien repassés, le cheveu ras, l'air on ne peut plus sérieux tandis qu'ils passaient en groupes d'un cours à l'autre au pas cadencé. On y voyait un nombre surprenant d'uniformes militaires ; quatre ans d'études gratuites en échange de quatre années comme chair à canon, telle était la façon dont beaucoup finançaient ici leurs études.

« Ce n'est pas exactement ce que j'imaginais, murmura Bobby.

— Et tu imaginais... ? »

Il haussa les épaules. « Je ne sais pas. La Sorbonne avec des palmiers... Ça ressemble plus à une *usine* qu'à un campus universitaire.

— C'est *exactement ça !* répondit Eileen. Une usine qui produit ingénieurs, techniciens, soldats et autres pièces détachées pour la Grande Machine à Dollars ! »

Ils prirent le métro pour rentrer chez les Sparrow. Tawny Sparrow était sortie faire des courses, de sorte qu'ils purent en profiter pour faire longuement l'amour dans la chambre d'Eileen, ce qui agrémenta le reste de leur après-midi. Mais la pensée d'une réédition du dîner de la veille donnait des sueurs froides à Bobby.

« Dans ce cas, allons en ville », dit Eileen quand il lui fit part de ses inquiétudes.

Elle les conduisit dans Chinatown, vaste alignement de magasins de souvenirs, boutiques orientales, galeries d'art kitsch, spectacles holographiques et restaurants chinois. Ils dînèrent d'un excellent repas dans un endroit qui ressemblait de l'extérieur à un fast-food et intérieurement à un palais chinois tout droit sorti de Disneyworld.

Ils allèrent ensuite au mondialement célèbre carrefour d'Hollywood and Vine et se promenèrent le long d'Hollywood Boulevard en regardant les empreintes des vedettes sur le trottoir. Le Chinese Theater, l'Egyptian Theater de l'autre côté de la rue, le Kyoto et l'Angkor Vat plus bas, le musée de cire d'Hollywood et autres lieux historiques étaient maintenant incorporés au rez-de-chaussée d'immenses tours de bureaux, comme *La Coupole* sur le boulevard Montparnasse. Bobby en retira le sentiment étrange qu'un quartier entier de la ville avait été transformé en version disneyland de lui-même.

« Une visite du pays des Rêves ne serait pas complète sans un tour sur Mulholland Drive », dit Eileen en remontant Laurel Canyon Boulevard pour s'enfoncer dans les collines d'Hollywood, entièrement recouvertes de maisons bizarres et d'immeubles aux formes extravagantes accrochés au moindre accident de terrain, certains d'entre eux carrément plantés à flanc de colline sur de fragiles pilotis.

Mulholland Drive, cependant, était tout autre chose, une route qui courait tout le long de la crête des montagnes Santa Monica, de l'est jusqu'à la mer, lui dit Eileen, et l'une des rares parties de Los Angeles préservée de l'appétit des promoteurs avides de la couvrir d'horreurs, bien qu'elle fût sûre que son père faisait tout pour y remédier.

Les habitations y étaient grandes et largement espacées, construites loin de la route au milieu de la nature sauvage, et, au détour d'un virage, Bobby se retrouva devant un paysage qui lui coupa le souffle. Eileen arrêta la voiture sur un accotement de terre battue qui semblait servir à cette fin depuis des générations, et ils sortirent. Elle le laissa regarder en silence.

Les épaulements ténébreux des montagnes cascadaient vers le fond d'une large vallée constellée de millions de lumières, immense champ d'étoiles artificielles qui emplissait toute la vallée et remontait de l'autre côté à l'assaut des pentes comme une scintillante amibe. Le paysage était quadrillé d'un damier de réverbères miroitants le long desquels s'écoulaient les rivières de lumières blanches et rouges de la circulation. Une aura dorée semblait planer par-dessus tout cela, faisant complètement disparaître le ciel nocturne, à l'exception des lueurs mobiles des avions et des hélicoptères qui tournoyaient comme des lucioles. Cela scintillait, cela miroitait, cela frémissait d'une énergie électrique, on aurait dit un énorme organisme palpitant d'une vie presque surnaturelle.

« *Merde*..., murmura Bobby.

— Et ce n'est que *la vallée* », dit derrière lui Eileen.

Bouche bée, Bobby restait figé d'étonnement. Puis il entendit le son.

Composé du murmure des hélicoptères, du bourdonnement des avions légers, du rugissement lointain de la circulation qui se répercutait sur le flanc des montagnes et du frémissement de millions de vies, le paysage triomphalement artificiel donnait l'impression de bruire d'un chant électronique qui résonnait dans ses os. Des vagues palpitantes d'énergie s'élevaient vers lui, l'entraînant sur leur flux vers un lieu encore inconnu.

Là, baissant le regard depuis le toit du monde sur ce que les Américains avaient édifié au bord du continent et sentant monter vers lui le souffle vital de Los Angeles, Bobby se sentit immergé dans cette *puissance* débridée.

Là, il comprit ce que cela signifiait vraiment d'être américain, se sentit pour la première fois inextricablement lié, pour le meilleur et pour le pire, à la destinée collective de ce pays, à l'avenir imprévisible encore en gestation dans cette patrie hier perdue que n'avait pas encore désertée un grandiose et mystérieux esprit, si perverti fût-il.

« Allez, *viens*, dit impatiemment Eileen en le tirant vers la voiture.

— Hein ? marmonna Bobby dans un état second.

— Nous sommes sur *Mulholland Drive*, nous devons faire l'*expérience* de Mulholland.

— Quoi... ?

— Nous devons *baiser* dans la voiture, bien sûr !

— *Là-dedans ?* marmonna Bobby en regardant l'intérieur étriqué du coupé deux places. Je ne crois pas que nous puissions…

— Bien sûr que si ! insista Eileen. Les gens viennent faire ça ici depuis au moins *un siècle !* »

Il se révéla qu'elle avait raison. C'était inconfortable, c'était peu pratique, cela ne dura pas longtemps, mais il réussit à entrer en érection, à la pénétrer, à la faire décoller, et il réussit même à jouir. C'était néanmoins une déception.

« Comme ça, maintenant tu as fait l'expérience de Mulholland, dit ensuite Eileen. C'est *autre chose,* non ? »

Elle avait raison, mais pas forcément dans le sens où elle l'entendait.

Le samedi, Bobby convainquit Eileen de l'emmener à un match de base-ball ; ils partaient lundi pour Berkeley et ce serait la seule occasion qu'il aurait de voir le Dodger Stadium.

Ils se traînèrent une nouvelle fois dans les embouteillages sur la route de Venice pour arriver au stade sur pilotis cerné par l'océan sous un ciel d'azur mais, au moins pour Bobby, ça en valait la peine. C'était l'un des trois derniers grands terrains où l'on jouait encore sur de la vraie herbe et les Dodgers battirent les Mets 8 à 6 au cours d'une partie acharnée qui se termina par un coup spectaculaire de Hiro Yamagawa, qui était devenu l'année précédente le premier à dépasser les 400 points depuis des lustres.

Le public valait lui aussi le coup d'œil. Sur les sièges des premiers rangs derrière le batteur où, se souvenant du conseil de Duke, Bobby s'était précipité, étaient assis *Anglos* élégants, starlettes superbes et vedettes de télévision que lui montra Eileen, tout excitée. Autour, sur les pelouses en pente des « gradins » sans sièges, Noirs et Chicanos, qui semblaient se regrouper spontanément par sections, exultaient en poussant des cris à chaque point marqué. Toute une partie des tribunes supérieures était emplie de militaires en uniforme qui bénéficiaient d'entrées à demi-tarif. Une autre partie des tribunes constituait une section de claque organisée où, au signal du présentateur, des milliers de personnes brandissaient des cartons pour constituer des dessins — emblème des Dodgers, logos d'entreprises, drapeau américain et même un Aigle américain stylisé aux ailes étendues.

Des vendeurs proposaient du pop-corn au curry, des *burritos*, de la bière, des sushis, des hot dogs, et, l'un dans l'autre, c'était l'expérience parfaite de l'Amérique, la quintessence, en quelque sorte, de L.A.

Un type avec qui elle était allée au collège avait invité Eileen le dimanche à une *beach-party* près de Malibu. Tôt dans l'après-midi, ils affrontèrent durant une heure et demie la circulation sur l'autoroute, réussirent à trouver une place pour se garer, se mirent en maillot de bain et se frayèrent un chemin sur la plage surpeuplée vers l'endroit où un gros ballon rouge flottant haut au-dessus des acres de chair dénudée marquait le lieu de la fête.

« Souviens-toi bien, Bobby, *pas un mot* sur Paris ou sur l'Europe, le prévint-elle. Je suis allée au lycée à Beverly Hills avec presque tous ces abrutis, c'est une bande de fachos et je ne veux pas que ça dégénère en bataille rangée. »

Une vingtaine de personnes, assises sur des sorties de bain autour d'un tonneau de bière, se doraient au soleil en buvant, se pelotant, mangeant des cochonneries, tandis qu'une atroce musique max-métal aux accents martiaux que personne n'écoutait jouait à moyen volume sur un lecteur portatif.

Un grand blond, genre surfeur, du nom ridicule de Tab accueillit Eileen d'un baiser et d'une tape sur les fesses, alla leur chercher des bières et présenta Bobby aux autres. Ce dernier s'en tint à son histoire, maintenant bien au point, d'étudiant à Berkeley de retour d'une visite à ses parents à Akron.

Et ainsi débuta un long après-midi à lézarder au soleil correspondant parfaitement à l'image que se faisait Bobby d'une *beach-party* typique en Californie du Sud. Il se baigna. Il se rendit ridicule en essayant de piloter une planche de surf motorisée, n'arrêtant pas de chavirer, jusqu'à ce qu'il ait suffisamment avalé d'eau de mer pour déclarer forfait. Il flirta avec Eileen. Il joua à une sorte de volley-ball sans filet, au ralenti et très dispersé, avec un gros ballon rempli d'un mélange d'air et d'hélium.

Et, comme tout le monde, il but. Quand le soleil commença à descendre dans le ciel limpide de Californie vers le miroir du Pacifique, tout le monde était sérieusement imbibé, certains avaient déjà vomi, personne n'avait plus aucune velléité de prouesses athlétiques et les histoires d'ivrognes débutèrent.

Ils s'étaient mis à discuter boutique, se plaignant de leurs professeurs, faisant des commentaires obscènes sur qui couchait avec qui, ce dont Bobby se fichait éperdument. Il se contentait de rester étendu sur la sortie de bain près d'Eileen, buvant ce qui passait à sa portée, le regard perdu dans le bleu de plus en plus sombre du ciel de Malibu.

«… j'ai entendu dire que Billy part avec le 82e…

— … si ce con pouvait se faire descendre !

— Non, mon père dit que les Péteux détaleront sans tirer un coup de feu…

— Conneries ! Ça va être une boucherie…

— Mon cul !

— Moi, mon père dit qu'on va donner quarante acres de terrain aux soldats de la campagne de Basse-Californie, il me fait la gueule de ne pas m'être engagé.

— D'où tu sors ? Les gros bonnets se sont déjà réservé tout ce qui en vaut la peine !

— Ça va être une boucherie !

— Conneries ! Les Péteux ne pourront pas tenir une semaine, et ils le savent.

— C'est un gouvernement communiste, non ?
— Et alors ?
— Alors ils s'imaginent que les Russkoffs…
— Les Russkoffs vont rien faire, c'est une bande de lopettes. Ils ont pas sauvé le cul des Cubains, non ? Ils ont pas bougé un missile ! Trop occupés à enculer les Européens !
— C'est *nous* qui venons d'enculer les Européens !
— Ha ! Ha ! Ha !
— Je continue à dire que ce sera une boucherie, la guerre durera au moins six semaines !
— Ridicule !
— C'est une question économique.
— Qu'est-ce que tu peux bien connaître à l'économie, Butch ?
— Mon père travaille chez Zynodyne, il dit que c'est déjà décidé. Ils ne *laisseront pas* les Péteux s'en tirer comme ça.
— *Ils ?*
— Les fabricants d'armes, trouduc. Les contrats de renouvellement sont déjà prêts. Ça fait du blé. Ils prévoient de balancer cent milliards de bombes, minimum, sur les Péteux. Ils font déjà pas mal d'heures supplémentaires et ils cherchent à embaucher.
— Ah ouais ? En intérim ?
— À la semaine. Cent dollars de l'heure, heures supplémentaires doubles, *triples* le week-end…
— Hé, c'est pas un mauvais plan… »

L'attention effarée de Bobby fut lentement attirée par cette dérive de la conversation. Il avait certainement entendu assez de cette cynique merde impérialiste chez Dick Sparrow et ailleurs, mais l'entendre dans la bouche de mecs de son âge avec qui il venait de se baigner, jouer au volley, boire, était bien pire.

« Tu penses que ton père pourrait m'avoir quelque chose ?
— Peut-être…

— Hé, Eddy, ton père bosse chez Collins, non ? Ils embauchent aussi des intérimaires ?

— Je peux me renseigner…

— Vous ne parlez pas sérieusement, les gars ! » finit par exploser Bobby.

Butch, un grand costaud aux cheveux bruns coupés court, lui adressa un large sourire amical. « Bien sûr, que je parle sérieusement, dit-il d'un ton aimable. Si tu veux, je pense que je pourrais glisser aussi un mot pour toi…

— *De la merde !* » lança Bobby sans réfléchir. Eileen, étendue à côté de lui, lui envoya un coup dans le bas du dos.

« Quoi ?

— Tu ne peux pas parler sérieusement d'aller travailler dans une *usine d'armement !*

— *Bobby !* siffla Eileen à son oreille.

— Et pourquoi pas, bordel ? Dis donc, *cent dollars de l'heure*, c'est du fric !

— Fabriquer des armes pour tuer des gens qui ne demandent qu'à rester tranquilles !

— *Qui ne demandent qu'à rester tranquilles !* Hé là, est-ce qu'ils laissent tranquilles les Américains qui ont honnêtement acheté des terres en Basse-Californie, eux ?

— C'est leur pays, non ?

— Conneries ! Tout le monde sait que le Mexique a piqué la Basse-Californie aux Américains pendant la Guerre civile, comment il s'appelait, Pancho Villa et ses *frito banditos !* Nous avons le droit de reprendre ce qui nous appartient, c'est ce que dit la doctrine Monroe !

— C'est une plaisanterie ?

— Et *toi*, qu'est-ce que tu es, un communiste ?

— Dis donc, Eileen, ton copain, ça serait pas une espèce de rouge de Berkeley ?

— Suceur de Péteux ! »

Il y eut un long silence. Ceux qui cuvaient leur alcool sans trop faire attention avaient soudain les yeux braqués sur lui. Oh merde, se dit Bobby.

« Bobby est juste un peu *bourré*, c'est tout, dit Eileen. Tu es déchiré, hein, Bobby ? »

Bobby se redressa, un peu laborieusement. Il esquissa un sourire et un haussement d'épaules. « Je ne suis pas le seul, dit-il d'un ton léger.

— Qu'est-ce que tu veux dire par là ? » demanda Eddie d'un air agressif. Ses yeux bleus étaient franchement injectés de sang.

« Rien, répondit Bobby. Laissons tomber. »

Mais les choses étaient déjà allées trop loin. Bobby se retrouva au centre d'un maelström de vibrations hostiles.

« Tu es une espèce de *communiste ?*

— Mon père dit que Berkeley est plein de salauds du K.G.B. !

— Je ne suis pas communiste ! affirma nerveusement Bobby.

— Alors, pourquoi défends-tu ces foutus Péteux ?

— Ce sont des gens, c'est tout..., dit platement Bobby.

— C'est pas des *gens*, c'est des *péteux !*

— Je parie que ce petit connard est aussi un suceur d'Europines ! Qu'est-ce que t'en dis, *Bobby boy,* ces enfoirés d'Europines qui ont volé la moitié de notre pays pour le vendre à ces sales *Russkoffs*, c'est des *gens*, eux aussi ?

— C'est pas des *gens*, c'est des Europines !

— Atomisons-les, qu'ils brillent tout bleu !

— Faisons-leur bouffer des antiprotons !

— Faisons-leur bouffer des *fayots*, ha, ha, ha ! »

Bobby sentait le sang battre à ses oreilles. Ses poings se serraient malgré lui. Les visages furieux aux yeux exorbités devant l'ambassade des États-Unis à Paris remontèrent à sa mémoire, devinrent les visages de ces jeunes Américains qui le dévisageaient sous le ciel californien.

AMÉ-RI-*CAINS,* AS-SAS-*SINS !* AMÉ-RI-*CAINS,* AS-SAS-*SINS !*

L'écho des hurlements de la foule le narguait doublement. Quelle différence y avait-il entre ces deux bandes d'excités ? Aucune, sauf que ces petits cons commençaient à le convaincre que ce qu'il avait cru être un mensonge était peut-être vrai.

Eileen lui prit la main et il laissa son poing se détendre sous son étreinte. Mais une partie de son être, la *meilleure* partie de son être, ne pouvait laisser cette *merde* sans réponse. Il le devait à ses parents, il le devait à lui-même, et en un sens, il le devait aussi à l'Amérique.

« Comment pouvez-vous croire cette merde ? hurla-t-il en se levant d'un bond. Ne voyez-vous pas que vous parlez comme les gringos qu'ils nous accusent d'être ? Les Américains ne *peuvent pas* être comme ça ! Vous ne pouvez pas être comme ça !

— Quel genre d'Américain es-tu, sale communiste suceur d'Europines !

— Sale rouge de Berkeley ! »

D'un seul coup, tout le monde fut debout en train de pousser des hurlements d'ivrognes et Bobby se retrouva cerné par ce qui menaçait de devenir une autre foule en fureur, ou, peut-être, la *même* foule en fureur.

« *Les garçons !* gémit Eileen d'un ton condescendant. Arrêtez un peu ces gamineries ! Vous êtes tous *bourrés* à ne plus savoir ce que vous faites ! Vous êtes trop *saouls* pour vous battre ! Vous n'arriveriez qu'à vous *dégueuler* les uns sur les autres ! »

Des filles rirent et se mirent à faire semblant de boxer certains des garçons ; la tension retomba un peu.

« Viens, Bobby, dit Eileen en le tirant par la main. Partons. »

Titubant, se rendant compte à quel point il était saoul et combien il était passé près de se faire copieusement tabasser, Bobby se laissa entraîner jusqu'à la voiture. Il vit par-dessus son épaule que les anciens camarades de classe d'Eileen étaient retombés sur leurs sorties de bain et se repassaient déjà des bouteilles en riant.

« Je t'avais *dit* quelle bande de gringos abrutis c'était ! Tu aurais pu te faire *tuer !*

— Qu'est-il *arrivé* à l'Amérique ? » soupira misérablement Bobby.

Eileen haussa les épaules. « Tu as rencontré *mon père*, n'est-ce pas ? »

Bobby réussit à produire un petit rire faiblard. Eileen l'embrassa sur la joue. « Allez, Bobby, n'y pense plus, dit-elle gentiment. Je vais te montrer quelque chose qui te laissera un meilleur souvenir du pays des Rêves. »

« Faisons donc nos tendres adieux à la belle Los Angeles, dit Eileen. Quel *zoo !* Et pourtant, d'ici, c'est superbe, n'est-ce pas, on peut faire comme si on ne savait pas ce qu'il en est réellement… »

Bobby dut bien avouer qu'elle avait raison.

Ils avaient suivi l'autoroute de la côte pacifique avant de s'engager dans un long canyon où une route sinueuse s'élevait vers des collines arides en bord de mer, pour aboutir au sommet sur un terre-plein. Ils avaient garé la voiture et s'étaient avancés tout au bord de la falaise d'où ils surplombaient le Pacifique et la ville qui s'incurvait vers le sud.

Le soleil, orange et ambré sous les cieux virant au pourpre, était maintenant divisé par le miroir de l'océan qui reflétait l'éblouissante perfection d'un crépuscule californien typique, rose et violet dans le *smog*.

Les lumières de la cuvette de Los Angeles s'allumaient, scintillantes à travers la couche brune de *smog*, superbe énormité électronique escaladant les montagnes Santa Monica comme une grande vague déferlante avant de refluer le long de la courbe majestueuse de la baie vers San Diego, vers la frontière mexicaine, vers des choses qui semblaient parfaitement irréelles du haut de cette montagne altière.

Bobby savait que la ville extravagante se tordait à ses pieds dans d'âpres tourments, que quelque chose avait très mal tourné, que de noirs forfaits se dissimulaient sous cet habit de lumière. Pourtant, comme l'Amérique, elle était encore magnifique.

Tandis que l'océan engloutissait le soleil et que l'obscurité s'avançait lentement à sa surface, la vaste cité scintillante semblait surgir triomphalement du sol pour défier les étoiles estompées — comme l'Amérique elle-même, fière et superbe, qui était naguère l'espoir étincelant du monde.

Ou bien Los Angeles sombrait-elle lentement, comme l'Amérique, dans les ténèbres primordiales, condamnée à disparaître comme la légendaire Atlantide dans l'océan de l'oubli ?

En cet instant, tandis que Bobby, debout au bord du continent, contemplait l'ultime frontière du rêve, la réponse, comme le panorama, semblait encore ambiguë.

15.

UNE INSULTE DÉLIBÉRÉE
À LA SOUVERAINETÉ MEXICAINE

— En aucun cas le gouvernement mexicain ne peut prendre en considération la proposition américaine d'annuler notre dette extérieure en échange de la cession de la Basse-Californie. Ceux qui nous avertissent que cette insultante proposition est un ultimatum à peine voilé ont bien sûr entièrement raison. Mais suggérer que la République du Mexique n'a d'autre choix que de se résigner à l'inévitable est de la trahison pure et simple. Même si l'agresseur yankee, avec son écrasante supériorité militaire, a effectivement les moyens de nous imposer sa volonté.

Cent millions de Mexicains peuvent se faire déposséder de leur terre, comme en 1845, mais qu'il ne soit jamais dit que nous avons été dépossédés de notre honneur. Nous devons tenir tête contre l'adversité. Nous devons nous battre jusqu'à la mort pour chaque centimètre carré du territoire sacré de la patrie.

Noticias de Mexico

Le trajet jusqu'à San Francisco fut une grande déception. Eileen n'avait pas voulu prendre l'autoroute de la côte pacifique, ni même la 101. « Ça prendrait *deux fois* plus longtemps, avait-elle dit à Bobby, et tu ne pourrais même pas conduire. » Il n'avait donc pas eu l'occasion de voir la pittoresque route côtière, Big Sur, Monterey et Carmel.

Eileen était passée par la vallée de San Joaquin en prenant l'Interstate 5, une autoroute rectiligne à travers ce qu'elle lui dit être la terre agricole la plus productive du monde.

Productive, peut-être, mais certainement pas pittoresque. Ils avaient roulé près de trois heures dans une région désespérément plate, au milieu de champs à perte de vue grillés par un soleil impitoyable, humidifiés par d'énormes systèmes d'arrosage, moissonnés par des machines aux allures d'araignées, surveillés par de petits ballons d'observation. Cela ressemblait plus à une gigantesque usine à nourriture qu'à l'idée romanesque que se faisait Bobby de la campagne ou, pis encore, à une espèce d'opération militaire dirigée contre la nature elle-même.

Le paysage commença enfin à changer quand ils sortirent de la vallée pour s'enfoncer dans les collines basses du Nord-Est, plus fraîches, plus humides et plus vertes, mais l'amélioration fut de courte durée, car bien vite la circulation se fit plus dense, de vastes usines se dressèrent au bord de la route — usines d'armement pour la plupart, lui dit Eileen — puis apparut l'habituel assortiment de lotissements, centres commerciaux, stations-service, marchands de voitures d'occasion, fast-foods et panneaux publicitaires qui semblait caractéristique des abords de toute ville californienne.

Mais alors ils franchirent une nouvelle chaîne de collines et se retrouvèrent soudain sur une autoroute surchargée qui filait droit vers le nord et offrait une vue stupéfiante qui coupa le souffle à Bobby.

À l'ouest, par-delà une zone industrielle s'étendant comme une lèpre le long de la côte, la baie de San Francisco était une immense étendue d'eau bleue pailletée d'or par les rayons presque tangibles du soleil déclinant. Des voiles blanches s'y pressaient en un semis de nuages floconneux et les sillages des bateaux zébraient la surface azurée comme les traînées de réacteurs dans le ciel. Au loin, vers le nord-ouest, Bobby distinguait tout juste le Golden Gate Bridge, fantomatique dans un banc de brouillard qui déferlait au ralenti comme une énorme vague, montait à l'assaut des collines surplombant l'étroit goulet de la vaste baie et nimbait le contour des immeubles d'une féerique brume cristalline.

« *Ça*, c'est la *vraie* Californie ! s'exclama Bobby.

— Tu ne veux pas parler *d'Oakland*, j'espère. Berk ! »

Entre l'autoroute surélevée et les eaux bleues de la baie, enrobé d'un *smog* photochimique marron, s'étalait un spectacle franchement rébarbatif que Bobby n'avait pas daigné remarquer.

Le rivage était hérissé de jetées, cales sèches et cuves de stockage reliées par des entrelacs de passerelles, voies ferrées et ponts transbordeurs au-dessus desquels s'entrecroisaient des grues, des lignes électriques et des convoyeurs. Derrière les quais s'élevaient des entrepôts, de grands hangars en tôle ondulée, des bâtiments délabrés séparés par de vastes aires de stockage ceinturées de hautes palissades surmontées de fils de fer barbelés. Camions, ouvriers et chariots élévateurs s'affairaient en tous sens.

Les objets de cette activité intense étaient amarrés le long des quais ou entourés d'échafaudages dans les bassins de radoub. Un gros porte-avions sur le pont duquel d'énormes grues chargeaient hélicoptères de combat, transports de troupes et hydroglisseurs. Quatre destroyers. Un croiseur lourd. Trois gros hydroglisseurs de transport de troupes en train de charger automitrailleuses, chars d'assaut et pièces d'artillerie. Des pétroliers et des cargos peints en gris avec de grands chiffres blancs sur leurs superstructures, tous en train d'embarquer du fret. Et, en attente sur des parkings, encore d'autres chars, camions, automitrailleuses, hélicoptères de combat, lance-roquettes motorisés et autre matériel militaire.

« Ici aussi ? gémit Bobby.

— Comme tu vois ! lui répondit Eileen. Sans les chantiers de la Marine, Oakland serait encore plus pouilleux. Mais ne t'en fais pas, personne ne *met jamais les pieds* par ici. Berkeley est un autre *monde*. »

L'autoroute finit par s'enfoncer dans les collines où les arbres et les buissons masquèrent à leur vue ce qui s'étendait à l'ouest et au sud et, quand ils arrivèrent à Berkeley, on aurait effectivement dit un autre monde, beaucoup plus appétissant.

Ils redescendirent des collines le long d'une avenue ombragée bordée de maisons particulières et de petits immeubles, traversèrent une petite place entourée de restaurants et de boutiques qui rappela Paris à Bobby. Ils suivirent une large rue avec un grand campus universitaire d'un côté et des librairies, des restaurants bon marché, des magasins de vidéo, de location de disques, des supermarchés et des laveries automatiques de l'autre, puis tournèrent à gauche dans une autre artère importante, mais présentant un tout autre caractère.

« *Voilà*, Telegraph Avenue ! annonça Eileen. Le centre de l'univers ! »

Telegraph Avenue était relativement étroite et les voitures y roulaient au pas, laissant à Bobby tout le temps de s'imprégner de l'ambiance.

La rue était bordée de petites boutiques — librairies, magasins de matériel informatique, de vêtements, de disques, drôles de petites échoppes d'artisanat vendant des objets en cuir, des bijoux, des bibelots. Il y avait des brocantes proposant vieux meubles et objets pour la maison. Il y avait de tout petits restaurants, des bars, des cafés avec terrasses, un cinéma, un petit théâtre, des sex-shops, des magasins de spiritueux. De la musique s'échappait des cafés, des clubs et des lecteurs portatifs.

Et la rue était pleine de promeneurs, presque tous entre

quinze et trente ans. La majorité d'entre eux ressemblait aux gosses que Bobby avait pris l'habitude de voir dans le reste des États-Unis : mecs en jeans, T-shirts, shorts, chemisettes de sport, rasés de près et les cheveux courts, filles dans le même genre de tenues en plus moulant, ou en bains de soleil, minijupes, pantalons en stretch de couleurs vives.

Mais un quart ou un tiers des passants ne ressemblaient à rien que Bobby eût déjà vu.

Mecs en jeans asymétriques, une jambe courte, l'autre longue, brodés, cloutés, peints de délirants motifs multicolores. Ils portaient d'amples blousons d'allure médiévale, de grands chapeaux de cow-boy en cuir, des keffieh arabes teints en couleurs fluo. Des vestes de cuir noir ouvertes sur leur poitrine nue. De larges ceintures aux gigantesques boucles de bois sculpté. Des ceintures de soie. Certains avaient le crâne rasé et tatoué ou peint de motifs compliqués. D'autres avaient les cheveux teints de couleurs vives et coiffés à la mohican ou en hérisson. D'autres encore de longues boucles négligées qui leur descendaient *jusqu'aux fesses*. Oh oui, le cirque était en ville !

Et les *filles*, c'était encore autre chose ! La même profusion de coupes de cheveux démentielles. Des chemisiers de plastique coloré et des bains de soleil transparents. Des T-shirts moulants avec des seins nus peints dessus. De courtes jupes asymétriques et de hautes bottes de skaï de toutes les couleurs qui semblaient leur monter jusqu'au ras des fesses. De longues jupes amples décorées de paysages, de cieux étoilés et de motifs abstraits. Des filles qui semblaient entièrement nues sous de grandes capes aux dessins de tapis d'Orient. Des filles en courtes tuniques japonaises constellées de bijoux électroniques clignotants. Des filles qui avaient tout ce qu'il fallait et n'avaient pas peur de le montrer !

Si Telegraph Avenue rappelait quelque chose à Bobby, c'était les rues du Quartier latin, autour de la Sorbonne et dans le dédale de petites rues populeuses débouchant sur la place Saint-Michel, mais multiplié par dix, vingt, cent, et superbement américanisé.

Il tomba immédiatement amoureux. De qui ou de quoi, il n'en savait rien, mais il sentait l'esprit de la rue qui l'appelait, lui faisait de l'œil, comme si la plus belle fille qu'il eût jamais vue lui souriait et, l'index replié, l'invitait d'un air aguichant à venir se perdre dans le carnaval de ses yeux.

Telegraph Avenue débouchait assez brutalement dans un quartier résidentiel aux rues bordées d'arbres. Les maisons individuelles y étaient vieilles et plutôt décaties, les groupes d'immeubles bas semblaient quasiment retournés à la nature, et ce ne fut qu'à ce moment-là que Bobby retrouva l'usage de la parole.

« Où va-t-on, maintenant ? demanda-t-il à Eileen. Chez toi ?

— *Chez moi ?* Je vis en *foyer étudiant*, tu ne peux pas habiter chez moi.

— Mais je pensais…

— Allons, Bobby, je t'ai ramassé à la Sale Mort il y a quelques jours. Je t'aime bien, nous pouvons *sortir* ensemble et tout, mais ce n'est pas comme si tu étais devenu mon petit ami attitré ou un truc comme ça. Tu sais, je vois des tas de types par ici, je ne veux pas me *lier* avec un copain régulier pour vivre ensemble, même si je le pouvais… »

Elle le regarda d'un œil perspicace. « En plus, à la façon dont tu tirais la langue sur Telegraph Avenue, toi non plus, n'est-ce pas ? »

Bobby fut bien forcé de rire. « Tu m'as eu, dut-il reconnaître. Mais… qu'est-ce que je vais faire ? Je n'ai pas beaucoup d'argent, et je ne connais personne d'autre que toi, par ici.

— Ne t'en fais pas pour ça. Je crois que je connais un endroit où tu pourras pieuter pour vraiment pas cher, c'est là que nous allons, le petit Moscou.

— *Le petit Moscou ?* »

Eileen éclata de rire. « C'est comme ça que les *gringos* l'appellent, en tout cas. Les gens qui y vivent ne lui donnent pas de *nom*. Sauf peut-être “chez Nat”, quand ils veulent dire à quelqu'un où a lieu une soirée. Tu vas adorer, Bobby. Et ils vont t'adorer. »

Eileen gara la voiture devant une vieille maison en bois à deux étages assez déglinguée, dans une petite rue à l'air plutôt miteux pleine de maisons semblables avec des pelouses jamais tondues, des buissons pas taillés, des façades écaillées, des perrons et des porches branlants.

La porte était ouverte. Elle le fit entrer sans frapper et, après avoir traversé l'entrée qui donnait sur un vaste salon plein de meubles vermoulus où une demi-douzaine de personnes étaient assises en arc de cercle devant un écran mural, s'engagea dans un long couloir, passant devant des toilettes dont il entendit tirer la chasse, pour parvenir dans une grande cuisine assez mal tenue.

Il y avait là un fourneau, un four à micro-ondes, deux vieux réfrigérateurs, un grand évier de restaurant à double bac où s'empilait de la vaisselle sale et une grande table de pique-nique en séquoia avec deux longs bancs assortis. Une blonde en T-shirt blanc sale et jean effiloché touillait une énorme marmite avec une longue cuiller en bois. Un type aux longs cheveux noirs épluchait des légumes qu'il jetait dans un vieux saladier en bois.

« Salut ! dit joyeusement Eileen. Où est Nat ?

— Dans sa chambre, en train de corriger des copies », dit le mec sans lever les yeux de sa tâche.

Suivie de Bobby, Eileen ressortit dans le couloir, puis monta deux volées de marches pour se retrouver dans un autre couloir sur lequel s'ouvrait une rangée de portes, certaines ouvertes sur de petites chambres où des gens lisaient ou travaillaient devant des consoles d'ordinateur, d'autres fermées, comme celle qui se trouvait tout au bout du couloir et sur laquelle était collée une affiche grossièrement dessinée. Celle-ci représentait une main tenant cinq cartes à jouer : une quinte royale à pique.

« On peut entrer ? cria Eileen en cognant à la porte.

— Qui est là ? demanda une voix d'homme de l'autre côté.

— Euh… José…

— José qui ?

— José que l'on voit à la première lueur de l'aube… »

Un instant plus tard, la porte s'ouvrit. L'homme qui apparut dans l'encadrement paraissait environ trente ans, avec d'épaisses boucles noires, un grand nez légèrement crochu, de grosses lèvres et des yeux marron foncé sous d'épais sourcils, des yeux qui semblaient étinceler de quelque connaissance secrète et fort amusante. Il portait un vieux jean noir et une chemise à carreaux légèrement tendue sur un début de brioche.

« Tu es… ? dit-il d'une voix assez rude. Tu sais que je n'arrive jamais à me rappeler un nom, si tu me connais un tant soit peu.

— Eileen Sparrow, Nat, dit Eileen, légèrement exaspérée.

— Et lui ? demanda Nat en tournant la tête vers Bobby.

— Bobby Reed. Il vient tout droit de Paris. »

Nat haussa les sourcils. « Et tu veux ?

— Un endroit où pieuter pour Bobby.

— Tu peux payer ? »

Bobby haussa les épaules. « J'ai *un peu* d'argent.

— Combien peux-tu mettre ? »

Bobby réfléchit. « Pas beaucoup, dit-il, plutôt timidement. Trois cents la nuit ?

— C'est trop. Deux cents, si je t'accepte.

— Super ! s'exclama Bobby, surpris.

— Pas si vite. Tu es prêt à faire ta part de corvées ?

— Bien sûr.

— Tu es vraiment français ?

— Pas exactement. Voilà : je suis né à Paris, mais mon père est américain et j'envisage de faire mes études ici…

— Tu joues au poker ?

— Hein ?

— Je t'ai demandé si tu joues au poker.

— Eh bien… euh, non, pas vraiment, enfin, je connais les règles, mais…, marmonna Bobby, un peu ahuri.

— Tu veux apprendre ?

— Euh, oui, bien sûr, pourquoi pas ? »

Nat émit un ricanement positivement dément en frottant l'une contre l'autre ses grandes mains puissantes. « *Voilà* ce que j'aime entendre ! Première leçon après le dîner. Spaghetti et sauce à la viande, à ce qu'on m'a dit, mais quel genre de viande, mieux vaut ne pas le demander. Maintenant je retourne corriger ces merdes. Quelle bande d'abrutis ! Tout ce que ces gosses savent en histoire, c'est que Christophe Colomb a séduit les îles Vierges et que Ronald Reagan avait sous le bras une bite secrète dont il se servait au Congrès. Enfin, une moitié de bonnes réponses, c'est pas si mal ! »

Et il referma la porte derrière lui.

« C'est *tout ?* bafouilla Bobby.

— C'est *Nat Wolfowitz !* » répondit Eileen en levant les yeux au ciel.

Il y avait dix personnes à dîner ce soir-là, plus Bobby et Eileen. Devant la salade, servie au début du repas à la mode américaine, et les spaghetti nageant dans une sauce plutôt aqueuse, le tout abondamment arrosé d'un vin de Californie râpeux qui osait s'appeler bourgogne, Bobby apprit tout sur « le petit Moscou ».

« Pourquoi appelle-t-on cette maison le petit Moscou ? demanda-t-il ingénument alors que l'on servait les spaghetti. Vous n'êtes pas vraiment communistes, non ? »

Un silence de mort plana sur la table de pique-nique. Une

grande Noire nommée Marla Washington lui lança un regard franchement hostile. « Qui es-tu, un salaud de gringo facho ? l'interpella-t-elle. Tu as peur qu'on te refile une maladie ?

— Hé là, rétorqua impulsivement Bobby, certains de mes meilleurs amis sont communistes.

— Très drôle, dit Jack Genovese, le type qui avait préparé la salade.

— Pas vraiment… », dit Bobby. Il réfléchit. S'il devait vraiment vivre ici, ces gens allaient finir par tout découvrir tôt ou tard. « Ma mère est membre du Parti, et je suppose que ma sœur finira par avoir sa carte, elle aussi…

— Tu es sérieux, fiston ? demanda Nat Wolfowitz. Je croyais que le dernier communiste américain avait disparu la même année que le dodo.

— Ma mère est *russe*.

— *Russe ?*

— Je croyais que tu étais français, dit Wolfowitz.

— Eh bien, je suis né à Paris, mais ma mère est soviétique et mon père a gardé la nationalité américaine, même si on lui a enlevé son passeport, et… » Bobby leva les mains au ciel. « C'est un peu compliqué…

— Raconte-nous ça », dit Nat Wolfowitz. Eileen le regarda bizarrement, l'air de lui reprocher de ne pas lui avoir tout expliqué. Les autres l'examinaient intensément, mais sans hostilité apparente, comme une créature étrange soudain tombée d'une soucoupe volante. Ce qu'il était à leurs yeux, se rendit-il compte.

Ainsi, devant les spaghetti et quelques verres de mauvais rouge, Bobby leur raconta l'histoire de sa vie, et il se produisit alors une chose bizarre.

Il était l'un des plus jeunes autour de la table et il ne se trouvait pas dans cette maison depuis plus de trois heures, mais il captait l'attention de tous ces étudiants à l'université ; même Nat Wolfowitz, qui était maître assistant ou un truc comme ça, écoutait avec une profonde attention, avec une espèce de respect, même. Qui plus est, quand il en eut terminé, ils lui sourirent, lui resservirent des spaghetti, remplirent son verre, ce qui lui donna le sentiment d'être accueilli comme il ne l'avait jamais été de sa vie.

« Et me voilà, conclut-il. *Maintenant*, allez-vous m'expliquer pourquoi on appelle cet endroit le petit Moscou ?

— Parce que nous sommes des *rouges !* » s'exclama Cindy Feinstein, la fille qui avait préparé les spaghetti, et tous, à part Eileen, éclatèrent bruyamment de rire.

« Alors, vous *êtes* communistes ? »

Nouveaux rires.

« Explique-lui, Nat », dit Karl Horvath, un jeune gars rondouillard qui portait un T-shirt Donald Duck.

Wolfowitz se servit un autre verre, s'accouda à la table et débita à toute vitesse : « Berkeley, comme la Gaule, est divisé en deux. D'une part, tu as les gringos, que tu as peut-être remarqués, garçons et filles proprets, qui étudient pour la plupart les matières techniques, à l'affût de la grande occasion, à savoir un bon boulot dans la biotechnologie ou, encore mieux, dans l'industrie de l'armement, connards fachos qui bossent dur, organisent des fêtes mortellement chiantes, se biturent à la bière…

— Hou ! Hou !

— Aux chiottes !

— D'autre part, tu as les olibrius dans notre genre qui n'ont aucune ambition de s'intégrer à la Grande Machine à Dollars, prennent pour matières principales des conneries économiquement inutiles comme l'histoire ou la littérature, n'entrent pas en transes à la seule mention de la Festung Amerika, de la Flicaille dans l'espace ou de nos rapines en Amérique latine, et ne sont pas absolument convaincus que les Européens ne sont qu'une bande de traîtres et de pédés bouffeurs de grenouilles…

— De vraies bêtes de parti !

— Avec de la merde plein la tête !

— Des pacifistes bêlants !

— Ce qui fait de nous, du point de vue des gringos, une bande de dégénérés communistes antiaméricains suceurs d'Europines qu'il faudrait plonger dans le goudron et les plumes avant de les expulser accrochés à un rail de chemin de fer, surtout que nous ne *les* invitons pas à *nos* soirées…

— D'où les rouges !

— D'où le petit Moscou, leur repaire !

— *Je comprends,* murmura Bobby.

— Oooh, en *français !* se moqua gentiment Cindy. *Très chic !* »

Bobby rit. Il se sentait envahi d'une intense satisfaction, et ce n'était pas uniquement dû au vin et au copieux repas. Pour la première fois de sa vie, il éprouvait le sentiment d'avoir trouvé un groupe de gens de son âge, ou à peu près, qui l'acceptaient vraiment pour ce qu'il était, pour *tout* ce qu'il était, les premières personnes partageant ses sentiments qu'il eût jamais rencontrées, des Américains eux aussi dans une sorte d'exil, des gens qui pouvaient devenir un cercle de vrais amis.

Comme il était inattendu, et comme il était réconfortant de les avoir rencontrés ici, aux États-Unis.

Après dîner, Bobby apprit les règles de la maison. Il y résidait actuellement quatorze personnes, ce qui voulait dire qu'il était responsable du dîner communautaire une fois tous les quatorze jours. Une fois tous les quatorze jours, il devait faire le ménage du salon et des couloirs. Une fois tous les quatorze jours, il devait nettoyer les sanitaires. Et une fois tous les quatorze jours, c'était son tour de vaisselle et comme il était nouveau dans la maison, il pouvait aussi bien commencer tout de suite. Quand il en aurait fini, il pourrait se joindre à la partie de poker.

L'arrangement semblait honnête et pas trop onéreux, aussi Bobby nota-t-il le numéro de téléphone d'Eileen, promit de l'appeler, lui souhaita bonne nuit et alla laver la vaisselle que les autres avaient empilés dans l'évier autre règle de la maison.

Bobby ne s'était jamais retrouvé en face d'une telle pile d'assiettes et de plats ; en fait, ayant grandi avec un lave-vaisselle dans la cuisine familiale, il lui était rarement arrivé de laver une assiette, mais il se mit au travail avec ardeur ; ce n'était pas si terrible et, au bout de moins d'une heure, tout était rangé sur l'égouttoir et il était prêt à se joindre à la partie de poker.

Wolfowitz, Marla, Jack, Barry Lee — un Oriental mince et dégingandé aux cheveux rouges coiffés à la mohican — et Ellis Burton, vêtu avec recherche d'un jean asymétrique peint et d'une veste en cuir, étaient déjà en train de jouer au salon autour d'une grande table ronde. Comme une autre règle voulait que Nat ne joue jamais au poker à moins de trois joueurs ou plus de cinq, ils dirent à Bobby de se contenter de regarder en attendant que quelqu'un abandonne ou soit lessivé.

« Ne t'en fais pas, fiston, lui dit Wolfowitz, avec ce score, ce ne sera pas long. »

Bobby connaissait les règles de base du poker, mais il y avait très peu joué ; néanmoins il ne lui fallut pas longtemps pour voir ce qu'avait voulu dire Nat.

L'enjeu maximum était fixé à dix dollars et une des autres règles stipulait que l'on était obligé de se retirer lorsqu'on avait perdu deux cents billets. « Je ne joue avec ces lourdauds que pour m'entraîner, déclara Wolfowitz en clignant de l'œil d'un air canaille tout en battant les cartes. Ça se passe entre chacun selon ses capacités, qui sont plutôt légères par ici, et moi selon ma cupidité, qui tend vers l'infini, mais j'évite de rafler de grosses sommes à mes amis, je garde ça pour les gros pleins de soupe. »

La règle était au choix du donneur, mais limitée au *straight draw*, au *jacks and better* et au stud-poker à cinq ou sept cartes. Wolfowitz choisissait toujours le stud à sept cartes quand c'était à lui de distribuer.

« Le poker, comme la vie, doit au moins autant à la chance qu'au talent, apprit-il à Bobby, mais le stud à sept cartes laisse plus de place au talent. C'est ce qui sépare les hommes des petits garçons et les petits garçons de leurs biftons. »

Mais si le poker devait pour moitié à la chance, pourquoi donc les billets s'empilaient-ils si régulièrement devant Nat Wolfowitz ? Il semblait gagner presque toutes les donnes de stud à sept cartes, souvent avec des cartes médiocres, et quand il gagnait, il gagnait gros. Si quelqu'un choisissait le *jacks or better*, il se couchait immédiatement, à moins d'avoir au minimum un brelan. Au *straight draw*, il prenait deux cartes au maximum ou bien il se couchait. Au stud à cinq cartes, il ne semblait suivre aucune ligne de conduite particulière.

Il ne fallut guère plus d'une heure pour que Marla Washington perde deux cents dollars et se retire du jeu.

« Leçon numéro un, dit Wolfowitz tandis que Bobby prenait sa place à la table. Le secret pour gagner au poker, c'est d'éviter de perdre.

— C'est la leçon numéro *deux*, protesta Ellis Burton en distribuant un tour de *straight draw*. La leçon numéro *un* est : ne jamais jouer avec Nat. »

Bobby avait une paire de dix. Jack Genovese ouvrit. Barry Lee surenchérit. Wolfowitz se coucha. Bobby suivit. Ellis suivit. Jack prit deux cartes. Wolfowitz secoua la tête. Barry prit une carte. Wolfowitz poussa un grognement. Bobby prit trois cartes et tira un autre dix. Ellis se coucha.

« Stupide, dit Wolfowitz.

— Vois, dit Jack.

— Merde », grogna Wolfowitz.

Barry misa cinq dollars.

Bobby relança de cinq dollars.

Jack se coucha.

« Je ne peux pas y croire », dit Wolfowitz.

Barry suivit les cinq de Bobby et relança de dix.

Hésitant, Bobby suivit pour voir.

Barry Lee étala quatre piques et le roi de cœur. Bobby ramassa le pot, très fier de lui.

Une douzaine de donnes plus tard, et soulagé de cent cinquante dollars, il n'était plus si faraud. « Les enfants, les enfants », dit Nat Wolfowitz alors qu'il venait encore de gagner au stud à sept cartes avec un full aux trois par les cinq et sans rien d'autre de visible qu'une paire de cinq, « prendre ses désirs pour des réalités est l'opium du joueur de poker. »

Si Bobby croyait avoir commencé à comprendre en théorie ce que disait Nat Wolfowitz, en ce qui concernait la pratique, ce type était un joueur phénoménal. Il était capable de bavarder à jet continu sur sa façon de faire et de continuer à vous battre régulièrement même si vous pensiez utiliser ses propres principes contre lui. Comment faisait-il ? Était-ce de la chance ? Était-il télépathe ? Ou bien sa façon de baratiner faisait-elle partie du jeu ?

Quoi qu'il en soit, Wolfowitz gagnait vraiment. La seule chose qui empêcha Bobby de perdre le maximum fut qu'il lui restait encore vingt dollars quand Ellie, puis Jack furent lessivés par Nat, ne laissant que trois joueurs, ce qui mit fin à la partie, suivant la règle.

« Eh bien, fiston, tu as appris quelque chose ? » demanda Wolfowitz en l'accompagnant dans l'escalier pour lui montrer sa chambre.

Bobby haussa les épaules. « À ne pas jouer au poker contre toi, Nat », répondit-il.

Wolfowitz éclata de rire en ouvrant la porte d'une petite pièce. Il y avait là un lit, un bureau, une chaise, une lampe, le tout provenant apparemment des brocantes de Telegraph Avenue.

« C'est plus juste que tu ne penses. Le poker, comme la vie, ne fait qu'*avoir l'air* d'un jeu où les gains équilibrent les pertes. Un vrai joueur ne joue pas *contre* les autres joueurs, il joue *les cartes*. Ce malheureux pays sinistré ne comprend plus ça, c'est pourquoi il est dans un tel merdier, même s'il n'a pas à se plaindre de ce qui lui arrive. Si jamais nous réapprenons ce que nous savions autrefois, nous nous retrouverons en tête de la course. Si jamais tu comprends vraiment ce que je t'explique en ce moment, tu gagneras régulièrement au poker.

— Même contre toi ? »

Wolfowitz rit. Il secoua la tête. « Tu n'as toujours pas pigé, fiston. *Personne* ne gagne en jouant *contre* un vrai joueur. Lorsque tu auras compris ça, tu seras un vrai joueur toi aussi. C'est tout pour ce soir. Réfléchis-y bien, Bobby, et tu jugeras peut-être que tu en as eu pour tes cent quatre-vingts dollars. »

LE PRÉSIDENT SMERLAK EXPRIME LA SOLIDARITÉ SOVIÉTIQUE AVEC LE MEXIQUE

À l'issue d'un entretien avec Pedro Fuentes, ambassadeur du Mexique, le président Dimitri Pavlovitch Smerlak a réaffirmé le soutien des peuples d'Union soviétique à l'intégrité territoriale de la République du Mexique.

Interrogé sur les mesures concrètes que comptait prendre l'Union soviétique pour prévenir une invasion américaine du Mexique, le président Smerlak a annoncé que celle-ci allait déposer des projets de résolution condamnant par avance une telle invasion aussi bien devant l'assemblée générale des Nations-Unies que devant le Parlement européen, et il a fait part de sa confiance qu'elle serait adoptée par les deux assemblées à une majorité écrasante.

« Ça, une tortilla et une tasse de refritos, ça nous ferait presque un burrito », a déclaré énigmatiquement l'ambassadeur Fuentes.

Novosti

La semaine suivante fut comme un rêve pour Bobby.

Il passa de longs après-midi ensoleillés à se balader sur Telegraph Avenue et s'acheta des vêtements — blue-jean à la coupe asymétrique avec des rayures rouges et blanches, parfaite ambiguïté franco-américaine, un blouson de velours noir brodé d'un flamboyant coucher de soleil californien derrière la silhouette d'un palmier, et une paire de bottes de cow-boy d'occasion.

Il prépara pour le repas communautaire une grande marmite de *choucroute garnie* qui fut bien accueillie — même si la charcuterie consistait en hot dogs, chorizo, *knockwurst* et un truc nommé bacon canadien, tout ce qu'il avait pu trouver au supermarché, et si la choucroute sortait d'une boîte — probablement parce qu'il en avait proclamé haut et fort l'authenticité et qu'il avait réussi à dénicher de la moutarde de Dijon et deux cruchons de vin d'Alsace bon marché.

Il visita les bars et les clubs de Telegraph Avenue avec Ellis, Jack, et un mec de New York nommé Claude, rencontra des tas de gens, écouta une étrange musique rétro appelée « acid-rock » et un curieux jazz péruvien joué par un ensemble de flûtes, et fut présenté partout, pas seulement comme un nouvel arrivant en ville, mais comme un Parisien raffiné directement débarqué de France.

Il fit le ménage des couloirs et du salon, tâche simplement fastidieuse, et nettoya les salles de bains, travail plutôt pénible, mais il s'en fichait ; en un sens, ces corvées ménagères, qu'il n'avait jamais été obligé de faire chez lui, renforçaient son sentiment d'appartenir à une communauté.

Il se joignit encore quelques fois à la partie de poker vespérale, mais il se rendit vite compte qu'il ne pouvait pas se permettre de jouer tous les soirs. Une fois, même, il gagna grâce à une chance persistante et se dit qu'il avait peut-être appris quelque chose de Nat Wolfowitz, jusqu'à la partie suivante où, trop sûr de lui, il suivit toutes les enchères, bluffant effrontément, et se retrouva liquidé en moins d'une heure.

Enfin, après d'innombrables messages et rendez-vous manqués, il mit le grappin sur Eileen qu'il persuada de l'emmener visiter le campus de Berkeley. C'était presque aussi grand que l'UCLA, l'architecture des bâtiments et la façon dont ils étaient disséminés n'étaient guère différentes, et l'endroit était bourré du genre de gringos qu'il avait vus sur le campus des Troyens, mais les rouges de Telegraph Avenue étaient visibles un peu partout, se prélassant en groupes sur les pelouses, écoutant près de la grille d'entrée des orateurs qui s'élevaient contre la prochaine invasion du Mexique, discutant avec les gringos, et cela faisait toute la différence. L'université de Berkeley était aussi vivante que celle de Los Angeles était morte et il ne fallut pas plus d'un après-midi à Bobby pour comprendre que c'était assurément là qu'il devait s'inscrire.

Il invita Eileen à dîner dans un petit restaurant africain de Telegraph Avenue, puis l'emmena dans sa chambre du petit Moscou pour faire l'amour, après quoi elle insista pour rentrer dans son foyer.

Il protesta galamment, mais à vrai dire il s'en fichait un peu car, en dehors du lit, sa compagnie lui semblait avoir pâli face à celle de ses nouveaux amis ; il se sentait maintenant membre du petit Moscou et Eileen Sparrow, qui vivait en *foyer*, que ses compagnons connaissaient à peine, qui était originaire de *L.A.*, ville que les rouges de Berkeley méprisaient en tant que citadelle de la Grande Machine à Dollars, et qui, bien que ses inclinations politiques la fissent pencher plutôt du bon côté et qu'elle *parlât* comme eux, n'était manifestement pas l'une d'entre eux.

Le lendemain, c'était samedi, soir de fête au petit Moscou. Bobby tirait une certaine fierté de pouvoir, en tant que membre de la communauté, l'inviter, et il n'aurait pas eu la grossièreté d'y manquer, mais son plaisir était tempéré d'un certain détachement, d'un désir d'être libre de ses mouvements. Il ne lui proposa pas d'aller la chercher et ne fut pas déçu de ne pas l'entendre le lui demander.

À neuf heures, la maison était pleine de monde, bien

approvisionnée en bouteilles de vin, de vodka et de tequila apportées par les invités.

Comme disait Wolfowitz : « Il n'y a peut-être plus de repas gratuit en Festung Amerika, mais *nous*, nous avons trouvé une façon de rester bien approvisionnés en gnôle à peu de frais. »

De la musique jouait sur la platine du salon — toutes sortes de trucs, car les invités apportaient aussi leurs disques favoris —, le vin et l'alcool coulaient à flots et il y avait même des gens qui fumaient des cigarettes roulées à la main qu'un type en veste de cuir noir prétendait être de la *véritable marijuana,* rapportée en douce dans des *body-bags* de la zone des combats au Venezuela.

Bobby errait dans la maison en attendant l'arrivée d'Eileen, tout en espérant à demi qu'elle ne viendrait pas, avec toutes les filles proprement incroyables qui traînaient dans le coin, habillées d'étourdissante façon de kimonos électroniques ultra-courts, chemisiers de plastique transparents, shorts quasiment inexistants, et même les seins nus sous des chemises ouvertes jusqu'à la taille.

En outre, elles étaient plus que disposées à bavarder avec un type dans son genre, s'il se trouvait quelqu'un comme Marla, Karl ou Claude pour le présenter comme le produit exotique en importation directe de Paris, et dans l'ensemble leur conversation n'était pas idiote non plus. Elles voulaient savoir comment était la vie à Paris, ce qu'il pensait de l'entrée de l'Union soviétique dans la Communauté européenne, ce qu'il avait appris au cours de sa romantique odyssée en stop à travers le pays, si l'Europe allait *vraiment* rompre les relations diplomatiques avec les États-Unis au cas où ils envahiraient le Mexique et, bien sûr, quelles étaient les différences, s'il y en avait, entre les Européennes et les Américaines.

Bobby se retrouvait au centre mobile d'une conversation vraiment intéressante ; les filles, et aussi les mecs, entraient et sortaient de sa sphère d'influence tandis qu'il se déplaçait dans la maison, suivi d'une véritable cour pour la première fois de sa vie, et il y prenait énormément de plaisir.

Un plaisir qui n'était pas exclusivement égoïste ; il constatait que le sentiment d'appartenance qu'il avait éprouvé parmi ses colocataires s'étendait aux rouges de Berkeley en général.

Eux aussi étaient des Américains vivant une sorte d'exil, rêvant confusément d'une future Renaissance américaine dans la lignée de la longue tradition révolutionnaire de Berkeley, d'une Amérique qui renoncerait à ses expéditions en Amérique latine, jetterait bas les murailles de Festung Amerika, rejoindrait la Communauté européenne et redeviendrait la lumière qui avait jadis illuminé le monde.

Centre de l'attention de toutes ces filles superbes et intelligentes, dévidant de longues histoires sur une Europe qu'il n'avait été en réalité que trop content de quitter, Bobby Reed avait l'impression d'être rentré chez lui, au pays de ses rêves les plus utopiques.

Quand il fit son entrée dans le salon, se sentant comme le coq de la basse-cour, il traînait derrière lui une demi-douzaine de personnes dont, au tout premier rang, une fille vraiment époustouflante nommée Shandra. Elle avait d'immenses yeux marron pétillants de malice, de délicats traits aquilins, une longue chevelure noire coiffée en anglaises négligées, était vêtue d'une sorte de chasuble en plastique arc-en-ciel translucide qui ne laissait pas ignorer qu'elle ne portait rien dessous, et l'écoutait depuis plus longtemps que quiconque en le buvant des yeux.

Quand il trouva un endroit où s'asseoir dans le salon surpeuplé, à un bout d'un vieux canapé déglingué, une poignée de personnes s'assirent par terre devant lui. Shandra croisa ses longues jambes brunes sous elle, à la mode indienne, se cala les coudes sur les genoux, la tête entre les mains, et resta là à le regarder d'un air captivé. Il en était arrivé à l'épisode de l'émeute devant l'ambassade des États-Unis.

«… j'étais en train de retirer mon passeport quand tout a

commencé, ils se sont mis à lancer de la merde et du sang par-dessus le mur et…

— Ils lançaient vraiment de la *merde ?* s'exclama un mec qui portait un chapeau de cow-boy.

— De la merde et du sang mélangés, je me suis moi-même fait éclabousser, je peux vous dire que c'était…

— Je croyais que c'étaient des conneries de propagande facho !

— Bon sang, j'y étais, l'ambassade était couverte de merde et de sang, la foule chargeait le mur, ils ont dû mettre en marche les disrupteurs…

— Pour défendre le drapeau et ce genre de conneries !

— Pour protéger les gens enfermés dans l'ambassade, répondit Bobby.

— Ç'aurait été mieux s'ils avaient *saccagé* l'ambassade, ça aurait donné une bonne leçon aux fachos.

— Tu ne dirais pas ça si tu avais été là, répliqua Bobby. Ces gens étaient assoiffés de sang, tu aurais dû voir la haine dans leurs yeux… » Il frémit à ce souvenir.

Shandra, qui avait gardé jusque-là le silence, prit enfin la parole d'une douce voix chantante qui lui fit passer des frissons le long de la colonne vertébrale. « Et *toi*, les *haïssais-tu ?* »

Bobby plongea son regard dans ses grands yeux bruns, se demandant… se demandant à la fois ce qu'elle désirait vraiment l'entendre dire et quels étaient réellement ses sentiments sur le moment, pour s'apercevoir que c'était une seule et même chose, du moins lui semblait-il.

« Non, répondit-il. J'avais peur, et j'étais en colère, peut-être, mais comment aurais-je pu réellement haïr ces gens ? À vrai dire, ils avaient *raison*, n'est-ce pas, l'Amérique venait de jouer un sale tour à l'Europe et ils avaient de bonnes raison de haïr les États-Unis.

— C'est la voix de la sagesse », ronronna Shandra et, bien qu'elle ne fît pas un geste, elle parut se pencher vers lui.

« Alors, pourquoi défends-tu ces enfoirés de Marines ? »

Bobby haussa les épaules, il regarda Shandra droit dans les yeux, cherchant les mots qui la rapprocheraient encore de lui, et tout d'un coup ce que lui avait dit Nat Wolfowitz sembla prendre tout son sens. « Les Marines venaient de toucher des cartes merdiques. Ils les ont jouées du mieux qu'ils ont pu. L'ambassade n'a pas été mise à sac, et personne n'a été sérieusement blessé. Il y a de quoi vous rendre fier d'être américain.

— *Fier d'être américain !* fit d'un air méprisant le type au chapeau de cow-boy.

— N'es-tu pas fier d'être américain ? rétorqua Bobby, regardant toujours Shandra droit dans les yeux.

— Et toi ?

— Fier de ce que nous venons de faire aux Européens ? Fier de ce que nous nous préparons à faire au Mexique ? »

Bobby poussa un soupir. « Ouais, il n'y a pas lieu d'être fier de ce que l'Amérique a fait depuis que je suis né. Mais nous *sommes* américains, nous aussi, non ? Si nous commençons à haïr l'Amérique, ne finirons-nous pas par nous haïr nous-mêmes ? N'est-ce pas abandonner notre pays aux fachos ? »

Il y eut un long moment de silence. Shandra déplia lentement ses jambes, se leva et vint s'asseoir sur le canapé à côté de lui. « Ça ne te dérange pas ?

— Pas du tout », dit Bobby, lui adressant un sourire radieux en sentant la chaleur de sa cuisse contre la sienne.

« Tu as vraiment traversé le pays en stop ? demanda-t-elle. C'était très courageux, plus personne ne fait ça.

— Vraiment ? » demanda innocemment Bobby.

Shandra éclata de rire. Elle se blottit davantage contre lui. « Tu es *vraiment* européen, n'est-ce pas ? »

Bobby leva les mains au ciel, haussa les épaules et, dans le mouvement, réussit à passer son bras sur le dossier juste derrière son dos. « J'ai passé toute ma vie à me le demander. À Paris, je me sentais américain, mais à New York, Washington et Miami, c'est bien la dernière chose que j'aurais voulu être… »

Shandra se rapprocha encore. Il pouvait sentir son odeur de jasmin, la chaleur de son corps. « Et maintenant que tu es à Berkeley ? demanda-t-elle en posant doucement la main sur sa cuisse.

— Maintenant que je suis ici, je me sens parfaitement bien », chuchota Bobby en laissant glisser son bras du dossier. Shandra s'y cala la nuque ; sans savoir exactement quand c'était arrivé, Bobby s'aperçut que ses auditeurs avaient disparu, le laissant seul avec cette créature splendide et apparemment consentante.

« Tu as une chambre, ici, non… ? suggéra Shandra.

— Salut, Bobby ! » gazouilla une voix féminine. Bobby leva les yeux et vit Eileen Sparrow. Oh merde !

« Euh, salut, Eileen…, murmura Bobby d'un air coupable.

— Ne vous gênez surtout pas pour moi », dit Eileen d'un ton sec.

Seigneur ! « Euh, nous étions en train de…

— C'est ce que je vois. Mignon, n'est-ce pas ? dit-elle à Shandra sans une trace de méchanceté. Et il suce pas mal du tout, en plus, c'est moi qui lui ai appris. »

Bobby sentit qu'il devait être écarlate.

Eileen rit. « Où est ta sophistication européenne ? » dit-elle, et elle rit encore.

Shandra rit aussi.

« Tu… euh… tu t'en fiches ? » balbutia Bobby.

Eileen regarda théâtralement à la ronde en se passant la langue sur les lèvres. « Avec tous ces *types* dans la baraque ? s'exclama-t-elle. Allons, Bobby, nous sommes à *Berkeley* ! » Et elle décampa, lui lançant un baiser par-dessus l'épaule avant de disparaître.

Il lui fallut encore quatre jours pour rassembler le courage de passer le coup de fil redouté à la maison, mais ce fut le dimanche après-midi suivant la soirée que Bobby prit conscience d'avoir depuis longtemps décidé qu'il ferait ses études à Berkeley, quoi que puisse dire sa mère.

Shandra Corday avait été merveilleuse au lit, du moins à la lumière de son expérience limitée de la chose, mais ce n'était pas cela qui avait causé la grande révélation de Bobby. En fait, Shandra lui avait nettement fait savoir après coup que ce n'était pour elle qu'une agréable petite aventure comme ce l'était pour lui, s'il était franc ; elle voyait trois autres types et ne cherchait pas, à ce point de son évolution, l'amour de sa vie.

« Après tout, nous sommes à Berkeley », lui avait-elle dit au matin, et ils en avaient tous deux ri amicalement.

Non, ce qui l'avait causée, assez bizarrement, c'était le coup de fil d'Eileen Sparrow alors qu'il était encore au lit avec Shandra. Marla Washington avait ouvert la porte et, sans la moindre manifestation de surprise, lui avait annoncé qu'on le demandait au téléphone. Bobby avait enfilé son pantalon et pris l'appel dans la cuisine.

« Salut, Bobby », dit gaiement la voix d'Eileen dans l'appareil américain démodé — liaison audio uniquement. « Tu t'amuses bien ?

— Euh…

— Moi, je me suis bien amusée, j'ai rencontré un type avec des muscles partout qui m'a *baisée à mort !*

— Pourquoi me racontes-tu ça, Eileen ? bafouilla Bobby.

— Mais pour te remercier de m'avoir invitée, bien sûr ! »

Bobby ne savait que répondre.

Mais Eileen, comme d'habitude, n'était pas à court de mots. « Enfin, ce n'est pas tout à fait vrai, Bobby, dit-elle comme il ne répondait pas. C'est que tu as été si *bizarre* hier soir, tu t'es comporté comme si j'étais ta *mère* ou un truc comme ça ! Je voulais simplement mettre les choses au clair, vois-tu, je ne t'en ai absolument pas voulu, vraiment, pas du tout. D'accord ?

— D'accord, répondit Bobby, très touché.

— Vois-tu, tu ne me dois pas de comptes et je ne t'en dois pas, alors, s'il te plaît, prenons du bon temps et ne sois pas si *coincé*. Nous sommes jeunes, nous avons envie de baiser, c'est tout *naturel*, nous sommes à…

— Je sais, je sais, nous sommes à *Berkeley !* » dit Bobby, et ils rirent tous les deux.

« Bon, maintenant je dois te laisser, Bobby. Mr. America a encore la trique, tu te rends compte ?

— Amuse-toi bien », répondit Bobby, et il s'aperçut, quelque peu surpris, qu'il était sincère.

« Oh, ne t'en fais pas, je vais en profiter ! Bye ! »

Ce fut à ce moment qu'il eut sa révélation, dans la cuisine avec Karl et Cindy qui se servaient à la cafetière communautaire, tandis que Shandra Corday était en haut dans son lit, et Eileen Sparrow au lit ailleurs avec quelqu'un d'autre, mais suffisamment bonne copine pour l'avoir appelé afin de le mettre à l'aise.

C'était là qu'était sa place. C'était une heure, un lieu et un sentiment qu'il aurait voulu ne jamais oublier. Il irait à l'université de Berkeley. Il choisirait l'histoire comme matière principale et peut-être même pourrait-il aussi passer ici sa licence, enseigner à l'université comme Nat Wolfowitz et, avec un peu de chance, rester pour toujours à Berkeley.

Trouver le courage d'appeler Paris était une autre histoire. Sa mère allait sauter au plafond. Il était censé revenir à Paris pour la rentrée et aller à la Sorbonne, son père avait déjà dû sérieusement s'engueuler avec elle rien que pour qu'il puisse faire ce voyage. L'ambiance n'était pas des meilleures entre eux quand il était parti, ce qui était peut-être une des raisons pour lesquelles il n'avait pas encore appelé. Et maintenant…

Bobby avait retardé le moment, mais finalement, tard dans la nuit, après avoir encore une fois perdu au poker, à une heure où il savait pouvoir joindre ses parents à la table du petit déjeuner et où la fatigue lui avait suffisamment embrumé le cerveau, il se rendit dans la cuisine déserte et composa le numéro avant d'avoir pleinement conscience de ce qu'il faisait.

Ils sont peut-être déjà partis, se dit-il à la troisième sonnerie.

« Allô ? » fit la voix de son père au bout du fil.

Pas de chance.

« Salut, papa, c'est Bobby.

— Bobby ! Bon sang, comment vas-tu ? Nous nous faisions un sang d'encre ! Sonia, c'est Bobby, va décrocher dans la chambre !

— Je suis à Berkeley, papa, je te demande pardon, mais…

— Robert !

— Salut, maman…

— Où diable es-tu ?

— Il est à Berkeley, Sonia…

— Pourquoi n'as-tu pas appelé ? demanda sa mère. Tu n'as même pas envoyé une carte postale !

— Je…

— Et pourquoi n'avons-nous pas d'image ? Nos écrans sont vides.

— C'est *l'Amérique*, Maman, les maisons particulières ne sont pas raccordées au visiophone, tu te souviens ?

— Mais un hôtel correct devrait…

— Je ne suis pas à l'hôtel, j'ai une chambre dans une grande maison avec des gens super, c'est très bon marché et je peux rester aussi longtemps que je veux, alors ça ne vous coûtera pratiquement *rien* que j'aille à l'université ici, à part l'inscription… »

Voilà, c'était sorti.

« Oh que non, Robert !

— Si ! Ma décision est prise et tu n'y changeras rien. Je vais à Berkeley !

— Non, pas avec notre argent, Robert. Pas un écu, pas un rouble, pas un dollar !

— Sonia ! s'exclama son père.

— Il oubliera ces âneries quand il sera à court d'argent.

— Sonia, il a le droit de vivre sa vie, nous ne pouvons pas nous livrer à un chantage…

— Tout ça, c'est de ta faute, Jerry Reed ! Je *savais* que nous n'aurions jamais dû le laisser mettre les pieds chez ces cinglés ! Pas un sou, Robert, tu rentres à la maison et tu vas à la Sorbonne !

— Jamais ! hurla Bobby. Je reste ici !

— Nous verrons combien de temps tu pourras subvenir à tes besoins et payer tes études…

— Je… je me trouverai un travail ! balbutia Bobby.

— Je suis sûre qu'il y a en Californie des tas de boulots pour un jeune de dix-huit ans sans expérience qui rapportent assez pour payer tes études dans une université capitaliste, dit sa mère d'un ton sarcastique.

— Je… je m'engagerai dans l'armée ! Ils vous paient quatre ans d'études en échange de quatre ans de service !

— Bob !

— Vas-y, Robert. Je ne suis pas prête à me laisser impressionner par ce genre de bluff. »

Bobby se força à réfléchir calmement. *Joue les cartes*, se dit-il. Tu n'as pas grand-chose à montrer, mais ils ne peuvent pas être sûrs de ce que tu as en main.

« Comme tu voudras, maman, dit-il du ton le plus détaché qu'il put. Je peux toujours revendre de la *drogue*, ils rapportent de la marijuana dans des *body-bags* des zones de conflit en Amérique du Sud, tu savais ça ? Je connais les types qui font ça. Personne ne se retrouve dans la dèche en vendant de la dope à Berkeley…

— Bob ! hurla son père d'une voix horrifiée. Pour l'amour de Dieu, ne fais rien d'aussi stupide ! Je t'enverrai de l'argent d'une façon ou d'une autre, je te le promets !

— Jerry !

— Bordel de Dieu, Sonia, tu veux que notre propre fils devienne trafiquant de *drogue ?* Tu veux le voir pourrir au fond d'un cul-de-basse-fosse pendant vingt ans ?

— Pas question, nous ne céderons pas à un ignoble chantage, Robert !

— Alors maintenant, c'est le Politburo qui traite le Soviet suprême de bande de bolcheviques ? » rétorqua Bobby.

Il entendit le bruit d'un récepteur que l'on raccrochait.

« Promets-moi de ne pas faire de bêtises, Bob, supplia son père. Donne-moi ton numéro, je te rappellerai quand j'aurai ramené ta mère à la raison. Mais, s'il te plaît, ne fais rien d'inconsidéré, laisse-moi arranger ça, d'accord ?

— D'accord, papa. Mais je suis sérieux, je ferai tout pour rester ici. Tu me crois ?

— Je te crois, Bob, répondit son père d'un ton accablé. Attends que je t'aie rappelé avant de faire quoi que ce soit. »

Et, après avoir noté le numéro de Bobby, il raccrocha, laissant Bobby seul dans la cuisine au cœur de la nuit. Il se demandait ce qu'il aurait *vraiment* fait s'ils ne s'étaient pas laissé prendre à son bluff.

Deux jours plus tard, ses parents le rappelèrent ensemble. C'était très étrange. « Tous les trois, nous devons résoudre ce problème en famille au lieu de nous chamailler, dit son père d'une voix curieusement implorante.

— Ton père et moi sommes arrivés à un compromis, dit sa mère, d'un ton étrangement distant. Tu rentres à Paris pour faire tes études et tu peux passer tes étés en Amérique.

— Non, dit Bobby.

— S'il te plaît, Bob, supplia son père. Tu nous rends les choses très difficiles.

— Je passerai mes étés à Paris si vous payez mes études à Berkeley.

— Je t'avais *dit* que c'était inutile, Jerry ! intervint sa mère d'un ton excédé.

— Bob, je t'en prie, ta mère et moi…

— Je croyais que tu étais de mon côté, papa ! Toutes ces

histoires que tu m'as racontées sur l'Amérique depuis que j'étais tout petit…

— Bob…

— … c'étaient des mensonges, hein ? Tu n'en as jamais cru un mot !

— C'est faux ! Si je n'avais pas été là, tu ne serais pas en Amérique, pour commencer !

— C'est la première chose intelligente que tu aies sortie depuis une semaine, Jerry Reed !

— Sonia !

— Il n'y a pas de Sonia qui tienne !

— Je t'en prie, Bob, ne vois-tu pas que ta mère et moi…

— Les cours reprennent ici dans dix jours, et si lundi je n'ai pas d'argent pour mes frais de scolarité, je vais devoir emprunter à mes copains dealers de quoi payer l'inscription et me mettre à revendre de la drogue pour rembourser, sinon c'est *moi* qui me retrouverai dans un sac-poubelle ! »

Et il leur raccrocha au nez pour leur laisser le temps de réfléchir.

Finalement, tard dans la soirée du dimanche, Bobby reçut le coup de fil tant attendu. Son père semblait las, distant et étrangement abattu.

« Très bien, Bob. Je t'envoie un mandat télégraphique dès demain.

— Ouais, super, papa, vraiment super ! s'écria Bobby. Comment t'y es-tu pris pour convaincre maman ? »

Il y eut un long silence suivi d'un profond soupir à l'autre bout de la ligne. « C'est… c'est entre ta mère et moi, finit par dire son père. Tu sais… elle t'aime *beaucoup*, à sa façon…

— Elle a une drôle de façon de le montrer.

— Euh, eh bien… ce n'est pas toujours facile d'aimer, Bob, répondit tristement son père. L'amour ne fait pas toujours bien les choses, non plus. Parfois, eh bien, les gens qui s'aiment se font du mal, comme… comme… Enfin, un jour, si tu es malheureux, tu comprendras peut-être…

— Ça va bien, papa ? »

Il y eut une longue pause. « Parfaitement bien, répondit son père d'une voix sans timbre. Je n'ai pas le moindre souci… Prends bien soin de toi, Bob.

— Euh, oui, toi aussi, papa », répondit Bob, un peu mal à l'aise, et ce fut ainsi que prit fin la conversation, sa jubilation ternie, au moins pour le moment, par un vague sentiment de culpabilité.

La morosité de Bobby ne se prolongea guère après le petit déjeuner. Il alla à Berkeley remplir ses formulaires d'inscription, passa l'après-midi à se balader sur le campus, rentra à la maison, appela Eileen et Shandra pour leur annoncer la bonne nouvelle et, avant le dîner, son argent arriva de Paris. Ce soir-là, il gagna quarante dollars au poker, encaissa le mandat de son père le lendemain matin, paya ses frais de scolarité dans l'après-midi, dîna avec Eileen, fit l'amour avec elle, passa la nuit suivante avec Shandra Corday. L'étrange comportement de son père au téléphone était complètement oublié.

Jusqu'au surlendemain, quand Marla Washington lui tendit une lettre qui venait d'arriver. « Tout droit de Russie ! »

Elle était de Franja. Sa connaissance du russe était encore assez bonne pour lire les caractères cyrilliques de l'enveloppe. Celle-ci était à en-tête de l'université Gagarine. La lettre pesait dans sa main comme un poisson très froid et très crevé. Franja ne lui avait jamais écrit et il avait comme le pressentiment que cela n'allait pas être particulièrement agréable. Et quand il l'eut montée dans sa chambre pour la lire tranquillement, c'était encore pire que ce qu'il avait imaginé.

Cher Bobby,

J'espère que tu t'amuses bien chez les gringos, petit frère. Je suppose que cela ne t'intéresse pas trop de savoir l'effet de ton ignoble petit chantage sur nos parents, mais je vais quand même te le dire.

Papa est sorti et t'a envoyé l'argent pour tes études sans même prévenir maman, le savais-tu ? J'aurais voulu que tu sois là quand il a fini par le lui dire au cours du dîner, tu n'aurais eu que ce que tu mérites. Ils se sont engueulés pendant une heure. C'était horrible.

Ils se sont traités de tous les noms et quand maman a fini par le traiter de sale gringo fasciste unilatéraliste, papa a été jusqu'à l'accuser d'avoir une liaison avec Ilya Pachikov. Et la « conversation » s'est terminée quand maman s'est écriée : « Eh bien, ce n'est peut-être pas une mauvaise idée ! »

Maman a dormi sur le canapé et, quand je suis partie pour Moscou, ils ne s'adressaient plus la parole.

Quand tu as dit à papa de signer mes formulaires d'admission à Gagarine, j'ai commis l'erreur de penser que tu pouvais avoir une soupçon d'humanité, après tout. Comme j'étais stupide ! Tu n'es pas différent des autres gringos. Tu as détruit le mariage de nos parents pour protéger tes petits intérêts mesquins tout comme Washington menace de détruire la paix et la prospérité internationales au service de la cupidité américaine.

Mais c'est vrai, tu es fier d'être américain, n'est-ce pas ?

Un triple ban pour les rouge-blanc-bleu

Franja Yourovna

Bobby sortit en trombe de la maison, pleurant de rage, et courut jusqu'à Telegraph Avenue. Il savait exactement ce qu'il cherchait. La moitié des papeteries de l'avenue vendaient l'exécrable objet et c'était la réponse idéale à sa sœur.

Il acheta une des cartes postales, écrivit l'adresse sans rien ajouter d'autre et la glissa dans la boîte avant d'avoir eu le temps de réfléchir, se demandant malicieusement ce qu'en feraient les postiers soviétiques.

La carte postale représentait un ours hideux portant un grand sombrero décoré d'une faucille et d'un marteau, au cas où quelqu'un n'aurait pas saisi l'allusion. Les genoux pliés et le cul en l'air, il arborait une expression piteuse.

L'oncle Sam le sodomisait avec un phallus à rayon laser.

Franja ne répondit jamais.

Huit jours avant le début des cours à Berkeley, il y eut un coup d'État à Mexico. Deux jours plus tard, le régime fantoche ouvertement manipulé par la C.I.A. cédait aux États-Unis la Basse-Californie en échange de l'annulation de la dette mexicaine. Le lendemain, des éléments de l'armée mexicaine prenaient la capitale et exécutaient les traîtres.

Le jour qui suivit, la flotte américaine entrait dans le port de Vera Cruz, les appareils de l'aéronavale bombardaient la ville et les Marines débarquaient. Une autre escadre débarquait des unités amphibies à Rosarita Beach et deux divisions blindées franchissaient la frontière pour occuper Tijuana tandis qu'une troisième flotte établissait une ligne de blocus le long de la côte pacifique.

Les gringos arrosèrent l'événement tout le week-end. Il n'y eut pas de fête au petit Moscou ce samedi. Tout le monde était réuni dans le salon pour suivre les reportages des zones de combat à la télévision.

Les Marines nettoyaient les dernières poches de résistance à Vera Cruz. Les forces amphibies débarquées à Rosarita Beach avaient déjà fait la jonction avec les éléments des forces terrestres qui avaient pris Tijuana. Le Président parut à la télévision pour déclarer que les États-Unis n'avaient aucune visée territoriale sur le reste du Mexique. Le président de l'Union soviétique dénonça l'impérialisme américain mais ne fit rien d'autre. Le Parlement européen vota une pieuse résolution condamnant l'intervention. Le chef d'état-major mexicain avait apparemment donné l'ordre à ses troupes de se disperser en petites unités pour mener des actions de guérilla.

Tout était fini.

« Et à Berkeley, en Californie…, annonça le présentateur.

— Hé, c'est Telegraph Avenue ! » s'écria Bobby.

Effectivement, la caméra, apparemment installée sur un camion, descendait Telegraph Avenue — environ deux heures plus tôt, d'après la hauteur du soleil. Elle faisait un lent travelling le long des trottoirs grouillants de gros fachos titubants qui brandissaient des boîtes de bière, faisaient des grimaces à la caméra, promenaient au bout de perches des sombreros géants enflammés, collaient des drapeaux américains sur les vitrines des boutiques et restaurants fermés, chantaient en chœur *Dieu bénisse l'Amérique* d'une voix épaissie par la bière.

« N'y a-t-il pas de quoi vous rendre fier d'être américain ? marmonna Claude d'un ton amer.

— Une pacifique manifestation pour fêter la victoire…

— De tous les trous-du-cul bourrés de la ville ! cria Karl en direction de l'écran.

— … a été troublée par un petit groupe d'agitateurs…

— Oh merde », gémit Nat Wolfowitz tandis que la caméra zoomait soudain le long de Telegraph Avenue pour finir en plan serré sur un petit groupe de manifestants, pas plus d'une douzaine, des rouges d'après leurs vêtements. Ils portaient un cercueil de bois noir et défilaient derrière un grand drapeau américain accroché à l'envers sur une corde à linge tendue entre deux bâtons.

«… qui seraient membres d'un groupuscule marxiste connu sous le nom d'Armée rouge américaine…

— N'importe quoi ! s'écria Marla Washington. Ça n'existe pas !

— Tu parles… », grogna Wolfowitz.

Les manifestants remontaient lentement la rue sous une grêle de boîtes de bière et de gobelets de carton. Un connard en T-shirt blanc et short de sport les dépassa en courant pour venir cracher à la figure d'une fille du premier rang. Puis tout se déclencha d'un coup. Des bandes de gringos assaillirent les manifestants de toutes parts. Les coups de poing volèrent. Un type empoigna un des poteaux auxquels était suspendu le drapeau. Quelqu'un s'empara de l'autre.

La caméra fit un zoom arrière, puis la scène apparut sous un autre angle. Les fachos avaient le drapeau. Ils étaient toute une meute à défiler derrière sur le trottoir, brandissant le poing et poussant des cris.

«… obligeant les Américains patriotes à sauver de la profanation l'Emblème sacré.

— Les pauvres gars. Aussi stupides que courageux, dit Nat Wolfowitz.

— Et à New York, les New York Yankees ont battu les Red Sox de Boston, ce qui les met à un jeu et demi de la première place…

— Je crois qu'on peut se passer de ces putains de résultats de base-ball », dit Jack Genovese en coupant le récepteur.

Il y eut un long moment de silence. Ils se dévisageaient tous sans rien dire.

« Eh bien, Bobby, dit sombrement Marla Washington, tu veux toujours faire tes études à Berkeley ?

— Ouais, tu ferais peut-être mieux de rentrer à Paris tant que tu le peux.

— Tu n'es pas coincé chez les fachos, toi…

— Pas encore, en tout cas…

— Qu'en dis-tu, Bobby, tu es sûr que tu ne préfères pas rentrer en France ?

— Et nous emmener avec toi ? »

Bobby prit soudain conscience, non sans embarras, que tous les yeux étaient braqués sur lui. Même Nat Wolfowitz le regardait d'un air bizarre.

« Qu'en penses-tu, fiston ? demanda Wolfowitz. Vas-tu quitter la partie et retourner en lieu sûr comme un joueur intelligent ? Ou bien vas-tu continuer comme un imbécile ? »

Bobby se rendit compte qu'il devait dire quelque chose. Qu'es-tu maintenant, Bobby Reed ? avaient-ils tous l'air de lui demander. Tu es le seul ici qui ait le choix. Tu veux toujours être américain ?

Bobby songea à ce qu'il venait de voir. Il songea à ces angoissantes conversations téléphoniques avec ses parents, au dernier appel de son père, en particulier. Il songea à la lettre de Franja et à la carte postale qu'il lui avait envoyée en réponse. Il songea aux jours de bonheur avec ses nouveaux amis de Berkeley. Et il revit une autre foule devant l'ambassade des États-Unis maculée de merde et de sang.

« Traite-moi donc d'imbécile, Nat, parce que je reste, dit-il. Je voudrais seulement avoir été là-bas avec eux pour défiler derrière ce drapeau.

— Pour te faire massacrer devant les caméras de la télévision ? demanda Marla.

— Il fallait que quelqu'un le fasse, répondit Bobby. Ces foutus fachos ont peut-être traîné *notre* drapeau dans la merde et le sang, mais quand ces types l'ont accroché à l'envers et ont remonté Telegraph Avenue derrière lui, ils l'ont lavé de tout ça, ils en ont fait quelque chose dont on peut à nouveau être fier. Ils ont montré au monde qu'il restait encore quelques *véritables* Américains.

— Est-ce bien le moment de faire des gestes futiles ? » demanda sarcastiquement Wolfowitz. Mais son regard démentait ses paroles.

« Dis-moi, Nat, répliqua Bobby en le regardant droit dans les yeux, nous avons touché une mauvaise donne. Mais ce sont les cartes et c'est le seul jeu à notre disposition, alors il nous faut bien les jouer. »

FIN DU PREMIER VOLUME

DU MÊME AUTEUR

Aux Éditions Denoël

Dans les collections Présence du futur et Présence du fantastique

LE PRINTEMPS RUSSE (Folio Science-Fiction n°s 7 et 8)
LES SOLARIENS
CES HOMMES DANS LA JUNGLE
DEUS EX
LES ANNÉES FLÉAUX
VAMPS

Dans la collection Présences

EN DIRECT

Chez d'autres éditeurs

JACK BARRON ET L'ÉTERNITÉ
L'ENFANT DE LA FORTUNE
ROCK MACHINE
LES MIROIRS DE L'ESPRIT
LA GRANDE GUERRE DES BLEUS ET DES ROSES
CHANTS DES ÉTOILES

Ouvrage reproduit
par procédé photomécanique.
Impression Bussière Camedan Imprimeries
à Saint-Amand (Cher), le 14 septembre 2000.
Dépôt légal : septembre 2000.
Numéro d'imprimeur : 003835/1.
ISBN 2-07-041589-9./Imprimé en France.

97226